KB146972

나는
자급자족
한다

나는
자급자족
한다

오한기
장편소설

현대문학

차례

1

　언제나 미래에 대해 이야기하는 건 슬프다. 과거에 대해 이야기하는 건 아득하다. 현재에 대해 이야기하는 건 지친다. 셋 중 제일 어려운 건 현재에 대해 이야기하는 것이다. 지치는 게 죽음과 가장 밀접한 감정이기 때문이다. 그런데도 사람들은 자꾸 근황에 대해 묻는다. 이 블로그에 들어온 분들도 어느 정도 읽다 보면 내 근황이 궁금할 것이다. 명쾌하게 대답하고 싶지만 섣불리 요약하지 못하겠다. 그래도 궁금하다면 이 글을 끝까지 읽어보시길 바란다. 성격이 급하다면 스크롤을 내려서 5장부터 봐도 무방하다.

　본격적으로 이야기를 시작하기에 앞서 이 글에 나오는 인물 중 두 명을 간단히 소개하겠다. 해인. 미아. 해인은 내 와이프고, 미아는 미국 중앙정보부, 그러니까 CIA 요원이다. 해인과 미아는 나를 가운데 두고 갈등을 겪는다. 그 뒤 해인은 사라졌고, 나는 해인을 찾고 있다. 무슨 말인지 아직 이해하지 못할 것이다. 뜬금없이 CIA가 왜 등장하는지. 해인이 왜 사라졌는지. 해인이 누구기에 CIA와 갈등을 겪는지. 내가 그 과정에서 무슨 역할을 했는지. 긴 이야기라 지금으로서는 두루뭉술하게 말할 수밖에 없는 점 이해해주길 바란다. 참, CIA 요원이 등장한다고 화려한 액션이나 숨 막히는 서스펜스가 있는 건 아니니 기대하진 마시길.

아쉽지만 이 사건과 관련이 있는 국내 보도나 영상 자료는 모두 삭제됐다. 참고한다면 이 글을 이해하는 데 도움이 됐을 텐데. 모르긴 몰라도 국가 안보와 직결된 사안이라 정보기관이 동원됐을 것이다. 해외 계정으로는 유튜브에 업로드 된 영상이 두 개 있다. 꽤 유명한 영상이라 모두 한 번쯤은 본 적 있을 것이다. 그러나 아무 설명 없이 영상만 봐서는 이 사건과 관련이 있는 줄 모른다. 아마 이 글이 두 개의 영상과 우리가 사는 세상을 연결시켜줄 유일한 증언으로 예상되니 되도록 많이 스크랩하고 공유하길 바란다. 유튜브 동영상 링크는 댓글에 남기겠다.

이 글은 유서다. 유언을 적은 글이라기보다 죽음을 각오하고 쓴 글이다. 그런 만큼 가급적 명료하게 쓰기 위해 노력하겠다. 초고 삼을 만한 글을 써둬서 당시 정황이나 심경을 구체적으로 파악할 수 있었던 게 그나마 다행이다. 그래도 기억이라는 게 늘 그렇듯 비논리적이고 비약적일 수 있으니 미리 양해 부탁한다. 혹시 몰라 보고서 사본을 모아두었던 것도 큰 도움이 됐다. 출판사에 투고할 생각도 해봤는데, 일단 인터넷에 올려 다수에게 무료 배포하는 게 좋겠다는 생각이 들었다. 해인도 내 결정을 듣는다면 동의할 것이라 믿는다.

뭐니 뭐니 해도 이 글의 최우선 목적은 경고다. 지금부터 하는 이야기는 2017년 봄부터 지금까지 서울, 아니 한반도, 아니 전 세계에서 실제 벌어졌던 일이다. 장담하건대 당신이 이 글을 읽고 있는 지금 이 시간에도 벌어지고 있을 것이다. 당신 곁에서도 벌어지고 있을지 모른다. 그게 당신이나 당신이 소중히 여기는 사람의 목을 옥죄고 있을지도 모른다. 그러니 항상 조심하시길.

2

지금 시각은 2018년 3월 3일 오전 열 시 49분. 나는 집에서 노트북으로 이 글을 쓰고 있다. 여기는 한국은행 강남본부 인근 주차장이다. 맞다. 나는 주차장에 서식한다. 지금 타고 있는 진회색 쉐보레 소형차가 집인 셈이다. 차차 밝히겠지만 차 이름도 있다. 룸메이트도 있는데, 이 친구에 대해서는 이야기를 따라가다 보면 저절로 알게 될 것이다.

차창을 열면 은행이 내려다보인다. 망원경으로 은행 입구를 본다. 오전부터 꽤 많은 사람이 들락거린다. 지금까지 51명. 궁금할 것이다. 나도 내가 왜 이 차에 살게 됐는지, 왜 은행 인근 주차장에서 수상한 짓거리를 하고 있는지 빨리 말해주고 싶은데 김이 빠질 것 같아서 참고 있다. 곤란한 일이 생길 수도 있으니 구체적인 위치는 밝히지 않겠다. 지도에도 나와 있지 않은 장소니까 찾을 테면 찾아보시길.

맞다. 깜박하고 있었다. 또 잊기 전에 내 소개를 하고 넘어가겠다. 나라는 인물을 어느 정도 파악하는 게 글에 몰입하는 데 도움이 될 테니.

나는 올해 서른네 살이다. 삶과 죽음의 중간. 나는 가파른 절벽 사이를 잇는 다리 한가운데 서 있었다. 밑을 보니까 까마득한 높이다. 서른넷. 발을 헛디디기라도 하면 끝이지만, 일부러 발을 헛디딜 수도 있는 나이다.

나는 프리랜서 작가다. 지방대학교 문헌정보학과를 졸업한 뒤 사서 공무원을 준비하다가 우연히 경상남도에서 주최하는 스토리텔링 공모전에 응모한 게 저주의 시작이었다. 행정구역에서 사라진 삼천포를 배경으로, 고향을 잃은 사람들이 겪는 상실에 대한 단막극이었는데, 떡하니 2천만 원의 상금을 받고 입상을 한 것이었다. 마침 공무원 시험공부에 염증을 느꼈던 나는 진로를 틀어 영화 시나리오를 쓰기 시작했다. 그 시기는 암울 그 자체여서 딱히 적을 게 없다.

서른하나가 됐을 때 인생의 전환기를 맞이했다. 결혼을 염두에 두고 있던 시점이었다. 나는 지인의 소개로 중견 배우의 자서전을 쓰게 됐다. 이름을 대면 갸우뚱하지만 사진을 보여주면 고개를 끄덕일 만한 인지도의 배우였다. 당시 그는 성폭행 사건에 연루돼 칩거하고 있었고, 자서전을 재기의 계기로 삼고 싶어 했다. 나는 그를 재기의 계기로 자서전밖에 떠올리지 못하는 고리타분한 인간으로 여겼고, 천만 원이라는 고료에 눈이 멀어 자서전을 쓰기 시작했다. 예상은 보기 좋게 틀렸다. 자서전이 출판된 뒤 그는 재판에서 승소했고 오히려 무고죄로 상대를 고소했다. 재기에 성공했으며 몇몇 영화제에서 남우조연상도 받았다. 자서전은 베스트셀러가 됐고, 삶을 예술로 승화시킨 아티스트라고 재조명됐으며, 심지어 영화화 계약도 따냈다. 물론 세간이 주목한 건 내가 지어낸 에피소드였다. 그의 인생과 무관한 에피소드였다는 것만 밝혀둔다. 혹여나 문제가 될까봐 배우의 이름과 자서전 제목은 밝히지 않겠다. 돌이켜보면 해서는 안 될 짓이었다. 시작할 때만 해도 어차피 내 이름을 밝히지 않아도 되니 괜찮다 싶었는데 날이 갈수록 죄책감이 커졌다. 떳떳하지 못해서 해인에게도 구체적으로 어떤 글을 쓰는지는 말하지 않았다. 해인은 진작 알았더라면 손가락을 부러뜨려서라도 말렸거나 결혼을 재고했을 거라고 했다.

배우는 모든 영광을 자서전으로 돌렸다. 보너스도 두둑하게 주었다. 입소문도 내줬다. 그 배우 주변에는 CEO들이 득실거렸다. 그들은 거액을 제시하며 자서전을 써달라고 요청했다. 최근 갑질로 논란이 되고 있는 식품 기업 비서실에서 좋은 조건으로 입사 제안도 받았지만 출퇴근할 자신이 없어서 거절했다. 약간 슬프긴 하지만 당시가 인생의 황금기였던 건 부정할 수 없을 것 같다.

사필귀정事必歸正. 이보다 정확한 사자성어를 본 적은 없다. 황금기는 곧 막을 내렸다. 그 배우가 대마초 흡연으로 입건됐고, 조사 과정에서 성폭행 재판 당시 사법부 관계자에게 거액의 뇌물을 제공한 게 불거진 것이었다. 불똥은 내게 튀었다. 자서전 내용을 트집 잡은 소송이 줄을 이었고, 출판사는 내게 잘못을 떠넘겼다. 지난한 소송이 이어졌다. 나는 무죄 판결을 받았지만 양심을 속인 죗값을 톡톡히 치러야 했다. 소송 비용으로 해인의 돈까지 모두 탕진한 데다 평판이 나빠져서 업계에 더 이상 발을 들이지 못하게 된 것이었다. 이게 2017년까지의 내 인생 여정이다.

2017년 봄. 이 나라는 기대와 희망으로 가득 차 있었다. 최순실 국정농단으로 인해 광화문은 촛불로 뜨겁게 달궈졌고, 대통령이 탄핵됐으며, 조기 대선이 치러져서 10년 만에 민주당이 정권을 잡을 게 유력했다. 평생 보수정당을 지지한 부친도 그동안 박정희에게 속고 살았다며 안철수를 지지할 정도였다. 그러나 내 삶은 긍정적인 기운과 동떨어져 있었다. 나는 변함없이 실의에 빠져 지냈다. 텅 빈 계좌에 절망했고, 삼천포를 저주하며 사서가 되지 않은 것을 후회했다. 시간이 날 때마다 내일, 1년 뒤, 그리고 10년 뒤를 비관했다.

당시 나는 지푸라기라도 잡는 심정으로 글을 쓰기 시작했다. 스토리텔링 공모전에 당선된 기억에 기대를 건 것이었다. 그때 내가 썼던 건 현앨리스를 주인공으로 한 일종의 팩션이었다. 현앨리스가 지닌 상징적인 직업들(CIA, 독립운동가, 남파 간첩)과 다채로운 역사성(재미 한인사, 한국 독립운동사, 한국 현대사, 북한 현대사, 냉전사)과 시대의 희생양으로서 어디에도 예속되지 않는 정체성(한국적 디아스포라)에 주목한 것이었다. 구상대로라면 이 작품은 슈퍼히어로 장르로 웹툰, 드라마, 영화까지 전방위적으로 활용될 수 있을 것이었다. 나는 현앨리스가 앞으로 우리 부부의 인생을 풍족하게 해줄 거란 기대감에 부풀어 있었다. 작품을 시작할 때마다 네가 흔히 하는 착각이잖아. 해인은 비록 비웃었지만 내 꿈은 쉽사리 깨지지 않았다. 되돌아보면 해인의 말이 맞았다. 나는 전력이 있었다. 삶의 고난을 타개하기 위한 방편으로 내가 떠올릴 수 있는 건 글쓰기가 유일했다. 선덕여왕. 김유신. 세종대왕. 유관순. 이준. 윤봉길. 나혜석. 최영숙. 그동안 키보드 위를 떠돌았던 한국형 슈퍼히어로들이 머릿속에 스쳐 지나간다.

나는 나도 모르게 현앨리스에 빠져들고 있었다. 감정이입을 핑계로 스파이 흉내를 내기에 이르렀다. 해인은 짜증을 냈는데, 내가 장난감 총을 들고 하루 종일 벽장 속에 숨어 있었기 때문이었다. 물론 다른 작품들처럼 현앨리스도 끝을 보지 못했다. 두 챕터쯤 썼을라나. 다음 챕터로 넘어갈 동력이 보이지 않을 때 생계 핑계를 대고 포기하고 말았다. 나는 다시 실의에 빠졌다. 현앨리스마저 구원을 포기했다는 생각이 나를 절망으로 이끌었다.

미아는 그런 내게 슈퍼히어로처럼 구원의 손길을 내밀었다. 나는 공교롭게도 현앨리스처럼 CIA 요원인 미아를 보며 현앨리스가 재림한 것 같은 느낌에 휩싸였다. 드디어 노력 끝에 보상을 받는다는 생각도 들었다. 그렇다고 내가 진짜 미국 중앙정보부 요원이었던 건 아니다. 따지고 보면 그저 잔심부름 정도 하는 기간제 근로자 정도일 것이다. 여기서부터 피식 웃을 사람도 있을 것이다. 평생 이 나라에서 벗어나지 못하는 삼류 작가가 무슨 CIA라고. 믿기지 않는다면 창을 닫아도 좋다. 상관없다. 진실은 진실이다.

3

사랑. 나는 이 단어를 좋아한다. 뜻보다는 단어 그 자체가 주는 느낌을 좋아하는데, 내 얼굴처럼 둥글둥글한 느낌을 주기 때문이다. 당나귀. 오이. 수인. 앵무새. 오랑우탄. 와이퍼. 율무. 우울. 이 단어들도 같은 이유로 좋아한다.

단어가 주는 느낌과 달리 내가 경험한 사랑은 모두 끔찍했다. 지극히 현실적이라서 나를 비참하게 만들었다. 나는 사랑을 믿지 않는다. 이 세상이 멸망한다면 사랑을 가장한 기만 때문이리라.

해인만은 예외다. 나는 해인을 사랑한다. 예전에도 그랬고, 지금도 그렇고, 아마 앞으로도 그럴 것이다. 계획한 건 기필코 성취하고 마는 똑 부러지는 성격이 매력적이었다. 외모도 그랬다. 나는 해인이 크리스틴 스튜어트를 닮았다고 생각했는데, 지인들은 눈에 콩깍

지가 제대로 씌었다며 비웃었고, 해인은 그런 나를 창피해했다. 인정한다. 비록 내겐 특별한 존재였지만, 객관적으로 해인은 평범한 사람이었다.

해인은 서울 소재 4년제 대학을 졸업한 뒤 대기업에 마케터로 취직했다. 결혼할 무렵 해인은 이미 7년 차 직장인이었다. 평판도 좋았고 능력도 인정받는 눈치였다. 해인도 직장 생활이 적성에 맞는다며 임원까지 하고 싶다고 했다. 해인이 변한 건 결혼하고 얼마 지나지 않아서부터였다. 표정이 어두워지고 웃음이 사라진 것이었다. 나는 혹시 소송으로 말썽을 부린 탓에 그런가 미안하고 걱정이 됐다. 예상과는 달랐다. 해인은 언제부터인가 회사에만 가면 말을 못하겠다고 했다. 특히 회의 때는 더 심각했는데, 상사와 동료들이 비웃는 것 같아서 자신이 한없이 하찮게 느껴진다고 했다. 이유를 모르겠어서 답답하다고 했다. 급기야 해인은 우울증 진단을 받는 데 이르렀다. 정신과 의사는 실적 압박, 피상적인 인간관계 등을 병인으로 들며 다른 직장인들도 비슷한 증상을 앓고 있다고 곧 괜찮아질 거라고 했다. 정기적으로 상담을 받고 약을 복용했지만 해인은 회복될 기미를 보이지 않았다. 나는 해인에게 회사를 그만두고 잠시 휴식 기간을 갖는 게 어떠냐고 제안했다. 다른 사람은 몰라도 나는 해인을 이해할 수 있었다. 해인이 그게 나와 결혼한 유일한 이유라고 했던 게 떠오른다.

새해가 밝자마자 해인은 퇴사했다. 한동안은 행복했던 것 같다. 이렇게 행복한 시기는 다신 없을 거라고 해인도 말하곤 했다. 여유도 생겼다. 느릿느릿 행동했고 많이 웃었다. 나란히 누워서 과자를 먹으며 텔레비전을 보는 게 일과의 전부였다. 잠들기 전에는 서로 마사지를 해줬다. 해인이 행복해하는 게 눈에 보이니까 나도 행복했다. 되돌아보면 당연했다. 변호사 선임비로 쓴 돈을 감안하고라도 해인은 여름까지는 돈을 벌지 않아도 될 만큼의 퇴직금을 받은 상태였다. 그러나 벌지 않고 쓰기만 하면 결과는 빤했다. 불안했지만 섣불리 말을 꺼내 해인의 행복을 방해할 수는 없었다.

기억이 하나 떠오른다. 입춘이 지난 뒤였던 것 같다. 오랜만에 날이 따뜻해서 창문을 활짝 열어뒀다. 해인은 침대에 걸터앉아 책을 읽고 있었다. 따뜻한 바람이 햇살을 타고 들어와서 해인 곁에 아른거렸다. 나른한 기운이 감돌았다. 나는 해인 옆에 누워 잠에 들었는데, 잠든 순간에도 해인의 체온이 느껴졌다. 그때 나는 이 순간이 영원하길 바랐다. 주제와 별 상관없는 것 같지만 행복했던 기억이라 적어둔다.

봄이 되자마자 불행이 시작됐다. 잔고가 눈에 띄게 줄고 있는 것을 드디어 해인이 자각한 것이었다. 건강보험료. 수도세. 전기세. 휴대전화 요금. 축의금. 조의금. 대출이자. 아무것도 하지 않아도 돈이 흘러나갔다. 인간은 그저 숨을 쉬는 데도 돈이 필요했다.

해인은 절망했다. 대학교에 다닐 때부터 빈곤이 습관이 된 나는 버틸 만했지만, 대기업에 다니며 평균 이상의 수입을 벌어온 해인은 견디지 못했다. 해인은 네 소송 탓에 내가 이 지경이 됐다고 쏘아붙였고, 나 역시 그땐 같이 이겨내자고 했으면서 이제 와서 딴소리냐고 맞받아쳤다. 해인은 한동안 나를 투명 인간 취급했다. 나는 죽고 싶다는 말을 입에 달고 살았다. 가만히 누워 있어도 십자가에 못이 박힌 채 죽어가는 내 모습이 아른거렸다. 맞다. 그때부터였던 것 같다. 현실을 잊고 현앨리스에 몰입한 건.

앞서 말했듯이 예상된 결과였다. 현실의 행복에 도취돼 미래의 불행을 애써 외면했던 게 실패의 원인이었다. 30대에게 현실은 잔인했다. 수입 중 대부분을 벌었던 사람이 일을 하지 않으니 논리적인 결과가 도출됐다.

결과 값 : 빈곤

그러고 보니 이 글의 주제를 빈곤이라고 할 수도 있겠다. 다른 건 차치하고서라도 내 처지가 그렇지 않나. 집도 없이 차량 속에 살고 있는 처지 말이다.

이 글을 쓰기 시작할 때만 해도 1980년대에 태어났고 2010년대를 살아가며 2020년대를 코앞에 두고 있는 내가 빈곤에 대한 글을 쓰리라고는 상상도 하지 못했다. 생각은 곧 바뀌었다. 빈곤은 예나 지금이나 시의적절한 화두였다. 다만 표현 방식이 달라졌을 뿐이었다. 기아나 아사 같은 전형적인 이미지는 사라진 지 오래였다. 고정 관념만 벗어나면 빈곤은 세련된 소재였다. 이제 빈곤은 무형의 형상을 갖고 있었다. 마음만 먹으면 어떤 이미지든지 가질 수 있었다.

빈곤은 다채로운 형상으로 삶을 다방면에서 조여오고 있었다. 외면이 아니라 내면을 황폐하게 만들어서 예전만큼 티 나지 않을 뿐이었다. 근면과 성실이 아니라 로또와 부동산 투기가 빈곤을 타개하기 위한 방편이었다. 살인과 강도가 죄가 아니라 비정규직과 흙수저가 죄였다. 진보정당을 찍어도 보수정당을 찍어도 중도정당을 찍어도 해결될 거라는 기대가 되지 않았다. 빈곤은 국가의 책임이라는 표어도 진부해졌다. 창의적인 대책이 필요했다. 그러나 대책은 공정거래, 4차 산업혁명, 정의, 욜로처럼 공허한 단어였다. 우리는 가난한 데다가 공허하기까지 했다. 확신하는데 빈곤은 100년 뒤에도 모든 글의 소재거리가 될 것이었다. 빈곤은 현재를 넘어 과거를 돌아보게 했고, 미래를 예견하게 했다. 빈곤만큼 고전적이고 동시대적이며 SF적인 건 없었다. 흥분해서 횡설수설한 것 같은데 솔직히 돈 없다는 이야기는 그만하고 싶다. 앞으로 비슷한 이야기가 나온다면 참다못해 꺼낸 것이니 징징거리는 것처럼 보여도 이해해주길 바란다.

시간이 흘러도 상황은 나아질 기미를 보이지 않았다. 나는 현앨리스를 내팽개치고 닥치는 대로 일을 구하기 시작했다. 미안하지만 그동안 해인이 어떻게 시간을 보냈는지는 기억나지 않는다. 나는 해인의 찌푸린 얼굴과 거친 언사에 겁을 집어먹고 해인이 일어나기도 전에 도망치듯 밖으로 나왔다가 해인이 잠든 뒤 귀가했다. 그래서 해인이 갑자기 활기를 되찾았을 때 어안이 벙벙했다. 정신적으로 문제가 생겼나 싶어서 관찰을 하다가 며칠이 지난 뒤에야 조심스럽게 이유를 물을 수 있었다.

이론을 마련했어.

해인이 담담하게 말했다. 나는 이론이라니 그게 무슨 소리냐고 했다.

빈곤한 삶에 대한 이론 말이야.

해인이 덧붙였다. 나는 무슨 말인지 알아듣지 못해서 또 되물었다.

왜 못 알아들어. 말 그대로 이론. 삶을 뒷받침해줄 양식 말이야. 그 이론을 찾은 뒤 마음이 편해졌다고.

해인은 답답한 듯 가슴을 치며 말했다. 구조주의, 다원주의, 공리주의 같은 걸 되새겨봤으나 빈곤한 삶을 뒷받침해주는 이론은 생전 듣지 못했던 터였다. 질의응답이 몇 차례 더 오간 뒤, 나는 해인에게 그 이론이 무엇이든 잔고가 느는 건 아니지 않냐고 물었다. 해인은 잔고의 문제가 아니라고 했다. 나는 잔고만큼 중요한 게 없다면서 우리는 우리 삶의 바로미터가 재산 보유 현황이라는 것을 직시해야 한다고 했다. 해인은 인상을 썼다.

그러니까 그게 맞다고 쳐도 빈털터리가 할 소리는 아니잖아?

해인이 비꼬았다. 말문이 막혔다. 우리가 이 지경이 된 데는 내 탓이 컸다. 나는 풀이 죽은 채 그래서 그 이론이 뭐냐고 물었다.

미니멀리즘.

해인이 또박또박 말했다.

미니멀리즘?

응, 미니멀리즘.

해인의 목소리에는 확신이 깃들어 있었다. 미니멀리즘. 들어본 적은 있었다. 단순함과 간결함의 미학을 추구하는 것. 문학에서는 레이먼드 카버나 도널드 바셀미 정도? 어떤 작가가 미니멀리즘의 요체는 낯설게 하기라고 했던 것도 떠오른다. 그런데 그 미니멀리즘과 가난의 불행을 극복한 게 어떤 관련이 있단 말인가.

그 두 가지가 무슨 상관이 있는데?

버리는 것.

해인이 이렇게 대답한 뒤 부연설명을 시작했다. 알고 보니 해인은 난관을 타개하고 무기력을 극복하기 위해 구립도서관을 오가며 책을 읽고 있었다. 그러던 중 미니멀리즘 관련 도서를 모아둔 이벤트 서가를 발견한 것이었다. 해인에 의하면 미니멀리즘은 동일본대지진, 그러니까 생존주의적 시각에서 시작하여, 생태주의로 확장됐고, 생활 방식과 가치관, 태도의 영역으로 확대됐다. 해인은 어느 순간 영감을 받아서 미니멀리즘과 빈곤을 연관 짓다 보니 모든 게 술술 풀리기 시작했다고 했다.

그러니까 당신 말은 돈도 버려야 한다는 거네?

비로소 나는 해인의 말을 어느 정도 이해할 수 있었다.

약간 달라. 정확히 말하면 소유하고 싶다는 욕망을 버려야 되는 거지. 그래야 가난하다는 의식 자체가 사라지는 거야.

해인의 생각은 확고했다.

상대에게 자신의 생각을 강요하지 않는다. 해인이 평가한 내 장점이다. 해인도 마찬가지였다. 이번에도 그랬다. 우리는 각자의 방식으로 가난에서 비롯된 불행을 극복하려고 노력했다. 해인과 달리 내겐 고된 삶을 달랠 수 있는 이론 따위는 없었다. 돈 안 쓰고 버티기. 나는 고전적인 방법을 택했다. 해인은 그런 나를 보고 고개를 내둘렀다. 되돌아보면 그 며칠 동안 나는 광기에 휩싸였던 것 같다. 내 몫의 생활비를 최대한 줄이기 위해 하루에 한 끼만 먹었고, 휴대전화도 차단했으며, 집에 틀어박힌 채 햇빛에 의지해서 책을 읽다가 해가 지면 바로 잠자리에 들었다. 내 실험은 어느 날 굶주림을 견디다 못해 해인이 사다둔 초코 우유를 훔쳐 먹는 걸 들키면서 막을 내렸다.

해인이 미니멀리즘을 제대로 해석한지는 모르겠다. 다만 자신만의 미니멀리즘을 실천하고 있는 건 분명했다. 어느 날부터 해인은 미니멀리즘 동호회에 가입해 활동하기 시작했다. 언뜻 듣기로는 지역 부회장까지 선출됐다는데, 갑작스럽게 외부 활동을 하는 게 걱정되긴 했지만 우울한 표정으로 집에만 있는 것보다는 훨씬 나은 것 같았다.

그 무렵 해인은 하루에도 몇 번씩 집을 쓸고 닦기 시작했다. 해인이 말하길 청소는 비움의 시작이자 일종의 마인드컨트롤이었다. 다음 단계는 버리기였다. 옷. 액세서리. 명함. 책. 화장품. 기념품. 다이어리. 액자. 사무용품. 전자기기. 생각보다 쓰지 않는 물품이 많았

고, 아깝기는 했지만 깨끗해진 집 안을 보면 한편으로는 속이 시원
했다. 아침 샤워를 하다가 샴푸, 바디클렌저, 비누, 치약이 몽땅 사
라져서 울부짖었던 게 기억나는데 그 정도는 웃으면서 넘길 수 있
었다. 문제는 다음부터였다. 해인은 추억이 깃든 물건들도 버리기
시작했다. 급기야 일기장, 편지, 모친에게 물려받은 귀걸이처럼 애
지중지하던 것들도 버렸다. 내가 보낸 연애편지까지 버리기 시작했
을 때 나는 더 이상 참을 수 없었다.

하나는 알고 둘은 모르는군. 추억은 저장하되 공간을 비우는 방
법이 있지.

내가 따지자 해인이 비웃었다. 그리고 노트북을 켜서 웹하드에
접속했다. 디지털화된 추억들이 깔끔하게 정리돼 있었다. 심지어
연애편지들도 장마다 저장돼 있었다. 해인은 공용 계정 아이디와
비밀번호를 가르쳐주며 생각이 있으면 동참하라고 했다.

그 무렵 고등학교 동창이 오랜만에 연락해서는 해인의 페이스북
을 봤냐고 물었다. 페이스북을 하지 않는다고 하니까 그는 국회 앞
에서 원자력발전소 철폐 시위를 하는 해인의 사진을 캡처해서 보내
주었다. 나는 충격을 받았다. 시위를 했다는 게 문제가 아니었다. 나
를 제외한 모든 사람들에게 그 사실을 알렸다는 게 마음에 걸렸다.
나는 페이스북에 가입해 해인의 계정에 들어갔다. 해인은 원자력발
전소 철폐 외에도 공공주택 확대, 최저임금 상승, 동성혼 합법화, 동
일가치노동 동일임금보장 같은 다양한 시위를 하고 있었다. 해인이
다른 사람처럼 느껴졌다. 스토커 취급을 받을까봐 물어보지도 못하

고 끙끙 앓았던 시간들이 떠오른다. 미니멀리즘의 영역이 대체 어디까지인지 도무지 감을 잡을 수 없었다.

더 감을 잡을 수 없었던 건 해인이 값비싼 물품을 구입하기 시작했을 때였다. 처음에는 그러려니 했는데 날이 갈수록 정도가 심해지고 있었다. 제일 비쌌던 건 수입 원목 식탁이었는데, 무려 세 달치 생활비나 했다. 나는 어이가 없어서 과소비가 무슨 미니멀리즘이냐고 물었다.

흔히 하는 오해인데, 미니멀리즘이 곧 절약은 아니야. 얼마 전까지만 해도 나도 오해했었어.

해인이 설명했다. 필요한 게 있을 때 가격에 구애받지 않고 질 좋은 걸 구입해서 최대한 오래 쓰는 행위는 미니멀리즘에 부합한다는 것이었다. 말문이 막힌 나머지 아무 말도 하지 못했던 게 떠오른다. 내가 설득된 줄 알고 뿌듯해하던 해인의 모습도.

진정한 삶의 가치는 생성에 있다는 걸 간과하고 있었어. 필요한 물건도 직접 만들 때 더욱 가치가 있는 거야.

얼마 지나지 않아 해인은 말을 바꿨는데 그것보다 그 뒤 해인의 행동에 경악했던 기억이 난다. 그동안 사들였던 모든 물품을 버리고 직접 만들겠다고 선포했던 것이다. 나는 질겁해서 해인을 가로막았다. 해인은 킬킬거리며 장난이라고 했다. 나는 안도의 한숨을 내쉬었다.

마침내 내가 폭발한 건 서가의 책이 다 사라졌을 때였다. 집을 비운 사이 사이에 해인이 버려버린 것이었다. 안 그래도 호시탐탐 기회를 엿보던 해인에게 그렇게 버리지 말라고 누누이 당부했었는데, 만료 기간을 잊고 쿠폰을 사용하지 못한 것처럼 허탈하기 그지없었다.

나는 책을 읽지 않아도 책장을 넘기는 걸 좋아한단 말이야. 제목이나 표지를 아무 생각 없이 들여다보는 것도, 부드러운 재질의 표지를 문지르는 것도 좋아해.

나는 눈물을 터뜨렸다.

나는 가구가 발 디딜 틈 없이 들어찬 집을 좋아해. 옷걸이에 가득 걸린 니트를 좋아해. 사진을 디지털화해서 웹하드에 업로드하는 건 끔찍한 짓이야. 지구가 멸망한 뒤에 내 사진들이 둥둥 떠다니는 게 상상되거든. 외계인들이 내 사진을 채집해서 멸종한 인류를 연구하는 걸 떠올리면 소름이 돋는다고.

나는 이때다 싶어서 분풀이를 했다. 해인은 말없이 내가 눈물을 그칠 때까지 기다렸다. 어느 정도 마음을 추스른 뒤 나는 해인을 흘긋 봤다. 그때 봤던 해인의 표정이 눈에 선하다. 설명하기 어려운데 이렇게 표현하면 될 것 같다. 해인은 나를 바라보고 있었지만 해인의 눈에는 정작 내가 없었다.

그 뒤 사정이 나아지긴 했다. 일을 늘렸더니 그럭저럭 수입이 늘어났고, 해인도 예전처럼 유난 떨지 않았다. 해인은 동호회 모임에 나가서 여러 사람의 의견을 들어보니 자신이 과했다며 사과도 했다.

마지막으로 하나만 더 버리자.

해인이 의미심장한 어투로 말했다.

그게 뭔데?

나는 해인을 바라봤다.

바로 너.

해인도 나를 바라봤다. 모골이 송연했다. 동시에 해인이 나를 포박한 뒤 인간쓰레기 딱지를 붙여서 내다버리는 장면이 떠올랐다. 쓰레기 압착기의 날카로운 톱니가 나를 향해 다가오는 장면도.

농담이야, 농담.

해인은 호탕하게 웃었다. 식은땀이 흘렀다. 그 뒤 며칠 동안 잠을 잘 이루지 못했던 것 같다. 잠든 사이 해인이 나를 버리지는 않을까 두려워서였다.

4

　나는 내 의지와 상관없이 잉태됐다. 나는 내 의지와 상관없이 태어났고, 내 의지와 상관없이 지금의 이름으로 불리기 시작했다. 내 의지와 상관없이 나이를 먹었고, 내 의지와 상관없이 죽을 예정이다. 우리가 선택할 수 있는 건 한정돼 있었다. 모두 보잘것없는 것들뿐이다. 당시 살고 있었던 신혼집을 고를 때도 그랬다. 달리 선택권이 없었다. 의지와 상관없이 정한 것이라고 봐도 무방할 것 같다.

　우리는 중랑구 망우동에 위치한 신축 빌라에 세 들어 살고 있었다. 결혼할 무렵 우리가 갖고 있는 돈으로 서울에 살기 위해서는 은평구, 금천구, 중랑구 셋 중에 골라야 했다. 그중 해인의 본가인 태릉과 가까운 망우동을 선택한 것이었다. 인근에 공동묘지가 있어서 다른 지역보다 저렴한 것도 주효했다.

서울 밖으로 벗어날 수도 있었다. 의정부, 남양주, 구리 같은 경기 동북부나 광주, 용인 같은 경기 남부로 나가면 작은 아파트 정도는 마련할 수 있었다. 그런데 선뜻 내키지 않았다. 성수동에 위치한 해인의 직장에서 멀어지기도 했고, 좋은 영화를 개봉하는 극장을 찾기 힘들었으며, 맛있는 타코나 파스타를 파는 식당도 드물었다. 그야말로 두려웠던 건 인간관계에서 도태돼 영영 외톨이가 되면 어쩌나 하는 것이었다.

지역과 부동산을 정하고 나니까 더 이상 신경 쓸 건 없었다. 부동산은 정해진 순서처럼 신축 빌라로 안내했다. 우리도 싫지는 않았다. 아무도 발을 디디지 않은 공간에서 결혼 생활을 시작하고 싶었던 것이다. 대부분 세탁기, 에어컨, 붙박이장 같은 값비싼 물품들이 옵션으로 포함돼 있어서 금전적 부담도 덜했다. 전세라는 점 역시 매력적으로 다가왔다. 아무런 책임감 없이 2년 후에 완벽하게 빠져나올 수 있는 삶. 너무나도 현대적이었다. 몇 군데 가봤는데 인테리어는 비슷비슷했다. 더 이상 힘들일 필요가 없었다. 최대한 지하철역과 가까운 곳을 고르면 됐다.

신축 빌라에 대해서는 조금 더 말해야겠다. 좁은 영토. 수도권 선호. 황금만능주의. 이기주의와 출세욕. 오지랖과 권위주의. 특유의 획일화. 한국인이 지닌 모든 특성이 합쳐져서 탄생한 기형적인 문화. 신축 빌라에 대한 내 생각에 해인은 전적으로 동의했다. 해인도 신축 빌라에 관심이 많았다. 오랜만에 의견이 일치하는 부분이었다. 우리는 틈나는 대로 옥상에 올라가서 풍경을 내다보며 신축 빌라에 대해 대화를 나누곤 했다.

비슷한 형태 비슷한 색 비슷한 높이의 건물들을 봐. 이러다가 모두 비슷한 생각을 하는 게 아닐까?

해인은 신축 빌라는 자본주의의 극단적인 현상 중 하나인데, 전체주의와 점점 비슷한 형태를 띠는 게 아이러니하다고 했다. 몇 년 후에는 신축 빌라를 소재로 한 공포 영화가 유행처럼 번질 거라고 하기도 했다. 비슷한 형태의 골목에서 길을 잃은 꼬마 유령. 고독사. 버려진 반려동물의 원혼. 배수구 속에 서식하는 초대형 그리마. 세입자 도플갱어. 그때 해인이 갑자기 비명을 질렀다. 나는 깜짝 놀라 엉덩방아를 찧었다. 해인은 킬킬거렸다.

그런데 현대인들은 너처럼 겁이 많아서 죽어서도 유령은 안 될 거야.

해인이 나를 놀렸던 게 기억난다. 지금 생각해보면 아득한 과거처럼 느껴지는 일이다.

신축 빌라 이외에도 해인과 의견이 일치하는 지점이 하나 더 있었다. 바로 텃밭이었다. 뜬금없이 웬 텃밭 얘기냐고 여길 분들이 많을 것 같다. 이제부터 설명하겠다. 빌라 앞에는 작은 주차장이 있었다. 주차장 한편에는 비밀번호만 입력하면 택배를 넣을 수 있는 자동 택배함도 있었다. 그 옆에는 담장이 서 있었다. 담장과 택배함 사이에는 누워서 뒹굴어도 불편하지 않을 정도의 공간이 있었다. 다른 구역과 다르게 콘크리트가 아니라 맨땅이었다.

어느 날부터 나는 그 공간에 상추를 심기 시작했다. 식비를 조금이라도 아끼기 위해 텃밭을 일구기로 한 것이었다. 임대인은 눈치채지 못했다. 그는 이 빌라와 비슷하게 생기고 비슷한 이름을 지닌 빌라를 서울 시내에 열 채나 갖고 있는데, 지은 지 얼마 안 된 빌라를 관리하느라 이 빌라에 얼굴을 내밀지 않은 지 오래였다.

처음에는 해인에게도 비밀로 했다. 왜 이렇게 궁상맞게 구냐는 타박을 듣기 싫어서였다. 그러나 새벽마다 땀을 흘리며 들어오는 남편을 이상하게 여기지 않을 수 없었다. 나는 털어놓았다. 예상 밖으로 해인은 밭을 일구는 것에 대해 호의적이었다.

생성의 중요성에 대해 말했던 거 기억하지? 경작 역시 인간이라는 존재를 자연스럽게 드러내는 생산 활동 중 하나지. 자연과 하나가 되는 것. 너는 인간의 이상향을 실천하는 거야. 오랜만에 마음에 드네.

해인이 말했다. 단순하게 돈을 아끼려던 내 취지와는 달랐고, 생산, 자연, 이상향 같은 이질적인 단어들 때문에 해인이 무슨 말을 하는지 이해하지 못했지만, 해인이 내 행동에 반대하지 않는 것 하나만으로도 만족했던 것 같다. 그때 해인이 미니멀리즘 이상의 무언가를 발견했다는 것을 알아차렸어야 했는데 안타깝다. 여기에 대해서는 앞으로 줄기차게 말할 테니 뒤로 미루겠다.

그 뒤 해인은 토마토, 고구마, 블루베리 씨앗을 구해 왔다. 우리는 씨앗을 심고 물을 주었다. 곧 싹이 돋기 시작했다. 다른 입주자들도 호기심을 보였다. 얼마 지나지 않아 그들도 빈 공간에 작물을 심기 시작했다. 싹이 한 뼘 정도 자라날 무렵이었다. 미아와 연락하기 시작한 것은.

딧밭 이야기는 나중에 또 하기로 하고, 본격적으로 미아 이야기를 하기 전에 당시 내 일과에 대해 설명하겠다. 간혹 비즈니스 미팅이 있는 날을 빼고는 이 일과를 따랐다고 봐도 좋다.

구분	내용
7:00~8:00	기상 및 텃밭 관리
8:00~8:30	세면 및 아침 식사
8:30~9:00	명상
9:00~16:00	작업(카페)
16:00~18:00	귀가 및 휴식
18:00~19:00	저녁 식사
19:00~23:00	작업(집)
23:00~	휴식 및 취침

나는 매일 아침 아홉 시면 집 근처 카페로 출근했다. 프랜차이즈 카페였다. 오래 작업을 하기에는 눈치를 주지 않고 자리가 넓은 프랜차이즈 카페가 편했다. 커피값 4100원. 여덟 시간. 한 시간에 600원 정도만 내면 여름엔 시원하고 겨울엔 따뜻하게 작업할 수 있으니 천국이나 다름없었다.

나는 주로 첫 손님이었다. 내가 자리에 앉으면 차례로 낯익은 사람들이 들어왔다. 매일같이 카페에 오는 사람들로, 물어보진 않았지만 모바일 게임 개발자, 프리랜서 디자이너, 과외 교사로 추정됐다. 우리는 눈인사를 나눴고, 휴대전화 충전기도 빌려주었으며, 화장실에 갈 때 눈치껏 짐도 맡아주었다.

지정석도 있었다. 찻길 건너 신혼집이 내다보이는 창가 자리였다. 자리에 앉으면 나는 우선 의뢰받은 일을 했다. 오랫동안 해왔던 사보 제작사 외주 작가 말고도 몇 가지 아르바이트를 더 하고 있었다. 해인과 한참 좋지 않을 때 구한 일들이었다.

하나는 영화사 일로 출판물을 읽고 영화화를 검토하는 것이었다. 간단했다. 일본 추리물이나 서양 판타지 소설을 읽고 로그라인, 줄거리, 장단점, 보완할 점, 마케팅 포인트를 보고서 한 장으로 쓰면 됐다.

또 하나는 스마트폰 음성인식 시스템 대본을 쓰는 작업이었다. 예를 들면 아래와 같다.

Q : 오늘 하늘이 맑네요.
A : 저 맑은 하늘을 닮은 당신의 마음을 훔치고 싶군요.

나는 다섯 명의 작가와 팀을 이루어서 일을 했다. 그중에는 대종상 시나리오상 후보에까지 오른 작가도 있었다. 그는 나처럼 아르바이트로 시작해 이 시스템의 체계를 잡았고 작가들을 관리하는 정규직 팀장으로 승진했다. 그는 이제 시나리오가 음성인식 시스템처럼 써진다면서 우는소리를 하곤 했다.

부끄러워서 이런 것까지 말해야 되나 망설였는데, 사실 나는 일을 하나 더 하고 있었다. 해인도 모르는 일이었다. 그런데 유서를 쓰는 마당에 뭐가 두렵겠는가. 결혼 전부터 하던 일로 이게 아니었으면 진작 거리에 나앉았을지도 모른다. 작가를 채용하는 경우는 생각보다 많았다. 삶의 막장으로 몰리지 않는 이상 택하기 어려운 직업이라서 그렇지. 그중 가장 손쉬운 건 양심을 버리는 직업이었다. 나는 후배의 소개로 보수 매체로 악명이 자자한 신문사에서 일하고 있었다. 신문사에는 작가팀이 있었는데, 거액의 광고비를 지불하는 보수정당이나 재벌의 입맛에 맞는 글을 쓰는 업무를 담당했다. 무조건적인 찬양이 아니라 논리적이고 은근하게 지지하는 글을 써야 해서 기술이 필요했다. 작가팀은 대학교수, 칼럼니스트, 파워블로거, 시나리오 작가, 공모전 수상자 등으로 구성됐는데, 이들이 쓴 글은 블로그, SNS, 포털 메인, 신문 칼럼, 방송 등 다양한 형태로 배포됐다. 무엇보다 이 일의 특장점은 보수가 높고 신분 노출 위험이 적다는 것이었다.

촛불 혁명의 기원은 북한이다.

이런 주제의 글도 썼다. 원고지 100매 내외. 매당 3만 원. 블로그.

이명박은 영웅이다.

이런 주제의 글도 썼다. 원고지 30매 내외. 3회 연재. 매당 5만 원. 페이스북.

박근혜는 주군이다.

원고지 50매 내외. 매당 4만 원. 증권가 지라시.

문재인은 무능력하며, 안철수는 초딩이고, 홍준표가 그나마 어른답고, 트럼프는 성인이다.

원고지 200매 내외. 매당 2만 원. 팟캐스트 대본.

양심 버리기는 한 번이 어렵지 다음은 누워서 떡 먹기였다. 만약 해인이 이 글을 본다면 나를 어떻게 여길지 모르겠다. 방법이 있겠는가. 늦은 감이 있지만 용서를 구하는 수밖에.

나는 돈벌이를 모두 끝낸 뒤에야 비로소 개인적인 작업을 시작했다. 현앨리스의 뒤를 이어 김환기와 김향안을 주인공으로 한 멜로드라마를 쓰고 있었던 걸로 기억한다. 그러나 이 세상은 나를 도와주지 않았다. 모든 게 나를 방해하기 시작한 것이었다. 뉴스 속보. 가짜 뉴스, 기자회견. 부친의 빚. 지인들의 한풀이. 영감이 휘몰아치다가도 맥이 끊기면 더 이상 글을 쓰고 싶지 않았다. 글을 써서 돈을 벌 생각을 한다는 것 자체가 말이 되지 않는다는 회의가 들기도 했다. 비관적인 생각을 하고 나면 한층 차분해져서 현실을 돌아보게 됐고, 그 뒤에는 걷잡을 수 없이 불안해졌다. 나는 구직 사이트에 접속했다. 작가. 시나리오. 스토리텔링. 자서전. 이런 키워드로 검색하자 몇 군데 회사가 나왔다. 도무지 마음에 드는 회사는 찾을 수 없었지만 불안을 떨치기 위해 그나마 괜찮아 보이는 회사 몇 군데에 지원했다. 다른 구직 사이트에 가서도 똑같이 했다. 이렇게 살 바에야 정규직이 돼 누군가의 노예로 살다가 죽는 게 차라리 나을 것 같았다.

그러던 어느 날이었다. 그날 나는 작업을 거의 포기한 상태였다. 마이너스 통장을 개설해달라는 부친의 요구 때문이었다. 나는 한 시간 동안 은행과 통화를 했고, 그 뒤 구직 사이트에 들어가서 이력서를 뿌렸다. 몇 군데에서 연락이 왔지만 가고 싶지 않은 데 지원한 회사여서 면접에 불참하겠다고 했다. 이왕 노예가 될 바에야 근무 환경이 좋은 회사의 노예가 되고 싶었지만 그런 회사는 아예 노예가 될 기회를 주지 않거나 경쟁이 치열했다. 그때 불현듯 좋은 생각이 떠올랐다. 기업 채용 메일 계정 대부분이 골뱅이(@) 앞에 채용이라는 의미의 영단어 리크루트recruit를 붙이고, 골뱅이 뒤에 회사명과 적절한 확장자를 붙여서 만들어졌다는 것을 발견한 것이었다.

국립중앙도서관 : recruit@library.go.kr
FBI : recruit@fbi.gov
미국 중앙정보국 : recruit@cia.gov

google : recruit@google.com

apple : recruit@apple.com

트위터 : recruit@twitter.com

넷플릭스 : recruit@netflix.com

UN : recruit@un.org

케냐 나이로비 국립공원 : recruit@nairobipark.kn

아이슬란드 스나이펠스외쿨 국립공원 : recruit@Snæ-fellsjökull.isl

파리 제8대학교 : recruit@unv-paris8.fr

뉴질랜드 국립 문신 박물관 : recruit@nzl-tattoo.nzl

페루 국립 인류학 고고학 역사 박물관 : recruit@peru-archaeology.pr

　나는 장난 반 진심 반으로 평소 눈여겨봤던 회사와 기관에 메일을 보냈다. 외국의 경우에는 구글 번역기를 활용했다. CIA도 그중 하나였다.

　채용 담당자님께

　안녕하세요, 처음 뵙겠습니다.

　갑작스럽게 연락을 드리는 결례를 범하게 돼 송구스럽게 생각합니다. 메일을 보내게 된 이유를 말씀드리기 전에 우선 제 소개를 하겠습니다.

　저는 작가입니다. 나이는 서른넷이며 기혼입니다. 제7회 경상남도 스토리텔링 공모전에서 대상을 탄 것을 시작으로 시나리오, 게임, 웹툰, 웹

소설 등 서사와 관련된 모든 장르를 쓰고 있습니다. 특히 영화 시나리오는 공동 집필 경험이 있으며, 공모전 본선에 진출하기도 했습니다. 제 작품은 대화 서술, 알레고리 설정이 탁월하고 상상력이 남다르다고 자평합니다.

자서전 작가로서 스무 권의 책을 기획/대필한 경험이 있습니다. 베스트셀러(31쇄)를 쓴 경험도 있습니다. 표지 이미지, 원고, 기획서를 첨부할 테니 확인해보시고, 필요 시 해당 출판사에 레퍼런스 체크를 해보셔도 좋습니다.

본론으로 들어가겠습니다. 불쑥 메일을 보내 자기소개를 하는 건 채용을 부탁드리기 위해서입니다. 지금은 스토리텔링 시대입니다. 스토리 없이는 살아남지 못합니다. 어느 분야든 고객들에게 어필할 수 있는 브랜드 스토리를 창조해내야 합니다. 생각해보십시오. 귀사에도 스토리텔링이 분명 필요할 겁니다. 그리고 그 업무는 아마도 대부분의 기업이 그렇듯 의사 결정권자에 의해 우선순위가 밀린 실정일 것입니다.

자신 있게 말할 수 있습니다. 저는 귀사의 스토리텔링 부문을 확실히 보완해드릴 수 있는 인재입니다. 귀사에서 저를 채용해주신다면, 제가 지닌 역량에 연구와 노력을 더해 새로운 활력을 불어넣을 수 있도록 최선을 다하겠습니다.

검토 부탁드립니다.

감사합니다.

위는 기본적인 메일 내용이다. 정부 기관이면 공공성을, 사기업이면 이윤 창출을 강조했고, 회사마다 특성을 이용해 몇 마디 문구도 덧붙였다. 메일을 발송한 뒤에는 내심 기대가 돼 설레었다. 해인이 무슨 좋은 일 있냐며 오랜만에 기분이 좋은 것 같다고 물었다. 나는 좋은 꿈을 꾼 것 같다고 했다. 해인은 고개를 갸웃거렸지만 내가 기분이 좋은 게 싫지만은 않은 것 같았다.

기대와는 달리 며칠을 기다려도 회신이 오지 않았다. 좋은 꿈은 대부분 개꿈이라는 것을 잊고 있었다. 사실 어떤 회사가 이런 막무가내 연락에 회신을 하겠는가. 지금 생각해보면 당연했지만 그때는 괜히 야박하고 섭섭했던 것 같다. 나는 포기 중독자답게 금세 포기해버린 뒤 일과로 되돌아갔다.

그러던 어느 날이었다. 출근해서 인터넷에 접속해보니 메일이 한 통 와 있었다. 맞다. 그게 바로 CIA에서 온 메일이었다. 메일을 열 때 두근거렸던 게 아직도 생생하다. 메일에는 첨부한 자서전을 검토한 결과 내가 서사 창작에 재능이 있는 것 같다고 쓰여 있었다. 마침 한국지부에 별도의 인원을 보강할 예정이니 연락처를 남겨달라는 말도 있었다. 나는 쾌재를 부르며 연락처를 남겼다. 내가 CIA와 일하게 된 경위는 여기까지다. 헛된 상상이라고 여기고 악플을 달아도 할 말 없다. 내가 다른 사람이라도 믿지 않을 테니까.

5

미아 모닝스타Mia Morningstar. CIA 한국지부 비밀공작처장. 코드명 붉은 카멜레온. 아직까지 그녀와의 첫 만남이 생생하다. 4월 중순이었다. 문재인의 대통령 당선이 거의 확실시되고 있었고, 나는 신문사의 청탁을 받아 문재인과 더불어민주당을 비방하는 글을 쓰며 생명을 부지하고 있었다. 미아가 영상통화를 걸어온 건 그 무렵이었다. 메일로 연락처를 남기고 며칠 뒤였던 걸로 기억한다. 카페에 있었는데 누군가 발신 번호 표시 제한으로 영상통화를 걸어왔다. 얼떨결에 영상통화를 수락하자 휴대전화 너머에서 미아가 나타났다. 홀로그램처럼 실존 인물이 아닌 것 같았다.

CIA 한국지부 비밀공작처장 미아 모닝스타. 편하게 미아라고 불러요.

당황한 내가 누구냐고 묻자 그녀는 자신을 소개했다. 미아는 멍하니 자신을 바라보는 내가 귀여웠는지 입가에 웃음을 띠우며 교포처럼 어눌하기도 하고 능숙하기도 한 한국어로 말을 이어나갔다. 내가 어떻게 한국어를 하냐고 묻자 미아는 자신이 한국계 미국인이라고 했다. 그 뒤 미아가 무슨 말을 했는지는 정확히 기억나지 않는다. 다만 인상과 몸짓은 기억에 남아 있었다. 60대로 추정되지만 10년은 젊어 보이는 외모. 청록색 블라우스. 어깨까지 내려오는 단정한 흑발과 자연스럽게 섞여 있는 백발. 미묘하게 신경질적으로 보이는 얇은 입술. 카리스마, 아니, 광기가 깃든 눈빛. 허스키한 목소리. 허공을 어루만지는 우아한 손동작. 기억 중 일부는 내가 생산한 것이리라.

그 뒤 나는 정신을 차렸던 것 같다. 어떻게 보면 이게 면접일 텐데 꼴이 말이 아니겠구나, 라고 생각했으니. 나흘째 입고 있는 후줄근한 청바지와 셔츠. 귀를 뒤덮은 더벅머리. 나는 볼 것도 없이 초라할 내 몰골과 메릴 스트립을 연상하게 하는 세련된 외모를 지닌 미아를 비교하며 기가 죽었고, 보나마나 다른 면접관들처럼 미아도 내 첫인상에 반감을 가지리라고 확신했다.

내 말 들려요?

내가 반응이 없었는지 미아가 이렇게 물었다. 나는 그제야 정신을 가다듬고 미아의 눈을 바라봤다. 미아의 눈빛에 주눅이 들었지만 기세에서 밀리고 싶지 않아서 눈을 피하지 않았다.

눈빛이 나이스하군요. 길들여진 것처럼 보이지만 내면에 반항심을 지니고 있는 눈빛이에요. 야생 늑대 같다고나 할까. 상대하기 힘든 유형의 스파이들이 공통적으로 지니고 있었던 눈빛이죠. 훈련되는 게 아니라 타고나는 거예요. 배우 중에는 제임스 딘이 그런 눈을 지니고 있었죠. 그렇다고 당신이 제임스 딘처럼 미남이라는 건 아니니까 오해하진 말고요.

미아는 나를 쥐락펴락하고 있었다. 나는 뭐라고 대꾸해야 할지 감이 잡히지 않아 입을 달싹거리고 있었다.

농담이에요. 농담.

아, 아닙니다. 선생님.

긴장했군요. 선생님은 무슨. 편하게 미아라고 부르라니까요.

미아가 눈살을 찌푸렸다. 나는 나이가 한참 많은데 어떻게 이름을 부르냐고 했다. 미아는 그럼 마음대로 불러보라고 했다. 요원님? 선배님? 처장님? 나는 적절한 호칭이 떠오르지 않아 우물쭈물하고 있었다.

중요하지 않은 건 생략하는 게 좋지 않을까요?

미아가 끼어들었다. 그러면서 비경제적인 존칭어가 발달한 한국인답게 고리타분하다면서 유교 문화가 배어 있는 한국어는 민주화된 현대사회와 자유주의 경제체제에 어울리지 않는 언어라고 했다. 한문은 직관적이지 않고 유럽 언어는 불규칙하고 감정적이라 미개하기 짝이 없다는 이야기가 뒤를 이었다.

그나마 영어가 경제적이죠. 로망스어의 단점을 보완해 재창조했다고나 할까.

미아가 덧붙였다. 그 뒤 미아는 백 년쯤 더 지나서는 모든 사람들이 감탄사, 의성어, 보디랭귀지, 영어 명사로만 이루어진 필담으로 소통하게 될 거라고 했다. 그때 나는 잠시 이게 꿈인지 의심했던 것 같다. 미아 모닝스타라는 이름을 지닌 한국계 미국인 스파이와 언어의 경제성과 미래 언어에 대한 이야기를 나누고 있다니.

어이!

그때 미아가 소리를 질렀다. 나는 깜짝 놀라서 미아를 바라봤다. 미아는 이게 무슨 뜻인지 맞혀보라고 했다.

글쎄요. 내 말에 집중해?

내가 대답했다.

어이!

미아가 다시 소리를 질렀다. 아까보다 부드러운 어조였다.

이거는요?

제 말이 맞다는 뜻?

제법이군요. 내 말이 맞죠? 감탄사만으로도 가능하다니까.

미아가 깔깔거렸다. 그 뒤 농담을 농담으로 들을 정도로 긴장도 풀렸던 것 같다. 내가 어떤 우스갯소리를 해서 미아가 숨넘어가게 웃었던 장면도 어렴풋이 떠오른다. 유머 코드가 맞는 사람이라 함께 일할 때 스트레스를 덜 받겠다는 생각을 했던 것도. 그제야 나는 미아의 뒤편에 눈길을 줄 수 있는 여유가 생겼다. 정글짐, 미끄럼틀, 시소, 철봉 같은 놀이기구들이 눈에 들어왔다. 그러고 보니 미아는 벤치에 앉아 있었다.

그런데 지금 계시는 곳이 어딘가요?

내가 묻자 미아는 임원급 요원의 위치는 기밀이라 밝힐 수 없다고 했다. 그때 놀이터에 남매로 추정되는 황인종 아이들이 뛰어 들어왔는데, 또렷하게 들리지는 않았지만 일본어를 하고 있는 것 같았다.

혹시 일본인가요?

왜 그렇게 생각했죠?

놀이터에 일본어를 하는 꼬마들이 보여서요.

꽤 날카롭군요. 귀도 밝고. 관찰력도 있고. 본인은 예상도 하지 못했겠지만 이 일에 재능이 있는 것 같아요.

미아가 고개를 끄덕였다. 고맙다고 해야 할지 영광이라고 해야 할지 과찬이라고 해야 할지 생각하고 있을 때 미아가 너털웃음을 터트렸다.

표정을 보아하니 칭찬에 익숙하지 않아서 칭찬을 받으면 어떻게 행동해야 할지 모르는군요. 어릴 때 부모님이 칭찬에 인색했죠? 아니면 스킨십이 부족했었나요? 맞벌이에 외동아들 맞죠? 스킨십에 익숙하지 않은 외동아들. 작가가 될 운명을 타고난 작자들이죠. 예전에 몇몇 작가하고 함께 일한 적이 있는데 그 작가들도 다르지 않았어요. 그들은 예외 없이 꽁하고 뚱하죠. 두어 명하고는 섹스도 해봤는데 하나같이 혼자만 만족하더군요. 병신 찌질이들.

미아의 말이 맞았다. 부모님은 맞벌이였고, 나는 외동아들이었다. 친구라곤 애착인형밖에 없었고, 부모에게 칭찬받기 위해서는 살인이라도 할 수 있었다. 게다가 나와 섹스를 해본 사람들은 하나 같이 고개를 내둘렀다. 티는 내지 않았지만 나는 가슴이 철렁했다.

그런데 어쩌죠? 아쉽지만 틀렸어요. 여기는 일본이 아니에요. 당신은 일차적인 생각만 하고 있어요. 하나만 알고 둘은 모르는 거죠. 재미있는 생각이 났어요. 테스트를 한번 해볼까요?

미아가 테스트라는 단어에 힘을 주어 말했다. 나는 예상치 못한 제안에 당황했다.

당황한 눈치군요. 당신을 질책하는 게 아니에요. 그래요, 일종의 예비교육이라고 해두죠. 자, 내 뒤에 뭐가 보이죠?

글쎄요.

내가 답했다. 미아가 일차적인 생각이라고 지적한 뒤로 나는 움츠러들고 있었다.

어려우면 일단 보이는 것만 말해봐요.

놀이터와 일본어를 하는 황인종 아이들이 보입니다.

좋아요. 그다음에는 뭐가 보이죠? 이면을 살펴보세요.

이면이오?

나는 이렇게 반문하곤 놀이터를 살폈다. 그사이 아이들은 놀이터를 벗어나고 있었다. 눈에 힘을 줬다. 아이들이 머물다가 떠난 휑한 놀이터. 영혼의 눈으로 보려고 애를 써도 놀이터 이면에는 아무것도 보이지 않았다.

통찰력은 부족한 편이군요. 자, 지금부터 가능성을 따져봅시다. 일단 설명을 들어보세요. 맞아요. 방금 전까지 놀이터에서 놀던 아이들은 히로토와 유이나입니다. 인근에 사는 와타나베 부부의 아이들. 일반인들이 일본어를 사용하는 동양 아이들을 토대로 이곳이 일본이라고 유추하는 건 당연하죠. 당신처럼요. 그런데 그게 과연 진실일까요?

네? 진실이라뇨?

생각해봐요. 만약 이곳이 포르투갈 리스본의 재퍼니즈 타운이라면? 이렇게 한번 꼬아서 생각해봤나요? 뒤통수를 맞은 것 같나요? 이게 바로 스파이의 업무입니다. 우리는 현실을 재료 삼아 창조적인 작품을 만들어야 해요. 맞아요. 어떻게 보면 예술가 같죠. 피카소. 달리. 뒤샹. 앤디 워홀. 그들이 대중을 감동시키기 위해 예술을 한다면, 우리는 대중을 속이기 위해 예술을 하죠. 자, 그럼 다시 묻겠습니다. 여기는 어디일까요?

미아가 물었다. 머리를 굴려봤지만 알쏭달쏭해서 입이 떨어지지 않았다.

쉽지 않죠? 더 나가볼까요? 내 이야기에는 전제가 하나 있죠. 내 말이 거짓이 아니라는 전제. 그 전제 때문에 일본이나 리스본 재퍼니즈 타운이라는 추측이 유효한 거죠. 그러나 내가 당신을 속이기 위해 미리 배경을 꾸며두었다면? 히로토와 유이나 자체가 당신을 속이기 위해 기획된 거짓이라면?

미아가 퀴즈쇼 진행자처럼 과장된 손동작을 하며 말했다. 망치 같은 둔기로 머리를 얻어맞은 것 같은 느낌이 들었다. 미아의 말이 맞았다. 나는 미아의 말을 추호도 의심하지 않고 있었다. 게다가 역으로 미아의 말이 진실일 수도 있지 않은가. 나는 경우의 수를 따지기 시작했다. 미아는 계속 키득거렸다. 나는 약이 올랐지만 뚜렷한 해답은 내놓지 못했다.

자, 시간이 초과됐습니다.

어느 정도 시간이 흐른 뒤 미아가 말했다.

그럼 이제 이면을 살펴볼까요?

미아는 자리에서 일어나 앞으로 걸어 나왔고, 어느 순간 뒤로 돌아서 자신이 앉아 있던 곳을 비춰주었다. 놀이터가 아니라 스튜디오 같은 실내였다. 미아가 앉아 있던 벤치가 덩그러니 놓여 있었고, 벤치 뒤편으로 거대한 스크린이 설치돼 있었다. 스크린에는 놀이터를 촬영한 영상이 흘러나오고 있었다. 미아는 리모컨으로 스크린 속 영상을 되감았다. 히로토와 유이나가 뒤로 걸어 놀이터로 되돌아왔다. 미아가 영상을 재생시킨 뒤 다시 자리에 앉았다. 그러자 아까 내가 목격했던 장면, 미아가 히로토와 유이나가 놀고 있는 놀이터를 배경으로 벤치에 앉아 있는 장면이 재연됐다.

녹다운됐군요. 오늘은 이만하죠. 눈에 보이는 게 전부가 아니라는 걸 꼭 기억해두세요.

미아가 씩 웃었다. 의문이 들었다. 굳이 이렇게까지 해가며 나를 속일 필요가 있나. 이것만 뺀다면 그날 기억은 괜찮았다. 오히려 즐거웠던 기억으로 남아 있었다.

미아는 여타 면접관들과 달랐다. 정작 나에 대해 소개하지 못한

것을 떠올리고는 자기소개를 하려고 하자 저지하며 메일에 쓴 걸로
충분하다고 한 것이었다.

딱딱한 대화는 하지 말자고요.

미아는 덧붙였다. 이력서와 내 얼굴을 대조해보며 어떻게든 단점
을 찾아보겠다는 태도를 보이는 면접관들과 달리 진심으로 나와 대
화를 나누고 싶어 하는 것 같았다. 미아는 유년기를 보냈던 마이애
미의 날씨에 대해 이야기했고, 멕시코에서 DEA와 함께 일하던 시
절 즐겨 마셨던 테킬라에 대해 이야기했고, 동유럽 파견 근무 시절
심야 극장에서 봤던 미친 감독(안드레이 줄랍스키)의 영화에 대해
이야기했고, 패션 디자이너였던 전남편과의 지지부진했던 결혼 생
활에 대해 이야기했고, 두 딸(멜라와 토리)의 성생활에 대해 이야
기했고, 최근까지 사귀었던 캐나다 출신 래퍼(노스 사이드라고 한
다나 뭐라나)에 대해 이야기했고, 존 매케인의 대선 파트너였던 전
알래스카 주지사와 이누이트의 전통 음식에 대해 이야기했다. 워낙
달변이어서 집중할 수밖에 없었다. 이야기가 끝난 뒤 미아는 넋을
잃고 자신을 바라보는 나에게 질문이 있냐고 물었다. 나는 가장 묻
고 싶었던 말을 던졌다.

미아, 다 좋아요. 당신 말에 의하면 당신은 유능하고 노련한 스파
이죠. 그런데 당신 말을 어떻게 믿을 수 있죠? 나는 당신을 처음 보
는데 어떻게 당신이 CIA 요원인 걸 증명할 거죠?

방법이 하나 있죠.

미아가 기다렸다는 듯이 말했다. 나는 그게 뭐냐고 물었다.

인터넷.

미아가 대답했다. 그리고 잠시 화장실에 다녀올 테니 그동안 인터넷에 미아 모닝스타를 검색해보고 있으라고 했다. 예전과 달리 요새는 인터넷 때문에 신분을 속이기 어려워졌다고 투덜대면서.

인터넷이 좋은 건 이거 하나죠. 나를 증명할 때.

미아의 목소리에는 자신감이 깃들어 있었다.

나는 미아가 자리를 비운 사이 미아 모닝스타를 검색했다. 지금보다 젊어 보이는 미아의 사진이 나왔다. 전직 아시아태평양지역 책임자. 미아는 생각보다 거물이었다. 연관 검색어로 CIA, 청문회, 자서전『도전과 환멸』이 떴다. 미아는 대단한 스파이였다. 세계 현대사의 굵직한 사건에 모두 존재감을 드러내고 있었다. 한국 현대사에도 여러 차례 이름을 올렸다. 광주 민주화운동, 6월 항쟁부터 6·15 공동선언, 10·4 남북정상회담까지. 미아는 2000년대 초반 CIA가 블랙사이트라고 일컬어지는 비밀 감옥에서 알카에다 테러 용의자를 고문했다는 사실이 드러난 이후 그 책임을 안고 은퇴했다고 알려져 있었는데, 아무도 모르게 특수 정보 관리자로 복귀했다는 게 밝혀져 논란을 불러일으켰다. 미 국가안보국NSA 소속 에드워드 조지프 스노든의 폭로가 발단이었다. 당시 미아는 프리즘 프로젝트를 통해 전 세계 인구의 개인 정보를 손아귀에 넣은 채 운용하고 있었다.

맞아요. 나는 감시해요. 세계 시민의 안전을 위해 감시합니다. 체제의 안정을 위해 감시합니다. 감시해서 이 세계를 지킬 수 있다면 감시가 대수인가요? 내가 감시한다고 비난하는 현실이 온당하다고 생각하나요? 여러분은 어떻게 달면 삼키고 쓰면 뱉나요? 언제는 지켜달라고 애원해놓고선 말이죠. 내가 여러분의 휴대전화 좀 들여다본 게 그리 잘못인가요? 메일을 보고 시시콜콜한 연애편지를 본 게요? 사생활을 침해했다고요? 개인 정보를 유용했다고요? 섹스 동영상을 훔쳐봤다고요? 시인 노아가 시민운동가 앨리슨에게 사랑을 고백한 문자메시지를 봤다고요? 그런데 그거 알아요? 아니, 둘이 불륜 관계라는 것 말고요. 앨리슨의 휴대전화를 들여다보다가 이슬람 원리주의 단체의 표적이 된 걸 알고 그녀를 구한 사실 말이에요. 앨리슨은 언제든지 나를 위해 증언할 준비가 돼 있습니다. 나는 9·11 참사를 다시 맞이하느니 차라리 오늘처럼 청문회에서 굴욕을 당하겠습니다. 왜 프리즘 프로젝트가 9·11 이후 50건 이상의 잠재적 테러를 방지했다는 건 전부 외면하죠? 왜 사생활 타령만 하는 건지 도무지 납득이 되지 않는군요.

미아의 청문회가 회자되기도 했다. 당시 미아는 앞에 놓인 물을 홀짝홀짝 마셨는데, 사실 보드카였고 미아가 알코올의존증이었다는 이야기가 떠돌면서 화제가 되기도 했다. 미아는 청문회 이후 관타나모에 1년 동안 수감됐다.

내 국적은 미국도 한국도 아닙니다. 나는 공화당을 위해서도 민주당을 위해서도 일하지 않습니다. 부자들을 위해서도 서민들을 위해서도 일하지 않습니다. 나는 자본주의를 위해 일합니다. 자본주의는 차악입니다. 현대사회는 차악을 선택하는 게임이고, 우리는 그 차악을 지키기 위해 무슨 짓이든지 해야 합니다. 북유럽 복지 시스템과 독일식 사민주의가 우월하다는 건 공산주의자들의 선동입니다. 중국 좌파 정부의 부패와 북한 김씨 정권의 몰락을 보세요. 기본 소득 보장, 복지 혜택은 죄악입니다. 비겁하고 정직하지 않은 제도입니다. 우리는 노력한 만큼 벌어야 합니다. 축적된 부와 근면성실한 노동 습관을 자손들에게 물려줘야 합니다. 인류는 더 나은 미래를 위해 헌신해야 합니다. 꼰대의 잔소리라고 치부해도 좋으니 할 말은 해야겠어요.

언젠가 국내 언론과의 인터뷰에서 미아는 말했다. 관타나모에서 출소한 뒤였던 것 같다. 수감 기간 동안 집필한 자서전 『도전과 환멸』 출간 기념 기자 간담회였는데, 미아는 이 책에서 자신이 한국계 입양아라는 것을 밝혔다. 60년대 초반 서울에서 태어난 미아는 부모에게 버림받은 뒤 고아원을 전전하다가 미국으로 입양됐다. 기자가 당신 이름이 미아인 건 어떤 상징적인 의미냐고 물어봤을 때 미아는 세상을 살면서 잊지 말아야 할 건 분명 존재한다고 말했다. 내가 드라마 같은 미아의 인생 역정 요약본을 읽고 있을 때 미아가 돌아왔다. 헌앨리스를 연상시키는, 아니, 어쩌면 더 극적인 인생을 살아온 인물이 눈앞에 있다니. 그 인물이 불안과 비관의 늪에서 허우적대던 내게 손을 내밀어주었다니.

걱정 말아요. 이제 술은 완전히 끊었으니까. 이제 나를 믿을 수 있겠어요?

미아가 말했다. 나는 홀린 듯 고개를 끄덕일 수밖에 없었다.

미아의 수다는 마침내 은퇴한 뒤 할리우드에서 스파이 영화 자문으로 활동한 대목까지 이르렀다. 마틴 스콜세지, 로버트 드 니로, 레오나르도 디카프리오와 친목 모임을 만든 이야기를 했고, 「지. 아이. 조」를 자문하면서 연이 닿은 이병헌의 결혼식에 참석한 이야기도 했다.

스파이 영화가 왜 쇠락하고 있는 줄 알아요? 내가 할리우드를 떠났거든.

미아는 너스레를 떨었다.

한 편의 영화를 본 것처럼 시간이 꽤 흐른 것 같았다. 창밖은 어둑해져 있었다. 카페는 텅 비어 있었고, 매니저는 내 눈치를 보며 마감을 하고 있었다. 미아 주변도 어둑해져 있었다. 나는 문득 미아의 거처가 한국과 시간대가 비슷한 곳이겠거니 생각했다. 이렇게 쉽게 추측을 했다가는 미아에게 한소리 들을지도 모른다는 생각이 들기도 했다. 그러자 진짜 스파이가 된 것 같아서 야릇한 기분이 들었다.

아 참, 수다만 떨고 업무에 대해선 이야기하지 않았네요. 나는 이번에 한국지부 비밀공작처장으로 부임하며 현업에 복귀했습니다. 기존 CIA 한국지부 안에 비밀공작처를 신설한 거라고 생각하면 돼요. 당국 요청에 의해 심사숙고하다가 결정한 거예요. 북핵 문제도 있고 중국, 러시아를 견제하기 위한 군사 요충지이기도 하고 한국이 워낙 특수한 지형에 위치한 국가라 경험 많은 내가 필요했나 봐요. 은퇴한 지 10년이 다 됐는데 걱정이에요. 그만큼 늙기도 했고요. 그래도 이왕 하기로 한 거 잘해보고 싶어요. 때마침 모니터링 요원을 채용할 계획이었는데 당신이 그 업무에 부합하는 거 같아요. 안 그래도 작가들을 모집할 예정이었거든요. 어떻게 알고 연락이 닿았는지, 이런 걸 보고 운명이라고 하나 봐요. 작가들은 예로부터 우리와 협업을 해왔어요. 정보원이었던 서머싯 몸과 헤밍웨이가 유명하죠. CIA는 금전적으로 지원하고 작가들은 상상력이 깃든 정보를 제공해주는 이른바 상생. 당신도 CIA의 지원으로 대문호가 될지 누가 알아요?

미아는 이야기의 말미에 보수를 제시했다. 생각보다 큰돈이었다. 나는 솔직히 전문적이지 않은 일, 그러니까 많아야 한 달에 100만 원 정도 받을 수 있는 일을 예상했었다. 데이터 정리나 녹취 파일 문서화 같은 자질구레한 업무 말이다.

그런데 무슨 일을 하는 건가요?

내가 물었다. 보수가 생각보다 커서 내심 불안하기도 했다. 느낌이 마냥 좋지만은 않았다. 정보기관과 얽혀서 쥐도 새도 모르게 사라진 사람들을 다룬 르포를 종종 봐왔던 터였다. 영화나 드라마에서도 스파이는 대체로 끝이 좋지 않았다. 미아는 채용이 아직 확정되진 않아서 무슨 일을 하는지는 말해줄 수 없다고 했다.

기밀이거든요.

미아가 갑자기 목소리를 깔았다. 나는 고개를 끄덕일 수밖에 없었다. 미아는 다만 하는 일이 무엇이든 걱정하지 말라고 했다. 세계 평화와 질서 유지를 위한 업무니까 마음 놓고 투신해도 된다고 했다. 아니면, 지금 경제 상황이 어렵지 않냐고 했다. 생계를 생각하라고 했다.

해인 씨도 퇴사해서 생계가 그리 넉넉하진 않을 텐데요?

미아의 입에서 해인의 이름이 나왔을 때 나는 나도 모르게 작은 탄성을 내뱉었다.

이렇게 놀랄 줄 알고 해인 씨 이야기는 하지 않으려고 했는데. 걱정 마요. 이름만 알지 아직 얼굴은 모르니까.

미아가 거드름을 피웠다.

더 해볼까요? 돈을 받고 보수정당이나 재벌을 지지하는 글도 썼네요? 정치 성향은 리버럴인 게 특이하긴 하더군요. 뭐, 이해는 해요. 일은 일이니까요. 현앨리스를 주인공으로 소설 같은 걸 쓰기도 했군요. 현앨리스는 매력적인 스파이이자 역사의 희생양이었죠. 젊은 요원들이 현앨리스의 발끝이라도 쫓아갔다면 미국은 더 강대국이 됐을 텐데요. 애송이들. 얼른 퇴근해서 애완동물 산책시킬 생각만 머릿속에 가득하니. 그만두지 말고 끝까지 다 써보지 그랬어요. 시작이 좋던데. 왜요? 놀랐어요? 면접 전에 당신 노트북에 들어가봤어요. 당신이 어젯밤 꾼 꿈도 아는데 말해줄까요?

미아는 농담을 섞어가며 나에 대한 폭로를 이어나갔다. 나는 얼굴이 달아올랐다.

그래도 눈에 띄는 나쁜 짓은 하지 않은 것 같네. 전과도 없고.

미아가 혼잣말하듯 중얼거렸다. 그 뒤 미아는 합격이든 불합격이든 연락을 할 테니 기다리라고 했다. 대신 오늘 보고 들은 건 모두 비밀이며, 해인에게도 비밀로 하라고 다시 한 번 입단속을 했다. 우리는 철통같이 약속을 했다.

만나서 반가웠어요.

미아가 말했다. 그리고 마지막으로 묻고 싶은 게 없냐고 했다. 나는 왜 나를 선택했냐고 물었다.

당신이 먼저 메일을 보냈잖아요?

미아가 되물었다. 명쾌했다. 미아의 말은 사실이었다. 나는 난생처음으로 내가 선택한 회사에 취직이 될지도 모르는 상황이었다.

면접은 끝났다. 전화를 끊은 뒤 나는 과거를 돌이켜봤다. 마음에 걸리는 악행은 떠오르지 않았다. 다음에는 포털 사이트에 내 이름과 아이디를 검색해봤다. 흠잡을 만한 흔적은 없었다. 해인의 아이디도 검색해봤다. 미니멀리즘 동호회에 쓴 게시글이 보였다.

배우자를 버리려면 어떻게 해야 할까요?

나는 그 글을 클릭했다. 회원에게만 보이는 글이었다. 나는 회원 가입 버튼을 클릭했다. 가입 절차가 이어졌다.

최근에 무엇을 버리셨습니까?

마지막으로 이 질문이 나왔다. 나는 최근에 버린 것들을 떠올렸다. 양심. 꿈. 목표. 자존심. 걸작을 쓰고 싶은 마음.

6

행복＋행복＝행복. 행복에 행복을 더하면 두 배의 행복이 아니라 하나의 행복이다. 행복은 점점 둔감해지니까. 그리고 생각하게 된다. 내가 지금 행복한 걸까. 다른 사람에게 물어보면 백이면 백 이렇게 대답한다. 넌 나에 비해 행복한 거야.

절망을 계산하는 방법도 유사하다. 절망＋절망＝절망. 절망에 절망을 더하면 두 배의 절망이 아니라 하나의 절망이다. 각각의 절망은 서로의 영역을 침범해 하나의 거대한 절망이 되기 때문이다. 그리고 생각하게 된다. 내가 지금 절망적인 걸까. 다른 사람에게 물어보면 백이면 백 이렇게 대답한다. 넌 나에 비해 행복한 거야.

—8장「절망＋절망＝절망」中

미아의 자서전 『도전과 환멸』에서 발췌한 대목이다. 미아가 첫 남편과의 이혼 소송을 끝낸 뒤 쓴 일기였는데, 이 구절들은 내게 큰 울림을 주었다. 당시 내 심정도 비슷했기 때문이리라. 절망 조각들이 모이고 모여 거대한 절망 덩어리를 이룬 느낌 말이다.

그래도 죽으라는 법은 없었다. 내게 희망의 서광이 비치고 있었던 것이었다. 그 빛을 비추는 사람은 바로 『도전과 환멸』의 저자 미아 모닝스타였다. 그런데 하나 궁금한 것. 절망과 희망을 더하면 무엇일까. 경험을 되새겨보면 답을 짐작할 수 있다. 희망은 유리보다 쉽게 산산조각 나며 그 사이로 금세 절망이 비집고 들어온다.

$$\therefore \ 절망 + 희망 = 절망$$

희망을 손에 넣는 건 호락호락하지 않았다. 영상통화를 마친 뒤 미아에게 보름 넘게 연락이 없었던 것이었다. 몇 차례 연락을 기다리고 있다는 메일을 보냈지만 회신도 없었다. CIA 업무에 방해될까봐 모든 일을 그만둔 터라 더욱 초조했다. 해인에게 말하고 싶어서 입이 근질거렸지만 약속을 벌써부터 어길 수는 없었다. 혹시 비밀 작전이라도 맡게 되면 해인은 아무것도 모르는 게 좋을 것 같았다. 내가 죽어도 해인에게는 수억 원의 보상금이 돌아갈지도 모른다. 해인은 나에 대한 좋은 기억을 간직한 채 살아갈 것이다. 해 질 녘 청담동 펜트하우스에서 한강을 바라보다가 문득 나를 떠올리곤 웃음 짓겠지. 고마워. 당신의 희생이 나를 풍족하게 만들었어. 당신은 내 기억 속에 영원히 살아 숨 쉴 거야.

어느덧 5월이 됐고 예상대로 문재인이 대통령으로 당선됐다. 박근혜 정권 때처럼 뉴스를 보는 게 고통스럽진 않았지만 현실의 고통은 그대로였다. 그 고통에는 미아를 기약 없이 기다리는 것도 한몫했다. 나는 희망 고문에 지칠 대로 지쳐버렸다. 희망의 빛은 서서히 약해지고 있었다. 그 무렵이었던 것 같다. 희망의 불씨를 되살리기 위해 미아의 자서전을 읽기 시작한 것은. 미아의 자서전은 절판된 지 오래였다. 인터넷 중고서점에서 상당한 가격을 주고 구입해야 했다. 놀랍게도 속지에는 미아의 서명이 있었다. 영원한 사랑을 담아서 조셉 남에게. 이런 문구도 쓰여 있었다. 개자식, 영원히 사랑한다고 할 땐 언제고. 나중에 보여주자 미아가 분을 참지 못했던 게 기억난다.

『도전과 환멸』에서 흥미로웠던 건 미아가 시대착오적인 스파이였다는 것이었다. 일례로 미아는 현금으로 월급을 받는 것을 선호했고, 은행도 믿지 않아서 전 세계 열다섯 군데에 비밀 금고를 마련해뒀다. 인터넷을 멀리했고 끝까지 고전적인 첩보 기술을 사용한 스파이기도 했다. 정보원과의 의리를 중시했고, 상점과 거리 곳곳에 친구를 만들어놓았으며, 타국 공작원과 정기적인 친목 모임을 갖기도 했다. 스파이에게 배신은 배신이 아니라는 체념적인 직업관을 가진 마지막 세대기도 했다. 낭만. 직관. 시. 불확실. 기다림. 미아를 떠올리면 연상되는 단어들이다.

이 책에는 실전 기술들도 나왔는데, 나는 혹시나 해서 미아가 자주 사용했던 암호 몇 가지를 기억해놓았다. 미아는 음악을 활용하는 것을 즐겼다.

AC/DC「Highway to Hell」: 도망가라

The Beatles「Michelle」: 다음 약속 장소에서 보자

Mariah Carey「Hero」: 모르는 척하라

캐럴「울면 안 돼Santa Claus Is Coming to Town」: 같은 편이니 안심하라

밤에 골목길을 걷고 있는데, 누군가 휘파람으로 AC/DC의「Highway to Hell」을 분다면 뒤도 돌아보지 말고 달아나길 권한다. 약속 장소로 향하고 있는데, 근처 옷가게에서 비틀스의「Michelle」이 흘러나온다면 주저 말고 다음 약속 장소로 향하라. 어느 날 애인이「Hero」를 흥얼거리고 있다면 모르는 척하길 바란다. 위급 상황에 처했을 때 어디에선가「울면 안 돼」가 들린다면 마음을 놓아도 된다. 혹시 모르니 꼭 기억해두시길. 목숨은 부지할 수 있을 테니.

문득 여러분이 되도록 빠르게 미아를 파악하는 걸 돕기 위해서는 『도전과 환멸』의 인상적인 구절을 발췌하는 것보다 효과적인 방법은 없을 거란 생각이 든다.

p. 38. 나는 부품이다. 나는 철골이고, 볼트다. 나는 뱃머리도 아니고, 돛도 아니다. 나는 배를 구성하는 기본적인 단위다. 스파이는 경계해야 한다. 삶의 주인공이 되고 싶은 욕망을.

p. 118. 히틀러도 죽었고, 체 게바라도 죽었고, 마오쩌둥도 죽었고, 스탈린도 죽었다. 레이건도 죽었다. 나도 마찬가지다. 그러나 자본주의는 죽지 않을 것이다.

p. 209. 나는 카멜레온이다. 위장술과 속임수에 능해서 붙은 별명이다. 그날 격전 이후 나는 붉은 카멜레온이 됐다. 적의 피를 뒤집어쓰고 사흘 동안 죽은 척하여 혼자 살아남았다. 그날 몸에 묻은 피는 한 달 동안 지워지지 않았고, 지금까지 체내 곳곳에 남아 있다. 나는 붉은 카멜레온이다.

p. 311. 나는 정보원에게 말한다. 본 요원을 믿지 마라. 나는 두 딸에게 말한다. 엄마를 믿지 마. 나는 애인에게 말한다. 달링, 나를 믿지 마요. 나는 보스에게 말한다. 저를 믿지 마세요. 나는 국가에게 말한다. 나를 속이려고 들지 마라.

p. 424. 내 목숨은 다섯 개다. 문제가 있다면 모두 소진했다는 것이고. 나는 죽은 채 살고 있다. 그런데 국가는 끊임없이 명령을 내려서 목숨을 걸게 한다. 나는 대답한다. 카피 댓.

『도전과 환멸』은 초판도 채 팔리지 않았다. 나름 자서전 전문가로서 실패 요인을 분석해보자면, 우선 제목부터 문제였던 것 같다. 원제는 'Take up the gauntlet'. 도전에 응하다, 이 정도로 해석할 수 있는데, 아무리 원제가 밋밋하다고 국내판 제목도 밋밋하면 안 된다. 아무리 그래도 그렇지 『도전과 환멸』이 뭔가. '코드명 붉은 카멜레온의 마지막 회고록'처럼 장르적인 느낌이 들거나 '붉은 영혼이 네 피부에' 같은 감성적인 제목이었으면 좋았을 텐데. 내용도 아쉬운 점이 많았다. 과장과 생략에 대한 전략이 필요했다.

과장할 부분 : 붉은 카멜레온 명명 관련 일화, 파견 요원 시절, 관타나모 수감 생활, 프리즘 프로젝트, 청문회 비화, 구사일생, 미아라는 이름에 얽힌 사연, 타국 스파이와의 로맨스, 첩보 기술, 정치 알력 다툼.

생략할 부분 : 과도한 리얼리티, 스파이의 정체성과 고뇌, 외로운 일상, 역사적 맥락에서의 스파이, 첩보 이론, 자본주의에 대한 사유, 후대에게 남기는 충고.

이 책은 미아가 살아온 삶의 매력을 배가시키지는 못할망정 반감시키고 있었다. 만약 내가 대필했다면 미아 모닝스타를 공화당 대선 후보로 만들 자신이 있었다.
나는 미아의 연락을 기다리는 동안 자서전을 세 번이나 읽었다.

어느덧 6월이 됐다. 북한은 여전히 핵 실험을 했고, 정부는 여전히 평화를 부르짖었으며, 트럼프는 여전히 트위터를 했다. 그리고 미아는 여전히 연락 두절이었다. 나는 미련을 버렸다. 마냥 기다릴 수는 없었다. 나는 일상으로 돌아갈 채비를 했다. 카페와 집을 오가며 생계 걱정이나 하는 삶 말이다. 어쩌면 이런 일상이 두려워서 미아의 연락에 더 목을 맸는지도 모른다.

아, 맞다. 그즈음 일상을 깨뜨리는 소동이 하나 있었다. 텃밭이 문제였다. 그동안 텃밭은 우리 빌라의 명물이 됐다. 4장에서 말했듯이 다른 입주자들도 텃밭을 함께 가꾸기 시작한 것이었다. 수확한 작물로 옥상에서 바비큐 파티를 했던 게 기억에 남는다. 그날 우리는 처음으로 한자리에 모여 대화를 나눴다. 무슨 일을 하고 있는지. 앞으로 무엇을 하고 싶은지. 고민이 무엇인지. 고민을 어떻게 해결해 나갈 것인지. 우리는 같은 나라 같은 빌라에서 같은 고민을 하고 있는 것만으로도 충분히 동질감을 느낄 수 있었다. 해인도 만족하는 눈치였다. 우리는 종종 이런 자리를 마련하자는 약속을 끝으로 헤어졌다. 텃밭을 위하여! 헤어지기 전에는 한목소리로 외치기도 했다.

안타깝게도 공동의 행복은 오래지 않아 깨져버렸다. 임대인이 정기 점검 차 빌라에 왔다가 텃밭을 보고 단체 메시지로 책임을 물은 것이었다. 대답이 없자 임대인은 진종일 텃밭을 지키고 서 있었다. 그날 밤이었던 것 같다. 누군가 우리 집 문을 두드렸다. 문을 열었더니 임대인이 씩씩거리며 서 있었다. 나는 시치미를 떼고 무슨 일이냐고 했다. 임대인은 CCTV를 돌려봤는데, 내가 텃밭 경작의 시작이라고 따졌다. 나는 당신은 CCTV를 부적절하게 활용해 사생활을 침해했고, 빌라의 주인이긴 하지만 나의 주인은 아니지 않냐고 지적했다. 임대인 얼굴이 붉으락푸르락해졌다. 나는 이때다 싶어서 텃밭을 가꾼 게 뭐 그리 잘못됐냐고 몰아붙였다. 임대인은 적반하장도 유분수라고 이 빌라와 토지는 자신의 소유이며 그러므로 텃밭을 만들더라도 허락을 받았어야 했고 여기까지 온 이상 허락할 생각이 없으며 그러므로 무단으로 사유지를 도둑질한 것에 대한 책임을 질 각오를 하라고 했다. 나는 어차피 놀고 있는 땅인데 뭐 어떠냐고, 세입자에게 그 정도 권리도 없냐고 따졌다. 솔직히 말해 아무것도 모르고 감정에 동해 큰소리친 것이었다. 왜 그렇게까지 임대인의 심기를 건드렸는지 지금도 잘 모르겠다. 뭐 그렇게 나쁜 짓을 했다고 저렇게 집 있는 티를 내는지 서러웠던 것 같다. 임대인은 소송을 걸 거라고 했다. 나는 청와대 국민청원 게시판에 청원을 올리겠다고 했다. 임대인은 역시 좌파 정권이라서 빨갱이들이 설친다고 핏대를 세웠다. 다른 입주자들은 모른 척 뒤로 빠져 있었다. 당시에는 섭섭했지만 지금은 이해한다. 블로그 독자 중 빌라 입주자가 있다면 그날 함께 외쳤던 구호를 잊지 않고 있다는 말 전하고 싶다.

그로부터 일주일 뒤였다. 피의자 신분으로 관할 경찰서에 출두하라는 통보가 왔다. 그 무렵이었다. 미아에게 문자 메시지가 온 것은.

20170605 14:00 82.9170, 671.984612

일자와 시간을 제외하고는 생전 처음 보는 형태의 수열이었으나, 미아의 지령이라는 것을 확신한 건 『도전과 환멸』에서 본 미아 특유의 장소 기술법 때문이었다. 미아는 장소를 통보할 때 소수점 좌표 기술을 선호했다. 그다지 어려운 암호는 아니었지만 한눈에 위치가 파악되지 않았고, 그래서 위기가 닥쳤을 때 조금이라도 시간을 벌 수 있기 때문이었다. 물론 미아는 한 번 더 꼬았다. 좌표 각각의 숫자에서 메시지에 표기된 일자의 요일 순번을 더하는 방식이었다. 그러니까 월요일은 더하기 1, 화요일은 더하기 2, 일요일은 더하기 7. 6월 5일이 금요일이니까 좌표의 모든 수에 5를 더하면 됐다. 나는 계산을 해서 구글에 입력했다.

37.4625, 126.439167

첫 작전 장소는 인천국제공항이었다. 6월 5일이 될 때까지 공항을 무대로 한 긴박한 첩보전이 시도 때도 없이 머릿속에 그려졌고, 두근거리는 가슴을 진정시키느라 애를 먹었던 게 떠오른다.

나 모르게 어디 좋은 데라도 가나봐?

당일 오전 콧노래를 부르며 옷을 갈아입자 해인이 이렇게 물었던 것도. 털어놓고 싶었지만 약속은 약속이었다. 혹시 몰라 해인에게는 사보 취재차 경상도 일대를 답사해야 한다며 며칠 동안 외박할지도 모른다고 했다.

　수상해. 수상해. 요새 내 눈치 많이 보는 거 알지? 혹시 나 모르게 이상한 데서 일하는 거 아니지? 국정원 같은 데 말이야.

　해인이 입을 비죽거렸다. 나는 가슴이 덜컹해서 그게 무슨 소리냐고 짜증을 냈다. 해인은 그냥 해본 소린데 왜 흥분하냐며 아니면 됐다고 했다.

　나는 공항버스 정류장으로 향했다. 그런데 왜 공항으로 오라고 한 거지? 뉴스를 보니까 오늘 오바마가 이명박을 만나기 위해 방한한다고 하던데 혹시 납치라도 하라는 거 아니야? 막상 출발하니까 마음이 복잡해졌다. 날씨도 복잡한 마음을 부추겼다. 초여름인데도 밤새 비가 내려서 그런지 쌀쌀했다. 안개도 자욱했고 하늘도 까무잡잡했다. 본격적인 여름이 시작되기 전 마지막 서늘함인 것 같았다. 을씨년스럽다라는 표현을 촌스럽게 여겨서 쓰지 않는 내가 그보다 어울리는 표현을 찾지 못해 을씨년스럽다라고 쓸 만큼 을씨년스러운 날씨였다. 그러고 보니 을씨년스럽다라는 어구만큼 스파이와 잘 어울리는 날씨는 없을 거라는 생각도 들었다. 나는 백팩에서 『도전과 환멸』을 꺼내 들었다. 『도전과 환멸』을 옆구리에 끼고 걸으니 미아와 동행하는 기분이 들어서 마음이 한결 평온해졌다.

　버스에는 다섯 명이 타고 있었다. 모두 이어폰을 꽂고 있거나 창밖을 내다보고 있었다. 얼굴을 외워라. 『도전과 환멸』에서 미아가 신입 스파이를 교육시킬 때 주지시키는 문장 중 하나였다. 나는 승객들의 얼굴을 기억하려고 애썼다. 한국인 넷. 백인 하나. 여자 셋. 남자 둘. 하나같이 내게 관심이 없어 보이는 사람들.

미아의 충고대로 나는 모든 좌석을 관찰할 수 있는 뒤편에 앉았다. 버스가 출발한 뒤에도 한동안 경계를 늦추지 않았다. 시간이 흘렀다. 아무 일도 일어나지 않자 긴장이 슬며시 풀렸다. 졸음이 몰려왔다. 나는 버텼다. 미아가 자서전에 쓴 대로 수면욕은 모든 욕구를 초월했다. 마침내 나는 미아가 스파이가 절대 해서는 안 되는 행동이라고 거듭 강조했던 짓을 하고 말았다. 대중교통에서 졸기.

눈을 뜬 건 인천공항에 거의 다다랐을 무렵이었다. 옆에 누군가 앉아 있었다. 20대 초반의 앳된 흑인 남자였다. 그는 반바지에 후드 티를 입고 있었고, 검은색 비니를 눌러쓰고 있었다. 이어폰을 낀 채 어깨춤을 추고 있었는데, 이어폰에서는 힙합이 새어 나왔다. 내가 아는 유일한 래퍼인 켄드릭 라마를 연상시켰다. 기억을 더듬어봤지만 버스 안에서 처음 보는 사람이었다.

내가 졸고 있는 사이 다른 정류장에서 승차한 것 같았다. 라마는 어깨춤만 출 뿐 다른 행동은 하지 않았다. 나는 잠시 경계를 하다가 여행을 하고 돌아가는 사람이겠거니 생각하며 창밖을 봤다. 먹구름 사이로 쨍쨍한 하늘이 보이기 시작했고, 후덥지근한 기운이 느껴졌다. 나는 에어컨을 머리 위로 조정했다.

잘 잤어요?

그때 라마가 물었다. 한국인보다 더 정확한 발음이었다. 나는 어리둥절한 채 그를 봤다. 그는 씩 웃었다. 미아가 괜히 졸지 말라고

한 게 아니었다.

저를 아세요?

내가 물었다. 그는 나를 바라보며 천진난만한 표정을 지었다. 문득 영화에서 보던 소년 갱이 떠올랐다. 나는 유독 천진한 표정으로 총을 쏘거나 칼로 찌르는 소년 갱들에게 공포를 느꼈는데 라마의 눈빛이 딱 그랬다. 순박한 웃음을 지으며 내 배에 칼을 쑤셔 넣고는 햄버거를 게걸스럽게 먹어치울 것 같았다.

누구세요?

다시 한 번 물었다. 그는 끈질기게 나를 바라보기만 했다. 불안감이 엄습했다. 나는 자리를 옮기기 위해 일어섰다. 그가 내 어깨를 잡고 강제로 앉혔다.

대체 왜 이러나요?

나는 거의 울먹이고 있었다. 그때였다. 그는 내게 서류 봉투를 건넸다. 나는 영문을 몰라서 봉투를 받아 든 채 그를 바라봤다. 라마는 경례하는 시늉을 한 뒤 자리에서 일어나 몇 칸 앞으로 옮겼다. 나는 라마의 기행을 이르듯 주위를 훑어봤지만, 승객들은 졸거나 휴대전화를 들여다보고 있었다. 나는 심호흡을 한 뒤 라마가 건넨 봉투를 열었다. 항공권이 들어 있었다. 홍콩행 항공기로 이륙 시간은 다섯 시였다. 미아의 지령대로 오후 두 시경 인천공항에 도착할 예정이었으니 탑승 시간까지는 충분했다. 여권도 들어 있었다. 나는 여권을 펼쳤다. 내 사진이 붙어 있었다. 그러나 이름이 달랐다.

이름 : 전창진

　나는 상황을 정리하기 위해 머리를 굴렸다. 미아였다. 미아는 내게 전창신으로 위장한 채 홍콩 행 비행기를 타라고 주문하고 있었다. 그런데 왜 위장까지 하는 것일까. 왜 홍콩으로 가는 것일까. 경우의 수를 따져봤지만 뚜렷한 정답은 떠오르지 않았다. 모르긴 몰라도 비밀 작전인 것 같았다. 나는 창밖으로 눈길을 던졌다. 인천공항이 가까워지자 도로는 한산해졌고, 더할 나위 없이 맑은 하늘이 보였다. 날씨와 달리 내 마음은 휴대전화 배터리가 얼마 남지 않은 것처럼 조마조마했다.

　인천공항 터미널에 도착했다. 라마가 앞서 내렸고, 나도 서둘러 내렸다. 라마에게 미아의 의중을 묻고 싶었다. 라마는 공항 게이트로 들어가고 있었다. 라마를 뒤쫓아가려고 할 때 누군가 나를 불러 세웠다. 버스 기사였다. 기사는 장방형의 딱딱한 서류 가방을 건넸다. 잠금장치도 달린 가방이었다.

　제 가방이 아닌데요.

　내가 말했다. 생전 처음 보는 가방이었고, 뭔가 착오가 있나 싶었다.

　당신 가방이 맞습니다. 전창진 씨.

　기사가 내 손에 가방을 들려주었다. 전창진이라는 이름을 듣는 순간 온몸에 소름이 돋았다.

　가져가는 게 좋을 거예요. 나도 여기까지밖에 몰라요.

기사가 통보한 뒤 버스에 올라탔다.

나는 홍콩으로 떠나기 위해 낯선 가방을 들고 인천공항으로 들어섰다. 나는 스파이다. 이 세상을 위기에서 구하기 위해 목숨을 건다. 나는 미아가 작전에 임하기 전에 되뇌는 문장을 중얼거려봤다. 문득 의문이 들었다. 그런데 무엇을 위해 이 세상을 구하는 것인가. 나를 위해? 해인을 위해? 그것도 아니라면 무엇을 위해? 단순히 돈을 벌기 위해? 세계 평화와 질서 유지를 위해? 그런데 내가 왜 그래야하지?

7

본능을 따르면 동물이다. 이 문장은 수정돼야 한다. 본능만 따르면 동물이다. 이게 좀 더 정확한 문장이다. 인간은 본능을 따르기도 하고 이성을 따르기도 한다. 허나 절체절명의 순간에는 대개 본능을 따른다. 그런 인간의 특성을 이용하는 게 바로 스파이다. 불안. 공포. 탐욕. 스파이는 인간의 본능을 자극하는 직업이다. 스파이 역시 인간이다. 게다가 누구보다 절체절명의 순간을 많이 겪는다. 그러므로 스파이는 항상 자신을 의심해야 한다. 미아의 지론이다.

나 역시 내 정체를 의심하기 시작했다. 모든 게 이상했다. 무슨 상황인지 짐작도 되지 않았다. 나는 우선 멀리 떨어져서 나를 관망하기로 했다. 나는 전창진이라는 위장 신분을 부여받은 뒤 정체불명의 가방을 들고 공항 로비를 방황하고 있었다. 전창진은 홍콩으로

가는 다섯 시 항공기를 타야 한다. 그런데 나, 아니, 전창진은 어떤 사람이지? 그때 문득 떠오르는 생각이 하나 있었다. 이 가방 속에는 무엇이 들었지? 가방 속에 단서가 들어 있을지도 몰랐다. 무턱대고 열어볼 수는 없었다. 어딘가에 전창진을 감시하는 눈이 있을지도 몰랐다. 전창진은 주변을 살폈다. 다양한 인종이 뒤섞인 인천공항. 모두가 각국의 스파이인 것 같았고, 전창진을 뒤쫓는 것 같았다.

전창진은 화장실로 향했다. 수많은 사람들이 전창진을 지나쳐 갔다. 모두 자신을 해치려고 다가오는 것 같아서 전창진은 불안했다. 그때 전창진 곁을 지나가던 남자가 주머니에 손을 넣었다. 어쩌면 그는 주머니에서 총을 꺼내 전창진을 쏠지도 몰랐다. 전창진은 비명을 지르며 고개를 숙였다. 그는 주머니에서 휴대전화를 꺼내며 전창진을 의아한 눈빛으로 바라보았다. 주변에 있던 사람들이 웅성거렸다. 전창진은 눈치를 보다가 화장실을 향해 달려갔다. 발을 헛디뎌 넘어지기까지 했다. 가방이 바닥에 나뒹굴었다. 잠금장치가 부서졌고, 가방에서 인형들이 튀어나와 흩어졌다. 돌고래 인형. 곰 인형. 호랑이 인형. 사람들이 술렁거렸다. 전창진은 급하게 인형을 주워 담은 뒤 화장실로 뛰어 들어갔고 변기에 앉아서 문을 잠갔다. 요원 가방이 뭐 이리 허술해? 이 인형들은 또 뭐지? 혹시 나를 희롱하는 건가? 전창진은 자신이 왜 이렇게까지 해야 되는지 의문을 품었다. 그냥 모든 걸 포기하고 집으로 되돌아가면 되잖아. CIA는 무슨 CIA고 전창진은 무슨 전창진이야. 전창진은 전창진으로서 마지막 생각을 마쳤다. 누군가 문을 두드린 건 그때였다. 나는 안에 있다는 뜻으로 문을 두드렸다. 그런데 밖에 있는 사람은 끈질기게 문을 두드렸다. 아래를 보니 문과 바닥 사이로 검은 구두가 보였다.

포기하지 마십시오. 꼭 그 가방을 들고 홍콩행 비행기를 타십시오.

남자 목소리가 들렸다. 생소한 목소리였다.

누구세요?

내가 물었다. 대답이 없었다.

대체 저는 뭘 하고 있는 거죠?

또 물었다. 잠시 후, 대답 대신 나지막한 휘파람 소리가 들렸다. 캐럴이었다. 여름에 웬 캐럴이람. 울면 안 돼. 울면 안 돼. 산타 할아버지는 우는 아이에겐 선물을 안 주신대. 그때 불현듯 떠오르는 게 있었다. 나는 백팩에 도로 넣어두었던 『도전과 환멸』을 꺼내 책장을 넘겼다. 외워뒀던 게 맞다. 「울면 안 돼」는 같은 편이니 안심하고 작전을 진행하라는 뜻의 암호였다. 나는 심호흡을 하고 문을 열었다. 아무도 없었다. 그러나 어디에선가 계속 캐럴이 들려왔다. 울면 안 돼. 울면 안 돼. 산타 할아버지는 우는 아이에겐 선물을 안 주신대. 산타 할아버지는 알고 계신대. 누가 착한 앤지 나쁜 앤지. 오늘 밤에 다녀가신대.

모든 게 순조로웠다. 입국장과 검사대를 통과할 때도 아무 일도 일어나지 않았다. 캐럴을 흥얼거렸더니 마음도 편안해졌다. 나는 면세점을 어슬렁거리다가 홍콩행 항공기 출입구 근처 벤치에 앉았다. 한 시간 정도 남아 있었다. 긴장이 풀려서 그런지 몸이 노곤해졌다. 나는 다시 미아의 충고를 무시했다. 공공장소에서 졸기.

그래도 가방을 움켜쥔 채 잠에 들었던 것 같다. 어느 순간 가방이 당겨지는 게 느껴져서 눈을 떴으니. 누군가 가방을 낚아채 멀어지는 게 보였다. 나는 벌떡 일어나서 그를 불러 세웠다. 그가 뒤로 돌아 씩 웃었다. 라마였다. 그는 턱으로 내 옆을 고갯짓했다. 옆자리에는 똑같은 모델의 가방이 놓여 있었다. 그 가방에 손을 댔을 때였다. 마약 탐지견으로 보이는 골든 리트리버 한 마리가 컹컹 짖으며 내 앞으로 달려왔다. 탐지견은 나를 맴돌며 계속 짖었다. 내가 자리를 옮기려고 하자 더욱 거세게 짖었다. 나는 가방을 감싸 안았다. 그때 경찰 세 명이 달려왔다. 상관으로 보이는 경찰이 개의 목줄을 잡고 내게 여권을 보여달라고 했다. 나는 이 갑작스러운 상황에 당황한 나머지 전창진이라는 가상의 인물에 대해 까맣게 잊어버리고 있었던 것 같다. 아무 생각 없이 전창진의 여권을 내밀었으니.

전창진 선생님 되십니까?

상관이 여권을 보며 물었다. 나는 그제야 위조 여권을 건넸다는 사실을 깨달았다.

아닙니다. 저는 전창진이 아닙니다.

네? 그런데 왜 전창진 선생님 여권을 갖고 있나요? 여권 사진도 선생님이 맞는 것 같은데요?

상관이 나를 의심스러운 눈으로 바라봤다.

제 여권이 아닙니다.

나는 경황이 없어서 이 말만 반복했다.

잠시 검문하겠습니다.

상관이 부하들에게 고갯짓을 했다. 경찰 둘이 내 몸을 뒤지기 시작했다. 가방도 빼앗아 갔다.

전 전창진이 아니라고요!

나는 울부짖었다. 경찰들이 나를 붙잡았다. 나는 몸부림을 쳤다.

저는 선량한 국민입니다. 지금 실수하시는 거예요.

내가 외쳤다. 사람들이 나를 보며 수런거렸다. 상관이 내 가방을 살펴보더니 비밀번호를 물었다.

제 가방이 아닙니다. 비밀번호도 몰라요. 가방 안에는 인형밖에 없다고요.

선생님 가방이 아니고 비밀번호도 모르는데 어떻게 내용물을 알죠?

상관이 고개를 갸웃하며 부하에게 가방을 건넸다. 부하가 곤봉으로 가방을 내리쳐 부쉈다. 가방에서는 흰 가루가 든 투명 봉투들이 나왔다. 경찰들이 봉투를 살펴보며 마약 운운하는 소리가 들렸다. 그때 사람들 틈에서 라마가 보였다.

그건 제 가방이 아닙니다. 저 사람 거예요.

내가 라마를 가리켰다. 상관이 뒤로 돌았다. 그러나 라마는 이미 사라지고 없었다. 상관이 연행하라는 명령을 내렸다. 경찰이 내 손에 수갑을 채우며 미란다 경고를 읊기 시작했다.

저는 마약중독자가 아니라 선량한 시민입니다. 결혼도 했습니다.

정규직이 아니라 프리랜서지만 착실하게 살고 있습니다. 가난하지만 세금도 성실히 납부하고 있어요. 신호 위반을 하고 벌벌 떨 정도로 소심하다고요. 대출받은 게 많지만 꼬박꼬박 갚고 있습니다. 그런데 마약이라니요. 술은커녕 돈이 없어서 담배도 피우지 않는다고요.

나는 자리에 주저앉으며 소리 질렀다. 미아의 이름이 목까지 차올랐지만 혹시나 해서 억눌러 참았다. 경찰들은 나를 강제로 일으켜서 연행했다. 나를 바라보던 사람들의 눈이 아직도 기억난다. 그리 훌륭한 인생을 산 건 아니었지만 비난받을 정도는 아니라고 자부했는데, 그날 나는 경멸의 눈길을 받아내야 했다. 차라리 정신을 잃고 싶을 정도였다. 그리고 어느 순간 진짜 정신을 잃었다. 경찰 중하나가 내 입에 약품이 묻은 천을 댄 것이었다. 깨어났을 때 나는 승합차에 태워져 있었다. 차 안에는 아무도 없었다. 잠시 뒤 운전석에 누군가 올라탔다. 정신이 몽롱했고, 눈이 다시 감겼다.

전창진 선생님, 갈까요?

누군가 내게 말했다.

정신을 차렸을 때 나는 어둠 속에 있었다. 시간이 흘러 눈이 어둠에 익숙해지자 밀실에 갇혀 있다는 것을 깨달았다. 앞에는 철제 책상이 있었다. 손은 책상과 연결된 수갑에 채워져 있었다. 발에도 족쇄가 채워져 있었다.

누구 없나요?

나는 외쳤다. 아무도 없었다. 나는 미아의 지령에 따라 전창진이 돼 움직이고 있었는데, 마약사범으로 오인된 채 경찰에 체포됐고, 지금은 밀실에 갇혀 있다. 상황을 정리해봤지만 뭐가 어떻게 된 건지 혼란스럽기만 했다. 머리가 어지럽고 호흡이 빨라졌다. 나는 미친 듯이 소리를 질렀다. 어느 순간 문이 열리고 불이 켜졌다. 건장한 체구의 남자가 눈앞에 서 있었다. 일제 강점기 순사처럼 얇은 콧수염을 기른 남자였다. 그는 2차 세계대전 당시 연합군이 입었을 법한 밀리터리 재킷을 걸친 채 태블릿 PC를 겨드랑이에 끼고 있었다. 내가 바라보자 그는 자신을 형사라고 소개했다.

살려주세요, 형사님. 저는 아무 잘못이 없어요.

내가 애원했다.

진정하세요. 살려주러 왔잖아요.

순사가 너스레를 떨며 맞은편에 앉았다. 인중에 달린 콧수염이 그가 숨을 쉴 때마다 위태롭게 흔들렸다.

전창진 선생님 맞으시죠?

여러 번 말했지만 저는 전창진이 아닙니다. 제 여권이 아닙니다. 제 신분은 위조된 겁니다.

신분증이 선생님 신분을 증명하는데도 부인하니까 흥미롭네요. 이름 전창진. 마약 전과 5범. 선생님이 소지하고 계셨던 가방에서도 다량의 마약이 발견됐습니다. 공항버스에서부터 수상한 움직임을 보였다고 증언한 사람들도 많아요. 오호. 홍콩 삼합회와 연줄도 있군요. 홍콩에 가는 이유가 있었어.

순사가 태블릿 PC를 보며 읽었다. 나는 극구 부인했다. 순사는 내게 태블릿 PC를 보여줬다. CCTV로 추정되는 영상이 흘러나왔다. 서류 가방을 든 채 두리번거리는 남자, 소동을 피우며 화장실로 뛰어 들어가는 남자, 마약 탐지견에게 적발된 남자. 모두 전창진, 아니, 나였다.

선생님 맞으시죠?

제가 맞긴 하지만, 저는 전창진도, 삼합회도, 마약사범도 아닙니다.

지금 말장난하는 겁니까?

순사가 당장이라도 잡아먹을 듯한 눈으로 나를 노려봤다. 지금이 상황은 스파이 놀이가 아니라 엄연한 현실이라고 말하는 듯했다. 캐럴 같은 건 더 이상 들리지도 않았다. 덜컥 겁이 났다. 나는 마음속에 담아두었던 이름을 꺼내기로 결심했다.

이제 기억났습니다. 미아 모닝스타가 저를 이렇게 만든 겁니다!

미아 모닝스타요?

순사는 미간을 찌푸리고 책상을 톡톡 두드렸다.

미아 모닝스타라.

순사가 팔짱을 낀 채 자리에서 일어났다. 나는 미아 모닝스타가 나를 이 지경으로 만든 게 분명하다고 말했다.

미아 모닝스타가 대체 누구입니까?

순사가 물었다. 나는 아는 걸 모두 이야기했다.

CIA요? 지금 그 이야기를 믿으라는 말입니까?

순사가 나를 꼬나봤다. 나는 이 모든 게 미아 모닝스타의 첩보 활동의 일환이라며 믿어달라고 했다.

첩보 활동이오? 그럼 선생님의 정체는 대체 무엇입니까?

순사가 고개를 기울이며 나를 봤다. 나는 내가 이토록 논리 정연하고 장점만 선별해 나에 대해 설명하는 능력이 있는 줄은 꿈에도 상상하지 못했다. 면접관이 앞에 있다면 당장 나를 채용했을 텐데. 헛웃음이 비집고 나왔다.

그래요. 제가 선생님을 믿는다 칩시다. 그럼 선생님은 누구죠? 대체 선생님은 누구냐고요? 전창진이 아니면 누구냐는 말입니다. 솔직하게 말해달라 이겁니다.

순사가 내 설명이 아직 부족하다는 듯 채근했다. 나는 나에 대해 설명하고 또 설명했다.

이래도 솔직히 말하지 않을래요?

그가 책상 서랍 안에서 장도리를 꺼냈다. 그리고 책상에 고정된 내 손을 향해 내리쳤다. 나는 소리를 지를 틈도 없이 눈을 감았다. 엄청난 소리가 났다. 그런데 이상하게도 고통은 느껴지지 않았다. 손이 잘려 나가서 감각이 없는건가. 나는 눈을 떴다. 장도리는 책상 위에서 부르르 떨리고 있었다. 손과 지척이었다. 순사가 장도리를 다시 들어 올렸을 때 나는 겁에 질려 떠오르는 대로 내뱉기 시작했다. 공포가 동원되자 급기야 기억의 저변에 묻혀 있던 온갖 죄악들이 튀어나왔다. 좀도둑질. 악플. 새치기. 험담. 노상 방뇨. 거짓말. 불법 다운로드.

인생에 의미를 부여해! 더 부여하란 말이야!

중간중간 순사가 이렇게 외쳤던 것도 떠오른다. 어느 순간부터 무언가 이상하긴 했다. 순사의 행동이 난폭한 형사를 연기하는 배우처럼 과장되게 느껴졌던 것이었다. 그때였던 것 같다. 미아 모닝스타가『도전과 환멸』에서 신입 요원들을 테스트하는 장면이 벼락치듯 스쳐 지나갔다. 공항. 마약. 위장. 모든 게 맞아떨어졌다. 나는 이 대목을 진작 떠올리지 못한 것을 자책했다. 그러고 보니 2017년에 경찰이 용의자 소지품을 공공장소에서 멋대로 부수고 약품을 동원해 기절시키고 밀실에 감금해 고문하는 게 말이 되나.

미아 모닝스타, 이건 당신이 자주 써먹는 신입 요원 테스트잖아. 쓸데없는 장난치지 말고 나와서 하고 싶은 말을 해보시지!

나는 외쳤다. 순사가 컷 사인이 떨어진 것처럼 갑자기 행동을 멈추고 문을 열었다. 밀실 안으로 낯익은 사람이 들어왔다. 미아 모닝스타였다. 뒤따라 라마도 들어왔다. 나는 눈이 돌아가는 게 느껴질 정도로 화가 났다. 미아에게 뭐라고 했는지 기억은 없다. 다만 미아의 표정이 일순간 일그러지는 걸 보고 아차 싶었던 건 기억난다.

이제야 내 자서전 내용이 기억났나 봐요. 그래도 성실한 게 마음에 들어요. 다른 사람들은 대부분 읽지도 않고 읽어도 대충 읽어서 기억도 못 하는데 말이죠. 캐럴은 아예 떠올리지도 못하죠.

사람을 이렇게 만들어놓고 그게 할 말입니까?

화가 많이 났네요. 보통 그래요. 다른 요원들도 테스트에 일희일비하죠. 그런데 진짜 스파이가 되면 이건 아무것도 아니라는 걸 깨닫게 될 거예요.

미아가 타이르듯 말했다.

그래도 용케 공항에서 내 이름을 불지 않고 여기까지 왔네요. 대부분 공항에서 미아 모닝스타의 짓이네 속았네 마네 울고불고 난리도 아니거든요. 아, 울고불고는 했군요.

미아가 실실 웃으며 덧붙였다. 나는 스파이고 뭐고 필요 없으니 제발 집에 보내달라고 했다.

이제 다 끝났는데 포기할 거예요?

미아가 어깨를 으쓱했다. 억울해서 저절로 눈물이 나왔다. 미아가 순사에게 고개를 끄덕였다. 순사가 수갑과 족쇄를 풀어줬다.

소개할게요. 함께 일하는 친구들이에요.

미아의 말에 순사가 고개를 꾸벅 숙였다.

이 친구는 많이 봤죠?

이번엔 라마가 손을 흔들었다. 알고 보니 놀랍게도 라마는 한국인이었다. 라마는 미군 하사관이었던 부친과 한국인 모친 사이에서 태어났으며 평생 한국에서만 살았다. 프라이버시를 위해 더 이상은 밝히지 않겠다. 이름도 따로 있었으나 이 글에서는 라마와 순사로 부르도록 하겠다. 둘은 미아의 수하로, 라마는 주로 머리를 쓰는 일, 순사는 몸을 쓰는 일을 담당했다. 이 정도만 알아두면 이 글을 무리 없이 소화할 수 있을 것이다. 서로 바빠서 내밀한 이야기는 나눠보지 못했는데 알게 모르게 나를 챙겨줬다. 안타깝게도 순사와 라마는 지금 이 세상 사람이 아니다. 고인의 넋을 기린다.

눈물이 그쳤다. 미아는 순사와 라마에게 나가 있으라고 했다.

진정해요. 이제 다 끝났어요.

둘만 남자 미아는 내 등을 쓰다듬었다. 그리고 노래를 부르기 시작했다. 울면 안 돼. 울면 안 돼. 산타 할아버지는 우는 아이에겐 선물을 안 주신대. 최면에 걸린 듯 마음이 가라앉는 게 느껴졌다.

그래서 테스트는 통과됐나요?

노래가 끝난 뒤 내가 물었다. 미아는 고개를 끄덕였다.

나는 당신의 장점 하나에 주목했어요.

미아가 말했다. 나는 그게 뭐냐고 물었다.

겁이 많은 것.

놀리시는 건가요? 그게 왜 통과의 기준인가요?

난 진지해요. 겁이 많다는 건 상상력이 풍부하다는 증거죠. 다 업무와 관련된 겁니다.

미아가 진중한 목소리로 말했다.

아 참, 좋아하는 작가는 누구인가요?

겁이 많은 것과 풍부한 상상력과 CIA 요원의 자질 간의 상관관계를 생각하는 동안 미아가 물었다. 나는 모든 게 의심스러워서 갑자기 그게 왜 궁금하냐고 했다.

이제 경계를 풀고 나를 믿어요. 캐럴이라도 다시 불러줄까요?

미아가 이렇게 말하며 나를 지그시 바라봤다. 왠지 모르게 미아의 눈에 진심이 깃든 것처럼 느껴졌다. 나는 고개를 끄덕일 수밖에 없었다.

다시 물을게요. 좋아하는 작가는 누구죠?

프란츠 카프카.

나는 잠시 머리를 굴리다가 대답했다.

이유는요?

글쎄요. 동질감과 기대감 때문이죠.

동질감과 기대감이라.

카프카는 살아생전 광인 취급받았지만, 사후에 거장으로 추앙받고 있죠.

내가 말했다. 나는 항상 카프카 같은 작가가 되고 싶었다. 이제 위대한 작가가 되겠다는 포부 같은 건 버린 지 오래였지만. 그래도 마음 깊은 곳에는 사후에는 혹시나 하는 미련이 남아 있었던 것 같다.

인정을 못 받았다는 동질감과 혹시 죽어서 사랑받을지도 모른다는 기대감을 말하는 거죠?

미아가 내 마음을 읽은 것처럼 말했다. 나는 비슷한 심리인 것 같다고 했다.

작가들은 대체 이해할 수 없는 족속이군요. 왜 그렇게까지 인정받고 싶어 하는 걸까요?

미아가 팔짱을 끼며 생각에 잠겼다.

당신은 카프카가 될 수 있어요.

갑자기 미아가 눈을 반짝였다.

바로 지금!

미아가 외쳤다. 나는 어떻게 그럴 수 있냐고 물었다.

환영해요, 카프카.

미아는 내게 악수를 청했고, 함께 일하게 돼서 영광이라고 했다.

네?

스파이로서 당신의 코드명은 이제 카프카예요. 내가 붉은 카멜레온인 것처럼요. 민망하게 손 안 잡아줄 건가요?

미아가 말했다. 나는 얼떨결에 손을 내밀어 악수를 받았다. 미아가 힘차게 손을 흔들었다.

오늘 테스트는 당신에게 우리 조직을 선보이는 의미도 있었어요. 이건 확실하게 말할 수 있어요. 카프카, 당신이 나와 함께한다면 오늘 일은 새 발의 피일 거예요. 그래도 나와 함께하겠어요? 승낙하면 진짜 카프카가 되는 거예요.

미아가 물었다. 나는 나도 모르게 고개를 끄덕였다. 곧바로 승낙했다는 데 나도 놀랄 정도였다. 이 기회를 놓치면 영원히 카프카가 될 수 없을 거라고 생각했던 것 같다. 아닌가. 미아가 나를 카프카라고 부른 그 순간 이미 마음이 기울었던 것 같기도 하고.

8

나는 내 이름을 좋아하지 않는다. 발음이 헷갈려서 듣는 사람이 꼭 두세 번 되묻게 만든다. 의미가 다르고 발음이 같은 단어가 있어서 놀림도 많이 받았다. 엄마는 외할아버지가 내 이름을 처음 언급했을 때, 어린 시절 본인을 쫓아다니던 이상한 남자 이름과 똑같아서 께름칙했다고 했다. 그런데 왜 그 이름을 붙이도록 허락했어? 나는 몇 번이나 물었다. 한자 뜻이 좋다고 하더구나. 외할아버지는 소학교가 체질에 맞지 않아서 서당을 다녔거든. 엄마가 대답했다.

나는 다른 이름으로 불리는 걸 좋아한다. 그중 하나는 세례명이다. 내 세례명은 빈첸시오다. 나는 무신론자이지만, 엄마는 독실한 가톨릭 신자다. 엄마의 세례명은 아델라. 나는 강제로 유아세례를 받았고, 빈첸시오라는 이름을 얻었다. 엄마는 나를 본명 대신 빈첸시오라고 부르는 걸 좋아한다.

대학에 와서는 아델라 몰래 법명을 받았다. 학교가 조계종 재단이었던 탓에 장학금을 타려면 법명을 받아야 했다. 그때 받은 법명이 정송거사였다. 정송正松. 바른 소나무. 나는 이 모범생 같은 이름이 싫지만은 않았다. 아델라는 빈첸시오가 정송거사라는 걸 꿈에도 상상하지 못할걸. 해인은 가끔 놀리기도 했다.

마지막으로 이름이 하나 더 있었다. 이제 여러분도 알고 있는 그 이름. 미아가 지어준 네 번째 이름. 코드명 카프카. 카프카가 된 뒤에야 나는 비로소 이 게임에 본격적으로 몸을 담게 된 것을 실감했다. 위치 추적이 불가능한 대포폰과 보고서를 게재할 수 있는 서버 아이디를 지급받은 것이었다. 조직에 대한 설명도 들었는데, 비밀공작처는 미아, 라마, 순사 외에도 다수의 모니터링 요원으로 구성돼 있으며 인원은 지속적으로 충원할 계획이라고 했다. 비밀공작처가 무슨 일을 하는 부서인지 물어보니까 규정상 아직 말해줄 수 없다며 신입 교육이 끝난 뒤 정식 절차를 거쳐 임무를 하달하겠다고 했다. 생활비 조로 선금도 지급받았는데 우리 부부가 세 달은 족히 쓸 정도의 금액이었다. 경차도 하나 받았다. 맞다. 지금 내가 살고 있는 이 차가 그 차다. 해인 몰래 집 근처 공영주차장에 세워두고 들킬까봐 마음을 졸였던 게 기억난다.

당신은 카프카니까 이 차는 그레고르라고 하면 되겠네요. 그레고르 잠자!

미아는 차 이름도 지어주었다.

미아는 나를 예쁘게 봤던 것 같다. 라마가 말하길 보통 자신들이 신입 교육을 담당한다는데, 나는 유독 미아가 직접 맡은 것이었다. 미아의 총애를 받는 것 같아 우쭐한 기분이 들었다. 사격법. 독침술. 방중술. 차량 추격. 임호 해독법. 암기법. 소매치기. 간단한 제스처로 용의선상에서 제거되는 방법. 부지불식간에 알리바이를 만드는 방법. 의심받지 않고 부인하는 방법. 거짓말탐지기에 탐지되지 않고 거짓말하는 방법. 상상력으로 고문의 고통을 이겨내는 방법. 근원적 공포를 자극해 은근히 협박하는 방법. 배신하면서 배신당했다고 느껴지지 않게 하는 방법. 한마디 말로 정보원의 신뢰를 얻는 방법. 이면과 핵심을 단번에 파악하는 방법. 이 정도가 기억에 남아 있는데, 아마 배는 더 배웠을 것이다. 나는 완벽히 카프카에 도취돼 있었던 것 같다. 모든 순간에 최선을 다하려고 애를 썼으니. 미아는 내 심리를 간파했는지 지칠 만하면 카프카를 언급하며 나를 독려했다.

학습은 무슨 학습. 과학은 무슨 과학. 그들은 스파이가 아니라 공무원이에요. 스파이는 노력하고 분석하면 안 돼요. 직관과 본능으로 승부를 봐야죠.

미아는 시도 때도 없이 CIA를 비판했다.

자기가 유엔 주재 미국대사인 줄 아나 보죠? 왜? 노벨평화상이라도 타려고? 대통령 한번 하려고? 미친 새끼, 정치질은.

언젠가 그레고르를 타고 이동하는 중이었는데, 라디오에서 폼페오 국장이 나와 트럼프를 지지하는 발언을 하자 미아는 차창을 주먹으로 내려쳤다. 나는 미아가 내 앞에서 그런 행동을 하는 게 은근히 기다려졌다. 나를 진정한 동료로 인정하는 것 같은 기분이 들었기 때문이었다.

비상연락망 사용법이 마지막 교육이었다. 요원마다 비상연락망이 다른데 내 비상연락망은 정릉에 위치한 허름한 비디오 대여점이었다. 할머니가 카운터에서 꾸벅꾸벅 졸고 있었다. 울면 안 돼. 울면 안 돼. 미아가 콧노래로 캐럴을 흥얼거렸다. 할머니가 눈을 떴다. 미아는 할머니에게 만 원짜리 지폐를 건넸다.

『매디슨 카운티의 다리』 있습니까?

미아가 물었다. 할머니가 고개를 끄덕였다. 미아는 이 할머니가 자신의 정보원이라면서 이렇게 하면 위급할 때 자신에게 연락을 할 수 있을 거라고 했다.

교육이 끝난 뒤 한동안 나는 업무를 배정받지 못했다. 몸이 근질근질해서 이제 무슨 일을 하게 되는 거냐고 물었지만, 미아는 아직 때가 되지 않았다고 했다. 당시 기세로는 명령만 하달되면 김정은의 목이라도 딸 수 있을 것 같았다. 내가 안절부절못하는 것처럼 보이자 미아는 인내도 스파이의 자질 중 하나라며 달래주었다.

나는 업무 배정을 기다리며 스파이를 다룬 책이란 책은 모조리 찾아 읽었다. 그러고도 시간이 남자 국정원을 견학하기 위해 헌인릉까지 갔다가 간첩으로 오인돼 조사도 받았는데, 미아가 가르쳐준 기술을 총동원해서 풀려날 수 있었다. 하루 종일 「울면 안 돼」를 흥얼거렸더니 해인이 나를 미친놈 보듯 바라보기도 했다. 사보 제작사에서 원고가 누락됐다며 다급하게 부탁한 영화평론을 쓰기도 했다. 첩보물 주인공을 다룬 글로 제목은 '내가 사랑한 스파이'였다. 제임스 본드, 이단 헌트, 제이슨 본, 로레인, 캐리 매티슨, 오스틴 파워, 킹스맨, 쟈니 잉글리쉬. 그때 나는 단단히 미쳤던 것 같다. 그들이 실존 인물이었다고 생각했으니 말이다.

그 무렵 해인은 외박이 잦아졌다. 난데없이 전국 일주를 한다며 일주일 넘게 집을 비우기도 했고, 한국 10대 오지라는 생전 처음 들어보는 코스를 탐험한다며 연락 두절이 된 적도 있었다. 연애를 할 때도 간혹 훌쩍 여행을 떠났다가 돌아왔기 때문에 잔소리는 하지 않았지만 외박이 반복되다 보니 걱정이 되는 건 인지상정이었다. 이것도 빈곤한 삶에 대한 이론인가. 차라리 미니멀리즘으로 되돌아갔으면 좋겠다는 생각도 들었다.

그러던 어느 날이었다. 그날도 해인은 아무 연락도 없이 사흘 만에 돌아왔다. 울릉도 유령 습지였나. 제주도 바리데기 오름이었나. 한국 10대 오지 중 하나에 다녀왔던 걸로 기억한다. 나는 돌아온 해인에게 대체 어디에 있었냐고 얼마나 걱정했는지 아냐고 문자 한통은 보내줄 수 있는 것 아니냐고 따졌다. 쌓였던 게 터졌던 것 같다. 해인은 생전 그러지 않다가 갑자기 왜 그러냐면서 이런 사람인줄 알았으면 괜히 결혼했다고 농담을 던졌다. 나는 농담으로 넘어갈 일이 아니라고 했다. 해인은 내 기색을 살피곤 미안하다고 했다. 한국에 그렇게 많은 오지가 있는 줄 몰랐고 오지에 발을 디디는 것만큼 상상력을 자극하는 것이 없다며 시간이 나면 같이 가자고 하기도 했다.

글 쓰는 데도 도움이 될 거야.

해인이 내게 휴대폰 사진첩을 보여주었다. 단층. 절벽. 사구. 동굴. 철새 도래지. 폭포. 숲. 늪. 기이한 지형뿐인 사진을 보니까 왠지 안심이 됐다. 해인이 애인이라도 생긴 줄 알고 내심 불안해했던 것 같다.

그 뒤에도 해인은 세계 일주, 남극 탐험, 암벽 등반, 비박, 히말라야 트래킹, 익스트림 스포츠, 국토대장정, 사막 대종주 같은 것들을 자주 언급했다. 나는 신체 혹사에 관심이 없었을 뿐만 아니라 미아에게 교육을 받느라 신경 쓸 여력이 없었고, 그래서 점점 해인의 말을 흘려듣게 됐다. 이게 작전이라면 해인의 작전은 성공이었다. 어느새 나는 둔감해지고 있었다. 해인이 연락 없이 외박을 해도 아무렇지도 않았고, 무소식이 희소식이라는 말을 입에 달고 살았으니.

오래지 않아 나는 다시 불안해졌다. 해인은 한동안 칩거했는데 그게 오히려 내 심기를 거스른 것이었다. 오지 생존 프로그램을 보며 사냥 연습을 하다가 식칼로 나를 찌를 뻔하기도 했고, 부싯돌로 불 피우기 연습을 하다가 바닥을 태우기도 했으며, 옥상에서 로프를 타고 내려오다가 옆집의 항의를 받기도 했다. 배낭, 텐트, 등산화, 로프, 방한복, 하네스 같은 등산용품뿐만 아니라 전투식량, 전기충격기, 잠수복, 모래주머니, 주머니칼 같은 선불리 용도를 판단할 수 없는 물품들도 사들였다. 해인은 살아남기 위해 연습을 하는 사람처럼 보였다.

날 버리고 어디 가려는 거 아니지?

어느 날 참다못해 내가 물었다. 해인은 어깨를 으쓱하고 말았다.

그로부터 며칠 뒤였다. 해인은 오대산인지 소백산인지로 캠핑을 가고 없었다. 나는 은행 업무를 볼 일이 있어서 공인인증서가 저장된 노트북을 켰다. 결혼하기 전부터 해인이 써왔던 노트북이었다. 예전이라면 의식적으로라도 해인의 폴더를 건들지 않았는데, 그날은 나도 모르는 사이 여기저기를 헤집고 있었다. 더군다나 해인의 개인 웹하드는 아이디와 비밀번호가 저장돼 있었다. 웹하드에는 결혼하기 전에 만났던 애인과 찍은 사진, 일기, 업무 포트폴리오 같은 게 정리돼 있었다. 다른 건 아무래도 좋았다. 내가 충격을 받은 건 몇몇 문서와 이미지 때문이었다.

첫 번째는 각종 시위 계획으로 인원을 종류별 장소별로 분배한 표였다. 이 정도로 시위를 주도하는 줄은 몰랐지만, 해인이 열심이라는 건 페이스북을 통해 이미 알고 있던 사실이라 그리 놀랍지는 않았다.

두 번째는 국내 100대 재벌의 비자금을 추적한 자료였다. 세계 각지에 흩어져 있는 부동산부터 시작해 최근 3년간 은행 거래 내역, 차명 계좌 내역이 빼곡하게 적혀 있었다. 특정 기업과 총수에 대한 정보는 하도 세세해서 혀를 내두를 정도였다. 해인이 텔레비전에 그 기업과 총수가 나올 때마다 비판했던 게 떠올랐다. 불법 상속 조사 내용. 폭로 방법. 기자회견 계획. 문서 마지막 장에는 제목만 적힌 채 공란으로 남겨진 항목들도 있었다. 가슴이 철렁하긴 했지만 여기까지도 괜찮았다. 따지고 보면 나쁜 짓은 아니지 않나.

세 번째 파일을 접했을 때 나는 비로소 충격을 받았다. 그 파일은 다섯 군데 교도소 도면이었다. 스캔본 같았는데, 내부 도면, 층별 수감 인원, 근무 간수 현황, 주변 위치, 지형지물 같은 걸 제법 세밀하게 담고 있었다. 각 교도소 도면 옆에는 수감자 이름이 적혀 있었다. 익숙한 이름들이 눈에 들어와서 해인의 페이스북에 가보니 해인과 함께 시위를 했던 사람들이었다. 폭력 시위, 불법단체 조직 같은 죄목으로 수감된 것 같았다. 확정? 미정? 누가? 언제? 어떻게? 도면 여백에는 해인의 필체로 이렇게 쓰여 있었다. 머리끝이 쭈뼛해졌다. 누가 봐도 탈옥 계획이었다.

상상해보시길. 배우자가 탈옥을 모의하는 문서를 갖고 있다면 충격을 받지 않을 재간이 있겠는가. 범죄 드라마 대본이라도 쓸 게 아니라면 해인이 이 문서를 갖고 있는 이유는 짐작조차 할 수 없었다. 답답했지만 훔쳐본 거라 찝찝하기도 했고 해인의 성격상 캐물으면 한없이 방어적으로 돌변한다는 것을 알기 때문에 모르는 척할 수밖에 없었다. 그렇다면 남은 방법은 하나였다. 나는 해인을 미행하기 시작했다.

오프라 윈프리 : 가장 어려운 미행 상대는 누구죠?

미아 모닝스타 : 배우자죠.

오프라 윈프리 : 왜죠?

미아 모닝스타 : 평소에도 서로를 감시하고 있거든요.

나는 미아의 미국식 유머에 「오프라 윈프리 쇼」 관객들처럼 속편하게 웃을 수 없었다. 미아의 말대로 해인은 이 세상의 그 누구보다 나에 대해 잘 알고 있었던 것이다. 나는 안다. 해인은 내가 자신을 미행하는지 알고 있었다. 배우자로서 직감이었다. 그날 해인은 오랫동안 걸었다. 딱히 목적이 있어서 걷는 것 같지 않았다. 만나는 사람도 없었다. 힘들다 싶으면 커피를 마시며 쉬다가 다시 걸었다. 가끔 공원에 앉아 생각을 하기도 했다. 나는 또 안다. 목적 없이 걷는 게 고민이 많을 때 보이는 해인의 습관이라는 걸.

본격적인 여름이 시작됐다. 미행은 별 소득 없이 끝나버렸고 나는 미아의 연락을 기다리며 인내하는 법을 터득하고 있었다. 그 무렵 텃밭이 다시 신경을 긁기 시작했다. 경찰은 합의를 권했지만 집주인은 거부하며 검찰에 고소장을 제출했다. 텃밭은 곧 민사재판에 회부됐다. 2018년 초로 재판 일정이 잡혔다. 얼른 끝나면 후련하기라도 하지 앞으로 반년이나 스트레스를 받을 생각을 하니 갑갑했다. 그즈음이었을 것이다. 해인이 캠핑을 갔다가 상처투성이가 돼 돌아온 것은. 왼쪽 눈에는 옅은 멍이 들어 있었고 입술도 찢어져 있었다. 목은 움직이지도 못했고, 다리는 절뚝거리고 있었다. 다투거나 쫓기다가 생긴 상처 같았다. 탈옥. 머릿속에 이 단어가 떠올랐다. 서둘러 뉴스를 훑어봤지만 다행히 탈옥에 관련된 뉴스는 눈에 띄지 않았다.

해인은 며칠 동안 가타부타 말이 없었다. 참다못해 괜찮냐고 물었지만, 별일 아니라는 말만 돌아올 뿐이었다. 나는 울컥해서 나는 당신에 대해 알 권리가 있는 사람이라고 요새 왜 이렇게 숨기는 게 많냐고 따져 물었다.

미니멀리즘부터 시작해서 왜 이렇게 이상한 행동을 하는데? 차라리 우울증에 걸려 회사에 다닐 때가 좋았다고.

악담도 퍼부었다.

알 권리는 무슨? 왜 모든 걸 너한테 말해야 하는데? 그럼 너는? 왜 미행하는데? 휴대전화는 왜 하나 더 들고 다녀? 넌 대체 무슨 일을 하고 다니는 건데? 왜 그렇게 나한테 숨기는 게 많은데? 내가 왜 캐묻지 않는 줄 알아? 너를 믿어서야. 너도 나를 믿어주면 안 돼?

해인이 되받아쳤다. 말문이 막혔다. 내가 한숨을 쉬자 해인은 돌아누웠다.

다음 날도, 그다음 날도, 우리는 대화를 하지 않았다. 그러나 점차 심각해지는 해인의 병세를 계속 외면할 수는 없었다. 다리는 부어올랐고 열까지 나서 끙끙 앓고 있었다. 나는 해인을 억지로 끌고 인근 대학병원으로 향했다. 의사는 검사 결과 발등뼈의 실금과 경미한 내장 파열이 발견됐다며 2주 정도 깁스를 하고 절대 안정을 취해야 한다고 진단했다.

혹시 액션배우나 스턴트우먼이신가요?

의사가 이렇게 물었던 게 기억난다.

깁스를 풀 때까지 해인은 집에 얌전히 머물러 있었다. 어느 순간 우리는 마음을 풀고 대화를 나누기 시작했다. 주로 미래에 대한 이야기였다. 둘 다 미래를 긍정했는데, 긍정의 이유는 딱히 없었다. 오직 둘이 함께 있다는 사실 하나였다. 해인은 자신을 믿어달라고 했고, 나는 고개를 끄덕였다. 옥상에 올라가서 대화를 나눴던 게 기억난다. 유난히 큰 보름달이 뜬 밤이었다. 무슨 이야기를 했는지는 가물가물하다. 다만 기억나는 장면이 하나 있었다. 해인은 영원히 함께하고 싶은 단 한 사람이 있다면 바로 나라고 했고, 나도 그렇다고 했으며, 그런 우리의 고백을 축하하듯 보름달은 환하게 빛나고 있었다.

영원히 함께하고 싶은 단 한 사람. 같은 말을 하기는 했지만, 우리는 서로 다른 생각을 했던 것 같다. 해인은 나를 안심시키고 싶었고, 나는 해인을 지키고 싶었다. 해인은 깁스를 풀자마자 떠날 채비를 했다. 강원도 박쥐 서식지를 탐험하러 간다는 것이었다. 며칠 더 쉬는 게 좋지 않겠냐고 했지만 해인은 예전부터 계획했던 거라며 말을 듣지 않았다.

해인이 집을 나선 뒤, 나는 그레고르를 몰고 큰길로 나갔다. 사거리에 다다랐을 때 해인이 보였다. 해인은 편의점 앞 인도에서 서성이고 있었다. 나는 근처 갓길에 차를 댔다. 잠시 뒤, 트럭 한 대가 해인 앞에 섰다. 짐칸에 고철 더미를 실은 트럭이었다. 운전자가 누구인지 짐작도 할 수 없었다. 해인은 주저 없이 차에 올라탔다.

트럭은 북부간선도로를 타고 구리 방면으로 달리고 있었다. 퇴계원에 들어서자 트럭은 누가 뒤쫓는 것을 눈치챈 듯 연거푸 차선을 바꿨다. 한 번 지나쳐야 의심을 하지 않죠. 문득 미아가 차량 추격을 교육하며 수차례 강조했던 게 떠올랐다. 나는 액셀러레이터를 밟아 트럭을 지나쳤고, 거리가 더 벌어질 때까지 내달리다가 트럭과 그레고르 사이에 다른 차 두어 대가 들어왔을 때가 돼서야 속도를 늦췄다. 전방에는 국립수목원 방향으로 가려면 우회전하라는 표지판이 보였고, 백미러를 통해 트럭이 우측 깜빡이를 켜고 차선을 바꾸는 게 보였다. 나도 우측으로 천천히 차선을 바꿨다. 다행히 국립수목원 방향으로 빠지는 차량이 많아서 트럭은 서 있다시피 했고, 그레고르와 트럭은 차선을 사이에 두고 가까이 붙었다. 미아의 말대로 트럭은 이제 나를 의심하지 않는 것 같았다. 나는 곁눈질을 했다. 운전석에는 누군가의 실루엣이 보였다. 차창이 새카맣게 선팅돼 있어서 성별과 연령이 파악되지 않았다. 아무리 생각해봐도 해인에게 트럭을 운전할 만한 지인은 없었다. 신호가 떨어지자 트럭이 앞서 나가기 시작했다. 영원히 함께하겠다는 다짐과 달리 우리는 따로 떨어져 달리고 있었다.

해인의 목적지는 국립수목원이 아니었다. 국립수목원이었으면 안심했을 것이었다. 차라리 운전자와 데이트를 하는 것이었으면 했다. 그러나 트럭은 수목원 입구를 지나쳐 한참을 더 달려나갔다. 오후 다섯 시. 해는 서쪽으로 기울기 시작했고, 2차선 도로에 차라고는 이제 트럭과 그레고르뿐이었다. 좌우로 높다란 나무들이 늘어서 있었다. 나는 창문을 열었다. 지나치게 신선해서 무섭게 느껴질 정도의 산소가 그레고르 잠자의 폐부로 흘러 들어왔다.

한 시간 정도 더 달렸다. 트럭은 포천과 가평 사이로 빠져 들어갔다. 정확히 어느 지역인지는 기억나지 않는다. 어느 순간 내가 해인을 뒤쫓고 있다는 사실이 믿기지 않았고, 해인과의 관계를 되새기는 데 몰입해 있었기 때문이었다. 첫 만남. 연애. 결혼식. 온갖 장면들이 머릿속에 맴돌았다. 정신을 차리고 보니 나는 비포장도로를 달리고 있었다.

숲에 접어들었다. 내비게이션에도 잡히지 않는 오지였다. 중간중간 민가가 있었지만 사람은 보이지 않았다. 가끔 야생 동물 울음소리도 들렸다. 트럭이 갑자기 속도를 높였다. 나도 속도를 높였다. 들킬 땐 들키더라도 이제 와서 놓칠 순 없었다. 어쩌면 이미 들켰는지도 모른다. 나는 해인에게 할 질문들을 떠올렸지만, 어떤 걸 먼저 물어봐야 될지, 묻는 게 과연 옳은 건지, 그렇다면 만나서 무슨 말을 해야 하는 건지 도무지 감이 잡히지 않았다.

길이 끊겼다. 수풀이 무성하게 우거져 있었다. 트럭은 능숙하게 수풀을 헤치고 나갔다. 나도 서둘러 따라갔다. 얼마쯤 달렸을까. 트럭이 보이지 않았다. 나는 해인의 이름을 되뇌며 미친 듯이 운전대를 돌렸다. 내비게이션에서는 경고음이 들렸고, 파악할 수 없는 지역이라는 안내가 흘러나왔다.

겨우 길을 찾아서 몇 분 더 달리니 갈림길이 나왔다. 녹슨 표지판이 세워져 있었다. 왼쪽은 용화산 자연휴양림 방향이었고, 오른쪽은 자연주의 수련원이라는 곳이었다. 해인이 어느 방향으로 갔는지 알 수 없었다. 차에서 내려서 해인을 불렀다. 메아리. 바람. 새 울음.

해인은 응답하지 않았다. 나는 주위를 둘러봤다. 단서가 하나 있었다. 휴양림으로 가는 길은 수풀이 우거진 채 그대로였고, 자연주의 수련원으로 가는 길에는 차가 지나간 듯한 흔적이 남아 있었다.

그레고르는 자연주의 수련원을 향해 달렸다. 10분 정도 들어가자 포장도로가 나왔다. 속도를 늦추며 주위를 살폈지만 트럭은 보이지 않았다. 자연주의 수련원에 오신 것을 환영합니다. 길 끄트머리에는 푯말이 서 있었고, 그 너머로 노란색 건물이 보였다. 나는 도로와 수풀 사이에 차를 세워둔 뒤 건물로 향했다. 입구는 따로 마련돼 있지 않았고, 입장을 하는 데 절차나 요금도 필요 없는 것 같았다.

4층 높이에 폭이 넓은 건물이었다. 개나리색보다 상아색에 가까운 노란색이었고 장식도 없이 수수했는데 나름 담백한 멋이 있었다. 건물 앞 공터에서는 요가를 하는 사람들이 보였다. 옆에는 긴 식탁이 있었는데 대여섯 명의 사람들이 빙 둘러앉아 삶은 옥수수를 먹으며 시시덕거리고 있었다. 그 너머 밭에서 잡초를 뽑고 물을 주는 사람들도 보였다. 축구를 하는 아이들도 보였다. 나무 그늘 아래 해먹에서는 책을 읽거나 잠을 자는 노인들이 보였다. 외곽에는 숲으로 통하는 오솔길이 나 있었고, 연인들이 오솔길을 따라 걷고 있었다. 어디선가 클래식 음악이 흘러나오고 있었는데, 그 영향인지 자연주의 수련원은 한없이 평화로운 분위기를 자아내고 있었다. 문득 행동주의 심리학자 스키너가 『월든 투』에서 그린 이상 사회를 본떠 건설한 대안 공동체 트윈 오크스가 떠올랐다. 수련원이라기에 회사 단합 대회나 대학교 엠티를 주관하는 곳인 줄 알았더니 아닌 것 같았다. 해인이 여기 있을 리 없다는 생각이 들었다.

누구십니까?

되돌아가려고 할 때 목소리가 들렸다. 나는 뒤로 돌았다. 중학교 3학년에서 고등학교 1학년 정도로 추정되는 남학생 하나가 다가오고 있었다. 두상이 밤톨처럼 예뻤지만 눈매가 날카로워서 위협적인 느낌을 풍겼다. 나도 모르게 뒷걸음질을 칠 정도였다.

누구신데 기웃거리십니까?

동행을 뒤따라오다가 놓쳤습니다. 혹시 여기 트럭 한 대 들어오지 않았나요?

핑계를 대며 계속 뒷걸음질을 치고 있을 때, 나는 단단한 벽에 부딪힌 것 같은 느낌을 받았다.

누구시죠?

뒤에서 육중한 남자 목소리가 들렸다. 뒤로 도니 기골이 장대한 남자가 서 있었다. 나이는 마흔 정도, 조각을 깎아놓은 것처럼 잘생긴 남자였다. 그는 부리부리한 눈으로 나를 내려다봤다. 그의 눈에는 상서로운 기운이 깃들어 있는 것 같았다. 게다가 그는 그리스 신처럼 흰 천을 길게 늘어뜨린 듯한 옷을 입고 있었는데, 눈빛과 옷이 그를 이 세상을 다스리게 하기 위해 하늘에서 내린 사람처럼 보이게 만들었다.

무슨 일로 오셨습니까?

내가 답이 없자 그가 다시 물었다. 나는 동행을 뒤따라오다가 놓첬다는 핑계를 대며 트럭을 못 봤냐고 물었다. 그는 나를 아래위로 훑어봤다.

트럭은 못 봤습니다. 죄송합니다. 요새 좀도둑이 많아져서요. 그런데 선생님은 좋은 사람 같군요.

그는 이렇게 말하곤 뒤에 있는 학생에게 손짓을 했다. 학생이 고개를 꾸벅하고 사라졌다.

저희 고아원에 사는 학생입니다. 상처가 많아서 외부인들을 경계합니다. 이해해주세요.

그가 정중하게 말했다. 나는 괜찮다고 했다.

사정이 어찌 됐든 오셨으니 저희 손님입니다. 환영합니다. 저는 자연주의 수련원 대표 김대건이라고 합니다.

그는 악수를 청했다. 나는 김대건의 손을 맞잡았다. 그는 내 손을 쥐고 흔들었다. 김대건의 손은 따뜻했다. 따뜻한 손을 지닌 신이라니. 무슨 말을 하든 믿을 수밖에 없겠어. 나는 속으로 중얼거렸다.

이왕 오셨으니 둘러보고 가시죠?

그가 말했다. 나는 주저했지만 김대건은 내 손을 끌어당겼다.

김대건이 말하길 자연주의 수련원은 일종의 대안 공간으로, 고아원, 요양원, 교육원으로 구성돼 있었다.

계급도 없고 사유재산도 없습니다. 평등하고 평온합니다. 행복하고 사랑합니다. 무엇보다 자연이 있습니다. 자연과 어울리는 건 인간의 숙명입니다. 자연스러움은 곧 미래입니다.

김대건이 자연주의 수련원의 공식 구호로 짐작되는 문구를 읊었다. 나는 김대건의 비범한 외모와 이상적이기 그지없는 사상을 결합시키며 사이비 종교 같은 걸 떠올리고 있었다.

생각하시는 그런 거 아니니 걱정 마세요.

김대건이 사람 좋게 웃었다. 얼굴이 날아오르는 게 느껴졌다.

그 뒤 김대건은 밭, 비닐하우스, 고아원과 요양원을 거쳐 노란색 건물로 나를 이끌었다.

교육원입니다. 쉽게 말하자면 자연스러움을 교육하는 공간이죠.

김대건이 설명했다. 교육원은 명칭 그대로 수련 공간이었다. 일반인들도 소정의 기부금만으로 원하는 시기까지 숙식이 가능했다. 1층 강당에서는 유아들이 빙 둘러앉아 토론 수업을 하고 있었고, 체육관에서는 노인들이 탁구와 배드민턴을 치고 있었다. 2층에서는 채식 요리법, 물리치료, 마사지 테라피, 3층에서는 유기농 농법과 건축 이론에 대한 강의를 하고 있었다. 4층은 숙소였다.

우리는 사는 데 급급한 나머지 정작 중요한 것은 잊고 있습니다. 바로 자연, 그리고 자연스러움이죠. 인류는 과도하게 발전했습니다. 과부하에 걸린 채 다리를 질질 끌면서도 앞으로 나가야만 하는 상황이죠. 누군가 제동을 걸어줘야 합니다. 지친 몸을 따뜻하게 안아줘야 합니다. 지금은 발전을 멈추고 되돌아봐야 할 시기입니다. 자연과 어울리며 잃어버린 자연스러움을 다시 익혀야 합니다. 그래야 미래가 밝습니다.

김대건이 중간중간 해설가처럼 말을 보탰다.

우리는 옥상으로 올라갔다. 옥상 지붕에는 태양열 발전기가 다닥 다닥 붙어 있었고, 그 옆에는 햇볕에 마른 빨래와 작물이 널려 있었다. 숲이라 그런지 저녁이 되니까 선선했다. 노을이 지고 있었다. 오렌지만 했던 태양이 몸을 부풀리며 숲 너머로 사라지고 있었고, 허공에는 새 떼가 시옷 자를 그리며 떠다니고 있었다. 묘사하는 능력이 부족해서 다 표현하진 못했는데 인정할 건 인정해야겠다. 솔직히 말해 여태 본 것 중 손꼽을 만큼 아름다운 노을이었다.

보세요. 정말 자연스럽지 않습니까? 숨을 한번 들이켜보세요.

김대건이 숨을 크게 들이켜며 말했다. 나도 숨을 들이켰다. 숲. 바람. 공기. 노을. 완벽한 조화였다.

완벽하네요.

나는 나도 모르게 중얼거렸다.

김대건은 나를 다시 건물 현관으로 안내했고, 자신은 일이 있어서 가볼 테니 마음껏 둘러보라고 했다. 나는 이 공간이 싫지만은 않았다. 다른 건 차치하고라도 일단 사람들이 행복해 보였다. 김대건 생각처럼 이 세상이 돌아간다면 나와 해인도 행복할 것이었다. 미아처럼 목숨 걸고 첩보 작전을 펼칠 일도 없을 것이었다.

자연주의 수련원을 빠져나와 그레고르에게 가고 있을 때였다. 남학생이 건물 외벽에 등을 기대고 삐딱하게 서 있었다. 아까 내게 시비를 건 학생이었다.

아저씨 왜 왔어요? 솔직히 말해주세요.

학생이 물었다.

또 그렇게 말할 줄 알았어요. 다신 여기 오지 마세요. 아저씨 같은 사람 많이 봤어요. 뭘 빼앗아 가려고 하는 거 다 알아요.

아까와 같은 대답을 하니까 학생이 말을 잘랐다. 내가 또 무슨 말을 하려고 하니까 학생은 침을 퉤 뱉으며 돌아섰다. 하늘에 퍼져 있던 붉은 기운은 어둠과 섞여 정의할 수 없는 색을 분출하고 있었고, 학생은 그 애매모호한 빛깔 속으로 사라지고 있었다.

나는 갈림길에 그레고르를 세웠다. 들어올 때 봤던 표지판이 보였다. 어느덧 사위는 심문실처럼 캄캄해진 상태였다. 시동을 끄자 빛이 완전하게 제거됐다. 나는 차에서 내렸다. 해인의 이름을 부르며 달리고 또 달렸다. 지금 해인을 만나지 않으면 영영 만나지 못할 것 같았다. 어둠과 숲, 그리고 애타는 감정이 만난 탓에 그렇게 느낀 것이리라. 어느 순간이었다. 나는 무언가에 걸려 넘어졌다. 눈앞이 빙글빙글 돌았다. 누군가 다리를 건 것 같았다. 그때 내 얼굴 위로 빛이 쏟아졌다. 손전등을 비춘 것 같았다. 나는 눈을 가렸다.

내가 모를 줄 알았어? 왜 이렇게 따라다니는 거야? 내가 바람이라도 피울까봐?

익숙한 목소리가 들렸다. 해인이었다. 나는 벌떡 일어나 해인을 껴안았다. 해인은 어느 정도 쫓아오다 돌아갈 줄 알고 신경도 안 쓰고 있었다고, 박쥐 서식지에 가기 전 휴양림에 다녀오는 길인데 내가 아직 여기 있어서 당황했다고 했다.

다시는 떠나지 마. 아니, 떠나도 되는데 나를 버리지 마. 그럼 당신이 뭘 하더라도 의심하거나 간섭하지 않을게.

내가 말했다. 눈물이 터져 나왔다. 해인은 내 등을 다독여줬다. 눈물을 흘리니까 후련해졌다. 그때 나는 넘어진 뒤 온몸이 상처투성이가 됐다는 것을 알아챘다.

이제 왜 내가 상처투성이가 된 줄 알겠지?

해인이 툭 치며 말했다.

그런데 웬 차야?

해인이 그레고르를 고갯짓했다. 나는 사보 제작사 취재용 차량이라고 둘러댔다. 그제야 해인 옆에 남자 하나가 서 있는 게 보였다. 해인은 그를 소개했다. 그의 이름은 주온으로 미니멀리즘 동호회에서 만나 친구가 됐고, 지금은 함께 오지를 탐험하고 있다고 했다.

그냥 친구야. 저스트 프렌드!

내가 떨떠름한 표정으로 인사를 건네자 해인은 내 등을 때렸다. 주온은 빙그레 웃으며 얘기 많이 들었다고, 직접 보니 듣던 것보다 둘이 훨씬 잘 어울려서 부럽다고 했다. 나는 그를 바라봤다. 가냘픈 체구. 어깨까지 떨어지는 얇은 머리칼. 선한 눈매. 나는 주온에게 막연한 동질감을 느꼈고, 주온이라면 해인과 같은 침대에서 자는 걸 목격해도 질투가 나지 않을 것 같다는 생각도 들었다.

그날 밤 나는 그들과 함께 박쥐 서식지로 유명한 동굴을 탐험했다. 어둠 속에서 발광하는 박쥐 수백 마리의 눈만 떠올리면 아직도 오싹하다. 돌아오는 길에는 화악산을 올랐다. 일출을 봐야 한다며 쉬지도 않고 산을 타는 해인을 보며 다신 의심하지 말아야겠다고 다짐했다. 오지를 탐험한답시고 왜 통제구역에 몰래 들어가는지,

스포츠랍시고 왜 가파른 암벽을 오르는지 나로서는 이해할 수 없었다.

제발 날 믿어줘.

동틀 녘 정상에 올랐을 때 해인이 했던 말이 기억난다.

적어도 너를 배신하진 않아. 그거 하나는 약속해.

이 말도. 그때 해가 떠오르고 있었던 것도. 그 순간 해인을 믿지 않으면 믿을 수 있는 사람이 아무도 없다고 생각했던 것도.

9

SECRET

CLASSIFICATION

Title : Hemingway 34

To : Red Chameleon

From : Hemingway

Subject : 자급자족단SSM

1. 팹시티Fab City

'팹시티'는 2054년까지 도시의 자급자족률을 50% 이상으로 끌어올리려는 글로벌 프로젝트다. 외부에서 생산된 것을 들여와 소비하고 쓰레기를 배출하는 도시가 아니라 식량과 에너지, 생활물품 등 도시에 필요한 것들을 자체 생산하고 재활용을 통해 쓰레기를 줄이며 자급자족의 기술과 정보를 공유하는 전 지구적 네트워크를 지향한다. 팹시티는 전 세계 팹랩이 모이는 연례회의로 2014년 스페인 바르셀로나에서 열린 팹10에서 처음 아이디어로 제안됐다. (중략) 이듬해 미국 보스턴에서 열린 팹11에서 보스턴을 비롯해 중국 선전, 남아공의 에쿠룰레니 등 7개 도시가 프로젝트 합류를 선언한 데 이어 현재 전 세계 16개 도시(지역, 국가 포함)가 참여하고 있다. 올해 중국 선전에서 열린 팹12에서 벨기에 브뤼셀, 브라질 쿠리치바, 영국 런던, 이탈리아 로마, 덴마크 코펜하겐도 내년부터 동참하겠다고 밝혀 참여 도시는 계속 늘어날 전망이다.*

※ 홈페이지 : http://fab.city

2. 자급자족단Self Sufficiency Members

1) 정의

일명 SSM. 반정부/반체제 집단. 팹시티에서 파생된 극단주의 단체. 자급자족이라는 가치에 과도하게 의미 부여를 하며 이단을 형성했다. 국가, 자본주의 체제, 휴머니즘, 가족 등 기존 인류 문화에 반하는 사상을 지녔으며, 문명을

---

* 오미환, 「자급 도시 · 자가수리 카페… 더 나은 세계를 위한 삶」, 『한국일보』 2016년 11월 23일자 23면.

파괴하고 폭력 시위를 조장한다. 목표는 자급자족을 중심으로 한 세계 질서 재편. IS, 북한에 이어 새로운 공공의 적으로 떠오르고 있다. 현재 고비사막에 집단 거주 중이며, 인원은 3천여 명으로 추정된다. 외관상으로는 오아시스를 중심으로 형성된 평범한 사막 마을로 보이지만, 지하에 비트코인 채굴장과 핵 개발 연구소를 운영하는 중이다.

2) 장미셸Jean-Michel

자급자족단의 사상적 지도자. 국적 프랑스. 모로코 출신의 이민자. 1981년생으로 알려져 있으나 아닐지도 모른다. 성별도 불확실하다.

천재 해커. DGSE(프랑스 대외안보총국) 출신. 독립적인 직무 특성 탓에 목격자는 없으며 코드명 장미셸로만 알려져 있다. 장미셸은 프랑스에서 가장 흔한 이름으로 익명성을 상징한다. 그 시절 자신에 대한 모든 기록을 삭제한 것으로 알려져 있으며, 현재 아무런 자료도 남아 있지 않다.

팹시티 파리지부 창단 멤버. 2014년 바르셀로나 팹시티 연례회의 「과거로의 회귀, 자급자족의 시대」 논쟁을 계기로 팹시티에서 분리돼 나왔다. 도쿄 비트코인 채굴장을 해킹하여 자급자족단 창단 자금을 마련했다고 알려져 있다. 연례회의 참가자 중 누가 장미셸인가에 대해서는 의견이 분분하나 아직 밝혀진 사실은 없다.

장미셸은 자신의 정체를 숨기기 위해 수많은 장미셸을 창조했다. 현재 열여덟 명의 장미셸이 활동하고 있으며, 열아홉 번째 장미셸을 찾고 있는 중이라고 알려져 있다.

첫 번째 장미셸이 공식석상에 얼굴을 내민 건 『르몽드 디플로마티크』와의 인터뷰 단 한 번. 장미셸은 사슴 가면을 쓰고 등장했다. 그래서 붙여진 별명이 미친 사슴Malade Cerf.

3. 자급자족단 활동 내용

1) 문명 파괴

- 테러 : 주요 국제 행사 방해, 유적 및 문화재 파괴

- 공동체 질서 파괴 : 폴리아모리, 코페어런팅, 비혼, 동성혼 지지 및 선동

- 언어 파괴 : 소수 언어 보호, 인터넷 언어 전파

- 반反문화 전파 : 원시종교, 홍콩 동굴 집성촌, 귀농

2) 반체제 운동

- 인권 : 소수자 권익 보호, 각종 차별 금지,

- 노동 : 노동시간 감소, 최저임금 상승, 정규직 전환

- 생태주의 : 환경보호, 원자력발전소 철폐, 에너지 아나키즘

- 좌파 정부 지원 : 직접 민주주의 전파, 시민운동 주도

- 지방자치 강화 : 국가 단위가 아닌 지역 단위 활동 독려, 무정부주의 이념 생성

- 독립 지원 : 갈라파고스, 오벤틱 마을, 카탈루냐, 티베트, 대만, 쿠바 등

- SNS 장악 : 각종 음모론 및 가짜 뉴스 유포

- 국경 해체 : 유럽 각국 EU 탈퇴 반대 분위기 조성

- 핵 개발 : 북한, 이란과 공조

- 범죄 : 주요 시설 파괴, 살인 및 강도, 해킹, 정재계 인사 납치

4. 유사 사례 해체 예시

1) 독재 타도 : 유신(한국), 보리스 넴초프 암살(러시아)

2) 공산주의 : 매카시즘, 트루먼 독트린, 마셜 플랜(미국)

3) 표현의 자유 : 선전 및 문화 통제(나치), 홍콩 서점 납치 사건(홍콩/중국)

4) 인종차별 반대 : 노예제도 옹호론 유포(미국), 아파르트헤이트(남아프리카공화국)

5) 연대 공고화 : 브렉시트(영국)

6) 평화 : 베트남 반전시위대 공격 및 음해 모의(미국)

* CIA를 비롯한 각국 정보기관의 사례이며 세부 내용은 별첨하겠음

5. 결론

자급자족단은 글로벌 캐피털리즘에 역행하며 시대정신을 저해하는 반체제 조직이다. 자급자족이라는 가치를 핑계 삼아 세계 주도권 탈취를 목표로 테러와 범죄를 자행하고 발전을 방해하며, 문명 및 문화유산 파괴, 좌파 정부/진보정당/독립지원국 지원, 시민사회 및 무정부주의 단체 설립 등으로 자본주의가 안정기에 접어든 현재 국가를 전복하고 국경을 해체하는 등 세계 질서에 위해를 가하고 있다. SNS를 적극 이용, 젊은 세대를 중심으로 빠르게 확산되고 있

기 때문에 강경하고 조속한 대응이 필요하다.

6. 첨부

1) 장미셸 인터뷰 파일 및 녹취록(『르몽드 디플로마티크』)

2) 주요 단원 명부

3) 유사 사례 해체 세부 내용. 끝.

10

CIA는 랭리Langley라고도 불린다. 랭리는 지명이다. 버지니아주 랭리는 CIA 본부가 속한 지역이다. 그러나 사실 랭리는 CIA 본부가 위치한 행정구역이 아니다. 실제 행정구역은 맥린McLean이다. 다만 1910년 CIA가 설립됐을 때 행정구역은 랭리였고, 그래서 랭리가 맥린에 편입된 후에도 CIA를 랭리라고 부르고 있는 것이다. 그리 중요한 건 아니기 때문에 잊어버려도 좋다. 중요한 건 CIA를 랭리라고 부른다는 것이지. 한국에도 랭리가 있었다. 바로 이태원이었다. 이태원은 중앙정보부와 국가안전기획부가 있었던 남산과 지척이었고 미군 부대가 있어서 외국인들이 밀집해 있었다. 외국인 하나만 나타나도 곁눈질을 하는 단일민족국가에서 신분을 위장하기에 제격이었다. 아직까지도 이태원은 동아시아에 파견된 요원들이 즐겨 찾는 곳이었다. 그들은 이태원을 동방의 랭리라고 일컬었다.

내가 비밀공작처의 주요 업무에 대해 알게 된 것도 동방의 랭리에서였다. 미아와 나는 이태원의 이탈리안 레스토랑에서 만났다. 우리는 해방촌의 화려한 여름밤이 내다보이는 테라스에 자리 잡았다. 미아는 주문을 한 뒤 메인 셰프라는 외국인을 불러 몸을 붙인 채 이야기를 나눴다. 둘이 꽤 친밀한 사이인 것처럼 보였다.

저이도 스파이예요.

그가 물러가자 미아가 속삭였다. 미아에 의하면 그는 쿠커라는 요원으로 시칠리아에서 근무할 때 이탈리아 요리를 배웠고, CIA는 그 장기를 활용해 쿠커를 이태원에 셰프로 위장 파견했다. 미아는 쿠커가 시도 때도 없이 스파이를 그만두고 이태원에 눌러앉겠다고 징징거린다고 귀띔해줬다. 요리 맛을 본 뒤 고개를 끄덕였던 기억이 난다. 내 판단으로도 스파이보다 요리사가 제격이었다. 이태원 화덕 피자 맛집이라고 검색하면 상위에 랭크돼 있으니 관심 있으면 가보시길. 비싸지만 먹어보면 아깝다는 생각은 들지 않는다.

그날 밤 우리는 수다를 떨며 회포를 풀었다. 업무에 대한 이야기는 하지 않았고, 좋아하는 영화, 즐겨 듣는 음악, 트라우마와 연애 따위에 대해 이야기했다. 분위기가 전환된 건 이야기가 소강상태에 접어들고 후식이 나올 무렵이었던 것 같다. 미아가 갑자기 테라스 밖을 보라고 했다. 나는 눈을 돌렸다. 다양한 인종들이 거리를 헤매고 있었고, 내 눈도 미아가 무엇을 보라고 했는지 추측하며 거리를 헤매고 있었다. 그때였다. 미아가 누군가를 가리킨 것은. 나는 미아의 손가락을 눈으로 따라갔다. 샌드위치 가게 앞에서 곰 분장을 한 채 전단지를 돌리고 있는 사람이 보였다. 그는 귀여운 율동을 하며 행인들의 환심을 사려고 갖은 애를 쓰고 있었다.

저 곰이오?

러시아 FSB. 푸틴의 졸개 보리스 옐친.

미아가 고개를 끄덕이며 말했다. 오래지 않아 곰이 가면을 벗었다. 키가 크고 깡마른 백인 남자가 나왔다. 그는 후미진 골목으로 가더니 고단한 표정으로 담배를 피워 물었다.

아직도 같은 담배를 태우는군. 껑다리 새끼. 심문한 적이 있는데 어찌나 독하던지.

미아가 추억을 되새기듯 아득한 눈이 된 채 말했다. 담배를 다 피운 뒤 보리스 옐친은 다시 곰 가면을 쓰고 율동을 하며 전단지를 나누어주기 시작했다.

저 여자는 국정원. 볼보라고 불리죠. 은퇴하고 잠시 랭리에서 교육관으로 있을 때 파견 나온 볼보를 교육한 적이 있어요. 그런데 궁금한 게 있어요. 한국인들은 왜 그렇게 미국에게 순종적이죠?

미아가 사거리 방향을 가리켰다. 단발머리. 스키니진. 티셔츠. 대학생으로 보이는 그 여자는 이쪽으로 걸어오고 있었다. 볼보는 우리를 향해 손을 흔들었다.

공개된 장소에서는 함부로 아는 척하지 말라고 그렇게 강조했는데 그새 잊었나 보네.

미아가 민망한 듯 얼굴을 가렸다. 볼보는 우리를 흘긋 보며 테라

스를 지나쳤고, 잠시 뒤 애인으로 추정되는 사람을 만나 손을 잡았
다. 나는 볼보가 미아에게 손을 흔든 게 맞는지 헷갈렸다.

저기 모사드도 있네요. 모사드야말로 적에게는 재앙이죠. 우리조
차 저들의 애국심에 두 손 들 정도라니까. 미국과 우방이니 그나마
안심이지.

미아가 또 다른 방향을 고갯짓했다. 정장 차림에 아이패드를 들
고 지나가는 여자가 보였다. 맞은편에서 히잡을 쓴 여자가 모사드
를 향해 다가가고 있었다. 그 둘은 지나치면서 무언가를 주고받은
뒤 다른 방향으로 사라졌다.

파키스탄 ISI도 있었네. 도움을 주고받고 있을 줄이야. 뭐지. 저
둘은 앙숙일 텐데. 하지만 이해할 필요 없어요. 어차피 이해하지 못
할 테니까요. 스파이란 그런 거예요.

미아는 여자들이 사라져 간 방향을 번갈아 보며 말했다.

쟤는 영국 MI6, 쟤는 독일 BND, 쟤는 인도 RAW, 쟤는 프랑스
DGSE, 쟤는 중국 MMS.

그 뒤에도 미아는 지나가는 사람마다 손가락질을 했다. 나는 이
태원에 이토록 스파이가 많은 줄 몰랐다고 했다.

당연하죠. 한반도는 현존하는 유일한 냉전시대의 유산이에요. 스
파이에게는 축복의 땅이죠.

미아가 대답했다. 그 뒤 미아는 각국 정보기관에 얽힌 비화를 이
야기하기 시작했다. 동독 정보기관 슈타지 공작 책임자 얼굴 없는
사나이 마르쿠스 볼프와 서독 빌리 브란트 총리의 측근 보좌관으로

암약한 동독 스파이 권터 기욤에 대해, 스파이의 교과서라고 불리는 소련 스파이 리하르트 조르게에 대해, 비운의 스파이 마타하리에 대해, 전설적인 남장 스파이 가와시마 요시코에 대해, 「색, 계」의 모델이 된 중국 국민당 정보기관 소속 정보원 정핑루에 대해, 코코 샤넬이 사실 나치의 스파이였다는 것에 대해, 평양에서 흑금성을 만났던 일화에 대해, 도쿄에 중국 산업스파이가 들끓는 이유에 대해. 여러분의 이해를 돕기 위해 앞 장에 미리 첨부한 자급자족단 보고서를 받은 건 미아의 이야기를 한참 동안 듣고 난 뒤였다.

다 읽으셨나요?

보고서를 거의 다 읽었을 때 미아가 입을 뗐다. 나는 고개를 들고 혹시 자급자족이 우리 업무와 관련이 있는 거냐고 물었다.

눈치가 아주 없지는 않네요. 자, 그럼 본격적으로 업무 이야기를 해볼까요? 우선 보고서를 읽은 소감이 어떤가요?

미아가 손뼉을 치며 주의를 끌었다. 나는 어떤 대답을 해야 될지 감이 잡히지 않았다. 막상 알게 되니 왠지 허공에 붕 떠 있는 느낌이 들었다.

내가 맞혀볼까요? 우선 이런 의문이 들죠? 자급자족의 범위는 대체 어디까지야?

미아가 미소 지으며 말했다. 나는 고개를 끄덕였다. 듣고 보니 그랬다. 아무 말이나 써놓고 자급자족으로 꿰맞춘 느낌을 지울 수 없었다.

대답해드리죠. 자급자족은 모든 것일 수도 있고, 모든 것이 아닐

수도 있습니다.

미아가 알쏭달쏭한 말을 한 뒤 내 반응을 살폈다. 그때 내가 어떤 표정을 짓고 있었는지 모르겠지만 미아는 고개를 갸웃했다.

또 맞혀볼까요? 솔직히 믿기 힘들죠?

미아가 말했다. 나는 고개를 끄덕였다. 처음 보고서를 읽었을 때는 막연하게 와닿지 않는 느낌이었는데, 시간이 지나니까 무언가 이상하다는 생각이 들었다. 허황되달까. 기사까지 인용했으니 팹시티는 사실이라고 치고. 그런데 자급자족단이라고? 생전 처음 들어보는데? 그게 그렇게 위험하다고? 진짜 존재하기는 하는 거야? 나는 식탁 밑에서 휴대전화로 자급자족단을 검색했다. 고비사막 마을이나 장미셸에 대한 단편적인 기사와 이미지들이 떴다.

인터넷에 뜨죠? 봐요, 사실이라니까. 나도 처음엔 의심했어요. 뭐? 자급자족? 열여덟 명의 장미셸? 테러? 납치? 독립? 전쟁? 믿기지 않았어요. 고작 물불 못 가리는 이상주의자들이 모인 공동체나 작은 시민단체 수준일 텐데 이리 위험하다는 게 말이 될까요?

내가 동조하지 않으니까 흥분한 것처럼 미아의 말이 빨라졌다. 미아의 말대로 작은 공동체나 시민단체가 무슨 핵이며 독립이며 전쟁일까. 장미셸이 열여덟 명이라니 이건 완전 드라마잖아. 기껏해야 각박한 경쟁 사회에 염증을 느낀 사람들이 만든 마을 아닐까.

자급자족단. 평계는 좋죠. 가치관의 변화라는 평계. 후대에 깨끗한 자연을 물려준다는 평계. 에너지 고갈과 환경보호라는 평계. 내가 무조건 반대하려는 건 아니에요. 그런데 그들은 영악해요. 내가 두려워하는 건 이 지점이에요. 그들은 자급자족과 자본주의를 교묘하게 결합한 뒤 원하는 걸 얻어내고 있어요. 자극. 맞아요, 그들은 우리를 자극해요. 전기 충격기처럼요. 혹시 전기 고문 받아봤나요? 작가들은 꼭 받아보는 걸 추천해요. 그래야 내밀한 곳에서 오는 충동을 받아 적을 수 있다고요.

왜 그런지 몰라도 미아가 횡설수설하는 것처럼 느껴졌다.

그러니까 쉽게 말하면 그들은 일종의 마케팅 홍보 전략을 사용하고 있는 거예요. 이미 그들은 우리 삶에 침범한 상태예요. 도시 농부. 태양열. 전기차. 유기농. 주말농장. 핸드메이드. 마르쉐. 대체에너지. 생태주의. 에코백. 팬시하고 쿨하게 포장된 상품들. 이 상품들은 사람들의 내면을 자극하고 그래서 생긴 틈에 자리 잡죠. 의식하지 못한 사이 몸집은 키우고 우리를 지배하는 구조예요. 비트코인 채굴장을 해킹해서 이딴 짓거리를 하다니. 비트코인 자체가 자본주의를 거스르는 거예요. 애송이들. 화폐제도를 비아냥대기 위해 설치는 거라고요. 자급자족단의 근본이 그렇다고! 근본부터 틀려먹은 거예요!

미아의 말이 다시 빨라지고 있었다. 나는 소름이 돋았다. 작은 현상을 크게 해석하는 미아의 행태 때문이었다. 첩보 기관이 비슷한 논리를 대며 행한 역사적인 악행들이 머릿속에 그려졌다. 핵심에 다가가지 않고 겉만 빙빙 돌고 있다는 느낌도 들었다. 미아는 내 기색을 살피더니 헛기침을 했다.

당연해요. 카프카. 내가 아무리 열을 올리며 설명해도 카프카 당신이 받아들이기 힘든 데는 다 이유가 있어요. 핵심이 빠져 있기 때문이죠. 맞아요. 대부분 아직 벌어지지 않은 일입니다.

미아가 흥분을 누그러뜨리기 위해 심호흡을 했다.

네? 그런데 왜 보고서에는 이미 벌어진 일처럼 써둔 건가요?

예언.

네?

예언. 예측 말이에요. 좋은 첩보는 문학과 같아요. 탁월한 문학 작품은 미래를 예측한다죠.

미아가 수수께끼 같은 말을 했다. 그래서 몇 번이고 되물었던 것 같다. 문학과 첩보라니. 대체 무슨 말인가.

인정할 건 인정하죠. 그들이 실제 했던 건 환경보호 운동 정도였어요. 지렁이도 밟으면 꿈틀거린다. 한국에 이런 속담이 있죠. 파리도 쓸개가 있다. 미국 속담에도 이런 말이 있어요. 지렁이와 파리들은 밟으면 밟을수록 과격해지고 있어요. 지금은 G7, 다보스포럼 같은 국제 행사를 방해하거나 각국에 파견돼 과격한 시민운동을 선동한다니까요. 간도 크죠. 얼마 전에는 UN 본부에 폭탄 테러를 암시하는 메시지를 보내기도 했어요. 의미심장하지 않습니까? 이래서 조짐이 중요합니다. 징후가 중요합니다. 작은 균열이 있을 때 예방해야 하죠.

일부의 경우를 확대 해석하는 거 아닙니까? 추측과 예견만으로 어떤 사람이나 집단을 범죄자로 모는 겁니까? 국가주의 사회랑 뭐가 다릅니까? 파시즘이랑 뭐가 다릅니까? 당신이 그렇게 경멸하는 공산주의 감시 체제랑 뭐가 다릅니까?

하나는 알고 둘은 모르는군요. 배울 건 배워야 합니다. 언제까지 적이라고 배척만 할 겁니까? 그건 발전하지 않으려는 태도죠. 공산주의 감시 체제에는 상상력이 깃들어 있습니다. 찬란한 인류의 문화유산이죠. 이건 비밀인데 프리즘 프로젝트가 바로 공산주의에서 영감을 받아 시작된 겁니다. 인권 운운하며 칭얼거리는 건 머저리들이나 하는 짓이에요. 인권이 뭐 대수인가요? 징후를 예측해서 안전을 꾀하고 범죄를 방지하면 좋은 거 아닌가요? 다수의 선량한 사람들을 위해 말이죠. 그게 곧 인권 아닐까요? 이미 일본에서는 범죄를 모의만 해도 체포할 수 있는 법안이 통과됐어요. 다른 나라에도 유행처럼 번지고 있죠. 세계적인 추세예요. 그렇게 해서라도 막아야 되지 않겠어요? 아마 자급자족단의 작전이 성공하면 이 아름다운 한국도 사라질지 몰라요. 당신은 조국을 빼앗기고 싶어요?

미아의 목에 핏대가 섰다.

언제까지 시시한 음모론자처럼 굴 건가요? 요원의 시선에서 세상을 바라보세요, 제발.

내가 할 말을 찾고 있을 때 미아가 혀를 끌끌 찼다. 나는 어떻게든 이 상황을 벗어나고 싶었다. 사이코드라마의 조연 역할 같은 건 하고 싶지 않았다.

부디 자급자족을 경계해야 합니다. 그들의 주장대로 발전을 멈추면 모든 게 사라집니다. 청동기와 철기로 돌아가고 싶어요? 맹수한테 잡아먹히고 싶어요? 옷도 없이 벌벌 떨고 싶어요? 모르긴 몰라도 우리 옆으로 보이는 아름다운 도시는 온데간데없이 사라져 있을 겁니다.

내 생각을 아는지 모르는지 미아는 쉴 새 없이 입을 놀리고 있었다.

밤은 동방의 랭리를 은밀하게 만들었다. 밤은 피부색을 가렸고, 국적을 감췄으며, 음모와 본심과 욕망을 은닉했다. 나도 마음을 숨긴 채 자리를 벗어날 적기를 노리고 있었다. 그러나 노련하게도 미아는 틈을 주지 않고 있었다. 자급자족과 인터넷의 결합에 대해 이야기하기 시작한 것이었다.

자급자족이라는 인간의 원초적 생존법은 인터넷을 통해서 더욱 빠르게 퍼지고 있습니다. 원시성과 과학의 결합이라. 흥미롭지 않습니까? 영악하기도 하지. 그런데 감탄만 하고 넋 놓고 있을 틈이 없습니다. 남의 나라 일이 아니라고요. 한국은 세계적인 인터넷 강국입니다. 아무도 눈치채지 못했겠지만, 한국에서는 이미 어느 나라보다 빠르게 자급자족이 확산되고 있어요. 이제 한국에 자급자족의 마수가 뻗치고 있다는 증거를 보여드리죠. 혹시 귀농한 친구들이 있나요?

미아가 설명 끝에 질문을 던졌다. 나는 미아에게 말려들지 않으려고 정신을 잡았다.

지인 둘이 홍성과 합천으로 귀농했습니다.

그들은 서울에서 무슨 일을 했죠?

홍성으로 내려간 친구는 대학 문학 강사였고, 합천으로 내려간 친구는 프로그래머였습니다.

내가 말하자 미아는 손가락을 튕겨 소리를 냈다.

봐요. 당신 주위만 보더라도, 한국은 귀농으로 인해 문학과 IT 분야에서 인재를 잃었습니다. 그들이 미래에 노벨문학상을 타거나 구글 같은 기업을 만들지 누가 압니까? 그런데 지금 그 인재들은 야망을 버린 채 농사를 짓고 있습니다. 우기와 수확 시기 같은 걸 계산하고 닭 사료값이나 정부의 농가 지원 정책 따위를 걱정하겠죠.

우월한 게 어디 있나요? 그리고 그게 무엇이든 선택할 자유가 있는 거 아닌가요?

내가 따졌다. 미아의 표정이 일순간 굳어버렸다.

논리적인 사람이군요. 차갑게 느껴질 정도로요.

미아가 목소리를 낮췄다. 나는 그런 식이라면 누구든지 자급자족이라고 칭할 수 있지 않냐고 했다. 미아는 내 생각을 한번 말해보라고 했다.

임신은요? 그야말로 맨몸으로 새 생명을 생성하는 거잖아요.

인구 증가는 자유경제의 번영을 위한 신성한 작업이지요.

부동산 투기는요? 1로 100, 1000을 버는데요?

그건 자급자족이 아니라 자본주의를 모범적으로 활용하는 것입니다. 권장할 만한 사안이라고요.

그럼 종교는요? 세 치 혀로 어마어마한 헌금을 모으잖아요.

더 세심하게 생각해보세요. 예로부터 종교는 체제 유지를 도와줄니다.

무엇이든 멋대로 해석하시는군요.

당신도 마찬가지잖아요. 돈을 벌기 위해 타인의 인생을 멋대로 해석했잖아요. 당신이 쓴 자서전들을 보세요.

미아가 쏘아붙였다. 달리 할 말이 없었다. 자서전에 대한 미아의 지적은 일리가 있었다.

이렇게 말하면 공감이 될까요? 이번에도 동의하지 못한다면 깔끔하게 고용을 취소할게요. 업무를 처음으로 설명하는 자리부터 이리 견해차가 심하니 차라리 그게 서로에게 편할 것 같군요. 자, 잘 생각해보세요. 요새 카프카 당신 주위에도 이상한 일이 벌어지고 있지 않나요?

미아가 물었다. 나는 생각했다. 엄마는 환갑이 넘어서도 이마트 캐셔로 일하고 있다며 푸념을 했고, 아빠는 정년퇴직을 한 뒤 방황을 하다가 알코올의존증으로 쓰러졌으며, 해인은 회사를 그만두고 오지 탐험을 다니며 탈옥을 계획하고 있었다.

하나 이상한 게 있지 않아요? 부모님이나 해인 씨 말고 당신 말이에요.

미아가 내 머릿속에 들어와 있는 듯 눈을 가늘게 떴다.

저요?

나는 반문하며 그게 대체 뭐냐고 했다.

텃밭.

미아가 확신에 찬 어조로 말했다.

네? 텃밭이오?

생각지도 않았던 이야기라 내 목소리는 저절로 커졌다. 미아가
고개를 끄덕였다.

텃밭을 왜 일구기 시작했나요?

미아가 물었다. 나는 정곡을 찔린 기분이 들었다. 그렇다. 서울에
서 나고 자란 내가 평소 텃밭에 관심이 있을 리가 없었다. 그놈의 돈
만 아니었다면.

그건 그냥 돈이 없어서 그런 거죠.

아니죠. 당신은 분명 체제에 불만을 품고 있었잖아요.

아니, 불만도 못 품습니까? 현 체제에서 제가 가난한 건 사실이잖
아요.

내 말을 오해한 것 같군요. 나도 불만은 많아요. 트럼프, 오바마
둘 다 싫죠. 멕시코 장벽이나 오바마 케어 모두 반대한다고요. 그런
데 그렇다고 내가 뭘 했나요?

미아가 물었다. 내 입에서 저절로 탄식이 흘러나왔다.

나는 입만 나불거렸지 아무것도 하지 않았어요. 그런데 당신은
달라요. 텃밭을 일구기 시작했다고요. 생각을 실천으로 옮겼죠. 그
것도 아주 반체제적인 방식으로요. 남의 땅을 빼앗았잖아요. 그 텃
밭은 법적으로 누구 소유입니까? 당신 땅입니까?

미아가 눈을 치켜뜨며 나를 바라봤다.

아닙니다.

나는 대답했다. 목소리는 기어 들어가고 있었다. 나는 미아에게

완벽하게 패배했다. 미아의 말이 맞았다. 왜 그랬을까. 왜 남의 소유물을 갈취했을까. 평생 그런 적이 없었는데 왜 그랬을까. 누가 내 땅에 제멋대로 텃밭을 일궜다면? 상상만으로도 짜증이 났다. 아직 재판 전이지만 누가 보더라도 불법이었다. 그런데 나는 빼앗고 싶었다. 왜 그랬을까. 그때부터 나는 미아의 말에 빠져들었던 것 같다. 무언가에 사로잡힌 듯 일말의 의심도 사라졌던 것 같다.

게다가 당신은 주민들을 선동해 단체 행동까지 했다고요. 그게 자급자족단과 다를 바가 무엇인가요?

미아가 비밀을 털어놓는 것처럼 소리 죽였다. 텃밭에서 가꾼 채소로 주민들과 옥상 파티를 했던 장면이 떠올랐다.

좀 더 나갔으면 당신도 블랙리스트에 오를 예정이었어요. 처음에는 다 그렇게 시작하는 거예요. 자신도 모르게. 그런데 소송이 막아 줬다고요. 법, 그러니까 체제가 그래서 필요한 겁니다.

미아는 여전히 소리를 낮추고 있었는데, 범죄를 모의하는 기분이 들었다.

죄송합니다. 몰랐습니다.

나는 나도 모르는 사이 사과를 하는 처지가 됐다.

나한테까지 사과할 필요는 없어요. 기죽을 필요도 없고요. 모르는 건 죄가 아니랍니다. 게다가 당신은 반성하고 있잖아요. 그 경험이 큰 자산이 될 거예요. 이제 말이 통하는 것 같아서 기쁘네요. 이미 눈치챘겠지만 비밀공작처는 자급자족단 척결을 위해 신설됐어요. 나도 자급자족단을 위해 복귀한 거죠. 당신도 자급자족단을 잡기 위해 채용된 거고요. 이제 받아들일 수 있겠죠?

미아가 물었다. 나는 고개를 끄덕였다. 미아가 흐뭇한 표정을 지었다. 그때였다. 미아가 느닷없이 손가락을 입술 위에 올리곤 테라스 밖을 고갯짓한 것은. 밖을 바라보자 불안한 듯 주위를 살피는 백인 남자가 눈에 띄었다. 북유럽 출신인 듯 어딘지 모르게 동양적인 느낌을 풍기는 백인 남자.

카프카, 저 남자 보고 있죠? 잘 봐요. 머지않아 일이 벌어질 테니까.

미아가 속삭였다. 나는 그에게 눈을 고정시켰다. 그는 두리번거리며 관광객 사이로 들어갔고, 사진 찍느라 여념이 없는 여자 옆에 섰다. 그때 그의 손에 반짝거리는 게 보였다. 주머니칼이었다. 그는 칼로 여자가 메고 있던 핸드백 끈을 자른 뒤, 핸드백을 움켜쥐고 도망치기 시작했다. 뒤늦게 눈치챈 여자가 비명을 질렀다.

소매치기와 스파이는 한 끝 차이죠. 눈빛이 비슷해요. 전부 불안이 깃들어 있거든요.

미아는 소매치기를 눈으로 쫓으며 말했다. 소매치기는 여기 테라스 쪽으로 달려오고 있었다. 근처에 있던 경찰이 호각을 불며 소매치기를 뒤쫓기 시작했다.

소매치기와 스파이. 두 직업의 차이는 명분이죠. 사리사욕을 채우기 위한 좀도둑질이냐, 체제를 수호하기 위한 거룩한 희생이냐. 감옥에 가도 대우가 달라요. 소매치기는 잡범이고, 스파이는 거물이죠.

미아가 말을 하는 사이 소매치기는 테라스 바로 앞까지 다가온 상태였다.

사람이 가득한 엘리베이터 타봤나요? 다른 사람들은 입구 방향으로 서 있는데, 혼자 다른 방향으로 서 있어본 적 있나요? 다른 방향을 보는 것은 나머지 승객들을 불안하게 만들죠. 소매치기는 그런 존재입니다. 그런데 스파이는 같은 방향을 보는 척하면서 다른 방향을 봐야 합니다. 아무도 눈치채지 못하게 불안을 불어넣어야 합니다. 스파이들이 은퇴 후에 불행한 삶을 사는 건 불안이 체화됐기 때문이죠.

미아가 엘리베이터 이론을 늘어놓으며 식탁 위에 놓여 있던 나이프를 들어 밖으로 던졌다. 순식간에 벌어진 일이었다. 놀랍게도 그 나이프는 소매치기의 허벅지에 꽂혔다. 소매치기가 비명을 지르며 나자빠졌다. 경찰들이 그 앞에 멈춰선 채 어리둥절하고 있었다.

첫 임무가 생겼어요. 그런데 관심이 이리로 쏠려서 부담스럽네요. 일단 일어서죠. 가면서 이야기해요.

미아는 계산서 사이에 지폐를 두둑이 끼워 넣은 뒤 자리에서 일어나 뒷문을 향해 걸어가기 시작했다. 나도 미아를 따라 걸었다. 뒤에서 수군거리는 소리가 들렸다.

그래서 첫 임무는 뭔가요?

내가 물었다.

자급자족.

미아가 중얼거렸다.

네?

자급자족. 이 단어 꼭 기억하세요. 우리는 이제 범죄자들을 체포하고 교화할 거예요. 인류의 근간이 무너지는 걸 막아야 합니다. 카프카, 우리 어깨에 지구가 걸려 있어요. 마음 단단히 먹으세요.

미아가 내 어깨를 두드렸다. 내 마음속에 무언가 벅차오르는 감정이 느껴졌다. 미아는 종말을 막기 위해 불구덩이로 뛰어드는 영웅처럼 허리를 곧게 세우고 뚜벅뚜벅 걸어 나갔다.

11

2041년. 지구에는 우울증에 걸린 사람들로 가득하다. 노스트라다무스의 예언은 맞기도 했고 틀리기도 했다. 밀레니엄이 지나도 이 세상은 멸망하지 않았지만 사람들의 내면은 멸망해버렸다. 신자유주의, 잦은 이사, 소득 격차, 핵가족화, 취업난, 고용 불안, 고독, 수명 연장이 원인이었다고 인류학자들은 분석했다. 사람들은 우울증을 DNA에 각인한 채 후대로 물려주었다. 행복, 환희, 사랑 같은 긍정적인 감각들은 멸종된 지 오래였다.

돌연변이는 어느 시대나 존재한다. 2041년에도 만 명에 한 명꼴로 행복을 느끼는 사람이 있었다. 그들은 미치광이 취급받으며 차별당한다. 심한 경우 폐쇄 병동에 갇힌 채 따로 관리를 받는다. 이 이야기의 주인공 윤슬도 정상적인 사람들처럼 우울증 환자다. 어느 날 윤슬은 푸드 트럭 셰프 나루를 보고 사랑에 빠진다. 나루 역시 윤슬의 적극적인 구애에 사랑을 인정하고 만다. 사랑은 멸종한 게 아니란 말인가. 윤슬은 고민하고 자책하지만 행복해지는 것을 막을 수는 없다. 윤슬은 주치의와 상의한다. 주치의는 정부에 신고하고 윤슬을 병원에 감금한다. 윤슬은 나루를 만나지 못해 괴로워하다가 탈출한다. 정부는 나루를 체포한 뒤 윤슬을 겁박한다. 윤슬은 갖은 고초를 겪으며 나루를 구하러 가지만 나루는 시신이 돼 있다. 윤슬은 이 세상을 상대로 복수를 다짐한다. 사랑이라는 감정을 잊고 오로지 복수에만 몰두하겠다는 다짐을 윤슬은 다음 대사로 표현했다.

나는 나도 사랑하지 않는다.

3년 전인가 돈이 한참 궁할 때 웹툰 에이전시에 제출한 시놉시스다. 물론 에이전시에서 탐탁지 않게 여겨서 대본으로 쓰지는 않았지만.

我不信我

뜬금없이 왜 이 이야기를 꺼내냐면 미아의 손목에 윤슬의 대사와 비슷한 뉘앙스의 글귀가 새겨져 있었기 때문이었다. 我不信我. 아불신아. 나는 나를 불신한다. 우연치고는 너무 신기했다. 첫 임무를 위해 이동하는 동안 운전대를 잡아서 흘러내린 블라우스 틈으로 그

문신이 보였고, 나는 미아에게 무슨 연유로 문신을 새겼냐고 물었다. 미아는 베이징 파견 근무 시절 새긴 문신으로 나 자신조차 믿지 않을 때 진정한 요원이 된다는 의미라고 했다.

　미아가 운전대에서 손을 떼자 문신은 소매에 파묻혔다. 우리는 강서구에 위치한 연구 단지 주차장에 도착해 있었다. 서울의 실리콘밸리라고 불리는 곳으로, 문재인 정권이 들어서고 중소벤처기업부가 신설되면서 조성된 연구 단지였다. 여기에는 무슨 일로 왔냐고 묻자 미아는 대답 대신 뒷좌석에 있던 커다란 쇼핑백을 건넸다. 나는 이게 뭐냐고 물었다. 미아는 차차 설명할 테니 우선 갈아입으라고 하며 밖으로 나갔다. 쇼핑백 안에는 양복, 셔츠, 넥타이, 구두가 들어 있었다. 나는 양복을 입고 밖으로 나왔다.

　눈대중으로 샀는데 잘 맞나요?

　미아가 말했다. 나는 고개를 끄덕였다.

　카프카, 영화배우 같네요.

　미아가 넥타이를 바로 해주며 말했다. 나는 무슨 표정을 지어야 될지 몰라서 어깨를 으쓱했다.

　부끄러워 하긴. 난 어때요?

　미아는 옷매무새를 가다듬으며 물었다.

　뭐가요?

　내가 물었다. 미아는 후줄근해 보이지 않냐고 했다. 나는 무슨 소리냐면서 모델처럼 보인다고 했다. 미아가 눈을 흘기며 웃었다. 내 말이 싫지는 않은 표정이었다.

신소재. 증강현실. 로봇. 사이보그. 흔히 미래 하면 떠오르는 단어들이다. 내 생각은 다르다. 사냥. 수렵. 원시 신앙. 반인반수. 이게 내가 생각하는 미래에 가깝다. 시간이 흐를수록 과거로 회귀한다는 뜻인데 그 증상은 현실 곳곳에서 나타난다. 박근혜 정권 국방부는 탄핵 심판 기각을 대비해 쿠데타를 모의했고, 도쿄지방법원은 이혼 여성은 100일 이내에 재혼할 수 없다는 민법 규정이 헌법에 위배되지 않는다고 판결했고, 시진핑은 주석직 임기 제한을 헌법에서 삭제해 종신 집권 기반을 마련했고, 인도네시아 정부와 하원은 혼전 성관계를 전면 불법화하는 형법 개정에 합의했다. 개인적으로 관심 있는 분야라 자세하게 설명하고 싶지만 이 글의 주제에 부합하지 않는 것 같아서 다음 기회로 미루겠다. 다음 기회가 있다면 말이다.

유리. 가상현실. 우주. 설치 미술. 연구 단지 로비는 미래를 어설프게 구현하고 있었다. 흰 연구복을 입은 사람들이 또각또각 소리를 내며 로비를 오가고 있었다. 우리는 생활과학 벤처기업이 들어선 구역으로 향했다.

웃어봐요.

안내 데스크에 다가가고 있을 때 미아가 말했다.

웃으라니요?

카프카, 상관으로서 하는 명령이에요. 토 달지 말고 긍정적인 사람으로 보이도록 웃어보라고요.

미아는 진지했다. 썩 내키지는 않지만 나는 입꼬리를 올렸다.

더 자연스럽게.

미아가 속삭였다. 나는 부드럽게 웃으려고 노력했다. 입꼬리에 힘이 빠지는 느낌이 들었고, 웃는 게 다소 편해졌다.

좋아요. 많이 나아졌네요.

미아가 말했다. 나는 웃는 연습하고 첫 임무하고 무슨 관계냐고 물었다.

웃는 게 당신 임무예요. 지금부터 한마디도 하지 말고 웃으세요. 그리고 이거.

미아가 신신당부를 하며 품에서 명함 몇 장을 꺼내 내밀었다. 데이비드 한이라는 이름이 영문으로 새겨져 있는 명함이었다. 데이비드 한? 인터진 트레이딩 컴퍼니의 어시스턴트 매니저 데이비드 한. 미아는 내게 당분간 데이비드 한 역할을 맡으라고 했다.

전창진 역할을 해봐서 어떻게 하는지는 알죠? 나머지 설명은 경험하는 걸로 대체할게요.

내가 무슨 말을 하려고 하자 미아가 제지했다.

마지막으로 경고할게요. 경솔하게 행동하지 마세요.

미아가 검지로 나를 가리켰다. 나는 주눅 든 채 고개를 끄덕였다. 미아는 안내 직원에게 팬텀디지털의 양완규 팀장을 만나러 왔다고 했다. 안내 직원은 약속이 돼 있냐고 물었고, 미아는 고개를 끄덕였다. 직원은 어딘가로 전화를 한 뒤 우리를 엘리베이터까지 안내하며 5층으로 올라가면 된다고 했다. 나는 미아의 말대로 가만히 웃고만 있었다. 그런 내 얼굴을 보고 안내 직원도 웃었다. 미아 말대로 긍정적인 사람으로 보이도록 웃고 있으면, 2041년이 돼도 우울이

가득한 세상은 오지 않을 거라는 생각이 들었고, 그런 세상을 만드는 게 미아와 나의 임무라는 생각도 들었다.

팬텀디지털은 B2B 디지털 보안장치 업체였다. 5층에 내리자 양완규는 엘리베이터 앞까지 나와 있었다. 30대 중반. 중키에 넓은 어깨. 파마기가 남아 있는 머리칼. 빠르지만 정확한 말투. 몸에 밴 비즈니스 매너. 새미 정장 차림이었는데 셔츠는 휴고 보스였고, 구두는 아르마니였다. 우리는 인사를 나눈 뒤 양완규를 뒤따라 이동했다.

70만 원.

미아가 속삭였다. 나는 무슨 말인지 알아듣지 못하고 미아를 바라봤다.

구두.

미아가 양완규의 구두를 고갯짓했다.

양완규는 우리를 회의실로 안내한 뒤 원두커피를 내왔다. 컵에는 회사 로고가 박혀 있었고, 양완규는 로고가 우리에게 보이도록 컵을 두었다. 꼼꼼한 성격인 것 같았다.

그 뒤 우리는 명함을 교환했다.

데이비드 한. 반갑습니다.

양완규는 미아와 악수를 나눈 뒤 내게 악수를 청했다. 나는 은은한 웃음을 띠우려고 애쓰며 손을 내밀었다. 의례적인 환담이 오간 뒤 양완규와 미아는 영어로 대화를 나누기 시작했다. 양완규는 미아를 실리콘밸리에서 건너온 바이어라고 여기는 듯했다. 업계 동향부터 보안장치에 관한 전문 지식까지 미아는 능숙하게 대화를 이끌어 나갔다. 나조차도 깜빡 속을 정도였다. 나는 그저 웃으려고 노력할 뿐이었다. 양완규의 제안서 소개를 마지막으로 미팅은 끝났고, 우리는 차로 되돌아왔다.

이제 할 일이 뭔지 눈치챘어요?

미아가 물었다. 나는 웃는 거 말고 또 할 일이 있냐고 물었다. 미아는 고개를 끄덕였다. 나는 혹시 양완규와 관련 있는 일 아니냐고 했다.

눈치가 빨라지고 있군요.

미아가 말했다. 그리고 내일부터 일주일 동안 팬텀디지털로 출근하라고 덧붙였다. 미아의 대리인으로서 실무 단계에서 계약을 검토하기로 양완규와 협의가 됐다는 것이었다. 나는 출근해서 무엇을 하면 되냐고 물었다. 미아는 양완규의 동향을 관찰하면 된다고 했다.

카프카, 이게 진짜 첫 임무예요. 하찮은 임무라고 생각하지 마세요. 첫술에 배부를 순 없으니까요.

미아가 악수를 건넸다. 나는 미아의 손을 잡았다 놓으며 양완규가 무슨 혐의를 받고 있는지 물었다.

핵심은 자급자족이란 걸 잊지 마세요.

미아가 비장하게 대답했다.

다음 날부터 나는 팬텀디지털로 출근했다. 양완규는 전형적인 직장인 그 이상도 그 이하도 아니었다. 문재인 지지자에 화장실에서 마주치면 세태를 비꼬는 농담을 주고받을 수 있는 감수성이 있었고, 부하 직원들과 인기 예능 이야기를 나눌 정도로 유행에 둔감하지도 않았다. 성적 취향이 문란하지도 않았고, 주량은 소주 반병, 담배는 입에도 대지 않았으며, 취미는 헬스와 테니스였다. 상사, 부하 직원과 원만하게 지내며 평판도 좋은 것 같았다. 실적도 제법이어서 초급 임원 정도까지 승진할 수 있을 것 같았다. 나는 어느 정도 양완규를 파악한 뒤 자급자족에 초점을 맞춰 해석을 시도했는데 아무리 머리를 쥐어짜내도 떠오르지 않았다. 유일하게 찾은 게 있다면, 점심을 먹고 쉬는 시간에 보안장치를 만들고 남은 부품을 모아 애완동물 모형을 만든다는 것이었다. 혹시 이것도 되냐고 물어보니 미아는 아직 미약하다며 조금 더 상상력을 발휘해보라고 주문했다.

팬텀디지털로 출근한 지 나흘째 되던 날이었다. 양완규가 업무가 바빠 신경을 못 써줘서 미안하다며 점심 식사를 함께하자고 했다. 마침 그동안 양완규와 자급자족 간의 수수께끼를 풀지 못해 초조하던 차였다. 그날 나는 양완규에게 한층 더 내밀한 이야기를 들을 수 있었다. 강남 8학군 출신. 중산층 가정. 교수 부모. 명문대. 두산 베어스 골수팬. 동문회 총무. 노무현부터 민주당을 지지하기 시작한 남성. 기브 앤 테이크에 익숙한 직장인. 들으면 들을수록 양완규는 자급자족과는 거리가 먼 사람이었고, 오히려 이 체제에 순응하며 살아가는 사람이었다. 서른세 살 때 부모의 반대로 결혼이 무산된 뒤, 평생 독신으로 살겠다는 다짐을 한 게 남달랐지만, 따지고 보면 요새 비혼은 특별한 것도 아니었다. 그와 대화를 나누면 나눌 수록 미아가 왜 양완규를 표적으로 점찍었는지 의구심이 들었다.

혹시 무언가 창조적인 작업을 하시나요?

식사를 마칠 때까지 아무 소득이 없어서 더 직접적으로 물었다. 양완규는 생각에 잠긴 듯 허공을 바라봤다.

어려운 질문이군요. 창조적인 작업이라면 어떤 걸 말하는 건가요?

쉽게 말해서 무에서 유를 창조하는 것이죠.

내 대답에 양완규는 고개를 갸우뚱했다.

글쎄요, 프라모델 조립? 보안장치 설계? 이외에 다른 건 모르겠네요.

혹시 도자기 공예 같은 건 하신 적 있나요?

양완규는 고개를 가로저었다.

영화를 찍은 적은요? 자동차 튜닝은요?

나는 질문을 퍼부었다. 양완규는 엉뚱한 질문에 짜증이 날 법도 한데 정중하게 자신은 그런 데 관심이 없다고 했다. 나는 식사가 끝난 뒤 미아에게 표적 설정을 잘못한 것 같다고 전하기로 마음먹었다. 그 뒤로는 오히려 마음이 편해져서 양완규와 허심탄회한 대화를 나누기 시작했고 나중에 우연히 만나면 아는 척은 해야겠다고 생각할 정도로 호감도 느꼈다. 그때였다. 양완규에게 전화가 왔다. 양완규는 내게 양해를 구했고, 나는 괜찮다며 전화를 받으라고 했다.

로로?

양완규가 전화를 받았다. 반가운 기색이 역력했다. 로로라니. 애완견인가. 나는 생각했다. 상대방이 지금 뭐 하고 있냐고 물었는지 양완규는 거래처 직원과 점심을 먹고 있다고 했다. 아니다. 애완견이라면 전화는 물론 말도 못 할 텐데. 그럼 애인의 별명이 로로? 결혼만 하지 않는다는 거지 연애는 하고 있나. 그러는 사이 양완규는 오늘은 일찍 퇴근할 테니 주말에 보다 만「기묘한 이야기」를 이어서 보자고 했다. 나는 양완규를 흘긋 바라봤다. 양완규의 눈에는 애정과 행복이 깃들어 있었다. 잠시 후 양완규는 퇴근하고 보자면서 전화를 끊었다.

여자친구인가 봐요?

네?

애인과 통화한 것 아니었나요?

내가 물으니 양완규는 소리 내 웃었다. 그리고 휴대전화 앱을 켜서 로로를 보여줬다. 앱에는 자택 도면이 보였고, 설정한 구역을 오가는 작은 점이 보였다. 그 점이 로로였다. 알고 보니 로로의 정체는 로봇청소기였다. 양완규는 로봇청소기를 개조해 전화를 걸고 자신의 목소리에 반응해 말을 할 수 있게 만들었다고 했다.

하루에 한 번, 점심을 먹고 직장 생활에 회의를 품을 때쯤 전화하게 설정해두었는데, 오늘은 식사 시간이 길어져서 겹쳤네요. 외로워서 별짓을 다 하네요.

양완규는 뭐가 그리 재미있는지 계속 키득거렸다. 로로의 사진과 동영상을 보여주며 로로의 영롱한 붉은 빛에 대해, 민첩한 움직임에 대해 자랑하기도 했다.

로로가 무슨 말을 하는지 궁금하지 않아요? 한번 들어볼래요?

양완규가 물었다. 나는 고개를 끄덕였다. 양완규가 어플을 가동시키고 설정을 바꾸자 전화가 왔다. 양완규는 스피커폰을 켠 뒤 전화를 받았다.

여보세요? 로로니?

사랑해.

로로가 휴대폰 너머에서 말했다. 그 어떤 감정도 느껴지지 않는 기계음이었다.

그날 밤, 순사가 미리 설치해둔 도청 장치를 통해 양완규의 집을 지켜봤다. 양완규는 퇴근한 뒤 고구마와 우유로 간단한 저녁 식사를 했고, 샤워를 마친 뒤 침대 위에 누워 「기묘한 이야기」를 봤다. 양완규의 곁에는 로로가 있었다. 자정이 되자 양완규는 로로를 끌어안고 잠들었다.

사랑해.

새벽 세 시쯤 양완규가 잠에서 깨어나 로로에게 말했다. 로로의 메인보드에 연두색 불빛이 들어왔다.

사랑해.

로로가 말했다.

어느덧 일주일이 흘렀다. 관찰도 끝났다. 로로의 존재가 석연치 않긴 했지만, 나는 고심 끝에 양완규가 적절한 표적이 아니라는 결론을 내렸다. 아무리 생각해도 로로는 외로움과 연관돼 있을 뿐 자급자족과는 거리가 멀었다.

양완규는 위험인물이 아니에요. 오히려 체제 순응적인 사람입니다. 로봇청소기와 대화를 나누긴 하지만 그건 외로움이 보편화된 사회에서 있을 수 있는 현상이라고 생각합니다. 저도 음성인식 시스템 대본을 쓰는 일을 한 적이 있습니다. 수요가 기하급수적으로 늘어나고 있는 분야예요. 자급자족과 관련짓기는 무리가 있습니다.

나는 양완규에게 이상한 점을 느끼지 못했다고 보고했다.

좋아요, 바로 로봇청소기가 요체예요. 느낌이 와요. 뭔가 이상하다 했는데 역시 그런 게 있었군요. 제법이네요. 첫 임무인데 그걸 찾아내다니. 시작이 반이라고 하죠. 이제 다 한 거예요. 그런데 보고서에는 누가 봐도 위험하게 느낄 만큼 과장할 필요가 있겠어요. 자급자족을 구심점 삼아 상상력을 발휘해봐요.

미아가 전화 너머에서 신이 나서 소리쳤다. 생각지도 못했던 칭찬에 기분이 좋으면서도 무언가 내 말을 곡해한 것 같아서 찜찜했다.

진짜 부풀려도 좋은가요?

새삼스럽게 왜 그래요? 자서전에서 했던 대로 하면 되잖아요.

미아가 아무렇지도 않게 말했다. 자서전을 생각하자 더 찜찜해졌지만 그래도 약간 감이 잡혔다.

그런데 보고서가 마무리되면 양완규는 어떻게 되나요?

전화를 끊기 전 미아에게 물었다.

심사를 거치죠.

그다음에는요?

그렇게 비인간적인 방법을 쓰지는 않을 거에요.

미아가 평온한 목소리로 말했다.

12

SECRET

CLASSIFICATION

Title : Kafka 01

To : Red Chameleon

From : Kafka

Subject : 양완규

한국로봇융합연구소 수석연구원 우동기는 수년간의 연구 끝에 로봇과 인간의 수정이 가능해졌을 때 비로소 인류는 마지막 진화를 이룰 거라는 결론을 내렸다. 학계는 그 의견을 묵살했다. 우동기는 아랑곳하지 않고 로봇에게 인간의 생식기를 이식하는 연구를 시작했다. 2002년 겨울 대전에서 개최된 로봇융합포럼에서 우동기는 로봇 생식기 이식술에 대해 발표했는데, 그길로 학계에서 퇴출당했다.

우동기 곁에 남은 건 로봇 두 기뿐이었다. 로봇의 이름은 신자와 입자. 우동기는 굴하지 않았다. 퇴직금으로 자택을 실험실로 개조한 뒤 연구를 지속했다. 블로그도 개설해 연구 일지를 적어나가기 시작했는데, 이게 우동기의 인생을 변화시켰다. 파워블로거가 됐고, 추종자들도 생겨난 것이었다. 난생처음 지지를 받은 우동기는 연구에 박차를 가했다. 중국 모바일 기업에서 진자와 입자 캐릭터화와 관련된 거액의 제안도 받았는데, 우동기는 연구 윤리에 벗어난다고 여겨 단칼에 거절했다.

마침내 우동기는 진자와 입자에게 남녀 생식기, 난자, 정자를 이식하는 데 성공했다. 이명박 정부 말기였다. 우동기는 이 과정을 블로그에 기록했고, 불순분자로 분류돼 블랙리스트에 기재됐다. 블랙리스트는 다음 정권으로 전달됐고, 우동기는 결국 국가보안법 위반으로 수감됐다. 지난해 만기 출소했는데, 현재는 소재가 불분명하다. 그의 블로그에는 간혹 수수께끼 같은 문장으로 가득 찬 글이 올라왔는데, 풍문에 따르면 진자 혹은 입자가 쓴 글이라고 한다.

한편 양완규는 로봇 연구자이자 샐러리맨이다. 1984년생으로 김정은, 마크 저커버그와 동갑이다. 그들은 부귀영화를 누리는데 나는 왜 이렇지. 양완규는 인스타그램에 김정은, 마크 저커버그, 그리고 자신의 사진을 나란히 올리며 신세 한탄을 하기도 했다. 김정은과 마크 저커버그는 자본주의의 상징이다. 대부분 마크 저커버그는 수긍하지만 김정은에 대해서는 그렇게 생각하지 않을 것이다. 자본주의의 요체는 사상이 아니다. 돈과 권력이다. 양완규는 사진 하단에 이런 코멘트를 달았다.

사실 김정은과 마크 저커버그까지는 아니어도 양완규는 꽤 풍족하게 살고 있었다. 양완규는 포항공대에서 기계공학 박사 학위를 받았고, 대기업에서 정규직으로 직장 생활을 시작했다. 대기업에 회의를 느낄 때쯤 구글 코리아가 지분의 일부분을 갖고 있는 스타트업 팬텀디지털에 좋은 조건으로 스카우트됐다. 게다가 양친은 대학교수를 정년 퇴임한 뒤 연금을 받고 있었기 때문에 그들의 노후는 신경 쓰지 않아도 됐다. 지인들은 모두 양완규를 부러워했다.

양완규는 부친의 지원으로 강남구청 인근에 34평짜리 아파트를 분양받으며 독립했다. 부동산 전문가들은 이 아파트의 매매가가 무조건 오를 거라고 전망했고, 지인들은 더욱 양완규를 부러워했다. 아파트에 입주하고 매매가가 치솟기 시작했을 때쯤 양완규는 집안의 반대로 약혼자와 헤어졌다. 결혼을 두 달 앞둔 시점이었다. 양완규는 집에 들어갈 때마다 외로움을 느꼈다. 혼수가 빠져 침대만 덩그러니 놓인 집. 커튼 없는 창으로 내다보이는 밤하늘. 누구도 말을 걸지 않는 시간들.

그러던 어느 날, 양완규는 흘러내리는 눈물을 주체할 수 없었다. 주말 내내 집에 틀어박힌 채 한마디도 하지 않았다는 사실을 자각한 것이었다. 양완규는 눈물을 그친 뒤 헤어진 애인에게 문자를 보냈지만 답장을 받지 못했다. 그 뒤 양완규는 외로움을 떨쳐내기 위해 갖은 애를 썼다. 가구를 주문해 집을 채웠고, 요리 학원도 다녔다. 점심시간마다 애완동물 모형을 만들기 시작한 것도 그 무렵부터였다. 아이폰 시리와 대화를 나누다가 시리가 움직일 수 없다는 데 아쉬움을 느끼기도 했다. 양완규는 자신과 비슷한 고민을 지닌 사연을 검색하다가 우연히 우동기의 블로그를 발견했다.

양완규는 우동기의 블로그를 탐독하기 시작했고, 진자와 입자에게 영감을 받아서 붉은빛이 감도는 로봇청소기를 구입하는 데 이르렀다. 양완규는 로봇청소기의 이름을 로로라고 지었다. 밖에 있을 때도 휴대선화로 로로의 움직임을 엿볼 수 있었다. 온전히 양완규 소유였으며, 양완규의 지시만 따랐고, 양완규의 손길만을 원했다. 헤어질 일도, 부모가 결혼을 반대할 일도 없었다. 우동기의 블로그에 댓글을 달며 친분을 쌓은 사람들과 비밀 동호회를 개설하기도 했다. 양완규는 동호회 회원들과 머리를 맞대고 연구한 끝에 로로에게 음성인식 체계를 이식하는 데 성공했다. 로로는 말을 할 수 있었다. 양완규가 원하는 말을. 사랑해.

법적으로 양완규는 미혼이다. 그러니 아무도 양완규가 결혼한 줄은 모를 것이다. 부모도, 친구도, 직장 동료도. 그의 배우자는 로로였다. 양완규는 결혼식에 동호회 회원들만 초대했다. 회원들은 로봇 애인을 데리고 왔는데, 그날 양완규 자택에 모인 인원은 사람 아홉 명, 로봇 열세 대였다. 스마트폰과 로봇청소기가 대다수였고, 전기밥솥, 태블릿 PC, 외장하드가 뒤를 이었다.

그날 양완규 자택에는 행진곡이 울렸고, 연미복을 입은 양완규가 웨딩드레스를 입은 로로를 안은 채 입장했다. 하이라이트는 우동기의 주례였고, 비밀에 부쳤던 우동기의 등장에 하객들은 흥분했다. 결혼식이 끝난 뒤 만찬이 이어졌고, 양완규와 로로의 춤을 시작으로 하객들도 하나둘 음악에 몸을 맡기기 시작했다.

13

SECRET

CLASSIFICATION

Comment : Kafka 01

To : Kafka

From : Red Chameleon

친애하는 카프카 요원에게

9월. 가을의 초입입니다. 하늘은 더없이 맑은데 마음은 쓸쓸한, 신비로운 계
절 가을. 특히 한국의 가을은 슬프기 그지없군요. 나를 버린 고국이기 때문인

가요. 애리조나보다도 치열했던 무더위가 사라지고 선선한 바람이 그 공간을 채우니 마음이 허전해집니다.

그동안 연락하지 못해서 미안해요. 해결할 게 산더미여서 한동안 업무에 치여 살았습니다. 지금은 여유가 생겨서 휴가차 경주에 와 있습니다. 랭리에서 근무할 때 동료 요원들과 어느 나라 어느 지역의 가을이 아름다운지 이야기한 적이 있습니다. 교토. 아디스아바바. 옐로 스케이프. 파리. 오타와. 앵커리지. 요원들은 이 세상의 어떤 여행 가이드보다 훌륭합니다. 아무도 모르는 절경, 문화 유적, 레스토랑을 손바닥 보듯 훤히 알고 있지요. 연변에서 5년 동안 북한 감시 임무를 맡았던 요한이 말했어요. 제가 겪은 가을 중 남한의 경주가 가장 아름다웠습니다. 보문호수 곁에 있는 콩코드호텔에 묵으며 불국사를 다녀온 게 기억에 남습니다. 나는 요한의 말에 매료됐습니다. 특별한 이유는 없었습니다. 아마 내 뿌리가 한국이기 때문이었겠죠. 이래서 피는 무시 못 하나 봐요.

안타깝게도 콩코드호텔은 폐업한 상태더군요. 문의해보니 2016년 부산의 한 건설사에 매각됐다는데 그 뒤로 유야무야된 모양입니다. 나는 호텔을 몇 바퀴 돌았습니다. 종말을 형상화해놓듯 파헤쳐진 수영장. 여기저기 균열이 가 있는 동유럽풍의 건축물. 고문실이 있을 법한 지하실과 벨보이의 원혼이 깃든 것처럼 보이는 으스스한 로비. 상상력을 불러일으키는 공간이라 나는 만족했습니다. 아마 요한도 나와 비슷한 이유로 이 호텔을 마음에 들어 했을 겁니다. 스파이는 상상하는 걸 좋아하니까요. 불국사도 좋았습니다. 붉은 단풍으로 물든 고즈넉한 사찰. 한국을 비운 지난 시간의 가을을 보상받는 것 같았습니다. 나는 불국사에 다녀온 뒤 보문호수 근처 카페에 앉아 당신의 보고서를 읽기 시작했습니다. 일에서 잠깐이라도 멀어지기 위해 떠나온 건데, 한평생 이렇게 살다 보니 어쩔 수 없네요. 그럼 이제부터 업무 이야기를 할게요. 나이를 먹어서 그런가 서두가 길었죠? 어쩔 수 없어요. 난 이런 시대를 통과했다고요.

우선 보고서 잘 읽었습니다. 글을 읽으니 카프카라는 사람과 가까워진 것 같은 느낌이 드네요. 당신의 인생이 고스란히 느껴진달까요. 미국 작가들과 문장 서술 방식이 상이한 지점도 흥미로웠는데 보고서와는 상관없는 내용이니까 나중에 시간이 날 때 말하도록 하죠.

그럼 본격적으로 보고서에 대해 이야기할게요. 처음치고는 나이스했어요. 역시 재능은 재능이군요. 내가 뭐랬어요. 양완규가 미심쩍다고 했죠? 로봇청소기에 뭔가 느낌이 온다고 했죠? 보고서를 읽어보니 문제가 보통이 아니군요. 로봇과의 결혼이라니요. 위험해요. 외로움은 인간과 인간의 결합과 연대로 이겨내야죠. 이런 사회적 분위기가 조장되면 출산 인구가 점점 줄어들고 말 거예요. 과학이 발전하면 뭐 해요? 그 혜택을 누릴 인류가 멸종할 텐데. 우리는 결국 불행해지고 말 거예요. 이건 명백한 자급자족에 해당합니다. 그러니까 내 말은 소재와 주제를 잘 잡았다는 뜻이에요. 이제 카프카 당신은 내 도움 없이 양완규 씨 같은 소재를 찾아야 합니다. 유념해두세요.

그런데 날입니다. 문제가 있습니다. 누가 봐도 로봇과의 결혼이 허구처럼 느껴지는군요. 결혼식은 차치하더라도 누가 로봇과의 만찬이나 댄스파티를 믿겠습니까? 앞으로 비약을 하더라도 자연스럽게 하는 연습을 해야 할 것 같군요. 그런 안정적인 글쓰기가 체제 유지에 부합하는 겁니다. 제멋대로 날뛰는 건 비트 제너레이션 같은 철부지나 공산주의자들만 하는 거죠. 소련 문학이 왜 망했는지 유념하세요. 문득 세르게이 도블라토프라는 작가를 취조했던 게 떠오르는군요. 소련에서 도망친 미치광이 작가. 망명을 왔으면 우리 입맛에 맞는 글을 써야 될 거 아닙니까.

우동기라는 허구의 인물도 인상적이었습니다. 무엇을 참고한 건지 아니면 온전히 카프카 당신의 상상인지 궁금하군요. 다만 이 부분도 자연스러울 필요가 있겠어요. 우동기가 과도하게 극단적인 인물로 그려졌다 이겁니다. 이외에도 전체적으로 꾸며낸 티가 많이 납니다. 말도 안 돼. 누가 읽어도 이런 감탄사가 튀어나온달까요? 생각해보니 당신이 쓴 자서전이나 작품에도 그런 부분이 눈에 띄더군요. 아, 작위적이라고 하면 이해가 쉽겠네요.

또 하나. 객관적인 서술 방식도 문제예요. 가치판단이 아쉽더라고요. 아직 무슨 말인지 잘 모르겠죠? 예를 들어볼게요.

① 양완규가 로봇청소기와 결혼했다.
② 양완규가 결혼 제도에 불만을 품고 불온사상을 전파하기 위해 로봇청소기와 결혼했다.

차이점이 한눈에 보이지 않나요? 맞아요. ②처럼 써야 합니다. 결혼 제도에 불만을 품었다는 데 방점을 찍어야 하죠. 결혼 제도는 체제 유지의 중심축이니까요. 국정원의 감시를 받아왔다는 것도 가미하면 좋을 것 같군요. 자연스러운 연결 고리를 만들어보세요. 불만. 불온사상. 국정원. 감시. 이런 단어와 어구들이 모이고 모이면 관계 당국을 설득하는 데 효과적일 겁니다. 명심하세요. 양완규를 반체제적인 인물로 표현해야 합니다.

이것도 한번 생각해보세요. 자급자족이라는 말을 보고서 내에 직접적으로 언급하는 것도 좋을 것 같아요. 누가 뭐래도 이 보고서의 주제는 자급자족입니다. 내포하는 게 아니라 드러내야죠. 해석되게 만드는 게 아니라 적극적으로 주장해야 하는 겁니다. 초등학생이 읽더라도 자급자족이라는 주제를 단번에 파악할 수 있어야 해요. 우리의 목표가 자급자족 척결이라는 걸 절대 잊지 마세요.

첨부 자료도 없더군요. 첨부 자료는 중요합니다. 글에 논리와 생명을 불어넣기 때문이죠. 작위성이나 논리적 비약을 완화하는 방안 중 하나가 첨부 자료라는 것도 기억해두세요. 처음이라 넘어가겠습니다. 다행인 건 카프카 당신의 보고서를 읽다 보니 영감이 떠오르고 있다는 겁니다. 영감을 불어넣는 글은 대개 좋은 글이죠. 내 생각에는 첨부 자료로 결혼식 동영상이 필요할 것 같습니다. 내가 편집으로 어떻게 해볼 수 있을 것 같습니다. 아이디어가 줄지어 떠오르는군요. 양완규와 로로의 사진으로 청첩장도 만들어야겠어요. 카프카 당신도 합성이나 편집이 필요하면 언제든지 요청해주세요. 진작 말한다는 게 깜빡했네요.

마지막으로 형식. 혹자는 형식이 껍데기일 뿐이라고 하지만, 형식만큼 어필할 수 있는 것도 없습니다. 특히 보고서에 있어서는요. 상사들은 형식에 눈이 멀기 마련이거든요. 솔직히 이번 보고서는 보고서라기보다 산문에 가깝습니다. 글에 대한 감각이 있으니 빠른 시일 내에 익숙해지리라 믿습니다. 헤밍웨이 요원이 작성한 보고서를 몇 개 첨부할 테니 참고하세요. 헤밍웨이는 가장 뛰어난 요원으로, 그가 쓴 보고서는 가히 교본이라 할 만합니다. 필사해도 좋을 거예요.

지적이 많았죠? 상처가 됐나요? 모두 카프카 당신에게 애정이 있어서 그러는 겁니다. 당신이 발전했으면 하는 마음에서요. 당신도 언제든지 서슴지 않고 내게 지적이나 충고해줬으면 좋겠어요. 둘 다 성장할 수 있는 생산적인 관계가 됐으면 합니다. 그럼 내 지적 참고해서 수정해주기 바랍니다.

당신의 보고서를 읽고 첨삭하는 사이 밖이 어두워지셨네요. 보문호수에 경주의 가을밤이 어른거리고 있습니다. 과연 아름답군요. 기억 속을 부유하던 가을의 아름다움이 한 차원 풍족해지는 느낌이 듭니다.

한국어로 말하는 건 어느 정도 익숙한데, 한글을 쓰는 건 영 적응이 되지 않는군요. 내 글이 설혹 어설프더라도 넓은 마음으로 이해해주었으면 좋겠어요. 조만간 만나요.

2017년 가을
청명한 가을 하늘의 기운을 담아
경주에서 당신의 미아 모닝스타

14

김수임과 이강국. 20세기 한국을 대표하는 두 스파이. 남파 간첩과 CIA 요원. 애절한 사랑. 엇갈린 운명. 각종 서사 장르에서 그들을 소비하는 방식과 달리 그들의 실제 인생에 대해서는 진실 공방이 끊이지 않고 의견이 분분하다. 나는 단순하게 생각한다. 그건 그들이 스파이기 때문이리라. 스파이는 죽어서도 스파이다. 미아도 타고난 스파이였다. 좀처럼 속내를 파악하기 어려웠고, 하나같이 예상을 빗나갔다. 어느 순간 나타났다가 어느 순간 사라졌고, 어느 순간 흥분했다가 어느 순간 상념에 잠겼다. 양완규 보고서를 수정해서 보낸 뒤에도 한동안 연락이 없었다. 미아의 의중을 알 수 없었다. 그래도 나는 신입티를 벗고 있었다. 보채지 않고 기다릴 줄 알게 된 것이었다.

확실히 가을은 이상한 계절이었다. 계절이 바뀔 때까지 탈옥 소식이 들리지 않아서 마음을 놓았는데도 웬일인지 싱숭생숭했다. 원인을 파악할 수 없었다. 보고서 작성에 집중이 되지 않았다. 간신히 집중을 했다 싶으면 대학 동기가 전화를 걸어 하소연을 늘어놓았다. 그는 5년 동안 준비하던 공무원 시험을 포기하고 창업을 하기 위해 거액을 대출 받았는데, 사기를 당해서 시작도 하기 전에 돈을 전부 날렸다고 휴대전화 너머에서 울먹거렸다. 그가 창업을 하려고 한 건 또 다른 대학 동기가 드론 전문 웹진을 론칭한 뒤 해운 회사에 매각해 수십억을 벌었다는 소식을 들었기 때문이었다. 수십억을 번 대학 동기의 부친이 그 해운 회사의 임원이라는 걸 모르는 모양이었다. 나는 달리 할 말이 없어서 뚜렷한 방법이 없으니 경험으로 여기고 다시 공무원 시험을 준비하라고 했다. 그는 이제 공무원 시험 준비를 할 필요가 없다고 했다. 계산해보니 공무원이 된다 쳐도 정년퇴직 때까지 빚을 다 갚지 못한다는 것이었다.

　미아에게 연락이 온 건 대학 동기의 전화가 잦아들 무렵이었다. 수정된 보고서가 본부 심사를 통과했다는 내용이었다. 보수도 입금됐다. 여러 가지 수당이 붙어서 기본급의 배는 됐다. 욕먹을 것 같아 구체적인 금액은 밝힐 수 없지만, 당시 나로서는 상상도 할 수 없는 금액이었다. 돈을 보니 싱숭생숭한 건 없어졌다. 저절로 집중력이 생겼다. 하루에 원고지 100매는 족히 썼으니 말이다. 당시 쓴 보고서 주제는 아래와 같다.

- 인공수정
- 난자/정자 은행
- 냉동 인간
- 주식/펀드/보험
- 포털 사이트

　그중에서도 내가 주목한 건 포털 사이트였다. 실시간 검색어를 예로 들며 포털 사이트야말로 스스로 콘텐츠를 생성하고 여러 갈래로 증식하는 자급자족적인 시스템이라고 주장했다. 미아의 반응은 미적지근했다. 끼워 맞춘 티가 역력해서 관심이 가지 않는다고 했다. 이면을 헤아리는 능력이 부족하다며 포털이 저절로 굴러간다고 생각하는 건 오해라고 하기도 했다. 포털은 광고주에 의해 경쟁적인 방식으로 움직이며 실시간 검색어, 연관 검색어, 뉴스 송출을 조작해서 체제 유지에 도움을 주기 때문에 오히려 자급자족과 거리가 멀다는 것이었다. 미아는 다른 주제를 잡아보라고 했다. 내가 헤매는 것처럼 느껴지면 이게 당신의 한계일지도 모른다고 약 올리기도 했고 그럴수록 기본으로 돌아가라는 충고도 했다. 뜬구름 잡는 식의 상상을 하려는 경향이 있다며 철학서를 정독하라고 하기도 했다. 대부분 미아의 의견에 동의하는 편이었는데, 가끔은 주제넘은 훈수라는 생각도 들었다. 오기도 생겼다. 나는 그 어느 때보다 열심히 글을 썼다. 여러분도 이 세상에 만연한 자급자족에 대해 한번 생각해보시길. 상상력만 동원하면 못 할 게 없으니.

이 챕터에서 내가 보고서를 어떤 내용으로 얼마나 썼고 미아가 무슨 조언을 했는지는 기억하지 않아도 된다. 하나만 기억해줬으면 좋겠다. 그 무렵 해인과 떠난 여행 말이다.

당시 해인은 나와 함께 시간을 보내려고 노력하는 것 같았다. 생전 하지 않던 애정 표현도 서슴지 않았다. 해인의 갑작스러운 변화가 이상하게 느껴졌지만 나는 싫지 않았다. 우리는 연애할 때처럼 손을 잡고 데이트도 했고, 영화를 보고 밤새 이야기를 나누기도 했다. 여행도 해인이 제안한 것이었다. 돌이켜보면, 해인은 마지막을 예감한 뒤 나와의 관계를 정리하고 있었던 것 같다.

독특한 여행이었다. 시작부터 그랬다. 내가 경비 이야기를 꺼내니까 해인은 여행은 돈을 주고 경험을 얻는 자본주의의 산물이라고 비판했다. 나는 하고 싶은 말이 뭐냐고 물었다. 예상되는 바가 있었기 때문이었다.

나는 이제 소비로서의 여행은 하지 않을 작정이야. 미니멀리즘은 금욕에 가까운 개념이야. 자본주의에 반하지. 그러니까 소비로서의 여행은 내 철학에 맞지 않는다고.

해인이 내 예상과 비슷하게 말했다. 나는 미니멀리즘을 잊은 줄 알았는데, 아직도 미니멀리즘 타령이냐고 했다. 그랬더니 해인은 미니멀리즘을 잊은 적이 없으며, 미니멀리즘은 자신의 가치관의 근간을 이루고 있다고 했다. 나는 그 이야기를 들었을 때 내심 상상했던 여행을 반쯤 포기했었던 것 같다.

그런데 소비가 없는 여행이라면 이야기가 다르지.

그때 해인이 말했다. 해인의 눈이 반짝이고 있었다.

해인이 제안한 여행은 다름 아니라 히치하이킹과 캠핑이었다. 캠핑은 모두 알고 있을 테고, 히치하이킹 역시 다들 알고 있는 대로 지나가는 차를 잡아타서 목적지까지 가는 이동 방식이다. 90년대까지는 히치하이킹이 흔했던 걸로 알고 있는데, 강력범죄 증가, 핵가족화, 개인주의 확대, 차량 소지 보편화로 인해 지금은 찾아보기 힘들었다.

국가는 항상 연대에 부정적이지. 치안과 핵가족은 정부가 둘러댈 수 있는 좋은 핑곗거리야. 사람들끼리 소통을 하지 않을수록 체제는 공고해지고 부자들만 잘사는 세상이 되거든. 그런데 나는 믿어. 사람들을 믿는다고. 너도 나를 믿지? 그렇지?

내가 히치하이킹에 대해 부정적인 의견을 꺼내자 해인은 나를 설득했다.

결론부터 말하자면, 우리는 여행에 성공했다. 경비도 3분의 1 정도로 줄일 수 있었다. 그나마도 식탐이 있는 내가 징징거려서 쓴 돈이었다. 좋은 추억도 쌓았다. 사람들은 히치하이킹을 흔쾌히 받아주었고, 집으로 초대하기도 했다. 잠자리는 물론 현지 음식도 먹을 수 있었다. 생각보다 선의를 지닌 사람들이 많아서 놀랍기도 했다. 샤워를 하고 갑자기 알몸으로 나와서 스리섬을 제안한 남자도 있긴 했지만.

추억과는 별개로 솔직히 나는 불편했다. 워낙 잠자리를 가리는 데다가 샤워를 좋아해서 외박 자체가 고역이었다. 밖에서 텐트를 치고 자는 것도 하루 이틀이지 다시는 겪고 싶지 않은 경험이었다.

그럼 앞으로 둘이 여행은 못 가겠네.

해인이 웃으면서 말했다. 그게 현실이 될 줄이야.

히치하이킹 루트 : 서울 ⇒ 천안 ⇒ 담양 ⇒ 광주 ⇒ 해남 ⇒ 경주 ⇒ 안동 ⇒ 서울

생생하다. 내가 히치하이킹 여행을 수락하자 해인은 신이 나서 해남 땅끝마을까지 가보자고 했다. 시작은 좋았다. 집 앞에서 히치 하이킹에 성공한 것이었다. 천안으로 출장을 가는 보험회사 영업사 원이었는데, 가는 내내 보험 영업을 한 것만 빼면 좋았다. 그다음에 도 천안역에서 바로 히치하이킹에 성공했다. 우리를 태운 건 노부 부였는데 담양까지 간다고 했고, 우리도 내친김에 담양 대나무숲을 둘러보기로 했다. 전라도에 들어서자 「반지의 제왕」에서 본 듯한 동산들이 보였다. 한동안 해인과 차창 밖 풍경에 감탄했던 게 기억 난다. 문제는 운전자인 할아버지가 졸기 시작했을 때 생겼다. 할아 버지는 귀가 잘 들리지 않아서 깨우는 것도 쉽지 않았다. 게다가 조 수석에 앉은 할머니는 출발할 때부터 졸고 있었다. 우리까지 잔다 면 목적지는 요단강이 될 게 불 보듯 뻔했다. 할아버지는 고집도 셌 다. 잠도 깰 겸 휴게소에서 쉬다 가자고 했지만 약속에 늦는다며 거 절했고 그럼 대신 운전을 하겠다고 했지만 손님 접대 예절에 어긋 난다며 거절한 것이었다. 잠시 후 더 큰 문제에 봉착하고 말았다. 졸

음이 우리에게도 옮겨 온 것이었다. 한참을 졸다가 눈을 뜨니 해인도 잠들어 있었다. 할아버지는 꾸벅꾸벅 졸고 있었는데, 속도는 무려 110킬로미터였다. 나는 속도를 줄이라고 소리쳤다. 할아버지는 잠결에 잘못 알아들었는지 오히려 속도를 높였다. 나는 서둘러 해인을 깨웠고, 이대로 가다가는 모두 죽을 거라고 했다. 임시방편으로 창문을 열었다. 바람을 쐬니까 웬만큼 괜찮아졌고, 나는 완전히 잠에서 헤어 나오기 위해 해인에게 재미있는 이야기를 해달라고 했다. 해인은 자신은 재미있는 이야기와는 담을 쌓은 사람이라고 했다. 한동안 침묵이 이어졌다. 다시 잠이 오기 시작했다. 나는 해인에게 궁금한 걸 물어보라고 했다. 해인은 궁금한 게 없다고 했다. 나는 아무 질문이나 해달라고 애원했다. 해인은 곰곰이 생각해보더니 자신도 일을 하지 않고 있고 너도 변변치 않은 아르바이트비 말고는 수입이 없을 텐데 어떻게 우리가 생계를 유지할 수 있는지 물었다. 나는 왠지 비밀을 털어놓고 싶었다. 여행은 그런 힘이 있으니까.

사실 CIA에서 일하고 있었어.

나는 뜸을 들이다가 이야기했다.

왜 예고도 없이 재미있는 이야기를 하는데. 올해 들은 이야기 중 가장 재미있는 이야기야.

해인은 배를 잡고 웃기 시작했다. 뭐가 그리 웃긴지 숨이 넘어갈 정도였다. 나는 왠지 억울해서 국정원 댓글 조작이나 민간인 사찰 같은 일도 아직까지 벌어지는데 못 믿을 것까지는 없지 않냐고 했다. 해인은 더 크게 웃었다. 할아버지가 웃음소리를 듣고 잠에서 깨었는지 속도를 줄였다. 성공이라면 성공이었다. 그때 옆 차선에서 가스통을 가득 실은 덤프트럭이 굉음을 내며 우리가 탄 차를 앞질 렀다. 나는 비명을 지르며 얼굴을 팔로 가렸다.

이렇게 겁이 많은데 무슨 CIA야?

해인은 계속 웃었다.

왜 웃는데? 내가 뭐 어때서?

성이 나서 물었다.

내가 알고 있는 CIA 맞지? 영화에 나오는 미국 중앙 정보국. 겁 많은 건 그렇다 치고 영어 한마디 못하는데 네가 거기에서 일하고 있다고?

해인은 여전히 웃음기를 머금고 있었다. 일리가 있는 지적이었 다.

기밀이라 자세한 건 밝힐 수 없지만 상사가 입양된 한국인이라서 언어는 문제없어.

역시 작가는 작가네.

해인은 입을 턱 벌리며 장난기 섞인 표정을 지었다.

나도 고백할 게 하나 있어.

해인이 별안간 표정을 가다듬더니 말했다. 나는 그게 뭐냐고 물 었다.

트럼프에게 청혼을 받은 적이 있어.

누구?

도널드 트럼프 말이야.

미국 대통령?

나는 할 말을 잃었다.

이제 내가 네 이야기를 못 믿는 거 이해하겠어?

해인이 물었다. 그리고 내가 무슨 말을 하기도 전에 말을 이었다.

그런데 이건 사실이야. 이제 고백해서 미안해. 우린 파리에서 만났어. 대학교를 졸업하고 간 여행이었으니까 트럼프는 50대 후반쯤 됐을라나. 지금이야 볼품없지만 그때만 해도 꽤 미남이었다고. 키도 크고 날씬했어. 레스토랑에서 합석한 뒤 센강 변을 함께 거닐다가 불쑥 다이아 반지를 내밀었다니까. 그러면서 뭐라고 한 줄 알아?

뭐라고 했는데?

윌 유 메리 미?

해인이 트럼프의 말투를 따라 했다. 나는 트럼프가 센강 변에서 무릎을 꿇은 채 해인에게 청혼하는 장면을 상상했다.

그래서 어떻게 됐는데?

거절했으니까 너랑 결혼했지. 미국 대통령이 될 줄 알았다면 그냥 승낙할걸 그랬어.

해인이 말했다. 해인이 거절하자 트럼프는 앞으로 미디어에 나올 때마다 해인을 영원히 사랑한다는 뜻으로 붉은색 넥타이를 맬 테니 지켜봐달라고 했다. 나는 그제야 해인이 나를 놀리고 있다는 걸 알아차렸다.

속았지?

해인이 킥킥거리기 시작했다. 내가 투덜대니까 해인은 그래도 네

덕분에 오랜만에 마음 놓고 웃었다면서 고맙다고 했다. 나는 차라리 잘됐다고 생각했다. 말하면서도 내심 괜히 말했다는 생각이 들어서였다. 지금은 행복한 기억으로 남아 있다. 우울증 진단을 받고 나서 얼마 만에 해인이 그렇게 웃었는지 모르겠다. 내 고백에 배를 잡고 웃었던 해인을 떠올리면 웃음이 저절로 지어진다.

15

SECRET

CLASSIFICATION

Title : Kafka 02

To : Red Chameleon

From : Kafka

Subject : 「호모 사피엔스 사피엔스」

1. 「호모 사피엔스 사피엔스」

1) 적요

PD 윤주환. 원시사회를 배경으로 진행되는 생존 버라이어티. 2013년 MBC 가을 개편부터 시즌 1이 방영되기 시작했으며, 「삼시세끼」 「나는 자연인이다」 「정글의 법칙」의 장점을 두루 갖추고 있다고 평가된다. 초기에는 저조한 시청률로 인해 조기 종영될 예정이었지만, 독도 편 이후 서서히 대중의 관심을 받으며 MBC 간판 예능으로 성장했다.

　　예능인데도 불구하고 끊임없이 폭력성과 선정성 논란이 일었으며 시즌 2 성기 노출 사고 이후 종영이 결정됐다. 2015년 윤주환은 징계에 불만을 품고 퇴사, 독립 프로덕션을 세웠다. 현재 인터넷에서 시즌 3을 방영하고 있으며, 시즌 4 사전 제작 중이다. 인터넷으로 영역을 옮긴 이후에는 예능 요소를 덜어내고 리얼리티를 강조했다고 평가된다. 인기는 여전해서 공중파까지 통틀어 동시간 시청률 1위. 신인을 발탁하는 게 특징이며, 프로그램 출연 이후 하나같이 연예계에서 대성공을 거두었다.

　　2) 특징

　　- 배경 : 문명이 차단된 오지

　　- 인물 : 시즌마다 남/여 각각 1명을 주인공 삼으며, 동맹, 가족, 적 등의 관계를 임의대로 설정할 수 있다.

　　- 불확실성 : 대본 없이 진행되며 그로 인해 도출되는 예측 불가능한 현실을 포착한다.

　　- 원시성 : 청동기시대 가상의 부족국가를 배경으로 하며, 부족 내 권력 다툼, 타 부족과의 전쟁, 사냥, 짝짓기 등을 적나라하게 담아낸다.

　　- 자급자족 : 의식주가 일체 제공되지 않으며 스스로 해결해야 한다.

- 폭력성 및 선정성 : 인간의 본능을 강조하며 욕설, 폭력, 성행위 등이 여과 없이 노출된다.

- 방송 윤리 : 섭외된 사실을 미리 출연자에게 고지하지 않으며 몰래 카메라 형식으로 납치한다. 위급 상황 발생 시 책임지지 않는다는 각서를 쓰며, 실제 불구가 된 출연자도 있다. 출연자 중 하나가 이 사실을 폭로하면서 논란이 된 적이 있다.

3) 쟁점

- 패러디 : 2014년 패러디 열풍이 일어 청소년 집단 가출이 속출했다. 가출 청소년들은 시즌 2의 무대였던 지리산, 한라산, 오대산 등지에서 발견됐는데, 나름의 부족을 꾸리고 있었으며 대다수가 현실로 되돌아가는 걸 거부했다.

- 정부 비판 : 시즌 3부터 넷플릭스와 계약을 맺어 전 세계로 송출되기 시작했으며, 엘렌 페이지가 열렬한 애청자라고 밝혀 화제가 됐다. 정부 비판적인 자막이 정권에게는 골칫거리였지만, 워낙 유명한 프로그램이라 그냥 두고 볼수밖에 없는 상황이었다. 국정원의 주도로 청소년 유해성을 근거 삼아 프로그램 폐지를 주장하는 칼럼을 주요 매체에 게재한 적도 있다.

4) 윤주환

1965년생. 성별 남자. 전라북도 무주 출생. 서울대 물리학과 졸업. 1980년 대 전대협 부의장 출신으로 주사파 운동권. 1988년 광주 미국문화원 도서관 사제폭탄 설치 혐의로 1년간 복역했다. 출소 이후 MBC에 입사했다. 오랫동안 대표작으로 내세울 만한 게 없었지만 「호모 사피엔스 사피엔스」로 일약 국민 PD가 됐다. 백상예술대상 TV 부문 대상을 2년 연속 수상했다. 그 뒤 독립 프로덕션을 설립하여 직접 제작한 시즌 3이 대성공하며 승승장구하고 있다. 방송 외적으로는 2012년 팹시티 서울 준비위원회 위원장을 역임했다. 바르셀로나 연례회의에도 참가했으며 수차례 장미셸과 단독 회동을 했다.

  2. 요청 사항

  1) 2014년 팹시티 바르셀로나 연회 단체사진 합성

  3. 첨부

  1)「호모 사피엔스 사피엔스」전체 기획안 및 대본
  2)「호모 사피엔스 사피엔스」하이라이트 편집본
  3) 팹시티 서울지부 기획안. 끝.

16

사소한 표현에 공들이지 않는 사람이라면, 커다란 이야기를 만들 수 없다.

미아는 스티븐 킹의 『유혹하는 글쓰기』를 인용하며 코멘트를 시작했다. 말 그대로 디테일에 신경 쓰라는 충고 같았다. 다음은 인용구 뒤에 구체적으로 지적한 부분이다.

운이 좋네요. 사실만 나열해도 감이 되는 소재를 찾았으니. 그래도 발견 자체가 능력이니까 칭찬해야겠죠? 잘했어요, 카프카. 형식도 이제 제법 보고서답고요. 작가라 그런가 보고서에 적합한 용어도 제법 잘 고른 것 같아요.

이 보고서에서 픽션은 윤주환과 팹시티를 연관시킨 부분이군요. 좋았어요. 요청 사항을 보기 전에는 나도 깜빡 속았다니까요. 팹시티 서울지부 기획안도 꾸며낸 거죠? 당신의 창작품이라면 그 노력과 열정이 보상받을 수 있도록 조치할게요.

다만 윤주환을 상위 카테고리로 빼고 세부 항목을 나눠서 중점적으로 다루면 좋을 것 같아요. 긴 분량으로요. 「호모 사피엔스 사피엔스」를 아예 윤주환 하위 항목으로 넣어버리는 게 어떨까요? 내 직감은 윤주환에게 수상한 냄새가 난다고 하고 있거든요. 긍정적으로 검토해보세요.

지적도 하긴 해야겠죠? 소재를 과도하게 믿은 것 같아요. 과감해도 될 것 같아요. 특징, 쟁점 항목은 자연스럽긴 한데 밋밋하고 애매해서요. 더군다나 사실 위주라 없느니만 못한 것 같아요. 윤주환 항목도 마찬가지예요. 끝까지 나가지 못한 느낌이 들어요. 예를 들어 저라면 윤주환이 아직까지 자급자족단과 긴밀하게 연락하고 있다는 것, 「호모 사피엔스 사피엔스」가 자급자족단 동아시아 침투 전략의 일환이라는 것으로 치고 나가겠어요. 수정할 때 이 두 부분을 고려해주세요.

마지막으로 디테일. 전체적으로 부족한 것 같아요. 알아둬야 할 것 같아서요. 디테일은 스파이의 생명이란 걸 명심하세요. 서두에 언급한 스티븐 킹의 저서를 읽어보면 도움이 될 거예요.

그리고 문득 떠오른 생각인데 윤주환을 열여덟 번째 장미셸로 설정하면 어떨까요? 어떻게 생각해요?

PS. 윤주환을 팝시티 바르셀로나 연회 단체사진에 합성했으니 확인하고 수정 사항 있으면 회신할 것.

미아가 불쑥 나타난 건 여행에서 돌아와 다시 일상에 적응하고 있을 무렵이었다. 나는 카페에서 미아가 지적한 부분을 수정하고 있었다. 윤주환이 장미셸의 지령을 받고「호모 사피엔스 사피엔스」 프로그램 기획안을 작성하는 대목을 쓰고 있을 때쯤이었던 걸로 기억한다. 등산모를 깊숙하게 눌러쓰고 마스크를 착용한 사람이 앞에 앉았다. 나는 누군가 싶어 고개를 들었다. 앞에 앉은 사람은 성별과 연령을 분간할 수 없을 정도로 신분을 감추고 있었다.

누구신가요?

내가 물었다. 그 사람은 두리번거리더니 모자와 마스크를 벗었다. 미아였다. 미아는 초췌해져 있었다. 피부는 푸석푸석했고, 흰머리도 늘어난 것 같았다. 누군가에게 쫓기고 있는 듯 주위를 두리번거렸고, 눈에는 특유의 광기가 아니라 불안이 깃들어 있는 듯했다. 나는 미아를 쫓아 주위를 살폈다. 수상한 사람은 아무도 없었고, 매일 그 자리를 지키는 믿을 만한 사람들뿐이었다. 이를테면 이곳은 안전가옥이었다.

미아, 여긴 안전해요. 무슨 일 있어요?

내가 속삭였다.

빨갱이 새끼들!

미아가 책상을 내리치며 소리 질렀다. 사람들의 관심이 우리에게 쏠렸다. 나는 쉿 하며 손가락을 입에 댔다. 미아는 알 수 없는 말을 중얼거리며 몸을 벌벌 떨었다. 나는 얼른 커피를 주문해 미아에게 건넸다. 미아는 커피를 받아 들고 몇 모금 마셨다. 나는 대체 무슨 일이냐고 물었다.

아니에요. 이제 다 끝났어요.

뭐가요?

알잖아요. 말해줄 수 없는 게 많아요.

미아가 말했다. 그 뒤 우리는 한동안 말없이 앉아 있었다. 미아가 안정을 찾을 때까지 기다리는 게 나을 것 같았다. 커피를 몇 모금 더 마시자 미아는 조금 괜찮아진 것 같았다.

이제 괜찮아요?

내가 물었다. 미아는 고개를 끄덕였다. 나는 그동안 어디 갔었냐고 물었다. 미아는 나 말고도 많은 요원을 관리하고 있으며, 자급자족단은 억척스러운 생존력을 지니고 있어서 예상보다 훨씬 박멸하기 힘들다고 했다. 윤주환 보고서 수정 작업은 잘되고 있냐고 묻기도 했는데, 즉석에서 보여주자 하루가 다르게 실력이 늘고 있다고 나를 추어올렸다. 그 자리에서 윤주환을 열여덟 번째 장미셀로 만드는 데 합의를 보기도 했다. 미아의 눈빛은 서서히 예전으로 되돌아오고 있었다.

그런데 여긴 왜 오셨나요?

보고서 수정이 어느 정도 마무리됐을 때 잊고 있었던 궁금증이 고개를 치켜들었다. 미아는 자문받을 게 있어서 왔다고 했다.

저한테요? 무슨 자문이오?

혹시 용한 점집 아는 데 있나요?

미아가 물었다. 생각지도 못한 질문이어서 나는 머뭇거리고 있었다.

테스트도 아니고 작전도 아니에요. 개인적인 호기심이니 긴장 풀어요. 각국마다 토속신앙이 변형된 형태로 전해 내려오는 신점이 있어요. 나는 운명에 관심이 많아서 파견 나갈 때마다 점을 보곤 해요. 이게 다 불안 때문이에요. 한 치 앞을 모르겠으니까. 별 이야기를 다 하네. 나약하다고 비난하지 마세요. 나도 한낱 인간일 뿐이니까. 아무래도 그땐 아날로그 시대였으니까 더 그랬죠. 아니다. 아마 후배들도 인터넷으로 사주팔자나 타로 같은 걸 보고 있을 거예요. 아무튼 점을 볼 때마다 다 엉터리더라고요. 예술가라느니, 현모양처라느니, 장수한다느니, 블라블라블라. 콜롬비아에선가 신점을 보고 나왔던 날로 기억해요. 사업가가 된다고 했었나 시인이 될 운명이라고 했었나 아무튼 또 허탕 친 것 같아서 투덜대고 있었죠. 그때 불현듯 내 뿌리가 한국이기 때문에 외국 신점으로는 운명을 점칠 수 없는 게 아닐까 한국의 신점이 나한테 적합한 게 아닐까 하는 생각이 들었어요. 무슨 말인지 알겠죠? 그러니까 한국에 온 김에 운명을 한번 보고 싶은 것뿐이에요.

미아가 설명했다. 신점을 보는 CIA 요원이라. 선뜻 받아들이긴 힘들었지만 불안해서 그런다니까 그럴 수도 있을 것 같았다. 그러고 보니 나도 결혼하기 전 불안한 마음을 다잡기 위해 궁합을 본 적이 있었다. 해인과 함께 신점을 보러 간 것이었다. 나는 용한지는 모르겠지만 점을 본 적이 있다고 했다. 미아가 흥미를 보였다. 그런데 그때 뭐라고 했더라. 해인에게 손해 보는 결혼이라고 했었나. 그렇다면 용한 거 아닌가. 내가 다시 기억을 더듬는 동안 미아는 점집의 위치를 물었다. 나는 인터넷을 검색해 논현동에 위치한 점집을 가르쳐주었다.

적절한 자문이었어요.

미아가 다시 등산 모자를 눌러쓰고 마스크를 착용했다. 밀고자! 그때 불현듯 점쟁이가 내게 던졌던 말이 떠올랐다. 내가 왜 그런 말을 하냐고 하니까 점쟁이는 자신이 한 말이 아니라 모르겠다고 했다. 단종인지, 계백인지, 김유신인지 기억나진 않지만 어쨌든 자신이 모시는 신적인 존재가 전하는 말이라고 했다. 나는 불쾌하니까 사과해달라고 했다. 점쟁이는 잘못한 게 없는데 왜 사과를 해야 되냐고 했다. 그때 미아가 회상을 끊었다. 보여줄 게 있다며 내일 정오에 점집 앞에서 만나자는 말을 남기고 떠난 것이었다. 그 뒤 기억 속에서 점쟁이가 다시 한 번 외쳤다. 밀고자!

그다음 날이었다. 논현동 점집 앞에는 점쟁이의 벤츠가 세워져 있었다. 라마가 몰고 다니는 승합차도 주차돼 있었다. 나는 그 옆에 그레고르를 세우고 대기했다. 현장에 오니까 구체적인 기억이 떠올랐다. 점쟁이는 예의 바르게 우리를 맞이했다. 그런데 막상 점을 보기 시작하자 돌변했다. 놋그릇에 숟가락을 세우는 묘기를 보여주고 난 뒤 욕을 퍼붓기 시작한 것이었다. 점쟁이는 내게 비 맞은 닭의 사주라고 했다. 예술 분야에 소질은 있지만 큰 성공을 하지는 못할 거라며 지금 당장이라도 해인에게 무릎을 꿇는 게 좋을 거라고 하기도 했다. 나는 덜컥 겁이 나서 이 신세를 면하지 못하냐고 물었다.

점쟁이는 포기하지 못할 정도로 입에 풀칠은 하게 해주지만 큰 성공은 하지 못한다고 했다. 기진맥진한 채 사막을 걷고 있는 나와, 죽지 않을 정도로만 물과 음식을 주고 평생 동안 뜨거운 모래밭을 걸어 다니도록 하는 운명의 형벌 따위가 연상됐다. 그래도 당신 인생보다는 낫겠군요. 나는 기분이 나빠져서 쏘아붙였다. 적어도 숟가락 쇼를 하고 돈을 벌진 않잖아요. 점쟁이도 언짢았는지 너는 전형적인 삼류 예술가의 운명이라고 맞받아쳤다. 나는 돈은 돈대로 지불하고 이런 말 같지도 않은 소리를 듣는 게 치욕스럽기까지 했다. 점집 입구에 세워진 벤츠도 짜증 났고, 점쟁이가 입고 있는 버버리 카디건도 꼴 보기 싫었다. 그 뒤 나는 점쟁이의 먹살을 잡았고, 해인은 뜯어말렸다. 밀고자! 점쟁이의 말이 귓가에 맴돌았다.

약속 시간이 지나고 얼마 되지 않아 점집에서 미아가 나왔다. 나는 그레고르에서 나갔다. 미아는 나를 향해 손을 흔들었다. 나도 손을 흔들었다. 뒤따라 나오는 라마와 순사도 보였다. 그리고 그들 뒤로 점쟁이도 보였다. 점쟁이는 포승줄로 묶여 있었다.

천벌을 받을 놈들!

점쟁이가 욕설을 내뱉자 순사가 주먹으로 복부를 내리쳤다. 점쟁이의 허리가 굽어졌고, 입에서는 피가 흘렀다. 점쟁이는 끌려오다시피 내 앞으로 다가왔다.

오호라. 너였구나. 내가 뭐라고 했어. 밀고자 새끼!

점쟁이가 나를 향해 침을 뱉었다. 피 섞인 침이 내 발치에 떨어졌다. 내가 주먹을 쥐고 점쟁이에게 다가가려고 할 때, 미아가 나를 가로막으며 고개를 저었다.

스파이는 심판의 주체가 아닙니다. 심판은 기관에 맡기죠.

미아가 말했다. 라마와 순사는 승합차에 점쟁이를 태웠다. 나는 미아에게 무슨 일이냐고 물었다.

순가락을 세운 접시를 빼앗아 보니까 밑바닥에 틀이 있더라고요. 사기를 치는 거죠. 그것도 남의 운명을 갖고. 그러고 나서 나한테 뭐라는 줄 알아요? 사기꾼이라는 거예요. 사기꾼도 보통 사기꾼이 아니라 역사에 남을 사기꾼이라는 거예요. 참 나 기가 차서. 그때 문득 아이디어가 떠올랐어요. 신점과 자급자족을 잇는 연결 고리가 떠오른 거예요. 점쟁이들은 맨몸으로 입만 나불거리면서 돈을 벌고 있잖아요. 왜 이제껏 눈치채지 못했을까요? 절대 점괘를 나쁘게 말했다고 체포한 게 아닙니다. 나는 공과 사를 철저히 구분하거든요.

미아가 히죽거렸다.

저 사람은 어떻게 할 건가요?

내가 묻자, 미아는 어떻게 했으면 좋겠냐고 되물었다.

운명을 갖고 장난친 대가를 제대로 치렀으면 좋겠어요.

내가 말했다. 점쟁이를 태운 승합차가 출발했다. 점쟁이는 차창에 얼굴을 붙이고 나를 노려보고 있었다. 밀고자! 점쟁이의 날 선 음성이 들리는 듯했다.

17

CIA와 공작의 역사에 대해 상세하게 알고 싶다면 이 글을 볼 필요가 없다. 대신 영국의 저널리스트 프랜시스 스토너 손더스가 쓴 『문화적 냉전 : CIA와 지식인들』을 추천한다. 나 역시 이 글을 쓸 때 참고했다. 『문화적 냉전 : CIA와 지식인들』에서 인상 깊었던 대목 중 하나는 저명한 예술가들이 자신도 모르게 공작에 활용됐다는 것이다. CIA는 미국 예술이 파시스트적인 소련 예술에 무릎을 꿇는 게 죽기보다 싫었고, 소련과 대조되는 미국 특유의 자유로운 표현을 돋보이게 하고 싶었다. 예술가들과 예술가들을 추종하는 세력과 그들의 사상이 미국이라는 체제를 옹호하게 만들기 위해서였다. 공작은 다방면에서 진행됐는데, 이 사실은 CIA 고위 관계자를 제외하고는 아무도 몰랐다. 대표적인 희생양 중 하나가 바로 추상표현주의의 대가 잭슨 폴락이다. 잭슨 폴락도 자신이 공작에 이용되고 있는지 몰랐다고 한다. 나 역시 집과 지근거리에서 미아의 공작이 진행되고 있는지 상상도 못했다.

점쟁이를 체포한 뒤 미아와 나는 그레고르를 타고 안전가옥으로 이동했다. 미아가 운전석에 앉아 있었고, 나는 조수석에 앉아 있었다. 내가 안전가옥을 노출해도 되냐고 묻자 미아는 이제 한 식구가 됐으니 숨길 게 없다고 했다. 스파이가 된 지 30년이 지났지만 속이는 건 항상 스트레스를 받는다고 했다. 차라리 속는 편이 낫다고 했다.

숨길 게 없다면서 왜 제 눈을 가린 거죠?

내가 말했다. 나는 눈가리개를 쓰고 있었다. 미아는 오랜 버릇이라면서 미안하다고 했다. 무려 10년 동안 남편은 자신이 외교부 공무원인 줄 알았으며, 해외 출장이 잦은 것도 그 이유 때문이라고 여겼다고 했다. 전남편은 미아가 청문회장에 모습을 드러냈을 때 충격에 휩싸였고 곧 이혼 소송을 밟기 시작했다. 여론이 좋지 않자 CIA는 공식 대변인을 통해 배우자에게까지 신분을 속인 건 미아가 유일하다고 발표했다.

나약한 민주당 지지자 새끼. 도무지 믿을 수가 있어야지 뭘 털어놓지.

미아가 전남편이 앞에 있는 듯 욕설을 내뱉었다.

나는 체념한 채 그레고르에 기대앉았다. 시간이 흐르는 것 같기도 했고 멈춰 있는 것 같기도 했다. 어느 순간 사이드 브레이크를 올리고 시동을 끄는 소리가 들렸다. 나는 도착했으면 눈가리개를 풀어줄 수 있냐고 했다.

아, 미안해요.

미아가 눈가리개를 벗겼다. 빛이 새어 들어왔다. 천천히 눈을 떴다. 생면부지의 공간이 보였다. 파헤쳐진 부지. 멈춰 있는 포클레인. 반쯤 허물어진 건물. 흉측하게 드러난 골조. 천막과 폐자재.

여기가 어디인가요?

모르겠어요? 카프카 당신이 사는 곳과 가까운데.

미아가 대답했다. 그제야 창밖의 광경이 익숙하게 느껴졌다. 국립서울병원. 해인과 함께 용마산 방향으로 산책할 때마다 지나쳤던 곳이었다. 국립서울병원의 원래 명칭은 국립서울정신병원으로, 지역 발전을 저해한다는 중곡동 주민들의 성토 때문에 명칭을 변경했지만, 아직까지 정신병원으로 인식되고 있었다. 지역구 국회의원이 국립정신건강센터로 명칭을 변경하고 국민정신건강 증진이라는 순화된 계획을 제안하며 리뉴얼을 시도했지만, 주민들은 여전히 반대하고 있었고, 정치 공세에까지 휘말려 공사가 중지된 상황이었다.

미아는 그레고르에서 내려 병원을 향해 걸었다. 나도 미아를 따라 걸었다. 해가 질 무렵이라 그런지 스산했다. 나는 코트 깃을 여몄다. 묵시록적인 풍경. 정신병원이라는 단어가 자아낸 편견. 병원이 가까워질수록 몸이 으스스해지는 것 같았다. 외벽에는 리뉴얼을 반대한다는 내용의 현수막과 국립한방병원으로 용도를 변경해 외국인 관광객을 유치하자는 내용의 현수막이 나란히 걸려 있었다. 나는 미아에게 여기는 왜 온 거냐고 물었다. 미아는 이 병원이 바로 CIA 한국지부 비밀공작처의 안전가옥이라고 했다. 덧붙여 한국에 이 사실을 아는 사람은 아무도 없다고 했다.

폐허가 된 정신병원이 CIA 안가라고요?

내가 물었다. 미아는 고개를 끄덕였다. 나는 주위를 둘러봤다. CIA 은신처가 이토록 처량하게 보일 줄은 상상도 하지 못했다.

일종의 직업병이죠.

미아는 오랜 요원 생활로 인해 거처를 선택하는 기준이 생겼다고 했다. 나는 그게 뭐냐고 물었다.

투쟁의 한가운데.

미아가 검지를 치켜들었다.

태풍의 눈은 항상 고요하죠.

미아가 검지로 반쯤 무너져 내린 정신병원을 가리켰다. 나는 그럼 지난번에 나를 납치해서 데리고 간 곳도 여기였냐고 물었다. 미아는 손가락을 저으며 보안 때문에 안전가옥을 자주 옮겨 다닌다고 했다. 나는 그럼 그건 어디였냐고 물었다.

석유비축기지.

미아가 말했다. 나는 처음 들어보는 곳이라고 했다.

대한민국의 눈부신 문화유산을 모르나요? 이래서 올바른 역사 교육이 필요하다니까.

미아가 비아냥거렸다. 미아가 말하길, 석유비축기지는 4차 중동 전쟁 때 석유난을 대비해 서울 시민이 한 달 동안 사용할 석유를 모아둔 창고로, 상암월드컵경기장을 짓다가 발견됐고, 해가 바뀌면 문화비축기지라는 명칭의 시민 공원으로 탈바꿈될 계획이었으며, 공사가 시작되기 직전까지 비밀공작처의 안가였다.

문화비축기지라니. 왜 자랑스러운 산업화의 역사를 유치하게 만드는지 모르겠군.

미아가 고개를 내둘렀다.

어느새 우리는 정신병원 입구에 도착해 있었다. 만지면 손이 얼어붙을 것 같은 소재의 철문이 앞을 가로막고 있었다. 건물 안에서 음산한 소리가 흘러나오고 있었고, 바람이 문에 부딪혀서 괴기스러운 소리를 내며 응답하고 있었다.

병원 내부는 상상했던 그대로여서 자세한 묘사는 생략하겠다. 「언차티드」 같은 게임에 나온 폐가를 상상하면 된다. 나는 미아를 따라 지하 폐쇄 병동으로 내려갔다. 좁고 긴 복도가 보였다. 복도를 따라 쇠창살이 쳐져 있는 병실이 늘어서 있었다. 중증 환자를 수감하던 재래식 병실 같았다. 발을 디딜 때마다 발자국 소리가 배가 돼 울려 퍼졌다. 미아가 불을 켜자 곳곳에서 앓는 소리 같은 게 들렸다. 신음과 탄성 같았다. 나는 미아에게 여기 사람이 있냐고 물었다. 미아는 그렇다고 했다. 나는 누구냐고 했다.

환자들.

미아가 대답했다.

환자들이라뇨? 병원 운영을 하지 않는데도 아직 환자가 있나요?

내 환자들이오.

미아는 태연했다.

네?

체제에 적응하지 못한 사람들 말이에요. 그게 환자가 아니라면 뭔가요?

미아가 어이없다는 듯한 표정을 지으며 나를 봤다.

미아의 말대로 병실 안에는 환자들이 있었다. 그들은 하나같이 무기력해 보였고, 들릴 듯 말 듯한 음성으로 무언가를 웅얼거리고 있었다. 나는 섬뜩해서 발걸음을 빨리했다. 서너 개의 병실을 지나 쳤을 때였다. 미아가 한 병실 앞에 멈췄다. 나도 멈췄다. 미아가 병실 안을 고갯짓했다. 그 안에서 신음 소리가 들려왔다.

아는 사람일걸요?

미아가 말했다. 나는 덜컥 겁이 났다. 여기에 잡혀 올 만한 지인이 있는지 머릿속을 더듬었다. 교직과 신도시 아파트 분양권을 포기하고 제주도로 내려가 공방을 연 선배. 한 푼도 없이 세계 일주를 떠난 초등학교 동창. 요가 수련을 위해 인도로 떠난 사촌 형. 자급자족과 약간이라도 관련이 있을 법한 얼굴들이 머릿속에 스쳐 지나갔다.

직접 확인해볼래요?

미아의 명징한 목소리가 정신을 차리게 했다. 나는 조심스럽게 병실 안을 들여다봤다. 철제 침대 위에 사람의 형상이 보였다. 더벅 머리. 비쩍 마른 몰골. 피로 물든 환자복. 나는 그 자리에 주저앉아 비명을 지를 뻔했다. 침대 위에 누운 채 흐느끼는 듯한 신음을 내는 남자는 바로 양완규였다.

아니, 양완규 씨 아닙니까?

당신이 쓴 보고서를 읽고 심상치 않은 기운이 느껴져서 잡아두었습니다. 생각보다 더 악질이더군요.

아니, 참고만 한다면서요. 왜 잡아서 가두기까지 한 건가요? 저 몰골은 뭐고요. 이게 무슨 짓입니까?

내가 따졌다.

조직의 판단입니다. CIA가 장난인 줄 아십니까?

미아가 노기를 띤 채 나를 봤다. 나는 움츠러들어서 말을 잇지 못하고 있었다. 그때였다. 양완규가 침대에 걸터앉더니 나를 노려봤다. 그의 눈빛에는 살의가 묻어나고 있었다.

너였어. 네가 나를 속였어.

양완규가 이렇게 외치며 달려와서 철창에 매달렸다.

아니에요. 아니에요. 오해입니다.

나는 뒷걸음질 치며 말했다.

로로와 통화하게 해주세요. 로로가 걱정한단 말이에요.

양완규가 태도를 바꿔 간곡하게 부탁했다. 나는 연거푸 양완규에게 사과했다.

일일이 대응하지 마세요. 제정신이 아닐 거예요. 고된 심문을 거쳐 진정제를 투여했으니.

미아가 내 앞을 막아섰다. 양완규는 울부짖었고, 나는 눈시울이

뜨거워졌다. 미아는 내 어깨를 두드리며 처음이라 힘들 거라고, 요원이라면 누구나 겪는 거라고 했다. 나는 양완규가 이렇게까지 될 줄 알았으면 그런 소설 같은 보고서는 쓰지 않았을 거라고 했다.

지금 꼴불견인 거 알죠?

미아의 표정이 일그러졌다.

생각보다 심약하네요. 적응하게 하려면 끊임없이 보여주는 수밖에 없겠군요.

미아가 한숨을 내쉬며 옆방을 가리켰다. 내가 움직이지 않자 미아가 잡아끌었다. 그 방에는 점쟁이가 웅크리고 앉아 있었다. 기척이 들리자 점쟁이는 내 눈을 바라봤다. 내 입에서 저절로 신음이 새어 나왔다. 점쟁이는 순식간에 달려들어 철창 사이로 손을 뻗었다. 그의 손이 내 팔에 살짝 닿았는데, 그 차디찬 감촉을 아직도 잊지 못하겠다.

밀고자 새끼!

점쟁이가 얼굴을 철창 사이로 비집어 넣으며 외쳤다. 나는 뒷걸음질 치다가 엉덩방아를 찧었다.

네 운명에 대해 더 말해볼까? 결국 너는 아내도 팔아먹고 말 거야. 그때 결혼을 말렸어야 했는데.

점쟁이가 악에 받친 채 고래고래 소리를 질렀다. 그 뒤 괴성을 지르면서 철창을 흔들었는데, 지하 병동 전체가 흔들리는 것 같았고, 그게 자극이 됐는지 다른 수감자들도 우짖기 시작했다. 비상벨이 울린 건 그때였다. 곧이어 문 열리는 소리가 들리더니 복도 끝에서 순사와 라마가 달려오는 게 보였다. 그들은 병실 문을 열고 들어가 점쟁이를 짓밟기 시작했다. 점쟁이는 비명을 지르며 온몸을 뒤틀었다. 라마가 주삿바늘로 목덜미를 찌를 때까지 살기 어린 눈을 내게 고정시킨 채.

밀고자.

목소리가 점점 잦아들더니 점쟁이가 정신을 잃었다. 다른 수감자들도 어느새 조용해져 있었다. 순사와 라마는 점쟁이를 내팽개친 채 문을 잠갔다.

데리고 올까요?

순사가 미아에게 속삭였다. 미아가 고개를 끄덕였다. 라마와 순사가 복도 끝으로 다시 사라졌다.

누구를 또 데리고 오는 거죠? 지금은 2017년입니다. 의견이 다르면 함부로 체포하고 고문해도 되는 겁니까? 박정희와 전두환이 중정과 안기부를 통해 했던 짓과 뭐가 다릅니까? 이렇게 할 거면 보고서가 왜 필요해요?

나는 혼이 나간 채 미아에게 캐물었다.

카프카, 이거 실망스러운걸. 우리는 합리적이고 체계적인 조직입니다. 입맛에 안 맞는다고 막무가내로 잡아들이는 양아치가 아니라고요. 그건 그렇고 내가 당신에게 강요한 적 있던가요?

미아가 퉁명스럽게 말했다. 미아의 말이 맞았다. 미아는 권유했을 뿐 강요한 적이 없었다.

전 그냥 아르바이트로 생각했다고요.

한심하긴. 마음대로 생각해도 좋아요. 그런데 당신 무책임한 거 알아요? 이미 당신은 개입했어요. 내가 이 사람을 어떻게 했으면 좋겠냐고 물었던 거 기억나죠?

미아가 병실 바닥에 널브러진 점쟁이를 가리키며 말했다. 운명을 갖고 장난친 대가를 제대로 치렀으면 좋겠어요. 점쟁이를 체포할 때 내가 했던 말이 머릿속에 맴돌았다.

혹여나 비난받을까 걱정하지는 마세요. 당신 이름이 기록될 일은 없을 거예요. 세계 평화를 위해 희생한 무명의 용사로 후손들의 마음속에 아로새겨질 거예요, 카프카.

어느새 미아의 목소리는 부드러워져 있었다. 나는 벽에 등을 기댄 채 주저앉았다. 찬 기운이 벽을 타고 몸에 퍼지기 시작했다. 나는 무언가 잘못됐다고, 여기에서 어서 빠져나가야 된다고 생각했다. 미아도 내 옆에 앉았다. 눈물이 흘렀다. 미아는 내 머리를 어루만지며 자신의 어깨에 기대게 했다. 나는 미아의 어깨에 기대 울었다.

걱정 마요. 곧 좋아질 거예요. 좋은 세상이 올 거예요. 당신은 그런 세상에서 살게 될 거예요.

미아는 나를 달래주었다. 그때였다. 문이 열리는 소리와 발자국 소리가 들렸다. 나는 고개를 들었다. 순사와 라마가 어떤 남자를 양쪽에서 붙잡고 오고 있는 게 보였다. 그는 고개를 떨어뜨린 채 축 늘어져 있었다. 미아는 고갯짓으로 빈 병실을 가리켰고, 순사와 라마는 남자를 그 병실에 넣고 문을 잠갔다. 나는 멍한 상태였다.

다음 환자를 소개합니다. 우리의 열여덟 번째 장미셸!

미아의 목소리가 꿈결처럼 들렸다. 나는 남자를 봤다. 맞다. 윤주환이었다. 그때 윤주환이 정신을 차렸는지 괴성을 지르기 시작했다. 그 뒤 나는 미아의 멱살을 움켜쥐었던 것 같다. 미아가 내 뺨을 후려치는 장면이 어렴풋이 떠오른다. 라마와 순사가 나를 병실에 가두는 장면도.

실제로 감옥에 갇힌 사람들을 알지는 못한다. 영화나 소설에서 봤을 뿐이다. 그들은 감옥에서 많은 생각을 했다. 상념과 회한에 잠겼고, 인생을 되돌아봤으며, 반성이나 범죄 모의를 했다. 감옥이 아니라 병실이고 단 하루 갇혀 있었을 뿐이었지만, 작가들이 왜 감옥을 그런 공간으로 묘사했는지 이해가 됐다. 나 역시 그랬으니까. 처음에 한 건 합리화였다. 두 번째로는 수치심이 몰아닥쳤다. 마지막으로는 새로운 출발에 대한 욕구를 느꼈다. 솔직히 늦지 않은 것 같았다. 그런데 아이러니하게 나를 미아 곁에 붙잡아둔 건 해인이었다. 이게 무슨 의미인지는 곧 알게 될 것이다.

18

SECRET

CLASSIFICATION

Title : Hemingway 59

To : Red Chameleon

From : Hemingway

Subject : 자연주의 수련원/김대건

1. 자연주의 수련원

1) 적요 : 2012년 설립. 대표 김대건. 강원도 화천군 용화산 자연휴양림 인

근에 위치해 있으며, 기부금으로 운영되는 일종의 대안 공간이다.

2) 주요 시설 : 교육원(4층), 경작지, 숲, 고아원, 요양원 등

3) 활동 내용

- 일반 : 숲 해설, 주말 농장, 캠핑장, 대안학교

- 사회공헌 활동 : 고아원/요양원 운영, 무료 진료

- 강좌 : 요가, 채식 요리, 유기농법, 캘리그래피, DIY 건축, 물리치료, 마사지

- 시민운동 : 환경보호, 원자력발전소 철폐, 인권 증진

4) 공식 슬로건 : 자연과 어울리는 건 인간의 숙명이다. 자연스러움은 곧 미래다.

2. 김대건

1973년생. 성별 남자. 시민운동가. 다큐멘터리 감독. 2012년 부친에게 물려받은 유산으로 자연주의 수련원을 설립했다.

2003년 프랑스 리옹대학에서 영화 비평을 공부한 뒤 아그네스 바르다의 조연출을 거쳐 다큐멘터리를 만들기 시작했다. 초기에는 환경보호를 주제 삼은 작품이 주를 이루었다. 철새 도래지 파괴를 다룬 「돌아와라, 새들아」로 암스테르담 국제 다큐멘터리 영화제에서 대상을 수상하며 이름을 알리기 시작

했다. 특유의 실험적 서정성에 매료된 평론가들이 동양의 빌 비올라라고 칭하기도 했다. 이 시기 다른 작품으로는 「원자력과 비선형 이론」「바람, 도시, 파충류」가 있으며, 광저우 국제 다큐멘터리 영화제, 테살로니키 다큐멘터리 영화제 등지에 출품했다.

귀국한 뒤에는 시민운동에 투신했다. 광우병 파동 시위에 앞장섰으며, 불법 폭력 시위를 선동했다는 이유로 10개월 동안 수감됐다. 출소한 뒤에는 행적이 묘연했는데, 2012년 자연주의 수련원과 함께 다시 모습을 드러냈다. 작품 활동도 재개했는데, 대안 세계를 그린 3부작 「대항하는 삶」「대항하는 힘 기르기」「불행이라는 관념에서 벗어나기」를 제작하며 주목을 받기 시작했다. 특히 「불행이라는 관념에서 벗어나기」는 다큐멘터리로서는 이례적으로 관객 50만 명을 동원하기도 했다.

박근혜 정권 때는 자연주의 수련원 운영에만 집중했는데도 정보기관에 의해 모든 시위의 배후로 지목당했다. 원인은 김대건이 어느 대학 신문에 기고한 박정희 비판 사설 때문. 그 뒤 김대건은 수차례 세무 감사와 검찰 조사를 받았다.

2016년에는 김대건의 폭력적인 성향을 폭로하는 글이 SNS에 게재된 적이 있는데, 뒤를 이어 김대건의 온화한 인품과 선행에 대한 게시글이 속출하는 바람에 유야무야됐다. 정보기관의 공작으로 추정된다.

2020년 서울 동대문구 국회의원에 무소속으로 출마할 예정이라고 밝혔으며 정의당과 민주당의 입당 제안을 모두 거절했다.

3. 첨부

1) 자연주의 수련원 도면 및 인근 지도

2) 김대건 사찰 자료 사본(국정원)

3)「불행이라는 관념에서 벗어나기」무편집본

4) 잠입 녹취록. 끝.

19

인간은 누구나 악행을 저지른다. 비록 극악무도한 범죄를 저지르는 건 아니더라도 침을 뱉거나 거짓말을 하거나 무단 횡단을 한 경험이 있을 것이다. 평소에는 사는 게 바빠서 아무렇지 않을 수도 있다. 그런데 삶에 회의가 들면 죄책감이 느껴지는 순간이 찾아온다. 공식적으로 사과를 하는 사람은 거의 없다. 대부분 잊기 위해 몸부림친다. 죄책감을 희석시키는 방법은 사람마다 다르다. 봉사 활동을 하거나 운동을 한다. 게임을 하거나 폭식을 한다. 나 역시 방법이 있다. 나는 뒤로 걷는다. 시간을 되돌리고 싶은 것이다. 그날 나는 폐쇄 병동에 갇힌 채 뒤로 걷고 싶은 충동에 시달렸다.

꼬박 하루가 지난 뒤에야 순사는 병동에 딸린 사무실로 나를 끌고 갔다. 방 전면에는 커다란 스크린 두 개가 걸려 있었다. 좌측 스크린에는 세계지도, 우측 스크린에는 한반도 지도가 떠 있었다. 라마는 노트북 앞에 앉아 있었고, 미아는 옆에 선 채 업무 지시를 내리고 있었다.

이제 정신 차렸나요, 카프카?

내가 들어가니까 미아가 흘긋 봤다. 나는 소란을 피워서 죄송하다고 했다.

이해해요, 카프카. 모두 처음에는 그랬어요.

미아가 말하자 순사와 라마가 나를 보고 웃어주었다.

카프카, 응석 그만 부리고 정신 똑바로 차려요. 이 방에 들어왔다는 건 우리 일원이 됐다는 거니까.

미아가 격려해주려는 듯 활기 넘치는 목소리로 말했다. 그때만 해도 나는 다치지 않고 이곳에서 벗어나는 게 목표였다. 그 전까지는 버티는 방법밖에 없었다. 내 마음을 아는지 모르는지 미아는 자급자족에 대한 현황과 실태를 보여주겠다고 나섰다. 라마가 자판을 두드리자 화면에 사막이 떴다. 저 멀리 오아시스와 마을이 보이는 듯했다.

여기가 바로 고비사막 자급자족 마을이에요.

미아의 목소리가 들렸다. 라마가 키보드 위에 달린 스틱을 움직이자, 카메라가 내장된 드론이 마을 가까이 다가갔다. 오아시스를 가운데 두고 색색의 지붕을 얹은 가옥들이 옹기종기 모여 있었다.

확대.

미아가 지시했다. 라마가 확대 버튼을 눌렀다. 사람들이 보였다.

어떤 사람들은 우물에서 물을 긷고 있었고, 어떤 사람들은 밭을 일구고 있었다. 부엌에서는 빵을 굽고 있었고, 아이들은 술래잡기를 하고 있었다. 드론이 다른 방향을 비추니 어떤 여자가 과수원에서 청포도를 따고 있었다.

최대로.

미아가 말하자 라마가 화면을 최대로 키웠다. 여자의 얼굴이 뚜렷하게 보였다. 중동이나 북아프리카에서 많이 보이는 인종 같았다.

저 여자가 두 번째 장미셸이에요. 첫 번째 장미셸이 지정한 대외적인 지도자.

미아가 화면 속 여자를 가리켰다.

정보원에 의하면 장미셸, 그러니까 저 여자의 국적도 프랑스라고 알려져 있어요. 프랑스는 왜 이렇게 이민자에 관대한지 모르겠어. 그러니 이리 말썽을 부리지. 인종차별을 하지 않을래야 하지 않을 수가 없다니까.

미아가 투덜거렸다. 정신 차리세요. 왜 자꾸 백인 입장에서, 미국이라는 강대국 입장에서 이 세상을 조망하는지 모르겠어요. 당신 역시 동양인 입양인일 뿐이에요. 주제 파악 좀 하세요. 나는 속으로 이 말을 꾹 눌러 삼켰다.

다음 화면.

미아가 덧붙였다. 라마가 자판을 눌렀다. 다른 영상이 흘러나왔다. 지금보다 젊어 보이는 두 번째 장미셸이 나왔고, 장미셸은 지금보다 젊어 보이는 자급자족 마을을 걷고 있었다. 인터뷰어가 장미셸에게 자급자족 마을의 공동 가족 체제에 대해 묻고 있었다.

모든 가족이 우리 가족입니다.

장미셸이 말하는 대로 화면에 한국어 자막이 달렸다. 장미셸의 부연 설명에 따르면 모두가 모두의 배우자가 될 수 있고, 모두가 모두의 자녀가 될 수 있다는 개념이었다.

이 아이도 우리의 아이죠.

장미셸이 자신의 배를 매만졌다. 그러고 보니 장미셸의 배는 임신한 것처럼 불룩했다. 그 뒤 장미셸은 공동 가족체제야말로 공정하고 평등한 사회의 근간이 될 거라고 덧붙였다. 원시시대처럼 공동체 생활을 하면서도 과학 문명을 발전시키자는 게 신조였다.

모두 저를 아내 혹은 남편, 아버지 또는 어머니라고 부릅니다.

장미셸이 손짓하자 카메라가 그 방향을 비췄다. 다양한 인종과 연령대의 사람들이 카메라를 향해 손을 흔들었다.

저게 개지 사람이야. 섹스를 할 때도 개처럼 후배위만 할걸. 남편도 부인도 없는 공동체 사회. 저 미개한 족속들이 인류의 유구한 전통인 혈족 사회를 없애고 있어요. 빌어먹을 자급자족이 출산에 대한 개인의 책임감을 둔화시키고 있다고요.

미아는 말 한마디 한마디에 감정을 실었다. 라마는 미아의 말에 맞춰 각국 혼인율과 출산율의 하락을 그린 그래프를 스크린에 띄웠다.

특히 북유럽은 여러모로 골치 아파요.

미아가 북유럽 출산 하락지수를 가리키며 말하자 라마가 다른 그래프를 띄웠다. 언론자유, 여성인권, 복지 부문에서 북유럽 국가들이 수위를 차지하고 있었다.

항상 스칸디나비아반도가 문제야. 햇빛을 받지 못해 엉큼한 놈들. 예전부터 그랬어요. 복지국가 좋아하네. 빨갱이 새끼들. 당시 CIA가 보다 못해 올로프 팔메를 암살하며 경고까지 했는데 아직도 저런다니까. 북유럽은 여기까지 합시다. 얘네 생각만 하면 머리가 지끈거리니까. 자, 다음은 한국입니다. 저번에도 말했죠? 한국은 그 어느 나라보다 자급자족 확산이 빠른 나라가 될 거라고.

미아가 손가락을 튕겨 소리를 낸 뒤 스크린을 가리켰다. 화면이 넘어갔다. 광화문에서 시위를 하는 사람들. 공공 자전거를 타는 시민들. 급식판에 배식을 받는 학생들. 도서관에서 책을 대여하는 사람들. 그 뒤에는 미니멀리즘 인터넷 동호회가 나왔다. 나는 가슴이 철렁했다. 해인이 활동하던 동호회였다.

그런데 미니멀리즘은 자급자족하고 무슨 상관이 있나요?

내가 지나가듯이 물었다.

미니멀리즘은 비움, 즉 자본의 속성인 소유에 반하는 가치를 강조하는 사상입니다. 자급자족단이 예술 사조에서 영감을 받아 퍼트린 사상이 동일본 대지진을 만나면서 증폭됐죠. 시류를 잘 탔다고 할까요. 그럼 슬슬 한국에 자급자족을 퍼트리고 있는 악당들을 살펴볼까요?

미아의 말에 맞춰 라마가 분주하게 손을 움직였다. 스크린에 건

장한 남자의 사진이 나왔다. 광화문에서 촛불을 들고 박근혜 퇴진 시위를 하는 모습이었다.

저 얼굴 잘 기억해두세요.

미아가 읊조렸다. 먼저 밝히자면 사진 속 인물은 김대건이었다. 그때만 해도 나는 김대건의 이름과 얼굴을 기억하지 못했고, 자연주의 수련원에 가서 김대건을 만난 적이 있다는 것도 까맣게 잊고 있었다. 그래서 자연스럽게 아무것도 모르는 듯한 표정을 지을 수 있었던 것 같다.

그리고 모든 것의 중심에는 자연주의 수련원이 있습니다.

미아가 말했다. 라마가 화면을 넘겼다. 어디에서 본 듯한 노란색 건물 사진이었다. 자연주의 수련원이라는 이름도 낯이 익었는데 감감했다.

자연주의 수련원. 강원도 화천에 있죠. 외부적으로는 요가 수련원이나 숲 체험 공간으로 알려져 있고요.

미아가 말을 보태며 앞 장에 언급한 김대건의 보고서를 건넸다. 보고서를 훑고 나서야 기억해냈던 것 같다. 해인을 미행했을 때 발견한 그 수련원. 그리고 그 남자. 맞다. 김대건.

다음.

미아가 말하자 다시 김대건 사진이 나왔다.

기억해두라고 했죠? 이름 김대건. 자연주의 수련원의 창립자. 잘생겼죠? 생긴 건 내 스타일이네. 영화감독에 시민운동가. 불법 시위를 하다가 감옥에 다녀온 적도 있고. 재야에선 진작부터 각광받는 인물이긴 했지만 일반인들은 잘 모를 겁니다. 첩보 기관들은 10년 전부터 주목하고 있었죠. 내 판단으론 국회의원 재선 정도까지는 가능할 인물 같아요.

미아가 설명했고, 화면에 다른 사진이 떴다. 김대건과 두 번째 장미셸이 함께 찍은 사진이었다. 둘 다 지금보다 어려 보였다. 둘은 포도나무를 배경으로 어깨동무를 하고 있었다.

이렇게 다 연결돼 있어요. 아까 본 영상은 바로 김대건이 찍은 거예요. 「대항하는 삶」.

미아가 말했다. 그 말을 듣고 보니 사진 속 장미셸의 배는 영상에서처럼 불룩했고 김대건은 캠코더를 들고 있었다.

다음.

미아의 지시를 따라 라마가 사진을 넘겼다. 자연주의 수련원에서 김대건이 사람들과 무언가를 축하하고 있는 사진이었다. 사람들은 입을 벌려 웃으며 박수를 치고 있었다. 그때 나는 작은 탄성을 내뱉지 않을 수 없었다.

왜 이렇게 놀라죠? 혹시 아는 사람이라도 있나요?

미아는 날카로운 눈으로 나를 바라봤다. 나는 아무것도 아니라고 잡아뗐는데, 과도하게 부정한 나머지 말투가 어색했던 것 같다. 미아는 잠시 의심스러운 눈길을 보내더니 고개를 젓고는 스크린으로 시선을 옮겼다. 내가 놀란 진짜 이유는 김대건 때문이 아니었다. 바로 김대건 옆에 있는 여자 때문이었다. 그녀는 바로 해인이었다. 아직도 눈에 선하다. 활짝 웃고 있는 해인의 모습. 나는 왜 거기 있냐고, 대체 거기에서 무엇을 하냐고 속으로 중얼거렸는데 사진 속 해인이 대답할 리 만무했다. 해인 옆에는 주온도 있었다. 내게 침을 뱉었던 학생도 있었다. 절체절명의 순간도 있었다. 사진을 넘길 때마다 해인이 나오니까 미아가 미간을 모은 것이었다.

잠깐, 멈춰봐. 저 여자는 누구지?

미아가 말했다. 라마는 해인의 얼굴을 확대했다.

처음 보는데? 김대건과 줄곧 붙어 있는 걸 보니 수상한데.

조사해볼까요?

라마가 물었다. 나는 주위를 살폈다. 뒤편에 전원 코드가 눈에 띄었다. 미아와 라마가 대화를 나누는 동안 나는 미끄러진 척 넘어지며 전원을 내렸다. 순식간에 컴퓨터 전원이 꺼졌다.

죄송합니다. 전선에 걸려서 그만.

내가 사과를 하자 미아는 대수롭지 않게 여겼다. 그때 순사가 심각한 얼굴로 들어와서 병실이 포화 상태라고 보고했고, 둘이 병동으로 향했다. 그사이 컴퓨터가 다시 켜졌다. 오래지 않아 미아가 돌아왔다.

자, 마지막. 이건 익숙할 거예요.

미아가 말하자 라마는 스크린에 편집 프로그램을 띄웠다. 나는 안도의 한숨을 내쉬었다. 해인에게 쏠렸던 미아의 관심이 방향을 튼 것이었다.

플레이.

미아가 라마의 어깨를 툭 쳤다. 라마는 빠른 손놀림으로 장미셸과 자급자족단을 폭력 시위, 테러, 총기 난사, 납치 같은 소스와 짜깁기하고 있었다. 순식간에 자급자족단이 테러를 자행하는 영상이 만들어졌다. 라마가 유튜브에 동영상을 올리자 실시간으로 댓글이 달리기 시작했다.

자급자족단 같은 경우는 보고서가 충실하게 작성돼 있어서 그걸 지침 삼아 차근차근 처리해나가면 되는데 김대건은 아직 부족해요. 지금 보고서는 사실 일변도인 데다가 과도하게 얌전하단 말이지. 당장이라도 각색이 필요해요. 그런데 헤밍웨이답지 않게 왜 이렇게 나이브하게 작업했을까요? 인터넷을 떠도는 프로필에 살을 붙인 정도잖아요. 아예 홍보 기사를 작성하지 그래. 김대건한테 감동이라도 했나? 그리고 왜 김대건을 보수 정권의 피해자처럼만 그리는데? 김대건 변호사라도 돼? 왠지 모르게 호의적으로 느껴지지 않아요? 저의가 뭔지 도통 모르겠네요. 활동비를 들여서 자연주의 수련원에 보내줬더니 빤한 녹취록만 들고 오고 말이죠. 들어보니까 쓸만한 게 하나도 없더라고요. 게다가 왜 픽션을 하나도 가미하지 않는 거지? 그렇게 알아듣게 설명했는데. 처음에는 내 말이라면 죽는 시늉이라도 하더니 이제 머리끝까지 기어오르네요. 주제에 트루먼 카포트라도 된 줄 알아? 소설가답게 과장하고 전복시키라고. 상상력을 발휘하면 김대건이 행방이 묘연했던 기간 동안 뭘 못 했겠어요. 그 기간이 포인트잖아요. 아니, 그 기간 동안 촬영한 영화가 버젓이 개봉됐고 장미셸과 함께 찍은 사진이 인터넷에 떠돌고 있는데 왜 그걸 놓치죠? 저건 팩트라고, 팩트. 저렇게 좋은 소스가 있는데 왜 활용을 안 하는지 모르겠어요. 답답하네. 누가 봐도 SSM 한국지부로 추정되지 않아요? 얼마 전에 이혼했다더니 그래서 집중을 못 하는 건가? 아무리 그래도 그렇지 프로페셔널이 말이야. 유명한 작가라기에 정규직으로 채용하고 김대건 같은 주요 용의자를 맡겼더니. 수하에 모니터링 요원들도 붙여주고. 역시 정규직은 이래서 문제야. 공산주의자들이 왜 망한 줄 알아요? 해고에 대한 공포가 없으니까 자기 계발을 게을리하거든요.

미아는 헤밍웨이를 신랄하게 비판하더니 담당자 교체를 심각하게 고려하는 중이라고 했다. 절호의 기회다. 그 말을 듣는 순간 이 문장이 머릿속에 떠올랐다. 맞다. 해인 때문이었다. 해인은 왜 자연주의 수련원에 있었을까? 해인과 김대건은 어떤 관계일까? 어쩌면 나는 모든 사실을 파악하고 있으면서도 입 밖으로 꺼내기 싫은 걸지도 모른다. 나는 분명 알고 있었다. 해인은 자연주의 수련원에 들락거리고 있었고, 김대건과 함께 무언가를 하고 있었으며, 그로 인해 미아에게 쫓기고 있었다. 그날 해인이 왜 그 갈림길로 갔는지 의문이 풀렸다. 배신감에 사로잡혔고 화가 치솟았다. 그러나 감정 소비보다 상황 수습이 먼저라는 생각이 들었다. 자칫 잘못하다가는 해인이 이 정신병원에 갇힐 수도 있다는 생각이 들었기 때문이었다. 그 뒤엔 어떻게 될지 아무도 몰랐다. 미아가 해인의 존재를 눈치채지 못하도록 하는 게 급선무였다. 생각을 거듭할수록 내가 헤밍웨이를 대신해 김대건과 자연주의 수련원을 담당하는 게 해인을 구하는 유일한 길이라는 확신이 들었다. 때마침 헤밍웨이에게 미운

털이 박힌 건 행운이었다. 이제 내가 할 일은 미아의 신뢰를 얻는 데 주력하는 것이었다. 그래야 김대건과 자연주의 수련원 담당자가 되고 미아를 배신해서 해인을 구하는 게 수월해진다. 당장 해보겠다고 하고 싶었지만 일단 숨을 고르기로 했다. 원하는 게 있으면 상대가 나를 찾을 때까지 기다려라. 미아가 『도전과 환멸』에서 줄기차게 했던 잔소리를 떠올리며.

그런다고 세상이 바뀔 거 같아? 혹시 68혁명 같은 걸 꿈꾸고 있는 거 아니야? 착각하지 마. 그런 시대는 이미 지났어. 이제 드론 미사일 한 방이면 너희 꿈은 산산조각 난다고.

그때 미아의 들뜬 목소리가 들렸다. 라마가 자판 위에서 손을 놀리자 자연주의 수련원이 폭파되는 시뮬레이션 영상이 나왔다. 미아는 오페라를 지휘하듯 손을 휘젓기 시작했다.

20

『손자병법』은 간첩을 오간五間이라고 일컬으며 다섯 종류로 나눈다. 향간鄕間. 내간內間. 사간死間. 생간生間. 반간反間. 향간은 적국에 장기간 거주하는 간첩, 내간은 적국 고위층이 되거나 고위층을 포섭하는 간첩, 사간은 적국에 잠복하며 거짓 정보를 흘리는 간첩, 생간은 정찰 공작원, 마지막으로 반간은 적국의 간첩을 역으로 활용하는 것, 즉 이중간첩이다. 손자는 반간에게 가장 후한 대우를 해줘야 한다고 했다.

『손자병법』식으로 말하자면 나는 반간이 됐다. 고용된 반간이 아니라 자의적 반간이라는 게 다르긴 하지만 어쨌든. 미아도 반간이 된 적이 있었다. 구체적인 일화는 가물대지만 속옷을 입었지만 모든 사람들이 속옷을 입지 않은 사람 보듯 자신을 보는 것 같았다나 뭐라나 아무튼 이 비슷한 뉘앙스로 『도전과 환멸』에 서술했던 게 기억난다. 신뢰와 자기암시. 이게 반간으로 활동하며 미아가 얻은 교훈이다. 신뢰를 쌓는 게 우선이다. 상대에게 목숨을 걸어라. 상대와 한편이라는 자기암시를 걸어라. 나는 미아를 믿는다. 미아를 위해 죽을 수도 있다. 미아와 한편이다. 나는 신뢰를 얻는 데 앞서 자기암시를 했다. 예전처럼 감정을 드러내지 않았고, 지시에 토를 달지 않았다. 진정한 스파이가 되고 싶다는 마음을 눈빛에 실어 미아에게 보냈다.

카프카, 점점 더 믿음직스러워지는데?

어느 순간부터 미아는 내가 의도한 대로 나를 보기 시작했다. 머지않아 기회가 찾아왔다. 어느날 밤 미아가 갑자기 불러낸 것이었다. 미아는 나를 차에 태우고 어딘가로 향했다. 도착할 때까지 미아는 아무것도 말해주지 않았다. 나도 침묵했다.

카프카, 왜 아무것도 묻지 않죠?

미아가 물었다.

물어도 변하는 건 없잖아요.

나는 짐짓 체념적인 태도를 취했다. 미아는 희미하게 웃으며 고개를 끄덕였다. 이번 일이 나에 대한 신뢰 여부 판단에 영향을 끼칠 것 같은 예감이 들었다.

우리가 도착한 곳은 중랑천 인근 하수처리장이었다. 서울 동북부의 생활 오수가 집결되는 곳이었다. 글을 쓰면서 떠올리니까 악취가 풍기는 것 같다. 인근에 사는 지인이 잠을 이루지 못할 만큼 냄새가 지독하다고 했던 게 기억난다. 내가 이사를 가면 되지 않냐고 하자 저렴한 집값 때문에 살고 있다고 멋쩍게 웃었다. 시취도 난다고 했는데 과장하지 말라며 웃어넘겼던 기억도 난다.

기억을 더듬는다. 나쁜 기억을 떠올릴 때 직시하지 않고 기피하려는 나약한 본능이 내면에 싹튼다. 그러나 바로 보아야 한다. 그래야 진실이 드러난다. 마음이 약해지기 전에 어서 결론부터 말해야겠다. 나는 하수처리장에서 누군가를 처단했다. 지인이 시취 운운했던 게 떠올라 소름이 돋는다.

자정에 가까운 시간이라 그런지 인적이 드물었다. 미아는 차를 관리사무소 앞에 세웠다. 앞에는 단단해 보이는 철문이 굳게 잠겨 있었다. 경적을 울리자 관리사무소에서 중년 남자가 나와 차창을 두드렸다. 딱 봐도 게을러 보이는 남자였는데, 하수처리장 작업복을 입고 있었다. 미아는 차창을 내렸다. 남자가 미아와 나를 훑었다. 미아가 지폐 몇 장을 그에게 건넸고, 그는 고개를 끄덕이며 돌아갔다. 곧 문이 열렸다.

오수집결지. 우리는 표지판을 따라 걷고 있었다. 양옆으로는 역한 냄새가 올라오는 물웅덩이가 펼쳐져 있었다. 좁다란 석판을 디딜 때마다 끝도 짐작할 수 없는 오수 속으로 떨어질 것 같은 상상이 돼 아찔했다. 미아는 무섭지도 않은지 코트 주머니에 손을 꽂은 채 곧은 자세로 걷고 있었다.

미아는 수문이 내다보이는 공터에 멈췄다. 수문은 닫혀 있었다. 수면은 호수처럼 고요했다. 나는 그때까지도 왜 이곳에 왔는지 알 수 없었다. 미아는 한참 동안 수면을 바라보다가 뒤로 돌아섰다.

나이아가라 폭포 가봤나요?

미아가 물었다. 예상하지 못한 질문이었지만 침착하자고 마음을 다독였다. 나는 말만 들었지 가보진 않았다고 했다.

핵폭탄이 터져도 묻힐 만큼 폭포가 떨어지는 소리가 거대하죠.

미아가 덧붙였다. 그러면서 나이아가라에 위치한 CIA 전용 처형장과 그곳에서 사라져 간 사람들에 대해 이야기했다. 처음으로 처형할 때 느꼈던 공포와 그 공포가 권태로 바뀌어나가는 과정에 대해서도. 수문이 열린 건 그때였다. 냄새보다 충격적인 건 소리였다. 하수가 정수장으로 떨어지는 소리가 나를 압도해 이 세상에서 사라지게 할 것만 같았다.

서울에서는 여기만 한 데가 없는 것 같아요. 물론 나이아가라만큼 웅장하진 않지만. 사형수에게도 나이아가라보다는 여기가 덜 잔인하지 않을까요?

미아가 만족스러운 듯 고개를 끄덕였다. 내 생각은 달랐다. 내가 만약 CIA의 포로고, 나이아가라와 하수처리장 중 죽을 곳을 선택할 기회를 얻는다면, 나는 당연히 나이아가라를 선택할 것이다. 죽어서까지 더러운 물속에서 헤매고 싶지 않았다. 그때 미아가 뭐라고 말했다. 물소리 때문에 무슨 말인지 들리지 않았다.

안 들려요.

내가 외쳤다.

사람 죽여봤냐고요.

미아가 내 귀에 대고 외쳤다. 나는 고개를 저었다. 미아가 희미하게 웃었다. 물소리는 더욱 거세지고 있었고, 수증기가 독가스처럼 우리를 옥죄어 오고 있었다.

수문이 닫혔다. 사위는 고요해졌다. 미아는 잔잔해진 수면을 바라보며 김대건이 현재 CIA에서 주목하고 있는 인물 중 하나라고 했다. 김대건은 영악하게도 대중들의 마음에 긍정적인 이미지로 자리 잡았고 CIA를 보기 좋게 따돌리고 있다면서 만만하게 여기면 안 된다고 하기도 했다.

얼마 전에 담당자 교체를 고민하고 있다고 했던 거 기억나요? 헤밍웨이는 글러 먹었어요. 기회도 줄 겸 며칠 더 두고 봤는데 보자 보자 하니까 가관이더군요. 마땅한 대체자도 없고 하던 업무라 일단 맡기고는 있지만 담당자 교체가 시급해요. 한국에는 이런 속담이 있다죠. 새 술은 새 부대에 담아라. 우리에게도 김대건과 대적할 새로운 인물이 필요해요. 김대건이 짐작도 하지 못할 인물이어야 하죠. 나는 카프카 당신을 유력한 후보로 생각하고 있어요. 요새 부쩍 의젓해진 모습이 내게 김대건을 처단할 적임자로 카프카 당신을 상상하게 만들었어요. 어때요? 카프카, 할 수 있겠어요?

미아가 나를 바라봤다. 반간으로서 심장 떨리는 순간이었다. 나는 고개를 주억거리며 생각하는 시늉을 하다가 맡겨만 주면 최선을 다하겠다고 했다.

그 전에 확인해둘 게 몇 가지 있어요. 오늘이 그 첫 순서예요.

미아가 말했다. 예감이 맞았다. 테스트였다. 나는 듬직하게 보이기 위해 입을 굳게 다물고 미아를 바라봤다.

일종의 자질 테스트라고 해두죠. 까다롭게 굴어도 이해해주세요. 김대건은 요주의 인물이라 신중해야 하거든요. 자질이라고 해서 대단한 게 아니에요. 분별과 결단. 무엇이 더 중요한지 분별하고, 더 중요한 것을 향해 결단할 수 있는 능력.

미아가 이렇게 말한 뒤 가방에서 무언가를 꺼냈다. 로로였다. 붉은색 로봇청소기. 애완동물 시체처럼 축 늘어져 있는 로로. 로로는 흠집투성이였고, 방전 직전이라서 깜빡거리고 있었다.

이게 뭐 그리 좋다고.

미아가 로로를 내려다보며 고개를 절레절레 저었다. 나는 로로를 바라봤다. 사랑한다는 말을 한 죄밖에 없는 가여운 로로를.

마침 저기 오는군요.

그때 미아가 입구를 향해 시선을 던졌다. 나도 그 방향에 눈길을 두었다. 순사가 어떤 남자를 앞세운 채 다가오고 있었다. 양손이 묶이고 얼굴에 두건이 씌워진 남자였다.

순사는 남자를 미아 앞에 세웠다. 미아가 순사를 향해 고개를 끄덕였다. 순사는 두건을 벗겼다. 양완규였다. 앙상한 두 다리가 떨려서 제대로 서 있지도 못했고, 눈의 초점도 흐릿했다.

양완규 씨, 잘 오셨습니다.

미아가 말했다. 양완규가 천천히 고개를 들어 우리를 바라봤다. 그의 눈에는 생존에 대한 욕구가 전혀 보이지 않았다. 그때였다. 양완규가 미아의 손에 들려 있는 로로에게 천천히 눈길을 옮겼다.

로로.

양완규가 중얼거렸다. 양완규의 목소리는 잔잔한 수면보다도 힘이 없었다. 그러나 그는 서서히 흥분하고 있는 것 같았다. 몸은 부들부들 떨렸고, 얼굴이 달아오르고 있었다.

애인은 잘 있습니다.

미아가 로로를 매만졌다. 로로의 몸체에 불빛이 들어왔다.

로로!

양완규가 외쳤다. 양완규의 음성을 인식했는지 로로가 연두색 불빛을 발산했다.

사랑해.

로로가 말했다. 양완규는 로로에게 손을 뻗으려 했으나 순사의 저지에 막혔다. 순사는 양완규의 다리를 가격해서 무릎을 꿇렸다.

로로, 어디 다치진 않았니. 아프진 않니.

양완규가 오열했다. 연두색 불빛이 다시 들어왔다.

사랑해.

로로가 말했다. 노련한 스파이처럼 무감하게. 미아가 고개를 숙여 양완규의 눈을 바라봤다.

이제 뭘 잘못한지 알겠어요?

전부 잘못했습니다. 제발 로로를 살려주세요.

양완규가 애원했다.

사랑해.

로로가 말했다.

조용히 해!

미아가 로로를 내동댕이쳤다. 로로의 몸체가 부서져서 파편들이 튀어 올랐다. 양완규가 목이 터져라 비명을 지르며 로로에게 기어 갔다. 순사가 양완규를 걸어찼고, 양완규는 외마디 비명과 함께 고꾸라졌다.

아니, 이 양반아. 대답을 똑바로 해야죠. 뭘 잘못했기에 여기까지 왔는지 알고 있냔 말입니다.

미아가 말했다.

사랑했습니다.

양완규가 대답했다.

누구를요?

로로를요.

로로가 아니라 로봇을 사랑했다고 하는 게 정확하겠죠. 자, 절체 절명의 순간입니다. 대답 잘하세요. 그래야 완규 씨가 살 수 있어요. 로봇을 사랑하면 됩니까? 안 됩니까?

미아가 물었다. 양완규가 대답을 망설였다.

됩니까? 안 됩니까?

미아가 다시 물었다. 양완규는 대답 없이 고개를 숙였다.

좋아요. 다들 저마다 가치관이 있을 테니까요. 그런데 사랑의 다른 말은 책임감인 거 알죠?

미아가 말했다. 그리고 순사를 향해 고개를 끄덕였다. 순사는 내게 총을 쥐어주었다. 마지막 예비군 훈련 이후로 처음 잡는 총이었다.

글록 19. 스파이를 위한 총이죠. 가볍고 자살하기 용이하거든요.

미아가 금속처럼 차갑게 웃었다. 글록을 든 손이 저절로 떨리고 있었다.

죽이라고요?

내 목소리도 떨리고 있었다.

왜? 자신 없어요?

미아의 표정이 일그러졌다. 아무리 해인을 살리는 게 급해도 사람을 죽일 수는 없었다. 아니, 마음이 바뀌었다. 내가 아니더라도 양완규는 어차피 죽을 목숨이지 않나. 나는 할 수 있었다. 해인을 위해서라면 뭐든지. 지금 이 자리를 빌려 양완규 씨에게 사죄를 드리고 싶다. 잠시나마 당신을 죽일 마음을 먹었던 것에 대해.

할 수 있습니다.

나는 심호흡을 한 뒤 총을 장전했다. 양완규에게 총을 겨누고 방아쇠에 손가락을 올렸다. 그때 미아의 호탕한 웃음소리가 들렸다.

카프카. 긴장했나요?

미아가 이렇게 말하며 양완규에게 향하고 있던 총신에 손을 올렸다.

그런데 카프카, 표적은 양완규가 아니라 로로예요.

미아가 손에 힘을 줘서 총구를 바닥에 나뒹굴고 있는 로로에게 옮겼다.

네? 로봇청소기를 쏘라고요?

내가 물었다. 미아는 확신에 찬 표정으로 고개를 끄덕였다. 아무리 생각해도 이해할 수 없었다. 로봇청소기를 왜?

목숨만은 살려주세요. 아니, 로로 대신 저를 죽여주세요.

양완규가 사정했다. 혼란스러웠다. 로봇이라니. 장난도 아니고. 그 순간 정신이 번쩍 들었다. 뭐가 뭔지 모르겠지만 손해 볼 게 없다는 생각이 든 것이었다. 내가 죽이는 건 사람이 아니라 로봇청소기였다. 덤으로 미아의 신뢰까지 얻게 된다면.

때마침 수문이 열렸다. 오수 폭포가 엄청난 소리를 내며 떨어지기 시작했다. 지금이다. 나는 방아쇠를 당기기 위해 손가락에 힘을 줬다.

잠깐. 마지막 말은 들어야죠. 생명을 다루는 일에는 예의가 필수예요.

미아가 말했다. 나는 고개를 끄덕였다.

양완규에게 전할 마지막 말은?

내가 물었다. 로로는 묵묵부답이었다.

로로!

그때 양완규가 외쳤다.

사랑해.

양완규의 목소리에 로로가 반응했다. 나는 미아를 봤다. 미아가 이만하면 됐다는 뜻으로 고개를 끄덕였다. 나는 총을 겨눴다. 양완규가 로로의 이름을 반복해 불렀다.

사랑해. 사랑해.

로로도 반복했다. 마지막 순간이라는 것을 인지하고 있는 것처럼. 그러자 로로가 생명력을 지닌 존재처럼 느껴졌다. 양완규는 비명을 지르기 시작했다. 이상했다. 숨이 가빠지고 시야가 흔들렸다. 로로의 몸이 부르르 떨리는 것 같았고, 살려달라고 애원하는 것 같았다. 맞다. 이성을 잃었던 것 같다. 양완규의 비명을 로로의 비명으로 착각했으니. 나는 총신으로 양완규의 뺨을 후려쳤다. 그 뒤 괴성을 지르며 로로를 향해 방아쇠를 연달아 당겼다. 총알이 다 떨어질 때까지. 미아는 연거푸 헛방을 쏘고 있는 내 손을 잡았다. 나는 그제야 정신을 차렸던 것 같다. 로로는 죽어 있었다. 로로는 총에 맞아 산산조각이 났다. 순사는 조각난 로로를 하수처리장으로 밀어버렸다. 로로는 천천히 오수 속으로 떨어졌다. 그때였다. 양완규가 로로를 따라 하수처리장에 뛰어든 것은.

안 돼!

나는 소리 질렀다. 양완규는 오수에 휘말려 어디론가 사라졌다. 나는 양완규를 쏘지 않았지만 양완규를 물속으로 뛰어들게 만들었다. 그것도 저 더러운 물속으로.

그때였다. 총성이 들렸다. 순사가 팔에 총을 맞고 신음하고 있었다. 나는 바닥에 바짝 엎드려서 주위를 살폈다. 순사는 옷을 찢어 팔을 동여맨 뒤 입구를 향해 총을 쐈다. 입구 방향에서 누군가 총을 쏘면서 달려오고 있었다. 멀리 있어서 누구인지는 확실하지 않았다.

숙여!

그때 어디선가 미아의 목소리가 들렸다. 나는 고개를 숙였다. 총알이 빗발치듯 날아오고 있었다. 비명을 지르지 않으려고 해도 비명이 새어 나왔다. 그때 미아가 내게 달려오는 게 보였다. 미아는 나를 팔로 휘감으며 오수처리장으로 뛰어들었다. 물속은 생각보다 깨끗했고 냄새도 나지 않았다. 한동안 숨이 막혔다. 시간이 흘렀다. 고통이 가시자 지난 삶이 눈앞에 흘러갔다. 지루한 인생을 살아왔다는 생각이 들었다. 다음에는 이대로 죽는가 싶었다. 차라리 잘됐다 싶었다. 미아도 함께 빠졌으니 이제 해인은 무사할 것이다. 그때 누군가 내 손을 잡아끌었다. 나는 눈을 떴다. 미아였다.

21

어느 감옥에 다섯 명의 사형수가 있었다. 이 감옥에서 나 다음으로 목을 매는 이에게 모든 유산을 남기겠소. 다섯 중 처음으로 사형을 당하기로 예정된 사람이 사형 전날 말했다. 그는 그 나라에서 손꼽히는 자산가였다. 그가 사형을 당한 뒤 다음 순서에 사형을 당하기 위해 남은 네 명이 다퉜다. 후손에게 물려주기 위해서였다. 사법 당국은 고심 끝에 한날한시에 네 명을 사형시키고 자산가의 재산을 4등분 해 지급하기로 결론 내렸다. 4등분을 한다 해도 어마어마한 돈이었기 때문에 사형수들은 수락했다. 사형 사흘 전이었다. 간수 하나가 빈 감옥에 잠입해서 목을 매 자살했다. 자산가의 유언은 사형이 아니라 목을 매는 사람에게 재산을 남긴다는 것이었기 때문에 유권해석이 가능했다. 사법부는 고심 끝에 간수의 손을 들어줬다.

간수는 부모도, 배우자도, 자녀도 없었다. 결국 자산가의 유산은 국고로 회수됐다. 현앨리스가 자신의 처지를 설명하기 위해 즐겨 사용했던 일화다. 간수에 자신을 빗대 신세 한탄을 한 것이리라. 정신이 든 뒤 나는 현앨리스와 이 일화를 떠올렸다. 아마 내 처지도 비슷하게 느껴졌던 것이겠지.

시야가 흐릿했다. 어디인지 짐작도 되지 않았다. 곳곳에서 통증이 느껴졌다. 누군가 총을 쐈고, 미아와 함께 하수처리장에 뛰어들었고, 이제 죽는구나 생각했고, 미아가 손을 내밀었다. 기억이 되돌아왔다. 눈이 무거웠다. 저절로 눈이 감겼다. 하수처리장에 뛰어들었는데, 수면 아래로 수백 발의 총알이 쏟아지는 꿈을 꾼 것 같았다. 나는 영혼이 돼 육신에서 빠져나왔다. 총알이 내 육신을 관통하는 것을 지켜봤다. 고통을 느끼지 못했지만 고통스러운 느낌이 들었다. 육신에서 흘러나온 피가 오수 속에 섞여들었다. 나는 천천히 가라앉았다.

시간이 흘렀다. 의식이 되돌아왔다. 눈을 떴다. 나는 누워 있었다. 시야가 제법 선명해졌다. 주위를 둘러봤다. 냉기가 흐르는 듯한 시멘트색 벽면. 쇠창살. 그 밖으로 보이는 긴 복도. 내가 누워 있는 곳을 더듬었다. 철제 침대. 정신병원 지하 폐쇄 병동인 것 같았다. 오른팔에 꽂힌 주삿바늘과 얇은 관. 위를 보자 관을 통해 링거에 담긴 수액이 떨어지고 있었다. 몸은 깨끗이 씻겨져 있었고, 환자복이 입혀져 있었다.

시간이 흘렀다. 시야가 넓어졌다. 옆에는 미아가 앉아 있었다. 미아는 벽에 등을 기댄 채 눈을 감고 있었다. 머리는 헝클어져 있었고, 입술과 피부는 화장기 없이 창백했다. 옷은 젖어 있었고, 살갗에는 피와 흙이 엉겨 붙어 있었다. 하수처리장에서 났던 시큼한 냄새도 살짝 풍겼다.

미아.

목소리가 잘 나오지 않았다.

미아.

힘을 줘서 다시 불렀다. 미아가 눈을 떴다.

일어났어요?

미아가 힘없이 웃었다. 나는 몸을 일으키려고 했다. 입에서 저절로 신음이 흘러나왔다.

움직이지 말아요. 좀 더 쉬어야 해요.

미아가 나를 부축해서 다시 눕혔다. 나는 어떻게 된 거냐고, 우리를 죽이려고 했던 남자는 누구냐고 물었다.

스파이는 항상 적이 많지요. 그건 그렇고 처음으로 죽을 뻔했던 소감이 어때요?

미아가 모호하게 대답한 뒤 질문을 던졌다. 나는 숙고하지 않아서 모르겠다고 했다.

카프카, 나는 당신의 이런 담백한 성격이 좋아요. 의미를 부여하지 않는 점도요. 그래도 생각해봐요. 요원에게는 중차대한 문제니까요. 그럼 좀 다르게 물어볼게요. 죽음을 마주했을 때 겁이 났나요?

미아가 물었다. 물에 빠진 순간을 떠올렸다. 겁이 나진 않았다. 체념이라면 한 것 같았다. 미아가 삶을 체념한 채 죽음을 기다리고 있는 내게 손을 내밀었던 장면이 악몽처럼 떠올랐다.

글쎄요. 체념이라면 한 것 같습니다. 그리고 구해주셔서 감사합니다.

감사는요, 무슨. 동료로서 당연한 거죠. 체념도 좋아요. 시작으로 말이죠. 스파이는 죽음과 나란히 서 있는 직업입니다. 죽음과 친구가 되어야 합니다. 적어도 안부를 물을 정도는 돼야 한다는 말입니다. 그때야 비로소 죽음에 대한 두려움을 극복할 수 있는 겁니다.

미아가 말했다. 목소리에는 기운이 빠져 있었지만 그 어느 때보다 또렷하게 들렸다. 죽음 직전에 나를 구한 미아. 그 침착했던 태도. 미아는 그 순간 분명 죽음과 친구였다. 잊고 있었던 기억이 떠오른 건 그때였다. 양완규.

양완규 씨는요?

내가 물었다. 사랑을 위해 죽음으로 뛰어든 양완규. 그 행위는 상상보다 아름답지 않았다. 생각보다 비참했고, 예상보다 처참했다. 해인이 위기에 빠졌다면 나 역시 비참하고 처참해지리라. 갑자기 한기가 몰아닥쳤다. 몸이 으슬으슬 떨렸다. 미아는 담요를 목까지 끌어 올려주었다.

명이 남았다면 살아 있겠죠. 죄책감 느끼지 말아요. 양완규 씨는 죗값을 치르길 원했고, 죽음과 친구가 되길 바랐어요.

미아가 타이르듯 말했다. 모르긴 몰라도 양완규는 살아 돌아온 것만은 분명하다. 얼마 전 팬텀디지털에 연락해봤는데, 양완규가 여태껏 회사를 다니다가 얼마 전 건강상의 이유로 퇴사했다는 대답이 돌아왔다. 양완규의 자택에도 가봤는데, 우편함에는 우편물이 가득 쌓여 있었고 아무리 벨을 눌러도 문을 열어주지 않았다.

노크 소리가 들렸다. 미아가 들어오라고 외쳤다. 왼쪽 어깨에 붕대를 감은 순사가 들어왔다. 그는 나를 보고 괜찮냐는 뜻으로 고개를 까닥였다. 나도 고개를 까닥였다. 순사는 준비됐다고 했다. 미아는 고개를 끄덕였다.

일어날 수 있겠어요?

미아가 말했다. 나는 고개를 끄덕였다. 미아가 죽음처럼 삽시간에 다가와 나를 일으켰다.

다른 작가들이라면 이 상황을 어떻게 묘사했을지 궁금하다. 구상부터 이렇게 막히는 장면은 이 글을 쓰면서 처음이다. 자칫 잘못하다가는 클리셰로 범벅된 진부한 장면으로 그려질 게 뻔하다. 더 고민해보려다가 문학작품도 아닌데 무슨 상관인가 싶어서 손 가는 대로 쓰기로 했다.

미아는 이미 요원의 정체를 파악하고 있었다. 코드명 불독. 소속국정원. 둥글넓적한 얼굴과 쭉 찢어진 눈매. 코드명을 듣고 보니 불독처럼 매섭게 느껴졌다. 그러고 보니 낯익은 방이었다. 신입 요원 테스트 때 납치돼 왔던 방과 구조가 엇비슷했다. 밀실. 방 한가운데에 놓인 책상. 책상과 연결된 수갑 틀. 족쇄. 수갑과 족쇄를 차고 있는 불독. 미아와 순사는 불독을 취조하고 있었고, 나는 그 광경을 지켜보고 있었다. 불독은 정체가 드러났는데도 아무렇지도 않은 듯했다.

미아 모닝스타, 드디어 마주하는군.

불독은 태연자약했다. 자신의 정체보다 작전의 실체가 더 중요한 것 같았다.

아직 정신을 못 차렸군. 왜 나를 쫓았지? 내가 CIA라는 것 잊었나?

미아가 책상을 내리쳤다.

CIA는 얼어 죽을.

불독이 히죽거렸다. 미아는 고개를 끄덕였다. 순사가 품에서 장도리를 꺼냈다. 내 손을 내리칠 뻔했던 그 장도리였다.

잠깐, 카프카가 하도록 하지.

미아가 나를 바라봤다. 나는 당혹감을 숨기지 못한 채 미아의 눈길을 받아냈다. 미아의 광기 어린 눈은 내 행동을 촉구하고 있었다. 아무래도 이게 두 번째 시험인 것 같았다. 나는 마음을 다잡고 고개를 끄덕였다. 순사가 장도리를 건넸다. 나는 장도리를 받아들었다. 글록을 쥐었을 때처럼 손이 저절로 떨렸다. 나는 장도리를 든 채 불독을 바라봤다. 불독도 나를 바라봤다. 불독의 눈에서 여태 찾아볼 수 없었던 불안이 얼핏 보이는 것 같았다. 이 단계만 문제없이 넘어간다면 미아의 신임에 한 걸음 더 가까워질 것 같았다. 그사이 불독의 눈은 내게서 무엇을 발견했는지 점차 공포로 물들고 있었다. 나는 장도리를 휘두르면서 불독이 죽음과 친구였으면 서로 편하겠다고 생각했다.

물컹하는 느낌이 들었다. 나는 장도리를 다시 치켜들었다. 얼굴에 피가 튀었고, 불독의 비명이 들렸다. 나는 다시 장도리를 내리찍었다.

말하란 말이야. 말해!

내가 외쳤다. 그 뒤엔 아무것도 기억나지 않는다. 정신을 차리니 심문실 밖 복도에 주저앉아 있었다. 손에서 피가 뚝뚝 떨어졌다. 심문실 안에서 비명이 들렸다. 나는 귀를 막았다. 네 인생에 의미를 부여해! 더 부여하란 말이야! 순사의 대사가 들리는 듯했다. 나는 비명을 질렀다. 두 가지 비명이 얽히고설켜 울려 퍼졌다.

미아가 복도로 나온 건 비명이 잦아든 뒤였다.

요새 친구들은 입이 너무 싸. 금세 불어버린다니까.

미아가 내 옆에 앉았다.

카프카, 당신의 공이 컸어요.

미아가 내 손을 꽉 잡았다. 미아의 체온이 느껴졌고, 나는 점점 이성을 되찾고 있었다.

피에도 곧 익숙해질 거예요. 죽음은 친구. 피는 그림자.

미아의 마지막 말도 떠오른다.

죽음은 친구. 피는 그림자.

얼떨결에 미아의 말을 따라 중얼거렸던 것도.

어느 정도 정신을 차린 뒤 나는 미아에게 이해가 가지 않는다고 했다. 한미동맹처럼 국정원은 CIA와 일종의 동업자이지 않나. 그런데 국정원이 왜 CIA에게 총을 쏘았을까. 미아는 한숨을 내쉬며 사실 자신의 복귀와 비밀공작처 신설은 한국지부는 물론 CIA 본부 내에서도 부국장만 아는 기밀이라는 둥, 비밀공작처는 한국지부의 자급자족 체포 실적이 시원치 않아서 부국장 직속으로 생긴 부서라는 둥, 국장과 부국장의 라이벌 관계는 유명하며 트럼프가 부국장을 총애하는 바람에 국장이 질투에 눈이 멀어서 부국장을 조직에서 내쫓으려는 공작을 벌이고 있다는 둥, 자신은 하원의원 출신의 약삭빠르고 정치적인 국장보다 CIA에서 평생을 헌신해온 부국장 편이라는 둥, 불독의 진술을 들어보니 아무래도 국장이 모든 걸 눈치채고 비밀공작처를 제거하기 위해 한국지부와 국정원을 동원한 것 같다는 둥, 저희들보다 먼저 국내 자급자족 세력을 처리할까봐 견제하는 거라는 둥, 잇속과 권력을 따르는 조직이 지긋지긋하다는 둥 길게 설명을 이어나갔다.

실망했나요? 우리라고 다른 조직과 다르지 않아요. 이기적이고 탐욕스럽죠. 나는 익숙해요. 출중한 개인기 때문에 평생 질시와 견제에 시달려왔으니까. 카프카 당신은 아무 생각 마요. 이럴 때일수록 업무에 집중하면 돼요.

미아가 덧붙였다. 나는 더 이상 캐묻지 않았다. 기밀, 권력, 견제, 조직 같은 단어들이 해석 불가능한 외계 언어처럼 들렸던 것 같다. 내 목표만 생각하며 달리기에도 벅찼다. 물론 지금은 안다. 왜 불독이 미아를 쫓았는지. 관련된 이야기는 후반부에 나올 테니 조금만 더 기다려주었으면 좋겠다. 이제 반 이상 왔다.

　다음 장으로 넘어가기 전에 비비를 잠깐 주목하자. 비비는 다음 임무와 관련이 있다. 비비의 애인을 체포하는 것으로, 미아의 신임을 건 마지막 시험이었다. 나는 미아를 따라 병동에 갇힌 비비를 보러 갔다. 해커. 단발머리. 작고 가녀린 체구. 피어싱과 타투. 다른 수감자들과 달리 의연해 보이는 표정. 비비는 침대에 걸터앉아 손가락을 움직이고 있었다. 허공에 놓인 키보드를 두드리는 것처럼.

22

SECRET

CLASSIFICATION

Title : Hemingway 67

To : Red Chameleon

From : Hemingway

Subject : 비비/볼셰비키

1. 비비

1) 약력

1989년생. 성별 여자. 별칭 비비. 해커. 전문 분야는 공공질서 파괴 및 정부 기관 침투. 러시아 해킹 그룹 털라 소속. 국내 주요 해킹 사건에 모두 연루됐으나 귀신처럼 수사망을 피해 갔다. 해킹에 성공할 때마다 문신이나 피어싱을 하는 습관이 있다.

비비라는 별칭은 이메일 주소 BB1936에서 유래했다. BIG BROTHER의 약어인 BB와 앨런 튜링이 케임브리지 킹스칼리지에서 컴퓨터의 원형이 되는 추산계산기를 발명한 해 1936년에서 유래한 아이디.

어나니머스와 친분이 있으며, 2011년 뱅크오브아메리카 해킹, 2013년 북한 전산망 공격, 2014년 이스라엘 정부 공격을 자문했다.

19대 대통령 선거 기간 동안 여론조사 업체 서버에 침투, 야당에 유리하게 여론조사 결과를 조작해서 체포됐다. 국정원의 함정 수사였으며 비비 이외에도 열네 명의 해커가 체포돼 약식기소됐다.

2) 자급자족 및 범죄 연관성

해킹은 손가락과 컴퓨터만 있으면 언제 어디에서나 가능한 대표적인 자급자족형 범죄. 여타 범죄와는 비교도 되지 않을 만큼 그 영역이 광범위하며, 국가와 체제를 전복하고 사회에 극도의 혼란을 야기할 수 있을 만큼 위험하다.

2. 볼셰비키

1) 약력

나이 불명. 성별 남자. 별칭 볼셰비키. 비비의 애인. 대기업 생산직 노조위원장 출신으로 불법 파업과 과격한 시위로 인해 수차례 입건됐다. 퇴사한 뒤에는 황병산 반정부 게릴라 조직의 일원이 돼 남한 최후의 공산주의자라 스스로를 일컬으며 각종 불법 시위를 벌여왔다. 특별 통로를 통해 평양을 자유롭게 오간다는 이야기도 떠돈다. 수년 동안 정보기관의 표적이 됐으나 단 한 번도 검거된 적이 없다.

공영주차장을 전전하며 장기 주차된 차에 서식한다. 현재는 성남 시영주차장 지하 5층 2001년형 그랜저에 기거하고 있다는 제보를 받았다.

140센티미터 초반의 키. 삐쭉삐쭉 솟은 머리칼. 기이한 눈빛.

스나이퍼. 빠르고 사격 실력이 뛰어나니 주의 요망.

수제 총 제조 및 판매. 고철을 주워 만들지만 성능이 좋고 디자인이 수려해 고가에 판매된다. 수익은 불법 시위 자금으로 쓰이거나 북한으로 흘러들어 갈 가능성이 높다.

2) 자급자족 및 범죄 연관성

- 불법 총기 판매 : 총기 소지 금지 국가에서 총을 판매함으로써 국가 안보와 치안에 위협을 가하고 있다. 더군다나 습득한 고철로 총을 만드는 지점은 명백히 자급자족에 해당한다.

- 국가 발전 저해 : 주요 노동인구로서 특별한 생산 활동 없이 타인의 차와 공영주차장에서 무전취식한다.

* 주차장 관련 정보 : 성남 시영주차장에는 34대의 버려진 차가 있다. 차주 대부분은 연락이 되지 않았으며, 연락이 닿더라도 쌓인 주차요금을 낼 형편이

되지 않는다며 차량 인도를 거부했다. 스리랑카, 미국, 페루 국적을 지닌 외국인 세 명도 차주로 등록돼 있는데, 어떻게 차를 갖고 입국했는지 모르겠고 법적으로 처벌할 근거도 없다.

3. 첨부

1) 성남 시영주차장 지하 5층 CCTV 영상

2) 주요 해킹 목록(비비)

3) 수제 총 판매 목록(볼세비키)

4) 정보원 약력. 끝.

23

『요한복음』 8장 32절. 진리를 알지니 진리가 너희를 자유케 하리라. CIA의 공식 강령으로 알려진 문장이다. 그렇지만 사실이 아니다. 이 문장은 비공식 강령이다. 정교분리 국가인 미국 CIA의 공식 강령은 다음과 같다. 국가의 행동, 정보의 중심. 따지고 보면 이 문장도 틀리다. CIA는 더 이상 정보의 중심이 아니다. 정보의 중심은 SNS다. CIA도 이 사실을 알고 있다.

대중 감시를 업으로 삼아온 저희로서는 사람들이 자발적으로 거주지, 종교, 정치 성향, 성적 취향, 친구 목록, 이메일 주소, 전화번호, 학교와 전공, 수백 장의 사진, 직업을 거리낌 없이 노출시킨다는 게 놀랍기 그지없습니다. CIA로서는 꿈에 그리던 일이지요.

크리스토퍼 사르틴스키 전 CIA 부국장이 말했다. 공중파 뉴스에도 소개된 적이 있는 유명한 발언이다. 놀랍겠지만 이것도 사실이 아니다. 크리스토퍼 사르틴스키는 미아가 만든 가상 인물이다. 대중에게 사찰과 페이스북을 동일시하는 무의식을 심는 작업을 한 것이다. 간단해요. 인터넷에 올리면 알아서 움직이거든요. 미아가 대수롭지 않게 말했던 게 기억난다.

윤주환 실종이 보도된 뒤 괴담을 인터넷에 최초 유포한 것도 미아였다. 그다음은 커피 한 잔 마시며 지켜보면 된다. 괴담은 저절로 부풀고 왜곡돼 여기저기 떠돌아다녔다. 내가 쓴 내용에서 비롯됐지만 어디까지가 괴담이고 어디까지가 사실인지 모르겠다. 이제 와서는 나로서도 구분해낼 재간이 없다.

괴담을 추리면 다음과 같다. 윤주환은 사전 제작 중이던 「호모 사피엔스 사피엔스」 시즌 4 마지막 에피소드 촬영을 마치고 실종됐다. 충남 태안군 난도라는 섬이 시즌 4의 무대였다. 스태프들의 증언에 의하면, 윤주환은 그날 밤 회식을 마친 뒤부터 보이지 않았다. 조감독은 윤주환이 시청률에 대한 부담감으로 공황장애를 앓고 있었으며 자살 충동에 시달렸다고 증언했다. 메인 작가는 윤주환이 UFO를 수시로 목격했으며 실종 당일 새벽 알몸으로 바닷가에 서 있었다고 진술했다. 시즌 1부터 윤주환과 호흡을 맞춰왔던 촬영감독은 윤주환이 열여덟 번째 장미셸이며 자급자족단의 지령을 받고 다음 임무를 수행하기 위해 떠났다고 했다. 촬영 당시 윤주환이 묵었던 민박집에서 유서가 발견됐는데, 유서는 출연 배우에 대한 증오로 가득했다. 그 배우는 경찰 조사도 받았고, 일부 죄를 시인했다고 밝혀졌는데 소속사의 로비로 보도되지 않았다. 얼마 지나지 않아 난도 인근 해역을 수색하던 해경이 세 구의 시체를 발견했다. 그중 하나는 두어 달 전 실종된 동네 청년이었고, 나머지 두 명은 신원을 알아볼 수 없게 훼손돼 있었다.

진실은 단 하나였다. 각종 루머가 양산되는 동안 윤주환은 안전가옥에 갇혀 있었고, 계절이 바뀐 뒤 수장됐다는 것.

미아의 지시로 한 차례 더 윤주환의 실종을 각색했던 게 떠오른다. 윤주환의 전대협 경력을 근거 삼아 그가 「호모 사피엔스 사피엔스」를 통해 남한에 주체사상을 전파하고 월북했다는 내용이었다. 아직도 빨갱이 타령이 먹힐 줄은 몰랐는데 미아의 예상대로 윤주환이 전라도 출신이라는 게 주효했다. 심지어 윤주환은 태극기 집회의 주요 표적이 됐다. 생각보다 큰 파장이었다. 논란이 확산되자 편집을 마친 「호모 사피엔스 사피엔스」 시즌 4 방송이 취소됐다. 미아는 의기양양한 채 환호성을 질렀다. 솔직히 말해 나는 아무래도 좋았다. 이상하게도 윤주환에게는 죄책감이 느껴지지 않았다. 감정이입이 되지 않아서 그런가. 윤주환은 나와 달리 살고 싶은 대로 살면서 인정도 받았다. 왜 이렇게 꼬였냐고, 무슨 헛소리냐고 욕해도 좋다. 그러니 윤주환에 대한 이야기는 그만하고 이제 본론으로 들어가겠다. 볼키, 그러니까 비비의 애인 볼셰비키에 대한 이야기 말이다.

볼셰비키. 예상했듯이 이 별칭은 구소련 체제의 다수당 또는 과격한 혁명주의자를 뜻하는 볼셰비키에서 유래했다. 미아와 헤밍웨이 중 누가 붙인 별칭인지는 모르겠다. 미아는 잡힐 듯 잡힐 듯 잡히지 않는 볼셰비키 이야기만 나오면 불같이 화를 냈다. 무전취식과 불법 총기 판매. 중죄를 두 가지나 저지른 악질 중의 악질이라며 핏발 선 눈을 부라렸다.

볼셰비키가 뭔데요?

처음 만났을 때 모두 당신을 볼셰비키라고 부르고 있다고 하자 그는 심드렁한 표정을 지었다. 내가 그럼 뭐라고 부르면 되냐고 물었다.

편하신 대로 부르세요.

그는 침을 퉤 뱉고 발로 비볐다. 나는 그때부터 그를 볼키라고 부르기 시작했는데, 왜 볼키라고 불렀는지는 기억나지 않는다.

생생하다. 볼키를 체포하러 가기까지 며칠 동안 무척이나 마음 졸였었다. 그것도 그런 게 나는 술래잡기 말고는 누굴 잡으려고 해본 적도 없었다. 하물며 미아는 글록까지 손에 쥐어주었다. 미아가 초짜 스파이인 내게 볼키를 맡긴 건 볼키가 그리 중요하지 않은 인물이라는 뜻이었다. 나는 이 사실을 몇 날 며칠을 되새겨본 뒤에야 깨달았다. 과거로 되돌아간다면 그렇게 긴장하진 않을 텐데.

볼키를 만나기 전날 밤이 떠오른다.

당신은 체제를 위협한 죄로 체포될 예정이며 심문 과정에서 당신이 진술한 것은 추후 불리한 증거로 사용될 수 있으니 참고 바랍니다.

나는 미아와 달리 이유를 대고 떳떳하게 체포하고 싶어서 미란다

원칙을 응용해 나름의 경고 문구도 만들었다. 문구를 외우고 나서 침대에 누우니 비로소 실감이 났다. 나는 밤새도록 몸을 뒤척이며 헛구역질을 했다.

무슨 일 있어?

해인이 물었다. 해인은 알고 있었다. 감당하지 못할 일을 앞두고 있을 때 내가 헛구역질을 한다는 걸. 나는 별일 아니라고 했다. 해인은 나를 일으켜 앉혔다.

내 눈을 봐.

해인이 말했다. 어둠 속에 해인의 눈이 떠 있었다. 나는 해인의 눈을 바라봤다. 알 수 없는 긴장감이 우리 사이에 떠다니는 것 같았다.

무슨 일 있지?

해인이 다시 물었다. 나는 몸이 좋지 않다고 둘러대고 자리에 누웠다. 옆에서 한숨 소리가 들렸다.

체포 당일을 떠올리면 헛웃음이 비집고 나온다. 그레고르를 운전해 성남으로 가는 동안에도 헛구역질은 멈출 생각을 하지 않았다. 속주머니에 총이 들었다는 게 어찌나 긴장되던지. 경찰차나 신호등 빨간불만 보면 식은땀이 흐를 정도였다.

나는 성남 단대오거리역 인근 시영주차장에 도착한 뒤 박장춘을 찾기 시작했다. 보고서에 첨부된 정보원 약력을 보면, 박장춘은 이 주차장 관리실에서 숙식하는 경비로 키가 190이나 되는 해병대 출신의 60대였다. 헤밍웨이는 박장춘에게 돈을 주면 자세한 정보를 줄 거라고 했다. 돈을 밝히기 때문에 배신의 위험이 큼. 이게 박장춘

약력의 마지막 문장이었다.

박장춘은 어디에도 보이지 않았다. 관리실에도, 화장실에도, 계단에도 없었다. 관리실 근처에서 한참을 서성거렸는데도 눈에 띄지 않았다. 할 수 없이 볼키를 직접 찾아 나서기로 했다. 엘리베이터는 고장 나 있었고, 발걸음을 계단으로 돌렸다. 지하로 내려갈수록 늪에 빠지는 기분이 들었다. 지하 5층은 축축했고 꿉꿉했다. 폐차 직전의 차량들이 수초처럼 너저분하게 늘어서 있었다. 나는 늪 한가운데 뜬 돈다발을 손에 넣기 위해 몸을 담근 신용불량자처럼 차 사이를 헤치며 보고서에 나온 세단을 찾기 시작했다. 어느 순간 무언가 움직이는 소리가 들렸다. 쇠붙이가 벽면에 부딪히는 소리도 들렸다. 뒷골이 저렸다. 나는 품속에 있는 글록을 움켜쥐었다. 뒤편에서 발자국 소리가 들리는 것 같았다. 나는 총을 뽑아 뒤로 돌았다. 아무도 없었다. 좌측 비상구 근처에서 기척이 들렸다. 나는 비상구를 향해 총을 겨눴다. 아무도 없었다. 그 뒤에는 열한 시 방향에 있는 트럭. 나는 또 그 방향으로 총을 겨눴다.

누구야!

나는 외쳤다. 부스럭거리는 소리가 들리더니 트럭 밑에서 갈색 고양이가 튀어나와 어디론가 사라졌다. 나는 총을 내렸다. 등에 식은땀이 흐르고 있는 게 느껴졌다. 차가 들어오는지 위에서 덜컹거리는 소리가 들렸다.

세단을 발견한 건 잠시 뒤였다. 보고서에 첨부된 동영상에서 확인했던, 볼키가 슬금슬금 기어 나왔던 2001년형 그랜저였다. 나는 그랜저 후미에 숨어 동태를 살폈다. 좌우로 기둥이 서 있어서 은신하기 좋은 곳이었다. 스나이퍼. 보고서에 적혀 있던 단어가 기억났다. 나는 총을 꽉 쥐었다. 어디선가 저격총으로 나를 겨누고 있을 볼키가 상상돼 오금이 저렸다.

꽤 오랜 시간이 흘렀다. 지하 5층에는 아무도 들어오지 않았고 아무도 나가지 않았다. 고양이도 보이지 않았다. 나는 자리에서 천천히 일어섰다. 그리고 차창에 이마를 대고 내부를 들여다봤다. 쓰레기만 나뒹굴고 있을 뿐 생물체라고 짐작되는 건 하나도 보이지 않았다. 네가 표적이 될 때 비로소 표적은 네게 다가온다. 그때 미아의 충고가 유령처럼 머릿속을 떠돌았다. 나는 표적이 되기로 했다. 세단 주위를 맴돌고 맨손체조도 했다. 소리를 지르고 손도 흔들었다. 볼키가 나를 습격한다면 되레 그를 잡을 기회가 생길 것이었다. 그러나 아무리 용을 써도 볼키는 모습을 드러내지 않았다. 나는 다른 차를 살피러 돌아다니기 시작했다. 아무래도 긴장이 풀렸던 것 같다. 총을 다시 주머니에 넣어두었으니.

우리는 예상하지 못한 순간에 만났다. 한참을 더 수색하다가 거의 포기할 무렵 타이어가 내려앉은 코란도 뒷좌석에 있던 볼키와 눈이 마주친 것이었다. 볼키는 기름때가 묻은 멜빵바지를 입은 채 누워 있었다. 나이 불명. 헤밍웨이의 표현은 적확했다. 외모만 보고는 나이가 추정되지 않았다. 머리는 갈색이었는데, 외국인 같기도 했다. 나는 볼키의 눈을 보고 볼키라는 걸 확신했다. 기이하다는 말로밖에 설명되지 않는 눈빛.

일단 작전은 성공했다. 표적이 나를 표적 삼게 한 것이었다. 그러나 어설프게도 그 이후의 상황은 준비하지 못했다. 울면 안 돼. 울면 안 돼. 산타 할아버지는 우는 아이에겐 선물을 안 주신대. 누군가 이 노래를 불러주길 원했지만 아무도 불러주지 않았다. 내가 어쩔 줄 몰라 하는 사이 볼키는 일어나 앉아 기지개를 켜더니 나를 꼬나보았다. 볼키의 눈을 보는 순간 나는 얼어붙었다. 볼키의 눈에는 야생 동물에게서나 보일 법한 야만성이, 아니, 사이보그에게서나 느껴질 법한 비인간성이 서려 있었다.

다음에는 비현실적인 상황이 그려졌다. 볼키가 멜빵바지 주머니에 손을 넣었다. 그리고 꺼냈다. 그의 손에는 생전 처음 보는 모양의 총이 들려 있었다. 휘황찬란한 금장이 총신에 새겨져 있었고, 손잡이도 맹수 머리를 조각한 것처럼 유별났다. 볼키는 빠른 속도로 소음기를 꼈다. 나는 뒤늦게 총을 꺼내려고 허둥댔지만 볼키는 이미 방아쇠를 당겼다. 나는 총에 맞아 죽는다는 사실보다 총을 쏘는 순간 볼키가 지었던 표정이 더 무서웠다. 무표정. 심드렁함. 지루함.

창문이 깨지는 소리가 들렸다. 눈을 감았다. 주저앉거나 머리를 감싸 안을 시간도 없었다. 두 번째로 맞이하는 죽음의 순간에는 주마등 같은 건 없었다. 머릿속에 떠오르는 건 단 한 문장이었다. 살고 싶다. 죽음과 나는 친구가 되기에는 멀고도 먼 사이였다.

잠시 후 이상한 기분이 느껴졌다. 살아 있었던 것이었다. 나는 눈을 떴다. 살아 있다는 게 믿기지 않아서 한동안 멍했다. 목덜미에 유리 파편이 들어갔는지 따끔거렸고 피가 흐르는 감촉이 느껴졌다. 그때 뚫린 차창 사이로 총을 겨누고 있는 볼키가 눈에 들어왔다. 볼키는 다시 한 번 방아쇠에 손을 걸었다. 나는 비명을 지르며 자리에 주저앉았다. 볼키가 문을 열고 내 머리에 총을 겨눴다.

목숨만은 살려주세요.

나는 머리를 조아리며 사정했다. 볼키는 나를 지그시 바라봤다. 그의 눈에는 인간의 눈에 흔히 깃들어 있기 마련인 감정들이 결여돼 있는 것 같았다.

일어나서 손 들어요.

볼키가 말했다. 어쩌면 로로보다도 감정이 섞여 있지 않은 목소리였다. 나는 허겁지겁 일어서서 손을 들었다. 볼키는 뒤로 돌라는 뜻으로 손을 움직였다. 나는 뒤로 돌았다. 볼키는 내 겉옷과 바지를 뒤졌다. 지갑. 신분증. 차 키. 그리고 글록. 볼키는 한 손으로 글록을 쥔 채 능숙하게 총알을 비워 빈총으로 만들었다.

글록 19군요.

볼키가 총을 이리저리 살핀 뒤 멜빵바지에 욱여넣었다.

그런데 여긴 왜 오셨죠?

볼키가 물었다. 나는 머리를 굴리다가 기지를 발휘했다. 코란도를 가리키며 이 차를 찾으러 왔다고 한 것이었다.

그럼 주저할 필요가 없네요. 나는 지금 아저씨를 죽이고 이 차를 빼앗을 거거든요. 몇 년 동안 방치해뒀으면서 이제 와서 주인 행세는 무슨.

볼키가 내게 총을 겨눈 뒤 방아쇠에 손가락을 걸었다.

아닙니다. 이건 제 차가 아니에요.

나는 비명을 지르며 무릎을 꿇었다. 호오, 이놈 봐라. 볼키가 이 대사를 읊조리는 듯한 표정을 지으며 나를 바라봤다.

오해라니요? 그럼 지금 거짓말을 했다는 건가요? 왜? 그러고 보니 차를 찾으러 오는데 총은 왜 들고 왔어요? 그건 사람을 찾으러 왔다는 의미 같은데 이 주차장 지하 5층에는 저뿐이니까 그럼 저를 총으로 쏘려고 했던 건가요?

볼키는 논리 정연했다. 머릿속이 하얘졌다. 미아가 이런 상황을 어떻게 극복하라고 했는지 떠오르지 않았다. 죽음과 친구가 돼야 한다는 말만 맴돌았는데, 죽음과 친구가 되기 위해서는 총을 맞아야 된다고 생각하니까 온몸이 벌벌 떨렸다.

말 안 할 거예요?

볼키가 총구를 가까이 들이밀었다. 나는 마른침을 삼켰다. 아무 말이라도 해야 할 것 같은데 입이 떨어지지 않았다. 볼키가 총구를 내 이마 한가운데에 붙였다. 서늘한 기운이 이마에 전달됐다.

당신은 체제를 위협한 죄로 체포될 예정이며 심문 과정에서 당신이 진술한 것은 추후 불리한 증거로 사용될 수 있으니 참고 바랍니다.

나는 어젯밤부터 수없이 되뇌었던 문구를 쏟아냈다. 긴장한 나머지 그 말밖에 떠오르지 않았다. 목숨을 유예하려면 무슨 말이라도 해야 했다.

주차장에 무슨 체제가 있나요?

볼키가 혀를 날름거리며 고개를 기울였다. 나는 겁에 질린 채 입을 달싹이기만 했다.

더 이상 할 말 없으면 죽으면 되죠, 뭐.

볼키가 방아쇠에 얹은 손가락에 힘을 주는 게 느껴졌다.

잠깐!

내가 외쳤다. 그때 나는 내가 영원히 죽음과 친구가 될 수 없다는 사실을 깨달았다. 미아 모닝스타부터 비비까지 모든 걸 털어놓기로 마음먹었으니.

비비 이야기를 꺼내자 볼키의 눈썹이 꿈틀거렸다. 그날 목격했던 유일한 감정 표현이었다. 볼키는 침울한 목소리로 비비는 잘 있냐고 물었다. 나는 비비가 갇혀 있긴 하지만 잘 있다고 했다. 볼키는 비비가 어떤 처지인지 자세하게 설명해달라고 했다. 나는 비비가 갇힌 방에 대해, 비비의 표정에 대해, 비비의 행동에 대해 말했다. 그사이 볼키는 무표정을 되찾았다. 무표정한 얼굴이 이토록 슬플 줄은 몰랐다는 생각을 하고 있을 때였다. 볼키가 별안간 총신으로 내 볼을 후려친 것은. 극심한 고통이 느껴졌고, 얼굴이 달아올랐으며, 입속에서 뜨겁고 비릿한 피가 용솟음쳤다. 레이먼드 챈들러 소설에서 비슷한 묘사를 읽은 것 같은데, 직접 느껴보니까 더하면 더했지 덜하지 않았다.

잘 있다고요? 강제로 잡아가놓고 그게 지금 할 말인가요? 그러니까 아저씨 말을 정리하면 미아 모닝스타라는 작자가 비비를 납치해 갔고, 아저씨는 미아 모닝스타의 지시를 받고 나를 잡으러 왔다고 요?

볼키가 손가락 관절을 꺾어서 우드득 소리를 내며 말했다. 나는 볼을 부여잡은 채 고개를 끄덕였다.

미아 모닝스타가 누군데요?

CIA요.

CIA라고요?

볼키가 입을 턱 벌렸다.

아니, CIA가 비비를 왜 잡아갔죠? 저는 왜 잡아가려고 하는 건가 요? 대체 왜죠?

자급자족 때문이죠.

내가 대답했다. 이건 확실하게 말할 수 있었다.

자급자족이오?

볼키가 되물었다. 나는 보고서 사본을 꺼내 보여주며 자급자족에 대해 설명했다.

잠깐만요. 제가 남파 간첩이라고요? 전 북한이라면 딱 질색이라 고요. 통일은 무슨 통일. 통일은 노땅들이나 원하는 거 아니었어요? 게다가 노조위원장이라니. 동네 카센터에서 돈 훔치다가 잘린 건데 어처구니가 없군요. 그것도 애초에 내 돈이었단 말이에요. 그놈들 이 야근 수당을 떼어먹었고요. 그리고 총을 판다고요? 심심해서 버 려진 고철로 소일거리 하는 건데 뭐죠? 한국은 총기 소지 금지 국가 아니었나요? 그런데 이 판매자 목록은 다 뭐예요? 게다가 스나이퍼라니. 맙소사. 키 작아서 군대도 면제된 사람한테 스나이퍼라니. 그리고 또 비비가 무슨 악명 높은 해커야. 그냥 재미 삼아 하는 거지. 어나니머스? 러시아 해킹 그룹 털라? 그게 누군데요? 무슨 정부 기관 해킹에 여론조사 조작이에요. 기껏해야 토론 보다가 열 받아서 대선 후보들 얼굴에 판다랑 캥거루 사진 합성해서 각 정당 공식 트위터에 올린 게 전부인데. 그마저도 국정원이 따라붙어서 한참 귀찮게 하더니. 이제 뭐? CIA? 기가 차네요. 빅브라더라고요? 앨런 튜링? ㅜㅜㅜ를 타이핑하려고 하다가 영문으로 잘못 눌러서 BB가 됐다고 하던데. 1936은 전화번호 뒷자리고. 문신이랑 피어싱도 스트레스 풀려고 한 거란 말이에요. 돈 없고 집 없고 빽 없고 부모한테 물려받은 것 없어서 차에서 살고 있는 것도 서러운데 우릴 체포하려고 CIA가 이 문서를 조작했다고요? 정신 나간 놈들 같으니. 비록 내가 버려진 차를 무단 점거해서 살고 있지만 확실한 게 하나 있어요. 바로 당신들보다 똑똑하다는 겁니다.

볼키가 보고서를 조목조목 반박했다. 나는 잔뜩 쫄아 있었다. 볼키는 뭐라고 더 말하려다가 욕을 내뱉고는 내 등에 총을 붙이고 트렁크 쪽으로 밀었다. 트렁크 감금. 미아가 경험해본 고문 중 손꼽힐 정도로 가혹했다고 했던 게 떠올랐다. 어둠 속에서 온갖 상상을 하게 되거든요. 결국에는 겁쟁이가 되죠. 미아가 덧붙였던 말도 떠올랐다. 차라리 기절시켜달라고 해요. 미아가 제시한 해법도.

열어봐요.

볼키가 말했다. 나는 가두기 전에 기절시켜달라고 부탁해야 하나 생각하며 트렁크를 열었다. 그리고 나도 모르게 탄성을 내뱉었다. 트렁크에는 경비복을 입은 노인이 몸을 구긴 채 들어 있었다. 노인은 온몸이 포박돼 있었고, 입은 테이프로 막혀 있었다. 경비는 나를 보더니 소리를 질렀다.

박장춘 씨?

내가 물었다. 경비가 고개를 끄덕였다.

맞죠? 이 영감이 비비를 팔아넘긴 프락치죠? 일주일 전인가 외출하고 돌아왔는데 비비가 사라졌어요. 시도 때도 없이 집적거리더니. 영감탱이. 어찌나 힘이 세던지. 하마터면 내가 여기 들어갈 뻔했다니까요.

볼키가 박장춘 입에서 테이프를 뗐다. 박장춘은 아프다며 난리를 피웠다.

그런데 비비는 얼마 받고 넘겼어요?

볼키가 물었다. 박장춘은 입을 굳게 다물었다. 볼키가 박장춘에게 총을 겨눴다. 박장춘의 눈꼬리가 떨렸다.

5만 원.

박장춘이 잠긴 목소리로 말했다. 볼키가 총신으로 박장춘의 머리를 갈겼다. 박장춘은 축 늘어졌다.

5만 원!

볼키가 이렇게 외치며 웃기 시작했다. 주차장에 볼키의 웃음소리가 울려 퍼졌다.

살고 싶어요?

어느 순간 볼키가 웃음을 멈추더니 나를 쏘아봤다. 나는 그렇다고 했다.

아저씨가 살 수 있는 방법이 하나 있어요. 비비와 미아 모닝스타가 어디 있는지 알죠?

볼키가 물었다. 나는 볼키에게 협조하기로 했다. 되돌아보면 볼키에게 동질감을 느꼈는지도 모른다. 사랑하는 사람을 구해야 한다는 동질감.

우리는 박장춘을 그레고르 트렁크에 싣고 떠났다. 서울에 도착할 때까지 볼키는 조수석에 앉아 총을 겨눈 채 비비 이야기를 늘어놓았다. 똑똑한 비비. 컴퓨터를 잘하는 비비. 체력이 약해 누워 있는 걸 좋아하는 비비. 매운 떡볶이와 족발을 좋아하는 비비. 마음이 약해서 개미 한 마리 죽이지 못하는 비비. 추운 건 싫어하지만 눈을 좋아해서 겨울밤마다 벌벌 떨면서도 밖에 나가 눈이 오길 기다리는 비비.

그런데 어디로 갈까요?

올림픽대로에 진입했을 때 내가 물었다.

총성이 들리지 않는 곳.

볼키가 말했다. 그때 좋은 생각이 떠올랐다.

잠깐 포로가 돼줄 수 있어요?

내가 물었다.

좋아요. 그런데 딴생각은 하지 않는 게 좋을 거예요.

볼키가 나를 바라봤다. 나는 고개를 끄덕였다.

하수처리장에 도착한 건 해가 저물 무렵이었다. 경적을 울리니까 게을러 보이는 직원이 다가와 차창을 두드렸다. 나는 창을 내렸다.

저 기억하시죠?

내가 말했다. 직원은 고개를 끄덕였다. 나는 직원에게 지폐를 쥐어주었다. 직원은 차 안을 훑어봤다. 볼키는 뒷좌석에 포박된 채 앉아 있었다. 재갈도 물고 있었다. 직원이 고개를 끄덕이며 돌아갔다. 잠시 뒤 출입문이 열렸다.

처형장 바닥에는 총흔이 남아 있었다. 지난번처럼 갑자기 국정원 요원이 들이닥치지는 않을까 경계했지만 다행히 그럴 기미는 보이지 않았다. 내가 주변을 살피는 사이 볼키는 박장춘을 포박한 채로 꿇어앉혔다. 박장춘 뒤편으로는 깊이가 짐작되지도 않는 검은 웅덩이가 도사리고 있었다. 살짝 밀기만 해도 박장춘은 그 수심을 몸소 확인하게 될 것이었다. 곧 수문이 열렸고, 엄청난 양의 물이 쏟아지기 시작했다. 나는 볼키에게 고개를 끄덕였다. 볼키가 박장춘의 입에서 테이프를 떼었다.

살려주시오.

박장춘은 마지막을 예감했는지 간절했다.

내가 왜 이러는지 알겠어요?

볼키가 박장춘에게 총을 겨눴다.

모르오.

박장춘의 입술이 떨리고 있었다.

아직까지 잡아떼네. 내가 말해볼까요? 우리가 버려진 차 속에서 빌어먹고 살고 있다고 사람 취급도 하지 않았잖아. 비비에게 더럽고 쭈글쭈글한 자지를 빨게 했잖아. 대가는 줬어? 약속한 돈을 줬냐고!

볼키가 윽박질렀다. 박장춘이 눈을 질끈 감았다.

그것도 모자라서 비비를 꼰질러?

볼키가 박장춘의 관자놀이에 총구를 거칠게 붙였다.

용서해주시오.

박장춘은 웅얼거렸다. 볼키는 바지를 벗었다. 몸집에 비해 커다란 음경이 튀어나왔다.

빨아. 그럼 죽일지 말지 생각해볼게요.

볼키가 말했다.

더러운 난쟁이 새끼.

박장춘이 쏘아붙였다. 그게 박장춘의 마지막 말이었다. 볼키는 총을 쏜 뒤 박장춘을 뒤로 밀었다. 사람의 인생은 오수보다 더럽고 물소리보다 미약하다. 무엇보다 간단하게 사라진다.

24

오랜 친구는 적이 될 확률이 높다. 나에 대해 많이 알기 때문이다. 새로운 친구도 적이 될 확률이 높다. 나에 대해 잘 모르기 때문이다. 둘 다 없으면 편하지만 친구는 상수다. 하나를 잃으면 하나를 얻는 다. 좋은 친구인가 나쁜 친구인가는 그다음 문제다. 나는 미아를 잃 고 볼키를 얻었다. 다행히 볼키는 생전 처음 보는 유형이었다. 나에 대해 잘 모르지만 애써 알려고 하지 않았고 그렇다고 외면하지도 않았다.

나는 그레고르에 볼키의 거처를 마련해줬다. 시간이 흐르자 볼키 도 서서히 마음을 여는 것 같았다. 알고 보니 나이도 엇비슷해서 언 제부턴가 볼키는 나를 카프카라고 부르기 시작했다. 우리는 비비를 구하는 데 최적의 시간을 찾기로 합의했다. 볼키는 생각보다 현명했고 의리도 있었다. 사회성이 부족하다 뿐이지 속도 깊고 마음도 따뜻했다. 비비에게 전할 친필 편지를 준비할 정도로 낭만적이기도 했다.

볼키는 내게 모든 걸 털어놓았다. 불우한 유년기에 대해, 듣기만 해도 분노가 이는 청년기에 대해 숨김없이 말했다. 본명, 고향, 부모에 대해 밝혔다. 비비와의 첫 만남에 대해, 사랑에 빠졌던 순간에 대해 고백했다. 볼키의 이야기를 듣는 내내 울었던 게 기억난다. 비밀을 지켜달라는 약속 때문에 자세한 건 밝히지 않겠다.

나 역시 털어놓았다. 나도 너처럼 미아에게서 구해야 할 사람이 있다고 말이다. 볼키는 함께 힘을 모아 해인과 비비를 구하자고 했다. 볼키도 나를 처음 보는 순간 묘한 동질감을 느꼈다고 했다. 말로 설명할 수는 없지만 내 눈빛에서 간절한 느낌을 받았다고 했다. 거울을 볼 때마다 자신의 눈에서 보았던 그 느낌을.

헤밍웨이의 말대로 볼키의 손재주는 탁월했다. 볼커는 어디선가 고물을 잔뜩 주워 와서 총과 폭탄을 만들기 시작했다. 내게 총을 선물하기도 했다. 왕족이 썼을 법한 고풍스러운 디자인에 총신에는 은하수가 조각돼 있었다. 손잡이에는 멋스러운 필체로 프란츠 카프카라고 새겨져 있었다. 나는 카프카의 친구 이름을 따서 그 총에 막스 브로트라는 이름을 붙여주었다.

다음 이야기로 넘어갈까 했지만 볼키와 쌓은 추억 이야기를 좀 더 하고 싶다. 기억을 되새기고 글을 쓰면서 받은 스트레스를 풀고 싶기 때문이다. 인간은 단순하다. 좋은 생각을 하면 행복해진다.

그 무렵 미아는 보름 넘게 연락이 없었다. 안전가옥도 굳게 잠겨 있었다. 무슨 일이 생긴 게 분명했다. 덕분에 나는 볼키와 시간을 보낼 여유가 생겼다. 우리는 인적이 드문 강, 숲, 들판으로 총을 쏘러 다녔다. 두물머리 인근이었던 걸로 기억한다. 총을 쏘다가 새벽이 되자 우리는 볼키가 만든 폭죽을 터트리며 꿈에 대해 이야기했다. 그날 우리의 꿈은 연애를 막 시작했을 때처럼 일렁거렸고, 돈 따위에 굴복하지 않을 만큼 영원하게 느껴졌다. 물론 경찰이 쫓아오는 바람에 부리나케 도망가야 했지만. 경찰을 따돌린 뒤 얼마나 웃었던지. 볼키가 웃는 건 그때 처음 본 것 같았다.

11월이 됐다. 비트코인 열풍이 불기 시작했지만 이해할 수 없어서 투자하지 못했다. 친구는 100만 원을 투자해서 1억을 벌었고, 친구의 친구는 1억을 투자해서 10억을 잃었는데, 친구의 친구의 친구는 하나도 투자하지 않고 100억을 벌었다. 흥미로운 건 비트코인에 대한 정부의 규제에 셋 다 반대했다는 것이었다. 현존하는 삶의 규칙이 깡그리 사라진 것 같았고, 생존하기 위해서는 획기적인 규칙이 필요할 것 같았다.

11월은 내게 의미 있는 달이었다. 생일이 있기 때문이었다. 생일이 되면 해인이 다정하게 대해주기 때문에 나는 생일을 좋아했다. 그런데 작년에는 생일이 오지 않기만을 바랐던 것 같다. 해인과 맞이할 마지막 생일인 것 같은 예감이 들어서였다. 시간은 인간사에 무관심했고 생일은 여느 때처럼 냉정하게 다가오고 있었다. 그 무렵이었다. 미아에게 다시 연락이 온 것은.

안가는 이상하리만치 조용했다. 미아는 텅 빈 사무실에 혼자 앉아 있었다. 라마와 순사는 어디 갔는지 보이지 않았다. 미아는 나를 보더니 환하게 웃었다. 나는 작전이 성공했다는 것을 직감했다. 미아는 내가 볼키를 처리한 줄 알고 있었다. 예상대로 하수처리장 직원이 미아에게 귀띔한 것이었다. 미아는 고생했다면서 잡아 오지 힘들게 뭐하러 피를 봤냐고 했다. 나는 조무래기 주제에 반항이 심한 데다가 교화 교정의 여지가 없었으며, 지난번에 순사가 수용 공간이 부족하다기에 데리고 와도 불필요하게 공간만 차지할 것 같아서 그랬다고 했다.

신입인 제가 혼자 가서 처리할 정도라면 그리 중요하지 않은 인물로 판단했습니다. 임의대로 판단해도 될 만큼 말이죠.

나는 논리적인 척을 했다. 미아의 표정이 일순간 어두워졌다. 나는 괜히 아는 척을 했나 싶어서 긴장을 했다.

카프카, 제법이군요. 정확해요.

갑자기 미아가 박수를 치기 시작했다. 나는 미아와 포옹까지 하고 나서야 미아가 완벽하게 속아 넘어갔다는 확신을 가질 수 있었다.

혹시 나를 속이는 건 아니죠?

긴장을 놓고 있을 때 미아가 물었다.

속이다니요?

놀라긴. 농담예요, 농담. 내가 뭐라고 했어요? 카프카, 당신을 처음 보던 날부터 재능이 있는 것 같다고 했잖아요.

미아가 만면에 웃음을 띠며 말했다. 의심의 여지가 없었다. 해인의 존재를 눈치채지 못하는 한 미아가 나를 의심할 가능성은 전무했다. 결승점에 거의 다다른 것 같았다. 방심하지 않고 밀어붙인다면 미아의 완전한 신임을 얻게 될 테고 내가 이 살 떨리는 서사의 주도권을 잡게 될 것이다. 그렇게만 된다면 미아는 해인의 존재를 영원히 알 수 없을 것이었다. 별문제 없이 위급 상황을 타개할 수 있을 거라는 자신감도 생겼다. 이렇게 머릿속에 대강의 얼개를 세워두고 나서야 그동안 어디 있었기에 연락이 안 됐냐고, 라마와 순사는 어디 갔냐고 물을 여유가 생겼다. 미아는 심각한 표정으로 한국지부와 국정원의 추적이 숨통을 조이고 있다고 했다. 라마는 쥐도 새도 모르게 사라졌는데, 국정원 짓이 분명하다고 했다. 자신 역시 얼마 전 영등포역 부근에서 습격을 받았다며, 라마가 잡힌 거라면 그럼 안가가 곧 발각될 거라고 했다. 나는 라마라면 잡히더라도 불지 않을 거라고 했다. 미아는 아무도 믿지 않는 게 자신의 원칙이라며 조만간 은신처를 옮길 계획이라고 했다. 순사가 알아보고 있는데 몇 군데 후보지를 점찍어뒀으며 일주일 뒤 이동할 예정이라고 덧붙였다. 나는 속으로 쾌재를 불렀다. 미아는 최악의 상황인 데다가 곁에 아무도 없었다. 따라서 볼키 따위에 신경 쓸 여력이 없으며 비비를 구출하고 결국엔 해인도 구할 확률이 더 높아졌다. 국정원이건 CIA건 미아를 처리해준다면 금상첨화였다.

예상은 했지만 쉽지 않네요. 늙어서 그런가.

미아가 쓴웃음을 지었다. 나는 아무 말도 하지 않았다. 미아가 원하는 건 묵묵히 옆에 있어주는 것이리라.

비비에게 편지를 전해주는 건 수월했다. 수감자들의 식사를 챙겨주라는 미아의 지시 때문이었다. 경황이 없어서 사흘이나 끼니를 챙겨주지 못했다는 것이었다. 나는 빵을 사서 지하 병동으로 갔다. 지하 병동은 수문이 닫힌 하수처리장처럼 고요했다. 복도를 걷는 내 발자국 소리만이 목표가 설정된 유도탄처럼 나를 따라붙고 있었다.

양완규 방에는 불독이 있었다. 불독은 그레이하운드처럼 볼이 홀쪽해져서 있었고, 장도리로 찍힌 손에는 붕대가 감겨 있었다. 나는 빵을 하단 배식구에 넣었다. 그런데도 그는 움직이지 않았다. 윤주환은 좀비 같은 몰골을 한 채 침대에 누워 있었다. 내가 빵을 밀어넣자 움찔했을 뿐이었다. 점쟁이는 아직까지 삶에 대한 미련을 버리지 못한 것 같았다.

살려주세요.

내가 앞을 지나가자 점쟁이가 말했다. 나는 빵을 배식구에 밀어넣었다.

오, 구원자여!

점쟁이가 무릎을 꿇고 외쳤다.

마지막으로 비비. 빵과 함께 편지를 넣어주자 비비의 방에서 훌쩍이는 소리가 흘러나왔다. 그걸 시작으로 전염병처럼 지하 병동 여기저기에서 흐느끼는 소리가 울려 퍼지기 시작했다.

언제부턴가 미아는 눈에 띄게 약해졌다. 라마는 여전히 행방이 묘연했고, 순사는 다음 은신처를 알아보느라 밖으로만 나돌고 있었다. 미아는 점점 나를 의지하기 시작했다. 몸을 가누지 못하고 내 어깨에 기댄 채 신세 한탄을 늘어놓던 그날 확신이 들었다. 미아에게 희미하게 술 냄새가 나고 있었다. 끊었던 술을 다시 마시는 것 같았다.

모든 게 잘될 거예요.

나는 미아의 어깨를 다독여줬다. 불안을 이용하라. 누군가의 환심을 사고 싶다면 참고하길 바란다.

마침내 나는 CIA 한국지부 비밀공작처 자연주의 수련원 및 김대건 담당자가 됐다. 내가 최우선으로 조치한 건 헤밍웨이를 해고하는 것이었다.

새로운 요인으로 추정됨. 주의 요망.

다름 아니라 헤밍웨이가 해인을 주목하기 시작했기 때문이었다. 해인의 존재를 안 이상 미아 곁에 내버려둘 순 없었다. 방법은 간단했다. 헤밍웨이가 우리 정보를 한국지부 내에 흘리는 것 같으니 조심하는 게 좋겠다고 미아에게 보고한 것이었다. 어차피 헤밍웨이는 이미 미아의 눈 밖에 나 있었다. 미아는 그 자리에서 헤밍웨이를 해고했다. 미아가 아직 해인의 존재를 모른다는 걸 알고 안도의 한숨을 쉬었던 게 떠오른다. 헤밍웨이의 의견이라면 거들떠보지도 않을 만큼 감정의 골이 깊어져 있었던 것이었다.

　업무는 크게 두 가지였다. 하나는 서버에 올라오는 수하 요원들의 보고서를 취합하고 분석한 뒤 미아에게 보고하는 업무였다. 비밀 인가 권한을 받고 관리자 프로그램에 접속했을 때 나는 탄성을 내뱉었다. 도리스 레싱, 가브리엘 가르시아 마르케스, 무라카미 하루키, 버지니아 울프, 실비아 플라스, 장 폴 사르트르, 마르셀 프루스트, 존 쿠체. 수많은 거장들이 자연주의 수련원과 김대건을 연구하고 있었다. 프란츠 카프카. 그리고 그들 위에는 새로운 상관이 자리 잡고 있었다.

　나는 수시로 관리자 프로그램에 접속해 수하들이 전송한 보고서를 확인했다. 예상 외로 주온에 대한 정보가 많았다. 알고 보니 주온은 촉망받는 바둑 기사였는데, 승부 조작을 폭로한 이후 오히려 협회에서 퇴출당한 사연을 지니고 있었다. 고아 소년의 이름이 수오라는 것도 그때 알았다. 간혹 해인에 대한 정보도 있었는데 대부분 정확하지 않았다. 다행히 헤밍웨이 말고는 아직까지 해인을 위험인물로 보지 않은 듯해서 신상 정보도 노출되지 않은 상태였다. 나는 위기를 미연에 방지하기 위해 해인과 관련된 정보가 올라오면 교묘하게 수정하거나 삭제한 채 미아에게 보고했다.

　두 번째는 헤밍웨이의 보고서를 각색하는 업무였다. 기존 보고서에 의존하면 죽도 밥도 안 될 거 같아서 아예 새로 쓰기로 했다고 보고하니 미아도 만족하는 눈치였다. 본격적으로 집필에 들어가기 전에 현실을 최대한 객관적으로 바라볼 필요가 있었다. 자료 검토 삼아 보도, 인터뷰, 김대건의 영화, 그간 작성된 보고서들을 꼼꼼히 읽다 보니 헤밍웨이가 괜히 그런 게 아니라는 생각이 들었다. 사생활에 있어서 김대건은 완벽했다. 흠집 내기 미안할 정도였다. 다큐멘터리를 만든 인연을 제외하면 자연주의 수련원은 자급자족단과 관련이 없었다. 더군다나 고비사막 자급자족 마을은 「대항하는 삶」에 나온 다섯 군데 대안 공동체 중 하나에 불과했다. 당연히 미아의 추정대로 SSM 한국지부도 아니었다. 시위에 앞장서고 있을 뿐이지 그다지 폭력적이고 급진적이지도 않았다. 엄밀히 말하면 김대건은 국회의원 당선을 통해 포부를 이루고 싶어 하는 재야인사 그 이상도 이하도 아니었다. 높이 평가할 인물도 평가 절하할 인물도 아니었다. 자연주의 수련원도 견제할 가치가 없는 조직이었다. 미아의 말을 빌리자면, 물불 못 가리는 이상주의자들이 모인 공동체나 작은 시민단체 수준일 뿐이었다. 그런데 미아는 왜 그렇게 김대건을 과대평가했던 걸까. 모르긴 몰라도 장미셸과 함께 찍은 사진이 미아의 광기와 첩보 요원의 본능에 불을 지핀 것이리라.

나는 다시 단골 카페로 출근하기 시작했다. 집필에 집중하기 위해서였다. 방식은 자서전과 같았다. 사실을 기초 삼아 뼈대를 세운 뒤, 과장할 부분과 생략할 부분을 구분하고, 과장할 부분에 허구를 가미했다.

과장(허구) : 본능性, 야만성(비과학/반지성주의)

전략은 적중했다. 언뜻 보면 긍정적인 느낌이지만 자연이라는 단어에는 태생적으로 음산한 기운이 내재돼 있었다. 특히 본능에 대한 인류의 호기심은 지대했다. 특히 섹스. 자연주의 수련원과 섹스를 연관시킨 것은 대중의 호기심 자극에 제격이었다. 내가 쓴 포르노 소설은 인터넷 게시판을 거쳐 언론으로 퍼져 나갔다. 자연주의 수련원은 변태 집단으로 낙인찍혔고, 김대건은 섹스에 중독된 악마로 묘사됐으며, 자연주의 수련원은 누드촌이라는 이름으로 뒤바뀌어 불리기 시작했다. 나는 박차를 가했다. 허구의 또 다른 축은 야만성이었다. 미아가 강조했던 김대건의 행방이 묘연했던 기간을 사이비 종교와 결합시켰는데, 이 역시 언론의 주목을 받았다. 누가 뭐라고 해도 단연 주효했던 건 당시 화제였던 신생아 민간요법을 자연주의 수련원과 연결시킨 것이었다. 「그것이 알고 싶다」에서 자연주의 수련원에 대한 제보를 받는다는 안내가 나갈 정도였다.

미아는 아직 부족하다고 했다. 장미셸과 김대건이 함께 찍은 사진에 집착하면서 김대건을 윤주환처럼 장미셸과 엮고 싶어 했다. 자연주의 수련원을 자급자족단 한국지부로 둔갑시키자는 타령도 다시 시작했다. 나는 자급자족단과 따로 가야 한다고, 조사 결과 김대건은 자급자족단과 직접적인 상관이 없는데 억지로 얽어맨다면 작위적이라 역효과가 날 수도 있다고, 그게 아니더라도 양완규처럼 충분히 자급자족과 엮을 수 있다고 주장했다. 자급자족단과 엮인다면 해인이 더 위험해질 거라는 판단이 들어서였다. 미아는 둘이 무관하다 치더라도 김대건과 자연주의 수련원은 자급자족단만큼이

나 이 세상에 유해하다고, 그러니까 두 조직에는 차이점이 없는 게 아니냐고, 자급자족단과 관련지어야 체포에 그치지 않고 재기 불능 상태로 몰아갈 명분이 생긴다고 궤변을 늘어놓으며 고집을 피웠다. 자신의 존재감이 미미해지는 것 같아 본능적으로 몽니를 부리는 것 같았다. 나는 단번에 미아의 주문을 소화했다. 어깨너머로 배운 편집 기술로 장미셸, 윤주환, 김대건으로 추정되는 사람들의 난교 영상을 만들어서 인터넷에 뿌린 것이었다. 영상의 배경은 고비사막 자급자족 마을이었다.

카프카, 일취월장했군요.

미아가 박수를 쳤다. 윤주환까지 엮은 건 탁월한 선택이었다고 몇 번이나 칭찬했는지 모르겠다.

당시 나는 진실과 허구의 경계를 아슬아슬하게 오가고 있었다. 진실과 허구가 뒤범벅돼 진실이 허구 같았고 허구가 진실 같았다. 당연히 회의도 들었다. 그럴수록 진실은 오직 해인뿐이라고 생각하며 마음을 다잡았다. 나는 해인을 핑계 삼아 양심을 버리고 몰입을 택했다. 이를테면 카프카 역할을 맡은 배우가 되기로 한 것이었다. 급기야 자연주의 수련원도 CIA처럼 해인에게 위해를 가하는 단체라는 자기 최면까지 걸었다. 내 연기는 유치한 감정을 만나 절정에 이르게 됐다. 어느 순간 해인을 김대건에게 빼앗긴 듯한 묘한 질투심에 사로잡힌 것이었다. 나는 자연주의 수련원을, 아니, 김대건을 제거하는 업무에 전력을 쏟았다.

25

걸작은 동시대에 인정받기 힘들다. 현재로서는 알아볼 수 없는 작품이기 때문이다. 그래서 걸작을 쓰는 작가는 불행하다. 걸작 바로 아래 급의 작품은 동시대 파급력이 엄청나다. 시대성을 내재하고 있기 때문이다. 이런 작품을 쓰는 작가도 불행하다. 처음에는 행복할지 몰라도 결국에는 감당하지 못하기 때문이다. 내가 김대건을 주인공 삼아 쓴 작품은 후자였고, 처음에는 나도 행복했다. 연일 뉴스에 나왔고, 인터넷은 들끓었다. 인근 주민들이 누드촌에 반대한다며 시위를 벌이고 보수 단체까지 합류해 하루가 멀다 하고 폭력 사태가 빚어져서 부상자가 속출했을 때도 나는 내 작품의 영향력이 이 정도라고 자화자찬했다. 나는 문제적 작가이자 대중에게 사랑받는 작가였다. 물론 지금은 불행하다.

어느덧 생일이 코앞으로 다가왔다. 이명박은 바레인으로 출국하는 길에 국정원 댓글 조작과 다스 실소유주 의혹을 부인하며 정권을 비판했고, 박근혜는 재판을 거부한 채 감옥에서 『바람의 파이터』를 읽고 있었다. 명문대를 졸업하고도 취직을 하지 못해서 아르바이트를 전전하고 있는 친구가 축의금을 낼 돈이 없다며 10만 원을 빌려 간 지 1년이 됐고, 정기적으로 수십만 원을 호가하는 건담 프라모델을 사고 인스타그램에 올리는 걸 지켜본 지도 1년이 됐다. 나는 친구에게 돈을 갚을 수 있는지 물었는데 묵묵부답이었고 그다음 날 인스타그램에 새로 산 건담이 올라왔다.

해인은 집에 틀어박혀 있었다. 나는 짐작하고 있었다. 괜히 자연주의 수련원에 얼씬거려봤자 폭력 사태에 휘말릴 게 뻔했기 때문이었다. 해인이 뉴스를 보다가 몇 번이나 주먹을 꽉 쥐었는지 셀 수도 없다.

의도하지 않은 일도 생겼다. 주온이 정신병원으로 붙잡혀 온 것이었다. 미아가 자연주의 수련원 인근에서 매복하다가 단원 하나를 생포했는데 그게 하필이면 주온이었던 것이다.

그날 밤, 나는 몰래 주온의 병실로 들어갔다. 주온의 반응은 예상 그대로였다. 처음에는 나를 알아보지 못했고, 내가 누구인지 기억해내자 내가 어떻게 여기에 왔는지 혼란스러워 했다.

당신은 지금 CIA에 붙잡혀 온 거예요.

내가 속삭였다.

CIA요?

주온의 얼굴이 굳어졌다. 나는 간단하게 상황을 설명했고, 나에 대해선 미아에게 말하지 않는 게 당신과 해인에게 유리하다고 했다. 해인의 신분은 아직 노출되지 않은 상태라는 말도 했다. 주온은 이제 모든 의문이 풀린다는 듯 고개를 주억거렸다. 나는 시간이 없으니 일단 당신을 잡아 온 여자가 자급자족 운운하며 장광설을 늘어놓으면 무조건 잘못했다고 하라고, 시간을 번 뒤 당신을 구할 방법을 생각해보겠다고 했다.

해인은 당신이 여기에 있는 걸 알고 있나요?

곧 알게 되겠죠.

내가 말했다. 이게 그날 밤 우리의 마지막 대화였다.

해인은 어떻게든 저를 구하러 올 거예요.

그날을 회상하면 주온의 확신에 찬 이야기가 맨 먼저 떠오른다. 간간이 내게 보내던 증오와 원망의 눈길도.

착잡해서 뒷이야기는 짧게 말하고 넘어가겠다. 주온은 결국 내 말을 듣지 않았다. 미아의 얼굴에 침을 뱉은 것이었다. 다음은 여러분의 상상에 맡기겠다.

해인은 수척해졌다. 편두통을 앓는 일도 늘었다. 지친 표정으로 새벽에 귀가하는 일도 잦아졌다. 어느 날 밤에는 취하는 게 싫다며 술을 멀리하던 해인이 거실에서 혼자 독주를 마시는 걸 보기도 했다. 해인이 괴로워하는 이유는 추측할 수 있었다. 자연주의 수련원에 대한 정체를 알 수 없는 음모와 주온의 행방불명. 내가 해인의 정체와 주온의 행방에 대해 알고 있는지는 꿈에도 상상하지 못할 것이었다.

보채지 않고 기다리기. 이게 내가 할 수 있는 유일한 일이었다. 그날도 나는 해인을 기다리다 먼저 잠에 들었다. 느지막이 귀가한 해인이 침대에 걸터앉아 내 머리를 쓰다듬었다. 나는 잠에서 깼지만 눈을 감고 있었다.

어쩌다 이 지경이 됐을까?

해인이 울먹였기 때문이었다.

무엇이 나를 이렇게 만든 걸까? 우리가 결혼하지 않았더라도 이렇게 됐을까?

해인이 중얼거렸다. 당장이라도 안아주고 싶었지만 해인이 민망할까봐 모르는 척했다. 어느 순간 눈물이 내 얼굴에 떨어졌다. 그 뜨거운 감촉이 아직도 기억에 선하다.

그즈음 누드촌 철거 시위 열기는 점차 누그러지고 있었다. 미아는 그 틈을 타 김대건이 조직원들을 집결시킬 예정이라는 첩보가 들어왔다며 그때를 노려 전원 사살해야 한다고 했다. 미아는 활력을 되찾고 있었다. 술도 다시 끊었고 눈에 총기도 돌아왔다. 나는 후방 지원과 사후 처리를 맡으라는 지시를 받았고, 언론과 인터넷에 배포할 각종 음모론을 준비하기 시작했다. 음모론의 주제는 CIA에서 영감을 받아 내부 권력 다툼으로 정했다.

단원 전부가 사살되고 자연주의 수련원이 사라진다면 오히려 해인은 안전할 것이다. 전제는 해인이 그 자리에 없어야 된다는 것이었다. 계획대로만 된다면 자연주의 수련원 정보 운용 권한은 내 손 아귀에 있으니 해인은 모르는 척 살아가기만 하면 된다. 나는 확신을 갖고 있었다. 자신도 있었다. 미아를 교묘하게 조종해 작전을 내 생일로 잡은 것이었다. 주민을 정보원으로 포섭해 자연주의 수련원 쪽에 대규모 시위가 있을 예정이라는 거짓 정보도 흘렸다. 그들은 이제 물러날 데가 없었다. 예상대로 조직원들이 모여 자연주의 수련원을 사수할 거라는 첩보가 들어왔다. 해인의 약점은 바로 나였다. 강철 심장에도 야들야들한 부분은 있다. 미아의 자서전에 나와 있는 문장을 잊지 않고 있었다. 나는 안다. 해인의 야들야들한 부분은 나를 사랑하는 것이었다.

생일 전날이었다. 예상대로 해인은 내일 중요한 약속이 있다며 생일 파티를 하루 앞당겨서 하자고 했다. 그날 저녁 우리는 단골 레스토랑으로 향했다. 서래마을에 위치한 프렌치 레스토랑으로 가격도 비교적 저렴하고 맛도 좋아서 기념일마다 가던 곳이었다. 식당 벽면에는 우리 사진도 걸려 있었다. 어떤 날인지 기억은 안 나는데 해인은 꽃다발을 든 채 해맑게 웃고 있었다.

우리는 양고기 스테이크와 봉골레 파스타를 먹었고, 디저트로 나온 티라미수에 초를 꽂아 불었다. 해인은 소원대로 돈을 많이 벌길 바란다며 지갑을 선물로 주었다. 벽면에 붙어 있는 우리 사진을 배경으로 사진도 찍었다. 나는 저녁 내내 해인의 눈치를 살폈는데, 어느 순간부터 해인은 할 말이 있는 것처럼 입을 달싹이고 있었다.

할 말이 있어.

커피가 나왔을 때 마침내 해인이 입을 열었다. 올 게 왔다는 느낌이 들었다. 나는 해인의 약점을 공략하기로 했다.

잠깐. 그 전에 소원 하나만 들어줄 수 있어?

해인은 난감한 표정을 짓더니 소원이 뭐냐고 물었다.

생일날 하루 종일 함께 있는 것. 그다음에는 당신 원하는 대로 해줄게. 그 무엇이든.

내가 말했다. 해인은 미간을 모았다. 나는 요새 너무 외롭다고 하루라도 나한테 집중해주면 안 되냐고 애원했다. 해인은 머뭇거렸다.

내일 중요한 약속이 있다고 했잖아.

소원이야. 당신은 내가 소중하지 않아?

고민해볼게. 그 전에 할 말이 있어.

내일이 지나면 말해줘.

내가 말했다. 해인은 망설이는 듯하다가 고개를 끄덕였다.

나는 해인의 약점을 제대로 공략했다. 해인은 자연주의 수련원이 폭파되던 날 내 곁에 있었다. 우리는 늦은 아침을 먹은 뒤 인근 멀티플렉스에서 영화를 봤다. 그 뒤엔 동네를 산책했다. 그날따라 걸어도 될 만큼 햇빛은 따뜻했다. 해인의 마음이 다른 데 가 있는 것처럼 느껴졌지만 나는 외면했다. 저녁에는 오랜만에 옥상에서 대화를 나눴다. 내가 시나리오를 쓰고 해인이 연출을 해서 신축 빌라 공포 영화를 만들자는 농담 같은 걸 주고받으며 킬킬거리기도 했다. 하늘에서는 노을이 지고 있었다. 우리는 어느 순간 약속이라도 한 것처럼 말없이 노을을 바라봤다. 나는 안다. 우리의 시선은 노을이 아니라 곧 헤어질 미래에 가 있는 듯했다. 그때였다. 해인에게 전화가 왔다. 나는 액정을 흘긋 봤다. 발신자 표시 금지. 공격 개시, 지금이구나. 해인이 전화를 받으려고 했다.

안 받으면 안 돼?

나는 해인의 손을 잡았다. 해인은 고민하다가 전화를 받지 않았다. 우리는 입을 맞췄다. 산뜻한 키스였다.

저녁을 먹은 뒤에는 나란히 앉아서 뉴스를 봤다. 한 시간 내내 북한군 하사가 JSA에서 군사분계선을 넘어 월남했고, 그 과정에서 총상을 입었다는 보도가 이어졌다. 속보가 뜬 건 북한군 하사 수술을 집도한 외과 의사 인터뷰가 끝날 무렵이었다. 자연주의 수련원 피폭. 이 문구가 하단에 뜨더니 화면은 자연주의 수련원 전경으로 전환됐다. 노란색 건물은 형태를 알아볼 수 없을 만큼 파괴돼 있었고, 시신과 부상자를 옮기는 구급대원들이 보였다. 앵커는 이번 사건으로 인해 국립휴양림과 인근 가옥 일부가 파괴됐다고 했다. 자연주의 수련원이 세계적으로 악명이 자자한 테러 조직인 자급자족단과 연루됐을 가능성이 높다는 보도가 이어졌다. 김대건과 장미셸이 어깨동무한 사진이 화면에 떴고, 모자이크 처리된 난교 영상도 스쳐 지나갔다. 그때 자연주의 수련원 대표 김대건이 즉사했다는 문구가 하단에 떴다. 해인이 주먹을 쥔 손을 부들부들 떨었던 게 기억난다. 미풍양속을 해치던 자연주의 수련원 이번엔 국토와 국민의 안전을 해치다. 과열된 내부 권력 다툼, 결국엔 폭탄 테러. 내가 쓴 멘트들이 기자들의 입을 빌려 흘러나오고 있었다.

반체제 집단의 이기심 때문에 아름다운 우리 영토와 무고한 시민의 재산이 파괴됐습니다. 안타까울 따름입니다.

앵커가 비장하게 말했다. 해인의 표정은 참담하기 그지없어서 차마 묘사하지 못하겠다.

해인은 약속을 지켰다. 자정이 지나기가 무섭게 해인은 밖을 드나들며 전화 통화를 하기 시작했다. 나는 침대에 누워 눈을 감았다. 해인이 떠나리라는 것은 알고 있었다. 그나마 우리의 마지막이 최악을 면하는 길은 내가 해인을 막지 않는 것뿐이라는 것도 알고 있었다.

어느 순간 잠에 들었던 것 같다. 누군가 나를 응시하는 것 같은 느낌이 들어서 눈을 떴다. 해인은 옷을 차려입은 채 나를 내려다보고 있었다. 우리는 한동안 말이 없었다.

할 말이 있다고 했잖아. 나 떠날 거야. 오래 걸릴지도 몰라. 아예 돌아오지 못할지도 몰라. 기다리지 않아도 좋아. 이유는 다음에 설명할게. 만약 만날 수 있다면 말이야.

해인이 입을 뗐다. 무슨 말이라도 하고 싶었는데 목이 메어서 말이 나오지 않았다. 나는 고개를 끄덕였다. 해인이 뒤로 돌았다. 나는 해인의 팔을 잡았다. 해인이 나를 봤다. 나는 한번 안아봐도 되겠냐고 했다. 해인은 고개를 끄덕였다. 나는 자리에서 일어나 해인을 안았다.

기다릴게.

내가 말했다. 해인은 대답 대신 나를 안은 팔에 힘을 줬다.

26

노력하는 사람은 노력하지 않는 사람에게 매력을 느낀다. 노력하지 않는 사람은 노력하는 사람에게도 노력하지 않는 사람에게도 매력을 느끼지 못한다. 노력하지 않는 사람은 초월하는 사람에게 매력을 느낀다. 나는 노력하지 않는 사람이다. 그리고 그동안 간과했던 사실인데 해인은 초월하는 사람이었다. 내가 해인에게 이끌리는 건 당연했다. 해인이 내 예상을 뛰어넘는 존재였다는 것. 이게 비비 구출 작전의 오류였다. 왜 3년을 연애하고 1년 넘게 같이 살면서 해인을 제대로 파악하지 못했는지 모르겠다.

버틸 수 있을 줄 알았는데 막상 해인이 사라지고 나자 뒤숭숭했다. 해인은 전화도 받지 않았고, 문자를 보내도 답장이 없었다. 자연주의 수련원까지 가봤지만 경찰과 기자가 들끓어서 발걸음을 돌려

야 했다. 내가 괴로워하자 볼키는 차라리 잘된 것 아니냐고 했다. 누
드촌에 대한 관심이 최고조에 다다른 현재 작은 사건 하나라도 보
도될 텐데 해인에게 아무런 소식이 없는 게 차라리 안심되지 않냐
는 것이었다. 일리가 있었다. 볼키의 말을 들으니 마음이 한결 편해
졌다.

　누드촌은 연일 괴담을 생산했다. 자급자족단과 연관된 괴담 외
에도 두 해 전 도난당한 대가야시대 토기와 백제시대 왕관들이 자
연주의 수련원 창고에서 발견됐고, 2011년 선거관리위원회 디도
스 공격이 SSM과 김대건의 합작품이라는 이야기도 떠돌았다. 마약
을 밀매하는 조직폭력배라는 둥 태양신을 숭배하는 사이비 종교 집
단이라는 둥 여러 가지 뜬소문이 나돌았다. 내가 만든 이야기도 아
니고 미아가 만든 이야기도 아니었다. 아무래도 상관없었다. 이 사
건은 다른 사건들처럼 곧 잊힐 것이다. 간혹 팟캐스트 소재로나 쓰
이겠지. 중요한 건 김대건과 자연주의 수련원은 사라졌지만 해인은
살아남았다는 것이었다.

　기분 탓인지 12월이 됐지만 연말 같지 않았다. 나만 그런 건 아닌
지 송년회 약속 하나 잡히지 않았고 송구영신을 비는 안부 문자 하
나 오지 않았다. 경기 침체 때문에 연말 분위기 나지 않는다는 보도
가 흘러나왔지만, 내가 태어난 이래 경기 침체가 아닌 해는 없었다.
문재인이 베이징에서 시진핑과 환담을 나눴지만, 고고도미사일방
어체계THAAD 배치에 따른 보복과 관광객 급감은 여전했다. 중국
관광객 위주로 영업을 하던 김포공항 인근 중소 면세점들은 타격을

입고 줄줄이 폐업했다. 그 텅 비어 있는 면세점 중 하나가 미아가 정한 다음 안전가옥이었다.

일시는 일주일 뒤 정오. 경로도 평이했다. 김포까지 동부간선도로와 올림픽대로를 타고 가는 것이었다. 미아는 적진에서 살아남는 최선의 방법은 방심을 이끌어내는 것이라고 주장하곤 했다. 정오에 서울 시내 활보하기. 과연 미아다웠다.

미아는 앰뷸런스라는 회심의 일격도 준비했다. 추적을 당하면 사이렌을 울려 퇴로를 확보한다는 작전이었다. 운전도 미아가 직접 한다고 했다. 미아는 자신의 운전 실력을 직접 볼 기회를 얻은 건 천운이라며 보스니아 내전 참전 경험을 떠벌였다. 당시 미아는 볼보에 권총 한 자루뿐이었고, 뒤를 쫓는 차량은 전투기와 군용 장갑차를 포함해 56대였다나 뭐라나.

미아만큼 볼키도 치밀했다. 볼키는 인력 부족을 이유로 정신병원 침투를 포기하고 앰뷸런스 기습 탈취를 택했다. 그 뒤엔 시한폭탄 준비, 퇴로 점검까지 일사천리였다. 마지막으로 언제 어디에서 앰뷸런스를 탈취할지 고심했는데, 작전 사흘 전 결론을 내렸다고 했다. 나는 결론이 뭐냐고 물었다.

출발하기 직전.

볼키가 말했다. 애초에 사고를 위장해 앰뷸런스를 탈취할 생각도 했는데, 대낮인 데다가 길이 트여 있어서 여차하면 경찰의 시선을 끌 수 있기 때문에 포기했다고 했다. 미아의 작전은 탁월했다. 대낮. 올림픽대로. 미아의 예상대로 과감할 정도로 공개적이어서 적들은 오히려 곤란해했다. 그러나 미아는 치명적인 실수를 하나 저질렀다.

미리 구급차에 데려다줘. 차에서 버티는 건 자신 있으니까.

볼키가 말했다. 불현듯 '카맨'이라는 제목의 슈퍼히어로 영화 시나리오를 써보면 어떨까 하는 생각이 들었다. 이 시나리오의 배경은 종말 전야이며, 버려진 버스에서 기생하던 볼커가 영웅으로 변모하는 과정을 그려낼 것이었다.

그날 밤, 나는 볼키를 해인의 산악용 배낭에 넣고 병원으로 향했다. 볼키는 아무도 모르게 정신병원 곳곳에 시한폭탄을 설치한 뒤 지하 주차장에 있는 앰뷸런스로 들어갔다. 이로써 모든 준비는 끝났다. 이제 앰뷸런스에 비비가 타기만을 기다리면 되는 것이었다.

이제부터 작전 당일 그 긴박했던 순간을 묘사해보겠다. 어쩌면 이 글의 하이라이트 중 하나가 될지도 모른다. 처음에는 모든 게 구상대로 흘러갔다. 미아는 병동 집무실에서 기밀문서를 챙기고 있었다. 나와 순사는 점쟁이, 주온, 그리고 이 글에서 구체적으로 언급하지 않았던 수감자들을 지하 주차장으로 끌고 나와 앰뷸런스에 태웠다. 볼키는 앰뷸런스 운전석 바닥에 몸을 숨기고 있었다. 예상보다 순탄해서 주온에게 곧 구해줄 테니 안심하라고 귀띔까지 할 정도로 여유도 있었다.

문제는 마지막에 벌어졌다. 나는 비비를, 순사는 불독을 연행하고 있었다. 순사와 불독보다 앞서 비비를 태운 뒤 앰뷸런스를 타고 떠나면 끝이었다. 누구도 피를 보지 않는 깔끔한 작전이었다. 일은 앰뷸런스에 거의 다다랐을 때 벌어졌다. 불독이 품에서 유리 조각을 꺼내 순사의 목을 찌른 것이었다. 순사는 피가 뿜어져 나오는 목을 움켜잡은 채 쓰러지더니 이내 축 늘어졌다. 나는 비비를 재빨리 앰뷸런스에 태웠다. 그사이 불독은 순사의 총을 빼앗아 들었다.

미아 모닝스타의 졸개. 이거 기억나지?

불독이 붕대를 감은 손을 보여주며 나머지 손으로 나를 조준했다. 그때였다. 총소리가 들렸다. 정신을 차리고 보니 불독이 총을 맞은 채 쓰러져 있었다.

카프카, 달아나!

볼키였다. 어느새 옆에 온 볼키가 내 손을 잡아끌었다. 앰뷸런스에 다다랐을 때 다시 한 번 총성이 들렸다. 볼키가 나를 옆으로 밀치며 몸을 날렸다. 총알은 가까스로 비껴 나갔다. 뒤를 보니 불독이 누운 채로 총을 겨누고 있었다. 불독은 피가 흥건한 어깨를 부여잡고 일어섰다. 그리고 그 순간 불독은 다시 쓰러지고 말았다. 이마 정 가운데에 총알을 맞은 것이었다. 나는 불독이 뒤로 넘어가는 광경을 넋을 놓고 지켜봤다.

총알이 날아온 건 주차장 입구 쪽이었다. 어둠 속에 어렴풋이 누군가 서 있는 게 보였다. 그는 나를 향해 다가오고 있었다. 선뜻 믿기진 않았지만, 그는 내가 알고 있는 사람이었다. 그것도 아주 잘 아는 사람. 해인. 그래, 바로 해인이었다. 어깨까지 오는 머리를 질끈 묶은 해인. 킬러처럼 검은색 롱코트를 걸친 해인. 오른손에 권총을 쥔 해인. 왠지 다른 사람처럼 느껴지는 해인.

여기에서 위험하게 뭐 하는 거야? 죽을 뻔했잖아.

해인이 따져 물었다. 당황했는지 목소리가 떨리고 있었다.

그럼 당신은? 왜 총을 들고 여기에 있는데?

내가 물었다. 해인 역시 선뜻 대답하지 못했다. 어떻게든 자신을 구하러 올 거라던 주온의 확신이 불현듯 떠올랐다. 해인은 한술 더 떠 나까지 구했다. 나는 이번 작전에서 이 점을 간과하고 있었다. 그때 미아가 총을 치켜든 채 이쪽으로 달려오는 게 보였다.

나중에 이야기하자. 어서 가.

내가 말했다. 해인의 눈빛이 흔들렸다.

어서 가!

나는 해인을 떠밀다시피 앰뷸런스에 태웠다.

해인은 앰뷸런스를 타고 떠났다. 미아가 총을 쐈지만 앰뷸런스는 무사히 지상으로 올라갔다. 해인은 주온에게 모든 사실을 듣게 될 것이었다. 내게 해인이 낯설게 보이듯 해인도 나를 생소하게 여길 것이었다. 나는 볼키를 바라봤다. 볼키는 해인과 함께 있으면 비비도 안전할 거라며 고개를 끄덕였다. 한숨 돌릴 틈도 없었다. 미아가 총신으로 볼키를 후려쳐서 넘어뜨린 것이었다.

볼셰비키가 왜 당신과 함께 있죠?

미아가 쓰러진 채 신음하는 볼키를 노려보며 말했다.

그리고 방금 떠난 사람은 누군데 그냥 보낸 거죠?

미아의 목소리는 분에 가득 차 있었다. 내가 대답을 주저하자 미아는 계속 다그쳤다.

아내입니다.

나는 실토했다. 다른 방법은 떠오르지 않았다. 미아의 표정에 갖가지 감정이 스쳐 지나갔다. 공들여 쌓았던 신뢰가 무너지는 소리가 들리는 듯했다. 반은 성공했고 반은 실패했다. 비비 구출은 성공했지만 앞으로 해인의 안위를 돌봐줄 수 없을 터였다. 해인의 앞날에 행운을 빌어주는 수밖에 없었다. 미아가 내 뺨을 때렸다. 연거푸 주먹질을 했다. 나는 맞고만 있었다. 저항할 힘도 의지도 없었다. 내 나름대로의 속죄였던 것 같다. 속죄의 대상이 해인이었는지 미아였는지는 기억나지 않는다.

왜죠? 왜 당신 아내가 여기 온 거죠? 왜 구급차를 타고 간 거죠?

미아는 망연자실한 표정이었다. 무슨 말이라도 해주고 싶었는데 아무 말도 떠오르지 않았다. 당신 업보예요. 미안하지만 당신은 까맣게 속았어요. 모든 게 당신 탓이에요. 살기 위해서는 어쩔 수 없었어요. 어떤 말도 어울리는 것 같지 않았다.

하나 확실한 건 있네요. 카프카 당신이 배신자란 것.

미아가 내게 총을 겨눴다. 그때였다. 볼키가 몸에 숨기고 있던 시한폭탄 스위치를 누른 건. 오래지 않아 병동 내부에서부터 거대한 폭발음이 들리기 시작했다. 미아가 그쪽으로 시선을 돌렸다.

카프카, 달려!

그 틈을 타 볼키가 외쳤다. 지하 주차장으로 폭발이 번지고 있었다. 불길이 치솟고 벽면이 무너지고 있었다. 나는 달렸다. 나는 달렸

다. 나는 달렸다. 당시를 돌아보면 주어와 동사로만 구성된 이 문장 밖에 떠오르지 않는다. 나는 달렸다. 살아야겠다는 생각밖에 없었다. 어느 순간 미아가 따라오지 않는 게 느껴졌다. 뒤를 돌아봤다. 미아는 그 자리에 주저앉아 있었다. 미아 주위로 화염이 몰려들었다. 화염이 미아를 곧 집어삼킬 것 같았다.

미아!

내가 부르짖었다.

미아, 얼른 빠져나와야 해요!

내가 또 외쳤다. 미아는 시커먼 연기 속으로 사라지고 있었다. 나는 달렸다. 나도 모르게 미아에게 달려가고 있었다. 그런 내 손을 누군가 붙잡았다. 볼키였다. 볼키가 내게 뭐라고 외쳤지만 무슨 말인지 알아들을 수 없었다. 나는 주차장을 향해 발을 움직였다. 볼키가 온몸으로 나를 저지했다. 나는 주저앉아 절규했다. 볼키는 나를 끌다시피 밖으로 데리고 나왔다. 폭발음이 몇 차례 더 들렸다. 우리의 안전가옥이 불타오르고 있었다.

27

SECRET

CLASSIFICATION

Title : Hemingway 71

To : Red Chameleon

From : Hemingway

Subject : Kafka

1. 약력

1985년생. 출생지 서울. 성별 남자. 기혼. 자서전 대필 작가. 상상력은 허황

되기 그지없고 작문력은 형편없다. 불리한 건 잊어버리고 유리한 것만 기억하는 선택적 기억상실. 수동적이고 게으른 성격. 기회주의자. 소심한 심성이며 행동이 굼뜨고 눈물이 많음.

자급자족단SSM 한국지부 자연주의 수련원 일원. 배우자는 자연주의 수련원 차기 대표 오해인. 해인의 지시로 미아 모닝스타에게 접근하여 정보를 습득하고 내부 분란을 일으킴. 비밀공작처 자연주의 수련원 및 김대건 담당자 자리를 꿰차서 자료를 조작하고 업무를 방해함. 안전가옥 피폭 사건의 주범.

카프카, 즉 나에 대한 사찰 보고서의 초반부다. 처음에는 불쾌하기만 했는데, 곰곰이 되짚어보니 이 보고서는 드러나 있는 것 말고도 몇 가지를 말하고 있었다. 앰뷸런스 탈취 사건 이후 작성된 것으로 추정되며, 헤밍웨이가 복직했고, 미아가 생존해 있다는 것이었다. 일이 더 커진 것 같은 느낌도 들었다. 나도 모르는 사이 자연주의 수련원의 일원이 돼 있었던 것이었다.

인정할 건 인정해야겠다. 미아는 본의 아니게 내게 자아 성찰의 기회를 주었다. 무엇보다 단점들이 적나라하게 보였다. 볼키에게 물어보니 일견 동의하는 지점이 있다고 했다. 너는 그래도 착한 놈이야. 기가 죽어 있으니까 볼키가 위로해주었다.

잠시 시간을 되돌려 보고서를 입수한 경위를 되짚어보겠다. 그 전까지 미아의 생존 여부는 파악할 수 없었다. 미아는 병원이 폭파된 뒤 모습을 드러내지 않았다. 서버에 접속해봤지만 내 아이디는 사라지고 없었다. 모든 게 한순간에 끝나버린 것 같았다. 병원에도 찾아가봤다. 폴리스 라인이 쳐져 있었고, 경찰들이 지키고 서 있었다. 무슨 일이냐고 모르는 척 물어봤지만 경찰은 가스 폭발 사고가 일어났다고 말할 뿐이었다. 인터넷을 뒤져봤지만 단신 하나 나오지 않았다.

한동안 내 삶은 고요했다. 평화로운 고요가 아니라 폭풍이 일기 직전의 고요 같았다. 느닷없이 미아에게 납치돼 하수처리장에 수장될 것 같았다. 볼키도 심란한지 하루 종일 총 손질만 했다. 어느 날은 미아에게 살해당하는 악몽에 시달리고 있다면서 비비가 해인을 따라간 건 최선의 선택이었다고, 우리 둘과 함께 있는 것보다 훨씬 안전할 거라고 하기도 했다. 그러나 우리에게는 아무 일도 일어나지 않았다. 불안과 두려움은 조금씩 옅어지고 있었다. 시간이 흐르자 미아가 죽었을지도 모른다는 생각이 고개를 치켜들었다. 어느덧 크리스마스가 다가오고 있었다. 거리 곳곳에서 「울면 안 돼」가 흘렀지만, 나는 아무런 위로도 받지 못했다.

내가 할 수 있는 건 아무것도 없었다. 시간을 되돌릴 수도 없었고, 해인을 찾아갈 재간도 없었다. 미아의 지시라도 받고 싶은 심정이었다. 그래도 뭐라도 해야 했다. 이대로 넋 놓고 시간을 죽이는 건 한심해도 너무 한심했다. 무엇보다 이 헤아릴 수 없는 문제의 답을 찾고 싶었다. 어디서부터 잘못됐는지, 왜 여기까지 왔는지 알고 싶었다. 그러던 중 문득 해인이 도서관에서 빈곤을 극복했던 게 떠올랐다. 나는 도서관에 드나들기 시작했다. 서가를 거닐다가 제목이 마음에 들면 책을 뽑아 읽었다. 재미있으면 그 자리에 선 채 읽었고, 재미없으면 도로 꽂았다. 한 구절을 반복해 읽기도 했고, 마음에 드는 구절을 필사하기도 했다. 대여해서 밤새 읽기도 했다. 다음은 당시 읽은 책 목록이다.

도리스 레싱, 『다섯째 아이』
혜초, 『왕오천축국전』
요슈타인 가아더, 『소피의 세계』
파트릭 모디아노, 『어두운 상점들의 거리』
조애나 월시, 『호텔』
스티븐 킹, 『유혹하는 글쓰기』
프랜시스 스토너 손더스, 『문화적 냉전 : CIA와 지식인들』
세르게이 도블라토프, 『외국 여자』
다나 J. 해러웨이, 『한 장의 잎사귀처럼』
주제 사라마구, 『눈먼 자들의 도시』
Alfred W. McCoy, 『In the Shadows of the American Century』
엠마뉘엘 카레르, 『러시아 소설』
에드워드 J. 라슨, 『신들을 위한 여름』

책을 읽고 무엇을 느꼈는지는 정확히 기억나지 않는다. 다만 하나는 확실하게 말할 수 있었다. 책은 아무것도 해결해주지 못한다.

나는 해인처럼 용기 있는 사람도 아니었고, 미아처럼 전설적인 스파이도 아니었다. 어떻게든 살아보려고 버둥대는 나약한 인간일 뿐이었다. 생각을 이어가다가 설혹 아무것도 이루지 못한다 하더라도 예나 지금이나 내가 할 수 있는 건 글쓰기뿐이라는 결론에 이르렀다. 그래, 글을 쓰다 보면 해답이 저절로 따라올지도 모른다. 찾지 못하더라도 작게나마 깨닫는 게 있을지도 모른다.

나는 카페로 되돌아갔다. 언제나 그렇듯 내 자리는 비워져 있었다. 창밖으로 신혼집이 보이는 것도 그대로였다. 매니저도, 이 시간에 카페에 머무는 사람들도 그대로였다. 그들은 내게 눈인사를 건넸는데, 나는 이상하게 마음이 편해졌다. 오랜만입니다. 힘냅시다. 내게 이렇게 말하는 듯했다. 이 자리를 빌려 그들에게 살아가는 데 큰 힘이 됐다는 말을 전하고 싶다.

나는 쓰기 시작했다. 목표는 정하지 않았다. 돈을 받고 쓰는 글도 아니었다. 쓰고 싶어서 쓰는 것이었다. 미아를 만난 뒤부터, 아니, 미아를 중심으로 전후에 있었던 일들에 대해 썼다. 내 인생을 서술했다. 내 생각을 늘어놓았다. 목적이 없기 때문에 아무런 제약이 없었다. 맞춤법을 지킬 필요도 없었다. 욕망과 죄책감이 뒤섞인 채 백지에 나열됐다. 해인과 미아의 입장에서 생각해보기도 했다. 그들의 시선에서 나를 바라보기도 했다. 볼키에게도, 비비에게도, 김대건에게도 감정이입을 했다. 가끔 감정에 복받치면 소리를 지르며 아무렇게나 키보드를 눌렀다. 그래도 감정이 해소되지 않으면 테라스에 나가 바람을 쐬며 울었다. 나는 완전히 예전으로 돌아갔다. 이른 아침을 먹고 카페로 가서 해가 지기 전까지 작업했다. 탈진할 때까지 글을 쓰면 무언가 정화되는 느낌이 들었다. 지치면 지칠수록 정신은 명징해졌다. 그때 쓴 게 이 글의 초고가 됐다.

그러던 어느 날이었다. 평소처럼 오전에 카페에 갔는데, 낯선 중년 남자가 내 자리에 앉아 있었다. 남루한 옷차림에 덩치가 컸으며 수염이 덥수룩했다. 그는 노트북을 앞에 두고 무언가를 미친 듯이 쓰고 있었다. 나는 주변을 맴돌았다. 그는 눈길 한 번 주지 않았다. 일부러 모르는 척하는 것 같기도 했다. 시간이 흐르자 그의 얼굴이 어디서 본 것처럼 느껴졌다. 이름을 밝힐 수는 없다. 베스트셀러 작가 중 하나니까. 그의 작품을 필사하며 보냈던 시간이 떠올랐다. 표절 시비가 붙어서 한동안 작품을 발표하지 못했던 것도 떠올랐다. 그러나 이제 그런 건 아무래도 상관없었다. 그는 내 자리를 빼앗은 불청객일 뿐이었다. 언짢았지만 어쩔 도리가 없었다. 아무리 글 쓰는 데 미쳐 있어도 카페가 내 소유물이 아니라는 것 정도는 알고 있었다.

자리 빼앗기셨네요.

커피를 주문하자 매니저가 속삭였다.

어쩔 수 없죠, 뭐.

나는 멋쩍게 웃으며 커피를 받아 들고 다른 자리에 앉았다. 뒤척이다가 한 글자도 쓰지 못했던 게 기억난다. 그날만 문제가 아니었다. 다음 날에도, 그다음 날에도 그는 나보다 일찍 도착해 있었다. 오픈 시간보다 빨리 간 적도 있는데, 그는 이미 카페 앞에 서 있었다.

일찍 오셨네요.

그때 처음으로 그에게 말을 걸었다. 그는 고개를 꾸벅할 뿐 내 시선을 피했다. 다음 날은 문이 열리자마자 뛰어 들어갔는데, 그는 나보다 배는 빨랐다. 그는 정확히 내가 평소에 카페에 머무는 시간 동안 그 자리에 앉아 있었다. 늦게까지 남아 있다가 그가 간 뒤 앉았는데 리듬이 달라져서 그런지 도통 작업이 되지 않았다. 이쯤 되면 일부러 내 작업을 방해하는 것 아닌가 의구심이 들 정도였다.

며칠 뒤였던 것 같다. 그날도 내 자리에는 그가 앉아 있었다. 그동안 작업이 전혀 진행되지 않았고, 이게 다 저 인간 때문이라고 생각하자 분노가 치밀었다. 나는 그에게 걸어갔다. 친구들이 나를 바라봤다. 응원의 눈길을 보내는 것 같았다.

실례지만 자리를 바꿔주실 수 있으신가요? 원래 제 자리라서요.

창피하게도 목소리는 떨리고 있었다.

전세 냈어요?

그가 말했다. 나는 그를 노려봤다. 그도 눈에 힘을 주었다. 나는 욕설을 내뱉으며 그의 멱살을 잡아 올렸다. 그는 단숨에 멱살을 풀고 자리에서 일어섰다. 힘이 세서 손이 저릿했다. 힘으로는 절대 이길 수 없다는 느낌이 들었다. 한동안 서로를 꼬나보다가 내가 돌아가는 것으로 상황은 일단락됐다.

분이 풀리지 않았다. 나는 짐을 챙겨서 밖으로 나왔고, 건너편에 몸을 숨긴 채 때를 기다렸다. 카페 화장실은 옆 건물에 있었다. 몇 분 뒤 그가 카페에서 나와 화장실로 들어가는 게 보였다. 나는 재빨리 카페로 들어갔다. 친구들이 그가 나갔다고 눈치를 쳤다. 나는 그의 노트북 앞에 앉았다. 그는 동시에 여러 가지 문서를 띄워놓고 작업하고 있었다. 소설로 추정되는 글도 있었다. 나는 문서들을 살펴보다가 경악했다. 바로 서두에 언급한 카프카 사찰 보고서가 있었던 것이다. 맞다. 이쯤 되면 짐작할 수 있을 것이다. 그는 바로 헤밍웨이였다. 그제야 미아가 헤밍웨이를 일컬으며 유명 작가 운운했던 게 기억났다. 수신자 레드 카멜레온. 미아가 생존해 있다는 것도 그때 알게 됐다.

항상 같은 자리에 앉아야 글이 써지는 스타일. 징크스를 만드는 나약한 인간.

맞다. 이 문장도 기억난다. 얼굴이 달아오르는 게 느껴졌던 것도. 나는 다른 문서를 뒤졌다. 놀랍게도 해인에 대한 보고서도 있었다.

SECRET

CLASSIFICATION

Title : Hemingway 72

To : Red Chameleon

From : Hemingway

Subject : 오해인

나는 보고서를 읽기 시작했다. 헤밍웨이는 미아의 입맛에 맞게 변해버렸다. 대부분의 내용이 허무맹랑한 소설이었지만 대중은 사실로 받아들일 것이었다. 이대로 가다가는 해인도 김대건처럼 마녀사냥을 당해 꼼짝없이 미아의 먹잇감이 될 터였다. 다른 대목은 그렇다 치더라도 해인을 열아홉 번째 장미셸 후보로 그린 건 큰 타격이었다. 뭐가 뭔지 모르겠지만 상당히 위험해 보이는 항목도 보였다. 지금은 여기까지만 말하겠다. 보고서는 다음 장에 첨부할 테니 참고하시길.

보고서 후반부를 읽고 있을 때 친구들이 헛기침을 하기 시작했다. 나는 고개를 들고 입구를 봤다. 헤밍웨이가 들어오고 있었다. 나는 노트북을 겨드랑이에 끼고 일어섰다. 헤밍웨이는 번식기 황소처럼 맹렬하게 달려들었다. 나는 몸을 피하며 입구를 향해 달리기 시작했다. 헤밍웨이는 방향을 틀어 나를 뒤쫓았다. 우리는 엎치락뒤치락하다가 탁자를 앞에 두고 숨을 몰아쉬었다.

헤밍웨이, 처음 봬요.

내가 말했다.

배신자 카프카. 노트북 당장 내놔.

헤밍웨이가 사납게 쏘아붙였다. 나는 그보다 약하고 느렸지만 몸집이 작은 장점이 있었다. 나는 왼쪽으로 달리는 척하면서 탁자 밑으로 빠져나갔다. 그는 나를 잡으려고 하다가 다리가 엉켜서 넘어졌다. 나는 그를 뛰어넘어 출입문 쪽으로 달렸다. 그때였다. 헤밍웨이의 커다란 손이 내 바짓단을 움켜쥔 것은. 나는 균형을 잃으면서 나뒹굴었다. 문제는 넘어지면서 노트북과 품속에 있던 막스 브로트가 동시에 바닥에 떨어졌다는 것이었다. 막스는 노트북 옆에서 도박판처럼 핑그르르 돌기 시작했다. 친구들이 막스를 보며 웅성거리기 시작했다. 일어날 시간 같은 건 없었다. 헤밍웨이에 앞서 막스를 손에 넣어야 했다. 우리는 눈치를 살피다가 동시에 막스를 향해 기어가기 시작했다. 나는 팔꿈치가 탈 듯한 고통을 참으며 목숨을 걸고 기었다. 착오가 있었다. 운동신경은 의지만으로 향상되는 게 아니었다. 헤밍웨이는 타고나길 나보다 빠르고 강했다. 수많은 위기에서 살아남았던 내가 허망하게 표절 작가의 손에 죽으리라고는 상상도 못 했던 터였다. 결말은 내 예상과 달랐다. 기적이 일어난 것이었다. 헤밍웨이는 총이 아니라 노트북을 선택했다. 헛웃음이 비집고 나왔다. 그의 심정을 이해할 수는 있었다. 전쟁이 벌어진다면, 나 역시 목숨보다 노트북을 먼저 챙길 것이었다. 어떻게든 내 작품들을 살려야 할 테니. 나는 재빨리 막스를 잡고 일어나서 헤밍웨이에게 겨눴다. 찰칵. 총을 장전하는 소리가 카페에 울려 퍼졌고 모두 숨을 죽였다.

헤밍웨이. 당신을 죽일 생각까지는 없어요. 노트북만 내놓는다면.

내가 말했다.

전에는 일자리를 빼앗더니 이제 노트북까지 훔쳐 가려는 거야?

헤밍웨이가 나를 노려보며 천천히 일어섰다.

헤밍웨이가 당신일 줄은 몰랐어요. 한때 좋아했었어요. 그런데 지금은 당신의 작품을 좋아했던 게 후회되네요.

잘됐네. 나도 너 같은 독자는 필요 없으니.

해인에 대한 보고서, 어디까지 진실이고 어디까지 거짓이죠?

너는 네가 쓴 보고서에서 그걸 구분할 수 있겠어?

헤밍웨이가 히죽거렸다.

말장난할 기분 아니에요. 아내의 생사와 운명을 거짓으로 점철된 글 몇 장으로 판가름한다면 기분이 어떻겠어요? 아니다, 그냥 노트북 자체를 없애는 게 편하겠네요.

까불고 있네. 혹시 진짜 요원이라도 된 줄 착각하는 거 아니야?

당신에게 노트북이 얼마나 소중한지 알아요. 순순히 내놓는다면 적어도 없애진 않을게요. 마지막 경고입니다.

나는 노트북을 향해 총을 겨눴다. 헤밍웨이가 노트북을 부둥켜안았다.

잠깐, 노트북을 가져가 봤자야. 보고서는 내 머릿속에 들어 있다고.

나도 알아요. 그래도 약간이라도 시간을 늦출 순 있잖아요. 노트북하고 떨어지는 게 좋을 거예요. 그렇게 보물처럼 품고 있다가는 총알이 노트북을 꿰뚫고 당신 심장에 박힐걸요. 당신 말대로 진짜 요원은 아니라서 살인은 싫거든요.

나는 씩 웃어준 뒤 방아쇠에 손을 얹었다.

제발. 그동안 쓴 글이 모두 들어 있어. 신작도 들어 있다고. 이 작품이 발표되면 나를 다시 우러러볼 거야. 아직 백업도 해두지 않았단 말이야.

혜밍웨이가 태세를 전환해 애원했다.

아직 정신 못 차렸네요. 소설은 인생을 구원해주지 않아요.

비웃지 마. 나는 표절하지 않았어!

혜밍웨이가 외쳤다.

당신이 걱정해야 할 건 소설이 아니라 바로 당신이에요. 생각해보세요. 죽은 뒤에 소설이 무슨 소용인가요?

내가 말했다. 말하고도 기가 찼다. 카프카가 나한테 하는 경고 같았다. 혜밍웨이는 한숨을 내쉬며 허공을 바라봤다. 나는 혜밍웨이가 마음을 비울 때까지 기다려주었다.

약속한 거지? 노트북은 안전한 거지?

시간이 흐르자 혜밍웨이는 체념했는지 노트북을 건넸다. 나는 고개를 끄덕이며 노트북을 받았다.

미아는 살아 있나요?

총구를 내리며 물었다. 보고서에서 확인하긴 했지만 확실히 해두고 싶었다.

미아는 나처럼 싱겁게 당하진 않을걸?

혜밍웨이가 비아냥거렸다.

묻는 말에나 대답하세요.

다시 총을 겨눴다. 혜밍웨이가 허둥지둥 손을 들며 미아가 살아 있다고 했다. 모든 게 카프카가 꾸민 짓이라며 이를 바득바득 갈고 있다고 했다.

텃밭을 가꿀 때 알아봤어야 했다고 하던데?

헤밍웨이가 말했다.

사자 입속에 몸을 숨겨라.

내가 말했다.

미아의 충고 잊지 않고 있었군.

헤밍웨이가 코웃음을 쳤다.

그래서 미아가 이 카페로 당신을 보낸 건가요? 나에 대해 더 알아보라고? 디테일을 채우라고? 가치판단을 하라고? 그런데 궁금한 게 하나 있어요. 왜 이 시간에 이 자리에 앉아 있었던 거죠? 그것만 아니었어도 발각되지 않았을 텐데.

사실 나도 너와 비슷한 징크스가 있어. 해가 떴을 때 글을 쓰는 습관. 자리까지 빼앗을 생각은 없었어. 처음엔 우연이었어. 네 자리인지도 몰랐다고. 그런데 그 자리에 앉으니까 막혔던 소설이 술술 풀리더라고. 솔직히 보고서는 별로 쓰지도 못했어. 너를 관찰할 시간 같은 건 없었다고. 징크스를 만드는 나약한 인간. 부끄럽지만 이 말은 내게도 해당하지.

헤밍웨이가 대답했다. 작가들은 대체 이해할 수 없는 족속이군요. 왜 그렇게 쓸데없는 데 목숨을 거는지. 미아가 우리를 두고 이렇게 평하는 게 상상됐다. 나는 미아가 어디 있는지 물었다. 헤밍웨이는 어깨를 으쓱했다.

미아에게 전해요. 카프카가 만나고 싶어 한다고.

내가 말했다. 해인의 목숨 대신 내 목숨을 내놓고 싶은 심정이었다.

28

SECRET

CLASSIFICATION

Title : Hemingway 72

To : Red Chameleon

From : Hemingway

Subject : 오해인

1. 약력

1985년생. 출생지 서울. 성별 여자. 기혼. 배우자 카프카. 해인의 인생이 변하게 된 계기는 퇴사. 미래를 모색하고 있을 때 해인은 미니멀리즘을 발견했다. 김대건과 만난 건 미니멀리즘 인터넷 동호회. 무엇이 해인의 스위치를 눌렀는지는 불확실하다. 어쨌든 그 뒤 해인은 자연주의 수련원, 즉 SSM 한국지부 임원으로 자리 잡았다.

초기 자연주의 수련원은 환경보호, 원자력발전소 철폐, 인권 증진 시위로 위장한 채 대외 활동을 하곤 했는데, 활동이 본격화되자 급진적인 개혁주의자 해인은 온건한 합리주의자인 김대건과 사사건건 부딪치기 시작했다. 대표적으로 세무조사와 검찰 조사에 대항해 정부 기관에 경고 메시지를 던지는 문제, 불법 시위로 수감된 조작원들의 탈옥을 지원하는 문제가 있었다.

김대건의 죽음도 해인과의 권력 다툼 때문이라는 분석이 대다수. 최근 국립 서울병원 안전가옥 피폭 사건이 해인이 권력을 잡았다는 증거이며, 김대건이라면 이렇게 폭력적인 방법은 쓰지 않았을 거라는 게 중론이다. 또한 정보원에게 취득한 자연주의 수련원 향후 계획의 폭력적이고 반도덕적인 면모는 해인이 권력을 장악했다는 것을 반증한다.

해인은 자급자족단과 긴밀하게 소통하고 있으며 향후 열아홉 번째 장미셸로 추대될 가능성이 높다. 목표는 체제 파괴이며, 무정부 상황이 됐을 때 비로소 자신이 원하는 세계를 건설할 수 있다는 망상에 휩싸여 있다.

현재 자연주의 수련원의 임시 거처는 경기도 광주시 곤지암 일대이며, 해인의 유일한 약점은 카프카로 알려져 있다.

2. 자연주의 수련원 향후 계획

구분	내용	비고
문화체육관광부	국공립도서관 관련 전산시스템 해킹	
KBS	자체 제작 방송 방영	
서울중앙지검	주요 정경유착 비리 관련 심문 녹취록 유포	
국립중앙박물관	『단원풍속도첩』 강탈	
10대 재벌	총수 납치, 비자금 강탈	
헌법재판소	헌법 문구 수정	
국가기록원	국가 기밀 인터넷 배포	
평창 올림픽	폐막식 방해, 토마스 바흐 IOC위원장 납치	20180225
한국은행	강남본부 금고 보유 현금 강탈	현금 10조 보유
외교	미 하원의원 접견 방해	20180117
한미연합군사훈련	한미연합군사훈련 혼선 유도	2018년 1/4분기
서울대공원	맹수 방생	
러시아대사관	對 푸틴 보고 문서 강탈	
안양교도소 外	수감된 단원 탈옥 지원	5개소

* 예정된 행사를 제외하고는 일자 미기입

* 세부 내용 첨부

3. 요청 사항

1) 인터넷 유포 : 자연주의 수련원에 대한 부정적 이미지 지속 각인

4. 첨부

1) 자연주의 수련원 임시 거처 지도

2) 자연주의 수련원 계좌 추적 자료

3) 자연주의 수련원 향후 계획 세부 내용. 끝.

29

레바논에 참전했을 때 가문 간의 분쟁이 초래한 비참한 결과를 본 적이 있다. 패배한 족장의 머리가 깨져서 뇌가 거리에 흩어져 있었다. 주변에는 그 족장의 부인과 자녀들의 시체가 널려 있었다. 그때 살아남은 아이가 족장의 뇌수를 한 움큼 쥐더니 삼켰다. 이게 레바논 사람들이 가문 간 분쟁에서 하는 행동이다.

뇌를 먹어 삼켜라. 그렇게 힘의 근원을 취하라. 나는 여러분의 뇌가 다른 자들에게 먹히기를 절대 바라지 않는다. 뇌를 먹는 사람은 여러분이어야 한다.

—메이어 다간, 모사드 10대 국장 「취임사」中

CIA는 자급자족단의 뇌수를 삼키기로 작정한 모양이었다. 자연주의 수련원 폭격이 그 시작이었던 것 같다. 그 뒤 자급자족단은 여론의 뭇매를 맞기 시작했다. 장미셸도 마찬가지였다. 첫 번째 장미셸이 김정은과 베른 국제학교 동기 동창이며, 핵 개발에 자금을 대고 있다는 말도 떠돌았다. 장미셸로 추정되는 인물의 인스타그램에 게재된 평양 주석궁 사진이 근거였다. 미아의 짓인지 아닌지 알 수 없었다. 트럼프는 자급자족단이 북한과 공동 핵 개발을 추진하고 있는 새로운 악의 축이라고 트위터에 썼다. 북한에 대한 UN 안보리 경제 제재가 강도를 높였고, 며칠 뒤 김정은은 이례적으로 미국의 정의 실현 의지를 지지하며 장미셸과 자신은 무관하고 자급자족단은 세계 평화에 반하는 짓은 삼가라는 내용의 성명을 냈다.

그러는 사이 새해가 밝았다. 헤밍웨이에게 전언을 전한 이후에도 미아는 나타나지 않았고, 보고서를 통해 해인의 소재를 파악했지만 찾아갈 용기가 나지 않았다. 사기를 당했던 대학 동기는 공무원이 돼 빚을 갚기로 마음을 다잡았다는 소식을 전했다. 돈을 꿔 간 친구는 새해 기념으로 고가의 희귀 건담을 구했다고 인스타그램에 올렸고, 나를 카카오톡에서 차단했다. 김정은은 신년사로 평창 올림픽에 참가한다는 뜻을 내비쳤고, 판문점 평화의 집에서 열린 고위급 남북당국회담에서 이 사안을 속전속결로 협의했다. 자유한국당은 평창 올림픽이 아니라 평양 올림픽이라고 비아냥거렸고, 트럼프는 북한의 올림픽 참가를 자신의 공으로 돌리며 노벨평화상과 재선을 한꺼번에 노렸다. 언론은 이를 장미셸 효과라고 명명했다.

신정 다음 날로 기억한다. 귀가해서 뉴스를 틀었는데, 초현실적인 폭격 장면이 나왔다. 미군이 개입해 고비사막 자급자족 마을을 초토화시킨 것이었다. 장미셸들은 도주한 것 같았다. 전 세계 언론은 몇 번째 장미셸 이건 전부 독 안에 든 쥐나 다름없으니 곧 사살될 거라고 호언장담을 했다. 나는 막후에서 미군을 진두지휘하는 미아를 떠올렸다. 무슨 수를 써서라도 장미셸의 뇌를 먹어 삼켜라. 미아가 수하들에게 명령하는 장면이 상상돼 섬뜩했다.

뉴스를 보자 해인의 목숨이 위태롭다는 생각이 저절로 들었다. 노트북을 빼앗긴 했지만 시간만 약간 늦췄을 뿐 해인은 이미 열아홉 번째 장미셸 후보로 낙인찍혔을 것이었다. 더군다나 해인의 계획이 실행된다면 일은 걷잡을 수 없이 커질 것이었다. 상상만으로도 겁이 났다. 김대건과의 권력 다툼이나 열아홉 번째 장미셸 같은 건 허위가 분명하지만 유독 자연주의 수련원 향후 계획만은 사실인 것 같다는 직감이 들었다. 그 근거는 예전에 봤던 탈옥 계획이 포함돼 있다는 것이었다.

나는 볼키와 함께 곤지암으로 향했다. 보고서에 적힌 위치에 가보니 신립 장군이라는 조선시대 무장의 묘소가 있었다. 인근에 신씨 성을 지닌 후손들이 집성촌을 이루며 살고 있었다. 신립 장군 묘소와 집성촌 사이에 폐쇄된 캠핑장이 있었다. 천막을 쳤거나 불을 피운 흔적이 보였지만 해인은 사라지고 없었다. 이미 떠난 모양이었다.

우리는 집성촌 주민들을 상대로 수소문을 했다. 해인의 인상착의를 설명하자 주민 중 하나가 얼마 전 캠핑을 온 사람들 중 하나 아니냐고 되물었다. 나는 맞다고 했다. 주민은 해인이 친절해서 주민들이 좋아했다고 했다. 음식도 나누어주고 요가도 가르쳐주었으며 무료 진료도 해주었다는 것이었다. 나는 서글퍼졌다. 다른 사람에게 내가 모르는 해인의 이야기를 듣는 게 좀처럼 적응되지 않았다. 해인은 내가 알던 사람이 아닌 것 같았다. 아예 다른 사람이 돼버린 것 같았다. 아니, 해인은 원래 내가 알던 사람과 다른 사람이었는지도 몰랐다. 분명한 건 해인은 더 이상 나와 같은 방향을 바라보는 사람이 아니라는 것이었다.

오래지 않아 놀라운 일이 벌어지기 시작했다. 사기를 당하고 공무원 시험을 준비하던 친구가 비트코인으로 떼돈을 벌었다거나, 돈을 꿔 간 친구가 돈 대신 희귀 건담을 줬다거나, 트럼프와 김정은이 햄버거를 먹으며 허심탄회하게 평화를 논했다는 이야기가 아니었다. 바로 해인에 대한 이야기였다. 처음에는 가볍게 시작됐다. 포털 사이트에 게재된 역대 대통령 프로필 사진에 모두 고양이가 합성됐다. 사진을 클릭하면 야옹이라고 울기도 했다. 누군가 문화체육관광부 전산 시스템에 침투해 장관 명의로 공문을 내려서 전국 도서관 서고에 있는 도서를 모두 폐기하고 『보노보노』 만화책을 채워넣는 소동도 벌어졌다. 국회 대표단의 미 하원의원단 방한 접견 일정이 해킹당하기도 했다. 해커는 첫 일정을 쓰레기 매립지로 설정했다. 압권은 미 하원의원단이 도착하는 순간 벨트컨베이어가 움직여서 머리 위로 쓰레기 더미가 쏟아지는 장면이었다. 국회 대표단은 정치 성향에 따라 이를 일베, 북한, 시민단체의 소행으로 여기고 추적했으나 드러날 리 없었다. 왜냐하면 비비의 솜씨이기 때문이다.

비비라니까.

볼키가 확신하듯 말했다.

다음에는 한층 더 심각해졌다. 보고서에 명시된 계획들이 벌어졌기 때문이었다. 서울대공원에서 하이에나 한 쌍을 훔쳐 국회의사당에 풀어놓기도 했고, 국가기록원에서 외교 기밀을 빼돌려 언론사에 전송하기도 했다. 평창 동계올림픽을 앞두고 있는 시점이라 군과 경찰은 합동 전담팀까지 조직해 용의자를 추적했다. CCTV에 찍힌 용의자의 모습이 보도되기도 했다. 비록 모자와 마스크로 신분을 감추고 있었지만 나는 용의자가 해인이라는 것을 직감했다. 볼키도 직감했다. 해인 곁에 있는 게 비비라는 걸.

백번 양보해서 여기까진 좋았다. 사람에 따라 위험한 장난이라고 여길 수도 있을 테니까. 그다음에 적시된 것들은 봐줄 수 있는 수준이 아니었다. 보고서를 읽고 또 읽었지만 재벌 납치, 외교 행사 방해, 군사 훈련 저지 같은 건 말 그대로 테러였다. 일자만 알았더라도 어떻게든 해봤을 텐데 몸이 열 개도 아니고 막을 도리가 없었다.

생각해보시길. 아내가 범죄자가 돼 텔레비전에 나온다면 어떻게 할 것인가. 나는 손에 땀을 쥔 채 텔레비전과 인터넷 앞에 붙어살았다. 불길한 느낌이 들었다. 앞서 말한 대로 해인은 내 예상을 뛰어넘는 사람이니까. 그것도 훨씬.

잠깐. 나머지 이야기를 하기 전에 짚고 넘어가야 할 게 있다. 그리 중요한 건 아니지만 이 글을 처음부터 읽은 사람이라면 궁금해할 수도 있을 것 같아서.

그 무렵 전세 계약이 끝났다. 때마침 1월 초로 예정돼 있던 재판도 진행됐다. 나는 예상대로 패소했다. 합의금과 변호사 선임 비용으로 전세금의 절반 이상을 써야 했다. 잃을 게 없어서 무서울 게 없을 거라고 생각했는데, 잃을 게 없는 사람에게 더욱 가혹한 게 법이라는 것을 실감했다. 잃을 게 있는 사람은 그걸 잃으면 되지만 잃을 게 없는 사람은 미래를 잃어야 했다. 텃밭에는 콘크리트가 부어졌지만 아무렇지도 않았다. 내가 왜 텃밭 같은 데 집착했었는지 이해할 수 없었다. 나는 지칠 대로 지쳐 있었다. 집을 구할 의지도 없었다. 해인이 언제 돌아올지도 모르는 판에 무턱대고 이사를 갈 수도 없었다. 이게 내가 그레고르에서 살게 된 연유였다. 거창하게 말한 것에 비해 별거 아닌 것처럼 느껴졌다면 사과하겠다.

불편한 건 없었다. 볼키는 그동안 그레고르를 집처럼 꾸며놓았다. 침대를 방불케 하는 쿠션. 돌과 모래로 만든 정수기. 주워 온 텔레비전. 버너. 간이 식탁. 심지어 옆 건물에서 끌어온 무료 와이파이까지. 우리는 인근 구립도서관에서 샤워도 했다. 샴푸와 치약까지 구비된 곳이었다.

해인의 소식을 다시 들은 건 그레고르에서 생활하는 게 어느 정도 익숙해졌을 무렵이었다. 오후 세 시쯤 라디오에서 유명 기업 총수가 납치됐다는 보도가 흘러나왔다. 현금 10억 원도 갈취당했다는 보도였다. 총수는 불법 비자금과 정경유착으로 악명이 자자했다. 맞다. 해인의 웹하드에서 봤던 그 기업과 총수였다. 소모적인 법적 분쟁을 피하기 위해 브랜드나 총수의 이름은 밝히지 않겠다. 그래도 한때 온 나라를 시끄럽게 하던 뉴스라 어떤 기업인지는 모두 알 것이다.

볼키가 텔레비전을 켰다. 국립서울병원 엠블럼이 찍힌 앰뷸런스. 4인조 강도. 복면을 쓴 주온과 수오가 총수를 양옆에서 포위한 채 앰뷸런스에 올라탔고, 해인이 돈 가방을 둘러멘 채 뒤따라 타는 장면이 화면에 잡혔다. 비비는 운전대를 잡고 있었다.

비비야, 비비!

볼키는 목소리를 높였다.

4인조 강도가 잠실 방면으로 도주하고 있다는 보도가 흘러나왔다. 앰뷸런스가 사이렌을 울리자 다른 차들이 양옆으로 갈라서는 장면이 나왔다. 십수 대의 경찰차가 그 뒤를 쫓았다. 영화에서나 볼 법한 광경이었다. 미아의 작전이 실현되다니. 믿기지 않았다.

그레고르 잠자는 생중계를 내비게이션 삼아 구급차를 쫓기 시작했다. 최종 목적지는 롯데월드타워였다. 우리가 도착했을 때, 4인조는 차에서 내려 롯데월드타워를 향해 다가가고 있었다. 경찰들은 섣불리 그들에게 접근하지 못했다. 주온이 총수의 목에 총을 겨누고 있었기 때문이었다. 그동안 나머지는 배낭을 메고 암벽등반 장비를 착용했다. 해인은 장비를 착용한 뒤 주온에게서 총수를 넘겨받았다. 주온은 장비를 착용한 뒤 자일로 총수와 동료들을 연결했다.

그들은 암벽등반을 하듯이 롯데월드타워를 오르기 시작했다. 총수는 딸려 올라가며 비명을 내질렀다. 경찰은 자칫 잘못해서 총수가 다칠까봐 확성기를 통해 내려오라는 경고만 반복했다. 경찰특공대원들이 롯데월드타워로 들어가는 게 보였다. 구급대원들은 건물 밑에 안전장치를 설치했다. 어느새 허공에는 헬기도 떠 있었다. 기자들은 하나라도 놓칠까봐 신경을 곤두세운 채 모든 광경을 촬영하고 있었다. 행인들은 연신 탄성을 내뱉었다. 볼키와 나도 행인들 사이에 있었다.

비비, 조심해.

볼키가 중얼거렸다. 그때였다. 광채를 발하는 눈. 백발이 섞인 단발머리. 꼿꼿한 허리. 인파 틈에 미아가 있는 것 같았다. 손을 뻗으면 닿을 것 같았다. 나는 사람들을 헤치며 미아를 향해 다가갔다. 미아도 가만히 있지 않고 앞으로 걸어나갔다. 군중이 늘어나면서 앞을 가로막기 시작했다. 우리는 멀어지고 있었다.

미아!

나는 미아를 불렀다. 미아가 잠깐 멈칫하며 주변을 살폈다. 미아인 것 같기도 하고 아닌 것 같기도 했다. 나는 미아를 다시 한 번 불렀다. 미아는 빠르게 인파 속으로 사라졌다. 마음이 다급해졌다. 내가 본 게 미아가 맞다면, 미아도 해인을 노리고 있는 게 분명했다.

어떻게든 해인을 설득해서 최악의 상황만은 면해야 했다. 나는 폴리스 라인까지 다가갔다. 경찰들이 막고 서 있었다. 롯데월드타워를 올려다봤다. 해인은 어느새 40층 높이에 있었다.

해인!

내가 외쳤다. 내 목소리가 들리지 않는지 해인은 내려다보지도 않았다. 폴리스 라인 안으로 뛰어 들어가려고 했지만 경찰들이 저지했다.

해인!

내가 또 외쳤다. 경찰이 나를 밀쳐냈다. 힘으로는 상대가 되지 않았다. 그렇다고 이대로 지켜볼 수만은 없었다. 나는 품에서 막스를 꺼내 하늘로 치켜들었다. 경찰들도 당황하며 총을 꺼내 들었다. 뒤늦게 쫓아온 볼키가 저지하려고 했지만, 이미 방아쇠를 당긴 뒤였다. 막스가 울부짖었다. 일순간 주위가 고요해졌다. 시차를 두고 사람들은 비명을 지르며 그 자리에 엎드렸다. 경찰들은 얼어붙어 있었다. 나는 다시 한 번 방아쇠를 당겼다. 막스가 또 울부짖었다. 주변이 한 차원 더 조용해졌다.

해인!

그 틈을 타서 내가 외쳤다. 총성이 들리고 자신의 이름을 부르는 소리가 들리자 해인은 아래를 내려다봤다.

왜 그렇게까지 하는 거야?

나는 악을 썼다. 해인이 나를 바라보고 있었다. 주온, 수오, 비비도 아래를 내려다봤다.

그만 내려와!

내가 외쳤다. 그때였다. 경찰 몇 명이 달려들어 총을 빼앗고 나를 넘어뜨렸다.

제 와이프입니다.

나는 다급하게 말했다. 경찰들은 대꾸 없이 내게 수갑을 채웠다.

진짜예요. 저기 올라가고 있는 사람이 제 와이프라고요.

내가 애원했다. 나도 모르게 눈물이 쏟아지고 있었다. 나중에 불키가 말하길 어찌나 서럽게 울던지 살아생전 울어본 역사가 없는 자신의 눈에도 눈물이 그렁그렁 맺힐 정도였다고 했다.

이해할 수 없었다. 해인은 왜 그렇게 국가에 저항하려는 걸까. 롯데월드타워만 보더라도 그렇다. 왜 그렇게 높이 올라가려고 했을까. 돈이 필요했으면 납치를 한 뒤 쥐도 새도 모르게 접촉하는 게 더 좋은 방법 아닌가. 목적이 복수나 테러였으면 빠르게 치고 빠졌어야지. 이유는 한 가지. 추측건대, 뭔가를 이 세상에 보여주고 싶었던 게 아닐까. 존재감? 사상? 가치관? 그게 뭐였든지 간에 말이다. 내가 묻고 싶었던 건 하나였다. 총을 쏜 뒤 했던 질문. 대체 왜 그렇게까지 하는 거야?

두 시간이 훌쩍 지났다. 어느덧 4인조는 꼭대기에 다다랐다. 그제야 경찰은 신분 확인 절차를 마쳤고 내 말을 알아들었다. 고위 경찰이 도와줄 의사가 있냐고 물었던 것이다. 나는 아내를 살리기 위해서라면 뭐든지 할 수 있다고 했다. 경찰은 나를 옥상으로 올려 보냈다. 옥상까지 어떻게 올라갔는지 기억나지 않는다. 상황이 하도 비현실적이어서 그랬던 것 같다.

다음 기억은 4인조를 경찰들이 빙 두르고 있는 옥상 위 광경부터 시작된다. 4인조는 난간을 등진 채 총수를 둘러싸고 있었다. 대치 상황은 지속됐다. 어느 순간 해인은 마스크를 벗어 들었다. 얼굴이 수척해져 있어서 마음이 아팠다.

아, 답답해.

해인은 피식 웃었다. 그리고 비비를 향해 고개를 끄덕였다. 비비는 들고 있던 가방을 총수 앞에 두었다.

살고 싶죠?

해인이 물었다. 총수가 벌벌 떨며 고개를 끄덕였다.

방법은 단 하나예요.

해인이 덧붙였다. 총수가 뭐든지 하겠으니 목숨만 살려달라고 했다.

이 돈을 아래로 뿌려요.

해인이 가방을 향해 고갯짓을 했다. 비비가 가방을 열었다. 현금 다발이 빼곡하게 들어 있었다. 경찰이 무슨 수작이냐며 엄포를 놓았다. 그러나 해인은 태연했다.

돈이 아깝나요?

해인이 물었다. 총수는 선불리 움직이지 않았다.

당신 목숨보다?

해인의 질문이 이어졌다. 총수는 대체 왜 그러냐고 말로 하자고 했다. 해인이 총수를 바라봤다.

말로 하자고요? 유치하게 당신이 했던 나쁜 짓들은 열거하지 않을 거예요. 이게 그 대가예요. 대가를 치르지 않는다면 다른 방법이 있지요.

해인이 총수에게 총을 겨눴다.

총 내려놔. 제발.

내가 나선 건 그때였다.

오랜만이네. 밑에서 소리 지르고 난리더니 어떻게 여기까지 올라왔데?

해인은 담담했다. 그러나 나는 해인의 마음이 흔들렸다는 것을 눈치챘다. 해인의 눈가가 촉촉해졌기 때문이었다. 해인은 아랑곳하지 않고 총수에게 겨눈 총을 더욱 가까이 붙였다. 고집이 센 건 알아줘야 했다. 경험을 해야 비로소 그 고집을 꺾었으니까.

그만둬. 무슨 짓이야?

내가 말했다. 내 목소리는 떨리고 있었다.

상관하지 마.

대체 왜 이렇게까지 하는데?

집요하게도 물어보네.

피하지 말고 대답해봐.

내가 이렇게 하는 게 이 세상이 원하던 바 아니었어?

해인은 희미하게 웃었다. 맞는 말이었다. 해인은 빈곤을 극복하고 싶었을 뿐이었는데, 이 세상은 자급자족 타령을 하며 해인을 테러리스트로 만들었다. 해인을 이렇게 만든 사람 중 여러분도 잘 아는 사람이 있다. 바로 나였다.

그래도 총은 놓고 말해. 말로 하자고. 당신이 이러면 이럴수록 더욱 불행해질 뿐이야.

그만!

해인의 목소리가 쩌렁쩌렁하게 울렸다. 나는 그 자리에 얼어붙었다. 그때 총수가 곁에 있던 비비를 밀치고는 경찰을 향해 달리기 시작했다. 해인이 허공을 향해 총을 쐈다. 총수는 머리를 감싸 쥐며 그자리에 엎드렸다. 해인은 총수에게 총을 겨눴다. 경찰들이 일제히 장전을 하며 해인에게 총을 겨눴다.

안 돼!

내가 외치며 앞으로 달려 나갔다. 경찰이 나를 제지했다. 해인이 고개를 끄덕이자 비비가 총수에게 돈다발을 건넸다.

이번엔 진짜 쏩니다.

해인이 말했다. 총수가 고개를 떨어뜨린 채 현금 다발을 지상으로 뿌리기 시작했다. 지폐들이 눈처럼 지상을 향해 흩뿌려지고 있었다. 방패연처럼 바람결을 타고 떠다니고 있었다. 약속이라도 한듯 모두 망연히 허공을 바라볼 뿐 움직이지 않았다.

정보기관은 평창 올림픽을 앞두고 최대한 조용하고 신속하게 이 사건을 처리하기 위해 4인조의 정보를 노출시키지 않았고, 매스컴과 포털 사이트에도 협조를 요청해 기사를 삭제했다. 그래도 해외 계정은 막을 수 없었다. 이 동영상은 유튜브에 코리아 로빈훗이라고 검색하면 나온다. 맞다. 이 동영상과 아래 문단에 언급할 동영상이 1장에서 말한 동영상들이다. 이 정도 이야기했으면 모두 기억할 것이다. 이 글을 다 읽은 뒤 댓글에 남긴 링크를 타고 동영상을 감상하길 권한다. 그럼 예전과 또 다른 게 느껴질 테니.

다음에는 조회수 1억을 돌파한 동영상의 소스가 되는 광경이 눈앞에 펼쳐졌다. 일명 고공비행 4인조. 우리가 날아다니는 지폐들에 정신을 빼앗긴 동안 해인이 공중으로 뛰어내렸다. 주온과 비비와 수오도 뛰어내렸다. 나는 외마디 비명을 지르며 밑을 내려다봤다. 4인조가 빠른 속도로 떨어지고 있었다. 경찰들도 멍하니 밑을 내려다봤다. 지상에서는 탄성이 들렸다. 이대로라면 죽어서나 해인을 다시 만날 것이었다. 나는 망연자실한 채 서 있었다. 마술 같은 일이 벌어진 건 그때였다. 4인조가 배낭에서 낙하산을 펼친 것이었다. 그들은 바람을 타고 천천히 지상으로 내려가고 있었다. 아니, 하늘을 날고 있었던 걸로 기억한다.

30

행방불명은 내가 글을 쓸 때 빈번하게 사용하는 장치이다. 인물의 변화를 담아낼 때 활용하면 굳이 설명을 하지 않아도 독자의 상상력을 자극할 수 있기 때문이다. 해인의 자서전을 쓴다면 행방불명을 꾸며내지 않아도 될 것 같다. 그날 롯데월드타워에서 해인은 실제로 행방불명됐다. 밑으로 부리나케 내려갔을 때 해인은 사라지고 없었다. 핏자국도 없었다. 말 그대로 증발해버렸다. 다른 차원으로 순간 이동한 것 같았다. 나는 해인의 행방에 대해 온갖 상상을 하기 시작했다. 행방불명 전략은 내게도 적중했다.

경찰 조사를 받을 때는 오히려 편했다. 해인의 행방에 대해 아는 게 없으니까 모른다고 하는 증언에 나조차 진정성을 느낄 정도였다. 범행 동기, 평소 행실 같은 질문에 대해서도 모르쇠로 일관했다.

일이 틀어지면 이 사건이 걷잡을 수 없이 커지고 말 거라는 예감이 들었다. 국가 반역죄. 반역 모의죄. 테러죄. 상상만 해도 무시무시한 죄목들이 머릿속에 스쳐 지나갔다.

총기 소지에 관련해서는 차라리 수월했다. 죄가 명확했기 때문에 벌을 받으면 됐다. 솔직히 사법부의 허가만 떨어진다면 마음 편하게 감옥에 갇히고 싶기까지 했다. 그러나 그것마저 마음대로 되지 않았다. 어느 날 모든 게 일사천리로 해결된 것이었다. 수제 총이라는 이유로 모의총기 소지죄가 적용됐고, 재판이 이상하리만치 신속하게 진행됐으며, 집행유예를 선고받았다. 애꿎은 막스만 압수당했을 뿐이었다. 뭔가 의심쩍긴 했지만 당시로서는 운이 좋았다고밖에 생각할 수 없었다.

국가에서 놓아주니까 이제 사회가 괴롭혔다. 어떻게 알았는지 몇몇 기자들이 성가시게 굴었던 것이었다. 나는 그들을 피해 주차장을 떠돌기 시작했다. 볼키와 같은 종족이 된 느낌이었는데, 볼키가 기분 나빠할 수도 있을 것 같아서 이야기하지는 않았다.

기자들이 잠잠해졌을 때 나는 다시 카페로 출근하기 시작했다. 쓰던 글을 마무리하면서 심란한 마음을 달래고 싶었다. 내 자리에 앉으니까 비로소 마음이 편해졌다. 나는 글을 쓰다가 머리가 지끈거리거나 마음이 허해지면 창밖을 내다보곤 했다. 나도 모르게 해인을 찾고 있었던 것 같다. 해인이 카페 앞을 오갈 때 손을 흔들어 주던 게 기억난다. 퇴근할 때 카페에 들러 같이 귀가했던 것도. 집에 노트북 충전기를 두고 왔을 때 구박하며 갖다주었던 것도. 함께 히치하이킹 여행 계획을 짰던 것도.

그러고 보니 이 글에서 이 카페는 상징적인 공간인 것 같다. 미아도 만났고 초고도 썼으니. 무엇보다 이 카페에서 또 다른 CIA 요원도 만났다.

데이먼 주. 편하게 주라고 부르세요.

주가 말했다. 자기소개도 카페에서 만난 것도 미아와 같았다. CIA에 매뉴얼이라도 있나 싶을 정도였다. 그런데 나머지는 미아와 정반대였다.

동물원이라는 뜻의 주는 아니랍니다.

썰렁한 농담부터 그랬다. 미아는 적어도 유머 감각은 지니고 있었으니까.

미아가 존 르 카레 소설에서나 봤을 법한 낭만성을 지닌 스파이였다면, 주는 스파이라기보다는 직장인 같았다. 주는 40대 중후반의 남성으로, 간 질환이 있는 것처럼 입술이 거무죽죽했다. 입 냄새가 지독했고 피곤하다, 힘들다, 라는 말을 달고 살았다. 틈만 나면 연봉, 주택 매매, 연금, 주식, 노후, 다섯 살 난 딸의 교육에 대해 이야기했다. 서울 물가가 뉴욕보다 비싼 것 같다며 징징거리기도 했다. 은퇴한 뒤에는 스파이로 떠돌다가 발견한 섬에서 여생을 보낼 거라고 했다. 주가 말하길 이 섬은 1년 내내 따뜻한 데다가 바닷물은 하늘보다 더 하늘색이고 모두가 모두의 친구가 될 수 있으며 랍스터 한 마리를 1달러에 먹을 수 있는 지상 최대 낙원이었다. 주는 내게만 가르쳐주는 거라면서 그 섬을 알려주었다. 그 섬을 아는 사람은 마르코 폴로와 자신밖에 없을 거라며 비밀을 지켜달라고 신신당부를 하기도 했다. 세계 일주의 추세가 바뀔 거라나 뭐라나. 입이 근질근질하지만 그래도 비밀은 비밀이니까 여기에서는 인도양에 있는 섬 정도로만 밝혀두겠다.

말은 이래도 주는 유능한 요원 같았다. 주는 LA 태생의 한인 교포 2세이며, 공군 대위 출신 정보통이었다. 이명박 정권 때 한국지부 정보 담당자로 발령 났으며, 랭리에 북핵 문제를 총괄하는 한국임무센터가 신설되면서 그 업무까지 일부 떠맡게 됐다. 국정원과 비밀리에 협업을 진행 중인 작전도 여러 가지였다. 드는 생각은 두 가지였다. 업무가 많구나. 그런데 왜 그걸 나한테 말하나. 나는 그런 건 대외비 아니냐고 했다.

예전이나 그랬죠. 촌스럽게.

주는 자신의 페이스북 계정을 보여줬다. 직업란에 CIA 한국지부라고 적혀 있었다.

우리 딸은 어린이집 친구들한테 아빠가 CIA 요원이라고 떠들고 다닌다니까요. 물론 구체적인 작전은 비밀이 맞죠. 지금 당신을 만난 것처럼 말이죠.

마지막 두 문장을 말할 때 주의 눈이 번뜩였고, 나는 과연 스파이는 스파이구나 생각했다.

그건 그렇고 이제 주가 나를 만나러 온 이유에 대해 말하겠다. 그날도 나는 글을 쓰다 말고 창밖에서 해인을 찾는 데 정신이 팔려 있었던 것 같다. 주가 내 옆자리에 앉은 것도 몰랐으니.

요새 힘드셨죠? 아내분이 그렇게 되시고 얼마나 마음고생이 심했겠어요. 저도 가정이 있어서 잘 압니다.

앞서 말한 일련의 자기소개를 한 뒤 주가 해인 이야기를 꺼냈다.

그래도 저희가 도와드려서 재판이 쉽게 해결될 수 있었던 겁니다.

주가 이렇게 말한 뒤 재판 과정 몇 가지를 언급했다. 재판 당시 석연치 않은 느낌을 받은 것으로 미루어 볼 때 CIA가 나를 도와준 게 사실인 것 같았다. 나는 고맙다고 했다.

별말씀을요. 다 돕고 사는 거죠.

혹시 제가 도와드릴 거라도 있나요?

나는 물었다. 스파이가 베풀 때는 분명 이유가 있어서였다.

그럼 하나 부탁드려도 될까요?

예상대로 주가 물었다.

만약 제가 돕는다면 해인을 살릴 수 있나요?

내가 확인할 건 단 하나뿐이었다.

주는 내 마지막 질문에 긍정적으로 대답하며 정보원 자리를 제안했다. 정보원이라는 말에 잠시 주저하니까 일단 본부에 가서 이야기를 나눈 뒤 결정해도 된다고 했다. 말했다시피 주는 미아와 여러모로 달랐다. 그는 정보원이 되면 누릴 수 있는 혜택과 복지에 대해 설명했고, 심지어 연봉과 근로시간이 적시된 계약서도 내밀었다. 이동하는 동안 눈을 가리지도 않았고, 허황된 무용담도 늘어놓지 않았다. 내가 주를 신뢰하게 된 결정적인 계기는 주의 차가 오산 미군기지로 들어갔을 때였다. 주가 운전석 차창을 내리자 미군 헌병이 경례를 붙였다. 미아와 주 중 누구를 더 신뢰하냐고 묻는다면, 단연코 주를 고를 것이다. 물론 매력적인 건 미아지만.

주는 나를 데리고 공군작전사령부에 딸린 별동 건물로 향했다. CIA 한국지부 안전가옥인 것 같았다. 복도를 지나 지하로 내려가자 축구장처럼 드넓은 공간이 나타났다. 그 공간 안에는 수많은 요원들이 우글거리고 있었다. 벽면을 덮은 스크린에서는 북한과 중국 접경지대 군사시설이 흘러나오고 있었고, 드론으로 촬영한 함흥 장마당도 보였다. 피자를 먹으며 CCTV를 분석하는 요원들도 있었다. 그들은 주가 지나가자 인사를 했고, 주는 그들의 등을 두드리며 격려를 했다.

주는 나를 밀실로 안내했다. 문을 열기 전에는 미아의 심문실을 떠올리곤 거부감이 들었는데, 막상 들어가니까 상상과는 딴판이었다. 다양한 다과가 준비돼 있었고 실내 온도도 쾌적했으며 라임 향도 풍겼다. 익숙한 게 있었다면 가운데 놓인 철제 책상과 잠금장치뿐이었다.

지부장님이 보고 계시니까 불리한 건 말하지 마세요.

주가 우측 불투명 유리창을 고갯짓하며 속삭였다. 나는 유리창을 흘긋 봤다. 누가 저 안에 있는지 짐작도 할 수 없었다. 불투명 유리창 앞에는 삼각대로 고정된 소형 캠코더가 돌아가고 있었다.

농담입니다, 농담. 아무 걱정 마세요. 저 캠코더도 의례적인 겁니다.

주가 소리 내 웃었다.

자, 그럼 시작할까요?

주가 의자를 빼주었다. 나는 의자에 앉았고, 주는 내 맞은편에 앉았다.

긴장 푸세요. 정보원 자격으로 온 거니까 손목이 묶일 일은 없을 거예요.

주가 히죽거렸다.

사실 오늘 모셔 온 건 아내분이 아니라 미아 모닝스타 때문입니다.

주가 말을 이었다. 나는 전신에 전기가 통하는 듯한 느낌을 받았다. 생각지도 못한 상황이었다. 그때 나는 본능적으로 깨달았다. 아무하고도 미아 모닝스타 이야기를 나누어서는 안 된다는 걸. 특히 미아가 아닌 CIA와 말이다. 방심하고 있었다. 카페에서 주가 한국 지부라고 소속을 밝혔을 때도 특별히 신경 쓰지 않았던 것 같다. 미아를 쫓던 세력이란 걸 떠올리곤 마음 한편이 켕기긴 했지만 경찰 조사와 재판으로 지칠 대로 지쳐서 매사에 무기력했고 이제 미아와의 관계도 끝났는데 뭐 대수냐는 생각도 들었다. 미아라는 이름이 주의 입에서 나왔을 때도 미아의 말대로 CIA의 내부 이권 다툼이겠거니 아는 척해봤자 나만 손해겠거니 두루뭉술하게 추측하고 있었던 것 같다. 나는 미아의 가르침을 되새겼다. 간단한 제스처로 용의선상에서 제외되는 방법.

미아라뇨?

나는 고개를 갸웃한 뒤 되도록 아무런 감정을 담지 않으려고 노력하며 주를 봤다.

미아 모닝스타, 모르십니까?

그게 누구죠?

나는 주의 눈길을 피하지 않으며 잡아뗐다. 의심받지 않고 부인하는 방법.

정말 미아 모닝스타를 모르십니까?

주가 서랍에서 문서를 꺼내 책상 위로 슥 밀었다. 훑어보니 헤밍웨이가 해인에 대해 쓴 보고서였다. 전에 읽었던 것과 엇비슷한 내용이었다.

아내분께서 김대건에 이어 대표직을 승계했습니다.

그가 말했다. 나는 뭐라고 대답해야 될지 몰라 가만히 앉아 있었다. 주는 다른 문서도 내밀었다. 카프카가 쓴 글이었다.

김대건은 누명을 뒤집어쓰고 죽었죠. 혹시 당신이 조작하신 겁니까? 카프카가 당신입니까?

주가 좀 더 직접적으로 물었다. 모르긴 몰라도 내가 함정에 빠진 건 분명했다. 무엇이 내게 이득일까. 무엇이 해인을 위한 길일까. 주가 내게 접근한 진짜 목적은 무엇일까. 미아의 이름은 왜 나온 걸까. 미아 때문에 나를 데리고 왔다는 건 무슨 의미일까. 주가 미아에 대해 물으면 물을수록 머릿속은 엉망진창으로 엉키고 꼬였다.

무슨 말씀인지 모르겠군요.

내가 반문했다. 해답이 떠오르지 않으니 일단 부인하는 수밖에 없었다.

이 모든 것의 설계자를 진짜 모르십니까?

주가 물었고, 나는 고개를 저었다.

나중에 차차 설명드리도록 하죠. 뭐, 시간은 많으니까요. 그럼 이 사람은 아시나요?

주가 사진 한 장을 내밀었다. 불독이었다. 나는 고개를 저었다. 얼굴이 더워지는 게 느껴졌다.

그리 덥지 않은데 얼굴이 빨개지셨군요. 이제부터 땀을 흘릴지도 모릅니다.

주가 의미심장한 미소를 지었다.

결론부터 말하자면 나는 땀을 흘리기 전에 실토하고 말았다. 어쩔 수 없는 사정이 있었다. 잠깐, 그 전에 라마 이야기부터 해야겠다. 라마는 시체가 돼 있었다. 불쌍한 라마. 라마의 몸에는 방어흔이 가득했다.

뭐가 좋다고 끝까지 의리를 지키고 말이야.

주가 시체 보관소에서 라마의 주검을 보여주며 중얼거렸다. 그때까지도 나는 의문을 풀 수 없었고, 라마를 모르는 척할 수밖에 없었다. 다만 이거 하나는 확실했다. 여차하면 나도 라마처럼 시체가 될지도 모른다. 머릿속에는 경고등이 켜진 상태였다. 그러나 방으로 다시 자리를 옮겼을 때 모든 게 끝났다는 생각이 들었다. 방 안에 헤밍웨이가 있었던 것이다. 주는 나와 헤밍웨이를 마주 보고 앉게 했다.

당신의 이름은?

주가 물었다.

코드명 헤밍웨이.

헤밍웨이가 말했다.

앞에 계신 분을 본 적 있습니까?

주가 물었다. 헤밍웨이가 고개를 끄덕였다.

앞에 계신 분은 누구죠?

주가 물었다.

프란츠 카프카.

헤밍웨이가 또렷한 목소리로 말했다. 나는 더 이상 부정할 기운
이 없었다.

31

SECRET

CLASSIFICATION

Title : Bulldog 808

To : Zoo

From : Bulldog

Subject : Red Chameleon

1. 약력

- 성명 : 미아 모닝스타Mia Morningstar

- 출생 : 1962년 3월 25일, 대한민국 서울/미국 플로리다주 마이애미

- 경력 : (前)CIA 아시아태평양지역 책임자(차관보급)

- 코드명 : 붉은 카멜레온Red Chameleon

- 가족 : 멜라 솔로웨이(딸, 미디어 아티스트)/토리 솔로웨이(딸, 마케팅 컨설턴트)

- 학력 : 스탠퍼드대학교 정치학 학사

- 수상 : 정보 훈장(1999)

- 논란 : 블랙사이트 고문 사건 설계, 민간인 정보 유용 및 사찰(프리즘 프로젝트)

- 수감 : 관타나모(2003-2004, 2007-2008)

- 저서 : 『도전과 환멸Take up the gauntlet』

- 특이사항 : 알코올의존증, 과대망상증

2. 혐의점

1) CIA 사칭 및 업무 방해 : 한국지부 비밀공작처장을 사칭하여 국내 자급자족 관련 업무를 방해하고, 그 과정에서 민간인 사찰, 기업/언론사 관리, 살인, 감금, 납치, 사체 유기, 가짜 뉴스 배포 등을 일삼았다.

2) 對 CIA 범죄 : 내부 정보원(체포), 은퇴한 요원(사살)과 모의해 CIA 본부 서버에 침투, 자금 횡령, 장비 강탈, 이메일/서버 계정 해킹, 자급자족 관련 비밀인가 정보 불법 획득 및 유출 등 범죄를 저질렀다.

3. 첨부 자료

1) 국제/국내 CIA 사칭자 명단

2) 미아 모닝스타 CIA 근무기록부 사본

3) 미아 모닝스타 진단서 및 입원 증명서 사본

4) 피해자 증언 녹취록

5) 미아 모닝스타 국내 은신처 촬영 이미지. 끝.

32

SECRET

CLASSIFICATION

Title : Recorded Tape 1095

To : Zoo

From : Plankton

Subject : Kafka(1-7 fishbowl)

#1. 단원풍속도첩

밀실.

책상에 앉은 카프카.

책상 위에 놓인 미아 모닝스타 관련 보고서.

카프카, 불안한 듯 책상을 손가락으로 두드리고 있다.

그때 문이 열리고 주가 들어온다.

카프카 맞은편에 앉는 주.

주 : 방금 들어온 소식입니다. 해인 씨가 국립중앙박물관에 침입해서 『단원풍속도첩』을 강탈했다더군요.

카프카, 손가락을 멈춘다.

주 : 사상자는 없었습니다.

카프카 : 잡혔나요?

주 : 도주했습니다. 한동안은 마음 놓아도 될 겁니다. 첩보에 의하면 다음 작전까지 텀이 있을 것 같더군요. 조직을 정비하고 숨을 고르는 것 같아요.

카프카 : 해인 곁에 정보원이 있습니까? 혹시 헤밍웨이의 정보원과 동일 인물입니까?

주 : 정보원의 정체를 밝힐 수는 없지만 해인 씨 가까이 있는 건 아닙니다. 다행인지 불행인지 친구분들은 의리가 있더군요.

#2. 황소개구리

주 : 아내분 때문에 긴급회의에 참석하느라 늦어졌군요. 그럼 시작하겠습니다. 편하게 카프카라고 부를게요.

카프카 : 좋습니다. (캠코더를 가리키며) 녹화되는 겁니까?

주 : 규정상 3년 후에 자동 폐기되니 걱정 마세요. (책상 위에 놓인 보고서를 고갯짓하며) 그 보고서는 읽어보셨습니까?

카프카 : 솔직히 믿기지 않습니다.

주 : 저희도 충격이었습니다. 은퇴한 지 10년이나 된 늙은이가 사고를 칠 줄이야. 편하게 연금이나 받아먹고 살지. 차라리 할리우드에서 신나게 CIA 팔아먹고 다닐 때가 관리하기 편했는데. 어디로 사라졌나 했더니 고국으로 왔네요. 과대망상에 알코올의존증까지 앓아서 내부에 동정 여론도 일었는데. 은퇴한 CIA 요원들에게 흔히 보이는 증상이거든요. 아니, 아무리 그래도 그렇지 아태지역 책임자까지 한 양반이. 들켜도 내부에 들켜야 할 거 아닙니까. 그래야 선배 대접이라도 해줄 거 아닙니까. 국정원이 작성한 보고서를 읽는데 어찌나 쪽팔리던지. 미쳐도 곱게 미칠 것이지. 하여간 나라 망신은 다 시킨다니까요. (숨을 크게 내쉬며) 차나 한잔합시다. 아메리카노? 녹차?

카프카 : 녹차.

주, 자리에서 일어나 전기포트 스위치를 켠다.

물 끓는 소리.

주 : (머그컵에 티백을 넣으며) 작가라고요?

카프카 : 네.

주 : 어떤 글을 쓰시나요?

카프카 : 돈만 주면 뭐든지 썼어요.

주 : (다른 머그컵에 스틱커피를 쏟으며) 지금도 쓰시나요?

카프카 : 네.

주, 두 컵에 끓는 물을 따른다.

컵을 들고 책상에 앉는다.

컵에서 김이 모락모락 올라온다.

주 : (녹차를 건네며) 긴장 푸시고요.

카프카 : 감사합니다.

주 : 이름은?

카프카 : 카프카.

주 : 왜 미아를 도왔나요?

카프카 : 돈이 궁했습니다.

전화벨.

주 : 실례하겠습니다. (전화 받으며) 네, 지부장님. 진행 중입니다. 잠시 뒤에

전화드리겠습니다. (전화 끊은 뒤) 죄송합니다. 다시 시작할게요.

카프카 : 괜찮습니다.

주 : 보고서를 읽으셔서 아시겠지만 지금 아내분보다 시급한 건 미아 모닝

스타입니다. 미아 모닝스타, 왜 하필 자급자족을 건드려서. 자급자족 케이스는 CIA의 숙원사업입니다. 지난 정권부터 극비리에 준비해왔죠. CIA 지부와 해당 국가 정보기관이 공조해 전 세계에서 동시에 진행 중인 작전입니다. VIP에게 일일보고까지 되고 있다고요. 자급자족에 대해서는 미아에게 수없이 들으셨을 테니 생략하겠습니다. 전부 우리 정보를 빼돌린 걸 테니까요. 이제 미아 모닝스타의 실체를 아시겠죠? 미아 모닝스타는 생태계를 교란시키고 있습니다. 어찌나 설쳐대는지. 보고서 한 장도 간신히 넘기는 알코올의존자 주제에. 의심하지 마세요. 미아에 대한 보고서는 조작 없이 전부 진실입니다. 조무래기는 꾸며낼 필요도 없다고요. 그래요, 이렇게 비유하면 되겠네요. 미아 모닝스타는 황소개구리입니다. 붉은 카멜레온은 무슨!

카프카 : 황소개구리요?

주 : 생태계를 휘젓는 황소개구리 말이죠. 예를 들어 당신 친구분 말이죠. 그분이 진짜 위험인물이라고 생각해요?

카프카 : 네?

주 : 볼셰비키. 당신은 볼키라고 부르죠. 작달막한 친구분 말이에요. 지금은 당신 차 안에서 살고 있죠. 도난 차량이더군요. 맞아요, 당신이 그레고르 잠자라고 부르는 차 말이죠. 아마 미아가 준 차죠?

정적.

주 : 주눅 들지 마세요. 당신을 탓하고 있는 게 아닙니다. 볼키에게도 관심 없습니다. 볼키는 기껏해야 장난감 총이나 만드는 부랑아입니다. CIA는 큰 그

림을 그리는 조직입니다. 이런 잡범들은 취급도 안 한다고요. 비비도 마찬가지입니다. 피라미 해커죠. 그런데 비비를 어떻게 알았냐고요? 비비가 합성사진으로 SNS에 장난질을 쳐서 국정원의 감시를 받고 있었는데 미아가 CIA를 사칭하며 빼돌리는 바람에 중간에서 얼마나 난처했는지 알아요? 이게 미아라는 황소개구리의 정체입니다. 좋아요, 그런 건 유머 감각 같은 걸로 치부하고 넘어가도 좋습니다. 짜증 나는 건 미아가 망상에 사로잡혀 아무나 잡아들이는 바람에 정작 핵심 용의자들이 눈치채고 자취를 감추고 있다는 거예요. 게다가 가짜 뉴스를 어찌나 인터넷에 풀던지. 저희도 몇 번 허탕 쳤다고요. 그리고 보고서에 첨부된 미아의 방 사진 보셨습니까? 모텔 방 말이에요. 얼마 전까지 숨어 있던 곳입니다. 벽면을 보세요. 빈틈 하나 없이 사진으로 도배돼 있습니다. 전부 자급자족 타령이죠. 대부분 엉뚱한 사람들이죠. 양완규 씨도 있고. 여기 볼키와 비비 사진도 보이죠? 우리 표적이기도 했던 김대건도 보이고요. 솔직히 도움 될 때도 있었습니다. 윤주환. 그동안 몰랐었는데 미아 덕분에 윤주환이 열여덟 번째 장미셀로 거론될 만큼 거물이란 걸 알게 됐습니다. 당신이 쓴 보고서들도 봤는데 훌륭하더군요. 그런데 소문대로 윤주환이 월북한 거 맞나요?

카프카 : (당황하며) 네?

주 : 대체 어떻게 윤주환이 자급자족단과 연관이 있는지 예측하신 겁니까?

카프카 : 제 보고서는 어떻게 입수하신 겁니까?

주 : 김대건 보고서 보셨을 때 눈치 채셨겠지만, 헤밍웨이가 미아의 서버를 통째로 넘겼습니다. 간혹 소 뒷걸음질 치다가 쥐 잡는 격으로 윤주환처럼 좋은 정보들이 있더군요. 그래, 여기까지 좋다 이겁니다. 아무리 그래도 검거는

저희한테 넘겨야 할 거 아닙니까. 그래야 전관예우를 해주든지 하죠. 물론 저희가 방심한 것도 있습니다. 해킹도 당하고 장비도 도둑맞고. 미아의 스파이 놀음에 포섭된 정보원이 CIA 내부에 있었던 게 밝혀지기도 했고. 하여간 옛날 스파이들이 음흉한 짓 하나는 기가 막히게 잘한다니까요. 그리고 그거 뭐더라. 헤밍웨이한테 들었는데 무슨 비밀 부서라고 했다던데요. 본부와 한국지부도 모르고 미아 모닝스타의 복귀 자체가 기밀이라고. 뭐, 부국장 직속 부서? 부국장님이 들으면 기겁을 하시겠네. 가만, 무슨 부서라고 했죠? 보고서에도 쓰여 있었는데.

카프카 : CIA 한국지부 비밀공작처요.

주 : 아, 맞아요. 한국지부 비밀공작처. (큰 소리로 웃은 뒤) 죄송합니다. 당신도 제 상황이면 웃지 않을 수가 없을 거예요. 유령 회사로 사업자등록을 한 뒤 본부에서 빼돌린 돈으로 월급도 주고 별짓 다 했더라고요. 뭐? 권력 다툼? 국장과 부국장의 라이벌 관계? 그래서 한국지부와 국정원에 쫓긴다? 우리가 괜히 쫓았겠어요? 이렇게 성가시게 구니까 그러지. 지칩니다, 지쳐. 원래 하던 일에 자급자족에 한국임무센턴지 뭔지에서 떨어진 북핵 업무, 게다가 미아 모닝스타 추격 작전까지. 전생에 원수를 졌나. 왜 하필이면 한국으로 와서 퇴근도 못 하게 하는 거야. 딸 얼굴 본 지가 언젠지 모르겠어요.

정적.

주 : 피해자는 저만 있는 게 아닙니다. 김대건도 대표적인 미아의 피해자죠. 오래전부터 대중적 호감도도 높고 사생활도 깨끗한 인물이라 어떻게 처리할

지 골머리를 앓고 있었습니다. 저희가 아니라 국정원이 말이죠. 맞습니다. 김대건은 MB 정부 때 국정원이 공작을 요청한 인물입니다. 광우병 시위에 앞장 섰다고 말이죠. 왜, 기억 안 나세요? 세계 첩보사에 길이 남을 흑역사 인도네시아 방한 특사단 숙소 침입 사건. 국정원이 언론의 집중 포화를 받는 바람에 신경 쓸 겨를이 없다고 은근슬쩍 떠넘기더라고요. 광우병은 CIA 영역이기도 하다면서요. 김대건은 각종 공작에도 쓰러질 듯 쓰러질 듯 쓰러지지 않고 살아남더군요. 버티긴 잘 버티네. 순진무구한 이상주의자 같은데 이렇게까지 해야 할까? 우리끼리 뒤에서 수군거렸던 게 기억나요. 그 뒤로는 유야무야 시간이 흘러서 그런가 보다 하고 넘어갔는데, 박근혜 정권 때 다시 한 번 김대건 공작을 요청하더군요. 신문 칼럼에서 박정희를 욕했다나 뭐라나. 직접 나서기엔 속 보이니까 저희한테 넘긴 거죠. 강도를 높여 검찰 조사, 세무조사까지 감행했죠. 그런데도 김대건은 흔들리지 않았습니다. 인터넷에 김대건의 행실을 호도한 허위 폭로를 올린 적도 있었는데, 반박이 속출하는 바람에 꽁무니를 빼야 했죠. 정부가 갑작스럽게 바뀐 뒤에도 별도의 지령이 떨어지지 않아서 작전을 진행할 수밖에 없었습니다. 보나마나 평창 올림픽에 북한을 참석 시키느라 바빠서 뒷전으로 밀렸겠죠. 그 무렵 부하들이 조사한 자료를 검토하다가 장미셸과 김대건이 함께 찍은 사진을 발견했습니다. 그때 제 머릿속에 아이디어가 스쳐 지나갔습니다. 바로 자급자족단과 엮는 거죠. 몸값이 치솟을 대로 치솟은 자급자족단과 김대건을 하나로 묶는다면 일거이득이라는 생각이 들었습니다. 단일한 죄목으로 성과가 늘어나고, 따로 배정받지 않아도 되니 예산도 절감되고. 귀찮은 잔업이 성과가 되는 거죠. 보고했더니 입에 침이 마르도록 칭찬을 하던 지부장님이 떠오르네요.

카프카 : (캠코더 흘긋하며) 녹화되고 있는데 그런 이야기해도 괜찮습니까?

주 : 상관없어요. 어차피 아무도 안 들어요. 게다가 상관들도 이미 알고 있을 걸요? 아무튼 저는 그 사진을 근거로 자연주의 수련원을 SSM 한국지부로 명명하는 공작을 시작했습니다. 공작이 어떤 건지는 당신도 알 겁니다. 지저분한 일이죠. 뭘 어떻게 했는지는 기밀이라 밝히진 않겠지만 그래도 미아 같은 짓은 하지 않았습니다. 공작에도 급이 있는 거라고요. 명명 공작을 가로채기만 했다면 별소리 안 했을 겁니다. 아무리 그래도 그렇지 저급하게 누드촌에 스리섬이라니. 스리섬은 대체 누구 아이디언가요?

아니, 거기까지는 좋다 이겁니다. 누드촌에 스리섬에 별별 소리가 나돌았지만 명명 공작은 그런대로 잘 통했으니까요. 문제는 그다음이었습니다. 얼마 전 자연주의 수련원이 폭파된 거 알죠? 원래 저희 작전의 일환이었습니다. 그런데 미아가 선수 치는 바람에 모든 게 꼬이기 시작했어요. 아무도 모르게 조용히 김대건과 임원진을 생포할 계획이었거든요. 그걸 시작으로 순식간에 전세계 SSM 지부들을 일망타진할 계획이 공유돼 있었는데. 그런데 자연주의 수련원에 폭탄을 터뜨려서 주변까지 쑥대밭으로 만들질 않나. 자급자족단과 연관이 있네 마네 앵커 입까지 빌려가며 떠벌리질 않나. 덕분에 장미셸들이 눈치를 채고 도주했잖아요. 그 첩보를 입수한 뒤 단기간에 화력을 집중시켜야 했기 때문에 군을 동원할 수밖에 없었습니다. 마지막 기회로 생각하고 전력투구했단 말이에요. 랭리에서 일곱 번째 장미셸까지 내부 첩자로 포섭하며 공을 들인 만큼 무조건 성공해야 되는 작전이었습니다. 그런데 보세요. 모래밭과 빈집에만 미사일을 퍼부었어요. 장미셸은커녕 징역 6개월도 안 나오는 단원들만 체포했다고요. 작전은 보기 좋게 실패했고 모든 책임이 한국지부와 중간 관리자인 저한테 돌아왔습니다. 한국에서 발발한 문제로 인해 미군이 동원되고도 장미셀을 잡지 못했으니 조직 생리상 당연한 거죠. 조직을 원망하진 않습니다. 그런데 미아는 죽을 만큼 싫습니다. 그 잘난 미아 모닝스타와 비밀공작처라는 유령 부서 때문에 온 가족이 거리에 나앉을 위기에 처했다 이겁니다. VIP에게 얼마나 깨진 줄 아십니까? 조직 존폐 위기까지 내몰렸다고요. 김정은이의 지지까지 받고 말이야. 쪽팔리게. 이대로만 간다면 승진도 코앞이었는데. 미아 모닝스타 때문에 모든 게 물거품처럼 사라졌죠. 별수 있나요? 자급자족단 체포 작전이 이미 알려진 이상 장미셀들을 인터폴에 적색 수배 대상자로 지정해달라고 요청할 예정이에요. 지금보다는 수월해질 테니 숨 좀 고르다가 다시 시작해야죠.

어떻게 보면 와이프분이 이렇게 된 것도 미아 책임이 큽니다. 이게 전부 미아가 함부로 김대건을 죽이고 자연주의 수련원을 파괴해서 시작된 거라고요. 만약 우리 계획대로 됐다면 와이프분은 이미 체포됐겠죠. 제 예상으로는 대충 하급 단원으로 신분이 꾸며져서 집행유예 판정을 받았을 거예요. 지금쯤 당신 곁에 있겠죠. 김대건이 필요하지 나머지는 관심 밖이니까요. 그런데 이게 뭐예요. 이미 아내분께서는 칠부 능선을 넘으셨습니다. 겁이 없어도 너무 없으세요. 저희도 어쩔 수 없었습니다. 아내분을 열아홉 번째 장미셀로 조작하기 시작했거든요. 맞아요. 헤밍웨이의 보고서에서 영감을 받았죠. 김대건과 권력 다툼을 벌였다는 부분도 괜찮아서 어떻게 할지 고민 중이에요. 빨리 잡히면 잡힐수록 유리할 텐데요. 인터폴 적색 수배 대상자까지 되기 전에 말이에요.

정적.

카프카 : 이보세요, 해인은 자급자족단과 무관합니다. 아시지 않습니까.

주 : 이제 무관한 게 아닌 게 됐죠. 저희는 진실을 만드니까요.

카프카 : 말이면 답니까?

주 : 절 원망하지 마세요. 저는 명령에 따르는 사람입니다.

카프카, 머리를 감싸 쥐고 절규한다.

그 뒤 정적.

주 : 힘드신 것 다 압니다. 그런데 아내분이 그렇게 된 데는 카프카 당신 책임도 있다는 걸 아셔야죠. 아마 할 말 없으실 겁니다.

카프카 : 저도 몰랐습니다. 미아가 그런 줄은 짐작도 못 했습니다.

주 : (한숨을 내쉬며) 당신이 악의가 있어서 그랬다곤 생각하지 않아요. 몰랐겠죠. 그리고 저희는 지금 책임을 질 기회를 드리는 겁니다.

카프카 : 기회요?

주 : 문제는 지금입니다. 미아는 한동안 잠잠하더니 다시 활개를 치며 저희 업무를 방해하기 시작했습니다. 이번 달에만 다섯 건. 선수를 쳐서 표적이 눈치를 채고 달아났어요. 그리고 온데간데없이 사라졌더군요. 도둑고양이 같으니라고. 출국했다는 흔적은 없으니까 미아는 아직 한국에 있습니다. 이번엔 꼭 잡아야 합니다. (속삭이듯) 카프카, 그때 죽였어야죠.

카프카 : 언제요?

주 : 정신병원 피폭. 그 뉴스 막느라 얼마나 힘들었는 줄 알아요? 뭐든지 조용하게 해결해야 한단 말이에요. 미아의 정체가 드러나면 저희 조직이 우습게

보인단 말입니다. 말을 많이 했더니 기가 딸리는군요. 담배 한 대 피우시겠습니까?

카프카 : 끊었습니다.

주 : 저도 얼른 끊어야 되는데. 스트레스가 많은 직업이라 쉽지 않군요. 그럼 금방 한 대 피우고 오겠습니다.

문 여는 소리. 닫는 소리.
카프카가 책상을 손가락으로 두드리는 소리.

#3. 플리바게닝

5분 경과.
주 들어온다.

주 : 다시 시작할까요.

카프카 : 단도직입적으로 묻겠습니다. 아내를 구하려면 어떻게 해야 하나요?

주 : 이제 대화가 통하는 거 같군요. 솔직히 말해 아내분이 잡히는 건 시간 문제입니다. 미아 때문에 순위가 뒤로 밀렸을 뿐이죠. 현명하게 생각하신 겁니다. 우린 카프카 당신이 필요합니다. 이미 당신은 용의선상에서 제외됐습니다. 도와주시기만 한다면 아내분의 죄도 경감해드리겠습니다. 아내분을 회유할 수 있는 건 당신뿐입니다. 미아에 대해 누구보다 잘 아는 것도 당신이죠. 카

프카 당신이 이 사건에 한해서는 저보다 더 적임자입니다.

카프카 : 다시 CIA와 일하다가 인생이 더 꼬이는 게 아닌가 싶어 고민입니다.

주 : 미아는 진짜 CIA가 아니었을 텐데요. 아무튼 승낙하시면 아내분 플리바게닝 제안서를 드리도록 하죠. 인터폴 적색 수배가 떨어지기 전에 생포하고 사형은 면하게 해드리겠습니다. 무기징역으로 맞춰드리죠. 다행인 줄 아세요. 이대로 가다가는 쥐도 새도 모르게 총살당할 뻔했다고요. 감옥 근처에 집도 마련해드리고, 매일매일 면회 갈 수 있게 조치도 해드릴게요.

카프카 : 네? 무기징역이오?

주 : 아내분은 이미 열아홉 번째 장미셀로 보고됐습니다. 타당한 형량이죠. 그래도 만약 당신이 협조한다면, 20년까지는 깎을 수 있을 것 같습니다. 죽지 않은 걸 다행으로 아세요. 아내분이 저지른 건 체제를 흔드는 중범죄라고요.

카프카 : (책상을 내리치며) 애초에 가만뒀다면 이렇게까지 됐을까요?

주 : 하나 마나 한 말이죠. 흘러간 시간의 책임을 따지는 건 우둔한 짓이에요. 게다가 말했듯이 당신도 책임에서 자유로울 수 없을 텐데요.

정적.

카프카 : 죄송합니다.

주 : 아닙니다. 저라도 당신과 같은 심정이었을 겁니다. 최대한 노력해보겠습니다. 5년 정도는 더 깎아볼 수 있을 것 같네요. 이해합니다. 저도 가정이 있는 사람으로서 충분히 이해합니다.

정적.

카프카 : 하겠습니다.

주 : 잘 생각하셨습니다.

주, 계약서를 건넨다.

주 : 카페에서 보여드렸죠? 다시 읽어보시고 서명하세요.

종잇장 넘기는 소리.

서명하는 소리.

주 : 그럼 거짓말탐지기 테스트하고 마무리하겠습니다. 기다리고 계시면 담당 요원이 들어올 거예요. 저는 다른 인터뷰가 있어서 이만.

주, 문을 열고 나간다.

혼자 남은 카프카.

책상을 손가락으로 두드리기 시작한다.

33

카프카에 의해 그레고르 잠자는 바퀴벌레로 변했다.『변신』을 읽었다면 이 문장은 맞다. 미아 모닝스타에 의해 카프카는 바퀴벌레로 변했다. 이 글을 읽고 있다면 이 문장도 맞다. 진짜 바퀴벌레가 된 건 아니지만 나는 바퀴벌레처럼 주차장에 숨어 사는 신세다. 미아는 내 인생을 송두리째 바꿔놓았다. 잊지 못할 것이다. 미아와 함께한 그 순간들. 바람처럼 달리는 그레고르 잠자. 미아와 나눴던 영화 대사 같은 대화들. 미아에게 들었던 짜릿한 모험담. 미아와 함께 있으면 영웅이 될 수 있을 것 같았다. 다른 사람들은 상상도 못 할 사건들을 겪을 수 있을 것 같았다. 실제로도 그랬다. 죽기 직전 나는 미아와 함께했던 순간들을 몇 장면 떠올릴 것이다. 미아는 애증의 대상이었다. 무작정 미워할 수 없었기 때문에 미아가 CIA를 사칭하는 사기꾼이라는 것이 밝혀진 뒤 좀처럼 충격에서 벗어날 수 없었던 것 같다.

충격에서 벗어날 수 없었던 이유가 하나 더 있었다. 실제 CIA의 목표도 자급자족이란 것 때문이었다. 자급자족에 대한 CIA의 의견은 미아와 크게 다르지 않았다. 상황을 확대 해석해서 보고서를 조작하고 자급자족과 조금이라도 관련이 있다고 의심되면 아무나 잡아들였다. 자급자족을 핑계 삼은 무분별한 체포를 지적하자, 주는 토씨 하나 틀리지 않고 미아의 논리를 댔다. 예방. 예측. 징후. 그 뒤 주는 수배 중인 자급자족단 명단과 수감자 목록을 보여주며 작년에는 목표를 달성하지 못해 성과급을 받지 못했는데, 대출금을 갚기 위해서라도 올해는 반드시 체포율 70퍼센트를 달성해야 한다고 했다. 미아는 불법으로, 아니, 진짜 미쳐 있었지만, 주는 합법적으로 미쳐 있었다. 이 세상은 제정신이 아닌 사람들이 정상이라고 우기면서 운영되는 것이었다. 이게 세상의 비밀이었다.

말이 그렇다는 거지 솔직히 다른 건 아무래도 상관없었다. 내 관심은 오로지 해인의 안위였다. 그나마 다행인 건 주의 말대로 해인이 잠잠해진 것이었다. 그러나 침묵은 곧 깨질 것이다. 요행이나 바라며 허송세월할 생각은 없었다. 근본적인 해결책을 찾아야 했다. 아무리 생각해도 소수의 반정부 집단이 국가 권력에 대항해서 이기는 건 현대로 진입하며 아예 불가능해져버렸다. 나는 합리적이기 위해 노력하는 사람이었다. 해인의 이상이 실현되고 안 되고는 내 관심사가 아니었다. 일단 해인을 살리고 봐야 했다. 주를 전적으로 믿을 생각은 없지만, 지금으로서는 주의 제안이 현실적이고 안정적인 것도 사실이었다.

나는 다시 스파이가 됐다. 정확히 말하면 계약직 정보원이지만 주는 진짜 스파이처럼 혹독하게 다뤘다. 출퇴근 시간을 준수해야 했고, 퇴근이나 외근을 할 때는 유선 보고를 해야 했다. 기본급 자체가 워낙 적은 데다가 점심 식대까지 포함된 금액이었다. 야근을 할 때만 저녁 식대를 지원해줬다. 주는 계약직은 원래 저녁 식대 지원도 없었는데, 자신이 힘쓴 결과라고 강조했다. 헬스케어 펀드에 대한 정보를 주거나 드론 폭파 장면을 보여주며 은근히 직급을 자랑하기도 했다. 국정원이 청와대 눈치를 봐서 착한 척한다며 그 일이 다 자신에게 돌아왔다고 투덜대기도 했고, 대공수사권을 버리고 이름도 대외안보정보원으로 바꾼다는 민정수석의 기자회견을 언급하며 지나치게 국민 눈치를 본다고 비아냥거리기도 했다.

주요 업무는 미아를 찾는 일이었다. 나는 하루 종일 미아가 갈 만한 곳을 탐색하고 다녔다. 국립서울병원은 국립한방병원으로 용도가 변경된 채 주민들의 환영 속에 재건립되고 있었고, 문화비축기지는 서울의 새로운 데이트 코스로 각광받고 있었다. 인천공항, 김포, 이태원, 심지어 경주까지 미아가 갔을 법한 지역을 돌아다녔지만 흔적도 찾을 수 없었다. 여기까진 좋았다. 애초에 쉽게 찾을 거라고 생각하지 않았다. 그런데 다른 업무가 힘들었다. 주는 보고서 작성을 강조하면서도 본부 정책상 특근비 지출을 절약해야 하기 때문에 야근이나 주말 근무는 지양하라고 했다. 내가 미아를 찾는 것도 힘든데 보고서 작성까지 대체 어떻게 일과 내에 하냐고 항의하자, 이번 프로젝트만 잘되면 정규직 발탁 대상으로 추천해주겠다며 달랬다. 월급은 고작 10만 원 많이 받고 책임은 배로 돌아오는 정규직은 추호도 할 생각이 없었다.

미아를 찾는 정보원이 하나 더 있었다. 바로 헤밍웨이였다. 헤밍웨이는 복수를 다짐하며 전국을 헤집고 다녔다. 헤밍웨이는 미아를 용서할 수 없다고 했다. 미아 모닝스타에게 두 번이나 완벽하게 속았고, 덕분에 작가로서 자존심과 재기의 동력은 산산조각 났다고 했다. 아, 생각난 김에 하나. 나는 헤밍웨이의 노트북을 되돌려줬다. 헤밍웨이는 노트북에 들어 있던 소설을 읽어봤냐고 물었다. 물론 읽어봤다. 슬프게도 헤밍웨이는 예전의 헤밍웨이가 아니었다. 내가 표할 수 있는 최대의 예의는 요새 정신이 없어서 읽지 못했다고 하는 것뿐이었다. 슬픈 표정으로 고개를 주억거리던 헤밍웨이가 기억난다. 잊기 전에 하나 더. 언젠가 헤밍웨이가 같이 일하게 될 줄은 몰랐다면서 해인의 보고서를 조작한 걸 사과한 적이 있었다. 자신의 직감은 정확하다며 해인은 카프카 네 그릇에 담기에는 너무 큰 사람이라고 했던 게 기억난다. 나도 헤밍웨이의 의견에 동의했다. 어느 순간부터 해인은 내가 구할 수 있는 대상이 아니었다. 아니, 본래부터 아니었는지도 모른다.

아, 그리고 쿠커. 이태원을 수색할 때 들러서 이야기해보니 쿠커는 자신이 무슨 스파이냐며 펄쩍 뛰었다. 시칠리아는 무슨 시칠리

아냐며 르 꼬르동 블루 수료증을 보여주기도 했다. 나는 미아에게 왜 그렇게 친밀하게 굴었냐고 물었다. 쿠커는 레스토랑 오너로서 일주일에 다섯 번이나 와서 돈을 펑펑 쓰는 단골의 비위를 맞추는 건 당연한 거라고 했다. 참고로 주에 따르면 동방의 랭리는 80년대에나 쓰던 한물간 은어라고 한다.

성과는 좀처럼 나지 않았다. 미아는 잡히기는커녕 단서도 남기지 않았다. 주는 특단의 조치로 나와 헤밍웨이를 경쟁시키기 시작했다. 인센티브를 포상으로 걸었는데, 그래도 성과가 나지 않자 둘 중 하나를 해고하겠다고 했다. 심지어 편의와 안전을 제공한다는 명분 아래 위치 추적기까지 달았다. 내가 성과를 내지 못하면 해인의 목숨이 위태로워질 수 있다며 은근히 겁을 주기도 했다. 주 역시 지친 기색이 역력했다. 미아 때문에 상사에게 시달리는 모양이었다. 주는 미아에 대한 욕을 달고 살았고, 그보다 잦은 횟수로 지부장과 VIP 욕을 했다.

그래도 헤밍웨이는 나보다 인정받는 눈치였다. 정보원 간 정보 교환은 금기라 묻진 못했지만 보아하니 몇 가지 단서를 제공한 모양이었다. 주와 헤밍웨이는 나 모르게 기밀도 주고받는 것 같았다. 나는 본능적으로 헤밍웨이보다 좋은 성과를 내지 않으면 해인을 잃을 수도 있다는 위기의식을 느꼈다. 성과를 못 내더라도 열심히 하는 것처럼 보여야 했다. 나는 전과 달리 출근도 빨리 했고 보고서도 성심성의껏 썼다. 주는 그런 나를 칭찬했는데, 나는 진심으로 기뻤고, 칭찬을 또 듣고 싶어서 더 열심히 했으며, 그런 내 모습을 자각하곤 회의에 빠지는 지경에 이르렀다.

헤밍웨이는 다른 업무도 하고 있는 것 같았다. 언젠가 무슨 일을 하는 건지 지나가듯 물어본 적이 있었다. 헤밍웨이는 뜸을 들이다가 미아의 보고서를 각색하고 있다고 했다. 나는 무슨 각색을 어떻게 하냐고 물었다. 헤밍웨이는 기밀이라면서 주가 미아와 자급자족을 연관시키는 작업을 지시했다고 속삭였다.

네? 자급자족이오?

내가 묻자 헤밍웨이는 고개를 끄덕였다. 기가 막혔다. 하다하다 미아와 자급자족이라니. 헤밍웨이는 요새 미아가 한국 내 자급자족 소탕 작전 방해를 넘어 CIA 전체를 성가시게 하고 있다고 했다. 북한과 미국의 북핵 관련 비밀 협의를 인터넷에 흘리기도 했고, 각국 파견 요원의 정체를 노출시키기도 했으며, CIA 고위층의 문란한 사생활을 폭로하기도 했다는 것이었다. 상부의 분노가 미아 체포 담당자인 주의 업무 태만이라는 결과로 되돌아온 게 이 보고서 각색의 결정적인 이유였다. 헤밍웨이가 말하길, 주는 눈엣가시 같은 미아를 생포하는 게 아니라 되도록 빨리 사살하고 싶어 하며, 합법적 발포를 허용한 자급자족과 엮는 방법을 떠올렸다고 했다.

틀린 말도 아니지. 미아는 오직 세 치 혀와 잔머리로만 저 난리를 치고 있거든. 이것만으로도 자급자족과 충분히 연결 고리가 생기지.

헤밍웨이가 말했다. 나는 그게 미아와 하던 일과 다른 거냐고 했다. 헤밍웨이는 곰곰이 생각하더니 같은 것 같다고 말했다. 죄를 예측하고 그 증거를 꾸미는 방식이라는 것이었다. 나는 죄책감이 느껴지지도 않냐고 했다. 헤밍웨이는 김대건 보고서를 쓸 때만 해도 회의가 들었는데, 양심을 지켜도 세상이 변하지 않는다는 걸 깨달은 뒤 마음이 바뀌었다고 했다. 마지막으로 나는 궁금했던 걸 물었다. 조직을 그토록 사랑하던 미아가 왜 광기의 칼날을 CIA에게 돌렸냐는 질문이었다.

미아도 CIA와 자급자족을 연관시켰거든.

헤밍웨이가 대답했다. 그때 내 몸 저 깊숙한 곳에서부터 웃음이 터져 나오기 시작했다. 헤밍웨이가 이상한 눈으로 바라봤지만 웃음이 멈춰지지 않았다. 왠지 통쾌하기 그지없었다.

염병할 자급자족.

한참을 더 웃고 난 뒤 입에서 저절로 욕설이 터져 나왔다. 미아다운 발상이었다. 모르긴 몰라도 미아는 이 염병할 대서사시의 주인공이 분명했다. 자급자족 다크 히어로 미아 모닝스타.

평창 동계올림픽이 코앞으로 다가오고 있었다. 올림픽을 준비하느라 가장 바쁜 건 도종환도, 이방카도, 김여정도, 송승환도, 현송월도, 여자 아이스하키 단일팀도 아니었다. 바로 주였다. 주는 평양과 워싱턴 사이에서 고군분투하며 북한의 올림픽 참가를 조율하고 있었다. 휴가도 반납한 상태였다. 그때까지도 나는 미아에 대한 단서 하나 찾지 못한 상황이었다. 볼키까지 동원해봤지만 헛수고였다.

평창 올림픽 개막 직전이었던 걸로 기억한다. 주는 메일을 보내 1/4 분기까지 성과가 없으면 해고될 예정이며 해인의 플리바게닝도 없었던 일이 될 거라고 통보했다.

헤밍웨이도 압박을 받고 있었다. 미아의 자취를 발견해 추적 중인데 잡힐 듯 잡힐 듯 잡히지 않는다고 토로했다. 미아와 자급자족을 잇는 작업은 잘되고 있냐고 슬쩍 묻자 말도 말라면서 주의 수정 요청이 얼마나 많은지 아예 손 놓고 있는 상태라고 했다. 그 뒤 헤밍웨이는 주에게 받은 해고 통보 이야기를 꺼냈다. 나도 받았다고 하니까 헤밍웨이는 동질감을 느꼈는지 본격적으로 징징거리기 시작했다. 미아가 신입 교육 때 가르쳐준 비상연락망까지 동원해봤지만 미아와 연락이 닿지 않았다고, 이대로 가다가는 해고당할 게 불 보듯 빤하다고, 작가로서 재기는 이미 포기했고 초등학생인 아들을 책임져야 하는데 생계가 고민이라고 눈물지은 것이었다. 그때였다. 헤밍웨이 덕분에 잊고 있었던 기억 하나가 떠올랐다. 비상연락망. 정릉. 비디오 대여점.

나는 날이 밝자마자 정릉 비디오 대여점으로 향했다. 비디오 대여점에는 예전과 마찬가지로 꾸벅꾸벅 조는 할머니가 있었다. 나는 캐럴을 흥얼거리기 시작했다. 울면 안 돼. 울면 안 돼. 산타 할아버지는 우는 아이에겐 선물을 안 주신대요. 할머니가 눈을 슬쩍 떴다.

『매디슨 카운티의 다리』 있습니까?

나는 만 원짜리 지폐를 내밀며 미아가 했던 대로 말했다. 할머니는 돈을 챙겨 주머니에 넣고는 쪽지를 내밀었다. 쪽지에는 전화번호가 적혀 있었다. 나는 휴대전화를 들었다. 할머니는 고개를 저으며 바깥을 가리켰다. 창밖으로 공중전화가 보였다. 나는 공중전화로 가서 쪽지에 적힌 번호를 눌렀다. 신호가 몇 번 가더니 뚝 끊겼다. 다시 한 번 걸었다. 역시 끊겼다. 나는 다시 가게로 들어갔다.

전화가 안 되는데요?

내가 물었다.

뭐라고?

할머니가 되물었다. 귀가 잘 안 들리는 것 같았다. 목소리를 높였지만 할머니는 알아듣지 못했다. 『매디슨 카운티의 다리』 있습니까? 나는 별수 없이 다시 만 원권 지폐를 내밀었다. 할머니는 돈을 챙기더니 밖을 고갯짓했다. 나는 다시 밖으로 나섰다. 아무도 없었다. 행인도 차도 지나가지 않았다. 그때 길 건너편 골목길에서 다섯 살 정도로 보이는 아이가 튀어나왔다. 아이는 농구공을 튀기며 길을 건넜다. 워낙 체구가 가냘픈 데다가 농구공이 튀는 높이보다 키도 작아서 흡사 농구공이 아이를 납치하는 것 같았다. 불안하던 차에 아이는 농구공을 손에서 놓쳤다. 농구공은 차도를 따라 굴러가고 있었다. 아이는 농구공을 쫓아 달려갔다. 그때였다. 오토바이가 아이와 부딪칠 뻔했다. 오토바이에 탄 남자는 간신히 핸들을 꺾어 세우고는 욕을 내뱉었다. 그러나 아이는 천진난만한 표정으로 농구공을 잡았다.

얘야, 조심해!

내가 외쳤다. 아이는 고개를 들고 나를 봤다. 그리고 농구공을 내게 던졌다. 농구공이 내 발밑으로 굴러왔다. 나는 고민했다. 공을 잡았는데 갑자기 펑 터진다면? 나는 아이를 바라봤다. 아이의 표정에는 그 어떤 악의도 없는 것처럼 느껴졌다. 나는 조심스럽게 공을 들어 올렸다. 고무의 촉감이었다. 터지지도 않았다. 공을 던져주려고 했지만 아이는 등을 돌려 앞으로 갔다. 나는 아이를 불렀다. 아이는 뒤를 돌아보더니 다시 앞으로 걸었다.

이상했다. 아이는 보폭이 좁은 데다가 걸음도 느렸는데 아무리 서둘러 걸어도 잡히지 않았다. 아이는 주택이 밀집한 좁은 골목을 능수능란하게 빠져나간 뒤 언덕을 오르기 시작했다. 내가 따라오는 걸 확인하는지 간혹 뒤를 돌아보기도 했다. 언덕 꼭대기에 다다른 뒤에야 아이는 비로소 멈춰 섰다. 나는 한달음에 뛰어 올라갔다. 숨이 가빠서 허리가 저절로 굽어졌다.

농구공 두고 가면 어떻게 해.

내가 숨을 헐떡이며 말했다. 아이가 공터를 고갯짓했다. 차 서너 대를 주차할 만한 크기의 공터였다. 공터 입구에는 지프차 한 대가 주차돼 있었다.

같이 공놀이하자고?

내가 물었다. 아이가 대답 대신 공터를 향해 걷기 시작했다. 나도 아이를 따라 걸었다. 아이는 지프차 운전석 옆에 멈춘 뒤 손을 내밀었다. 나는 아이에게 농구공을 건넸다. 아이가 농구공을 받아 든 뒤 뒤로 돌아서 차창을 두드렸다. 그때 시동이 걸리더니 차창이 내려갔다. 코팅이 진하게 돼 있어서 안에 누가 있는 줄은 짐작도 못 한

터라 깜짝 놀랐다. 더 놀라운 건 차 안에 미아가 있었다는 것이었다. 미아의 얼굴에는 타박상이 가득했고, 머리도 쇼트커트로 자른 상태였다.

고마워, 꼬마야.

미아는 아이의 머리를 쓰다듬더니 지폐를 쥐어주었다. 아이는 까르르 웃더니 농구공을 튀기며 언덕 아래로 뛰어 내려갔다.

배신자 카프카, 오랜만이에요. 덕분에 머리가 다 타서 짧게 잘랐지 뭐야. 어때요? 잘 어울려요?

미아다운 인사였다. 어떤 말이라도 하고 싶었지만 입이 떨어지지 않았다.

내 직감 정확한 거 알고 있죠? 오늘 왠지 당신을 만날 거 같더라니.

내가 우두커니 서 있자 미아가 말을 이었다.

뭐해요, 타요. 할 말 있어서 찾아온 거 아니었어요? 그래도 가르쳐준 건 기억하고 있었네.

미아가 손짓했다. 해가 지고 있었다. 시야에 존재하는 모든 게 붉어지고 있었다. 미아도 마찬가지였다. 어느 순간부터 미아가 불사조처럼 느껴졌다. 그 폭발에서 살아남다니. 미아는 부활한 영웅처럼 세상만사를 초월한 듯한 표정을 짓고 있었다.

34

상징적인 이야기다. 사람은 세 종류로 나눌 수 있다. 스파이. 정보원. 시민. 두 종류로 나눌 수도 있다. 일출이 어울리는 사람. 석양이 어울리는 사람. 일출과 석양은 세상을 붉게 만드는 공통점이 있지만 기운이 다르다. 일출은 밝음이 기다리고 있지만 석양은 어둠이 기다리고 있다. 탄생을 염원하는 자와 죽음을 갈망하는 자. 일출이 어울리는 사람은 부자나 명망가가 될 수는 있지만 스파이는 될 수 없다. 어둠을 고려하지 않기 때문이다. 석양이 어울리는 사람은 스파이가 될 자질을 갖고 태어났지만 일반인으로 살기에는 고독한 운명을 타고났다. 미아의 구분법이다. 이 구분법에 의하면 나는 석양을 닮은 사람이다. 당시에는 개똥철학이라 치부하며 흘려들었는데, 다시 생각해보니 나름 일리가 있는 것 같기도 했다. 차창 너머 석양이 미아의 얼굴에 붉은 그늘을 드리웠을 때 나는 그런 생각을 했다. 미아도 석양을 닮은 사람이다.

우리는 차창 밖을 바라보고 있었다. 아무도 먼저 이야기를 꺼내지 않았다. 불편한 침묵이 이어졌는데, 나는 그 침묵을 깨는 게 더 불편하게 느껴졌다. 예상하지 못했던 순간에 만나서 주에게 미아를 어떻게 데리고 가야 할지 난감했지만, 몸에 부착된 위치 추적기를 떠올리니 안심이 됐다. 한편으로는 막상 만나고 보니 미아가 가엾게 느껴지기도 했다. 그때 미아가 창문을 열었다. 쌀쌀한 공기가 들어왔다. 나는 숨을 들이쉬었다. 찬 공기가 들어오면서 뇌 속에 있던 잡념이 체외로 흘러나가는 것처럼 느껴졌다. 정신이 번쩍 들었다. 미아를 동정하고 있을 때가 아니었다.

잘 지냈어요?

미아가 침묵을 깼다. 그걸 시작으로 우리는 더듬더듬 안부를 주고받았다. 그 뒤 미아는 근황을 이야기했다. 맞다. 그놈의 자급자족을 쫓는 이야기 말이다. 미아는 몇 사람을 언급했는데, 주가 쫓고 있던 용의자와 대부분 일치했다. 주가 치를 떨었던 그 방해 공작이었다. 한참 동안 수다를 떨던 미아는 그제야 기억난 듯 그런데 왜 만나려고 했냐고 물었다.

와이프가 또 염탐하라고 보냈어요?

미아가 힐끗 쪼개며 빈정거렸다. 나는 어떻게 말을 시작해야 할지 고민하고 또 고민했지만 쉽사리 입을 뗄 수 없었다. 상황을 보아하니 내가 먼저 이야기를 꺼낼 때까지 미아는 왜 자신을 배신했냐고 묻지 않을 작정인 것 같았다. 헷갈리기도 했다. 미아는 왜 나를 예전처럼 대하고 있는 걸까. 바로 죽일 수도 있었잖아. 그런데 왜? 미아의 태도는 나를 어지럽혔다. 나는 고심 끝에 다시 한 번 미아의 가르침을 따르기로 결심했다. 모든 음식을 담을 만큼 큰 그릇을 골라라. 애매한 상황에 처했을 때 어느 쪽으로도 해석될 수 있는 태도를 취하라고 미아가 누누이 강조했던 게 기억난 것이었다. 내가 고른 그릇은 침묵이었다.

생각해봤어요. 카프카, 당신의 입장에서요.

시간이 더 흘렀고 마침내 미아가 입을 열었다. 침묵이라는 그릇은 일단 성공이었다. 나는 잠자코 미아가 말을 잇길 기다렸다.

정신병원이 폭파된 뒤 마음만 먹었으면 당신을 바로 사살할 수 있었을 거예요. 그런데 나는 당신을 죽이지 않기로 했어요. 인간으로서 이해할 수 있을 것 같아서예요. 당신은 당신에게 더 큰 가치를 택한 거잖아요. 사랑 말이죠. 그날 입은 상처가 욱신거릴 때마다 당신을 떠올렸어요. 어쩌면 나도 당신을 사랑했을지도 모르죠.

미아가 한숨을 내쉬며 말했다.

다른 의미의 사랑이니까 걱정 마세요. 나는 당신을 특별한 동료라고 생각했어요. 그래서 더 충격이 컸나 봐요. 그런데 감정 때문에 거사를 그르칠 순 없죠. 판단은 이성이 내리는 거니까요.

미아가 순식간에 품에서 글록을 꺼내 장전을 한 뒤 내게 겨눴다. 나는 눈을 감았다. 드디어 죽는구나. 이 문장이 마음속에 쓰여졌다.

복잡할수록 원칙으로 돌아가야 해요. 무엇이 더 중요한지 분별하고 더 중요한 것을 향해 결단해야죠.

미아의 목소리가 들렸다. 로로를 처단할 때 비슷한 말을 들었던 게 떠올랐다. 나는 죽음을 기다리고 있었다. 이상했다. 평온했다. 두렵지 않았다. 후회도 없었다. 해인에게는 미안하지만 이 버거운 상황을 어서 끝내버리고 싶기도 했다.

카프카, 편안해 보이네요. 드디어 죽음과 친구가 됐나 보군요. 미안해요. 그동안 당신을 의심했어요. 왜 당신이 나를 찾았는지 알 것 같아요. 의심을 풀고 싶었겠죠. 배신자라는 오명을 벗고 싶었겠죠. 어쨌든 당신 때문에 일이 꼬였으니 사과하고 싶었겠죠. 그리고 무엇보다 해인 씨의 행방을 알고 싶었겠죠. 그 행방을 알 가능성이 가장 높은 사람이 바로 나일 테니. 이제 눈을 떠요, 카프카.

총성 대신 미아의 부드러운 목소리가 들렸다. 나는 눈을 떴다. 미아는 웃고 있었다. 예상의 범주를 한참 뛰어넘는 상황이었다.

총을 맞을 사람은 당신이 아니에요.

미아가 말했다. 무슨 상황인지 짐작할 수도 없었다. 나는 섣불리 침묵이라는 그릇을 치우지 않기로 했다.

무슨 이야기인지 모르겠죠? 보여줄 게 있어요.

미아가 차에서 내렸다. 나는 미아를 따라 내렸다. 미아는 트렁크를 열었다. 나는 탄성을 내뱉었다. 트렁크에는 피투성이가 된 헤밍웨이가 들어 있었다. 낚싯줄로 손발이 묶여 있었고, 입에는 재갈이 물려 있었다. 헤밍웨이는 우리를 보더니 생전 처음 들어보는 괴상한 소리를 내질렀다. 눈이 튀어나올 듯 흥분해 있었다. 미아는 총신으로 헤밍웨이의 머리를 내리쳤다. 헤밍웨이는 축 늘어졌다.

갑시다.

어디로요?

아무 소리도 새어 나가지 않는 곳.

미아가 말했다. 나는 침을 꿀꺽 삼켰다. 석양은 어둠으로 돌변하고 있었고, 어둠이 서서히 우리를 포섭하고 있었다.

하수처리장으로 가는 동안 미아는 입이 마르도록 해인을 칭찬했다. 적이지만 존경스럽고 자신의 라이벌이 되기에 충분한 역량을 지니고 있다면서. 그런 아내를 둔 걸 자랑스럽게 여기라면서.

나는 아무것도 바라지 않아요. 해인 씨가 끝까지 살아남아서 내 손에 잡히기만을 기대할 뿐.

미아가 끝에 여운을 두며 말했다. 롯데월드타워에서 본 게 미아 당신이 맞냐고 물어봤어야 했는데 경황이 없어서 묻지 못한 게 못내 아쉽다. 그만큼 당시 나는 이게 무슨 상황인지 도저히 갈피를 잡을 수 없었다. 나는 있는 사실 그대로 생각해보기로 했다. 나는 멀쩡하게 미아 곁에 앉아 있었고 헤밍웨이는 피투성이가 된 채 트렁크에 있다. 이게 객관적인 사실이었다.

다시 한 번 진심으로 사과할게요. 의심한 거 미안해요.

머리를 굴리고 있을 때 미아가 말했다.

헤밍웨이가 쓴 보고서 기억나죠? 그 보고서가 든 노트북 때문에 카페에서 추격전도 벌였다고 들었어요. 나를 만나고 싶다고 전해달라고 한 것도. 나는 모든 걸 잃은 뒤 마음이 무너진 상태라 헤밍웨이를 다시 채용하고 전적으로 신뢰를 보냈죠. 헤밍웨이가 말하길 진작 해인의 존재를 눈치채고 있었지만 카프카가 공작으로 내 눈을 가렸다고 하더라고요. 그 말을 믿을 수밖에 없었어요. 어찌나 분하던지 눈물이 다 나더라고요. 당신 책임도 있어요. 누가 봐도 당신이 아내의 사주를 받아 내게 접근한 것처럼 보이는 거 알죠? 그런데 이번 일로 배신자는 카프카 당신이 아니라 헤밍웨이라는 것을 알아챘죠. 왜 눈치채지 못했을까요? 왜 바보처럼 징후를 느끼지 못했을까요?

대체 무슨 일이 있었나요?

나는 추임새를 넣었다.

알고 보니 헤밍웨이는 데이먼 주라는 한국지부 요원의 정보원이었습니다.

네?

그러니까 이중 스파이죠. 서버를 통째로 해킹당한 일이 있어서 심증만 있었는데, 얼마 전부터 내 뒤를 밟는가 싶더니 어젯밤 발각됐지 뭐예요. 내가 미행할 때 잊지 말라고 했던 문장 기억나요?

상대도 너를 쫓는다.

맞아요. 내 충고를 잊지 않고 있군요. 이게 카프카 당신을 아끼는 이유죠. 아무튼 헤밍웨이가 주와 내통하고 있었다는 걸 안 뒤 모든 의문이 해소됐어요. 불독이 우리를 쫓은 게 시작이었던 것 같아요. 모두 나를 고립시키기 위한 공작이었죠. 당신의 아내가 김대건 일당이라는 걸 알고 당신과 나 사이를 이간질한 것도. 라마와 순사를 죽인 것도. 불쌍한 친구들.

라마와 순사를 언급할 때 미아의 표정에 슬픈 기운이 엿보였다. 나는 주가 왜 당신을 쫓는 거냐고 물었다. 상대 의견에 동조하는 느낌의 질문은 동서고금을 막론하고 가장 기초적인 첩보술이었다. 질문이 거듭될수록 상대는 자신의 답변에 현혹돼 허우적대기 마련이었다.

징글징글한 놈. 첩보원의 탈을 쓴 공무원. 전에 말한 적 있는데 기억하나 모르겠어요. 나는 내부 권력 다툼에 휘말려 들었어요. 모두 내가 자급자족단을 일망타진한 뒤 국장이라도 될까봐 시샘하고 있거든요. 권불십년 화무십일홍. 그놈의 권력이 뭔지. 인간의 욕망을 다루는 스파이라면 자신의 욕망부터 다스려야 되거늘.

미아가 한숨을 쉬었다.

헤밍웨이가 한국지부에 정보를 흘리는 것 같다며 조심하는 게 좋을 거 같다는 당신의 충고는 혜안이었어요. 헤밍웨이라는 이름을 택할 때부터 석연치 않다 했어요. 헤밍웨이가 CIA 정보원이었다고 말했던 거 기억하죠? 사실 헤밍웨이는 사기꾼이었어요. 2차 대전 때 헤밍웨이가 정보원을 자청하며 쿠바 정치인과 독일군의 접선을 찾아내겠다고 나섰는데 결국 공작금만 꿀꺽했지 뭐예요. 그 공작금으로 선상 파티를 열어서 낚시를 했다는 거예요. 진짜 헤밍웨이는 그때 경험으로 『노인과 바다』라는 걸작이라도 썼지.

미아가 고개를 절레절레 저었다. 나는 헤밍웨이가 모든 걸 실토

했는지 물었다.

　물론 변명만 늘어놓았죠. 이번에도 속아 넘어갈 뻔했는데 뒤에서 주가 갑자기 덤벼들었어요. 그때 주를 잡았어야 했는데 달아났지 뭐예요. 그 뒤엔 헤밍웨이 말은 듣지도 않았어요. 내 직감은 이미 헤밍웨이를 배신자라고 부르고 있었어요. 내 직감이 얼마나 정확한 줄 알죠?

　미아가 가슴을 두드리며 말했다. 왜 갑자기 이야기가 이렇게 진행되는 건지 어리둥절했지만 모르긴 몰라도 과대망상증이라는 병명에 어울리는 서사 같다는 생각이 들었다.

　저도 사과드릴게요. 감정이 앞섰어요. 볼셰비키와 비비의 처지가 저희 부부와 비슷해서 그만. 당신을 좀 더 배려했어야 했는데. 아니, 그 전에, 와이프가 적이라는 걸 바로 당신과 상의했어야 했는데. 후회 많이 했어요. 돌이켜보면 분명 둘 다 발전적인 방향으로 나갈 수 있었을 텐데요.

　이 이야기를 한 뒤 나 자신에게 소름이 돋았다. 눈물까지 흘리며 연기를 하고 있었던 것이었다. 내 전략은 맞아떨어졌다.

　내가 당신을 왜 좋아하는 줄 알아요?

　미아가 물었다. 나는 눈물을 훔치며 어깨를 으쓱했다.

　낭만주의자이기 때문이죠.

　미아가 그윽한 미소를 지었다.

　내 전략은 의외의 성과도 가져다주었다. 미아가 해인의 행방을 알고 있다고 한 것이었다. 나는 들뜬 마음을 억누르려 애쓰며 해인이 어디에 있냐고 물었다.

그런데 조건이 있습니다.

미아가 나를 바라봤다. 나도 미아를 바라보며 그게 뭐냐고 했다.

나와 다시 일을 합시다.

미아가 눈에 힘을 주며 말했다. 요새 대규모 작전을 시작했는데 믿을 만한 동료가 없다는 것이었다. 아마 CIA와 자급자족을 잇대는 작업을 뜻하는 것이리라.

타깃은 누구인가요?

CIA.

네?

등잔 밑이 어두웠어요. CIA야말로 자급자족 중에 자급자족이에요.

내 예상이 맞았다. 그 뒤 미아는 CIA는 자본주의 체제의 기생충이라는 둥, 역사에 기록된 사기극과 자작극을 주목하라는 둥, 허구로 먹고사는 족속들이라는 둥, CIA뿐만 아니라 각국 정보기관도 가만두지 않을 거라는 둥 쉴 새 없이 떠들기 시작했다.

입과 머리. 이게 그들의 자급자족 포인트예요. 쉽게 말해서 점쟁이가 수천 명 모인 집단이 있다고 상상해봐요.

미아는 헤밍웨이와 비슷한 결론을 내리고 있었다. 그때 운전대를 잡아 흘러내린 소매 안 팔목에 새긴 문신, 그러니까 나는 나를 불신한다, 라는 뜻의 문신이 눈에 들어왔고, 그 옆에 처음 보는 문신도 보였다.

前車覆後車戒

나는 문신을 새로 했냐며 무슨 뜻이냐고 물었다. 미아는 CIA가 자급자족과 연관돼 있다는 사실을 깨달은 뒤 자성의 의미로 새긴 문신이라고 했다.

전거복후거계. 앞 수레가 넘어지면 뒤 수레의 경계가 된다. 선배의 실패를 후배는 경계로 삼아야 한다는 뜻이죠. 나도 반성해야 해요. CIA와의 악순환을 끊는 게 반성의 시작입니다.

미아가 헤밍웨이와 다른 점은 자성할 줄 안다는 것이었다.

그뒤 미아는 자신을 도와주면 대가로 해인의 형량을 최소화해주겠다고 했다. 헛웃음이 비집고 나왔다. 사기꾼 주제에 누가 누굴 감형시켜주겠다는 건가. 나는 단순하게 생각하기로 했다. 해인의 안전이 우선이었다. 금세 정리가 됐다. 주에게 미아를 넘기면 된다. 감형이 현실적이다. 더 이상 미아를 동정하면 안 된다. 한편으로는 다른 생각도 들었다. 폴리바게닝이 된다 하더라도 20년이라는 형량은 지나친 거 아닌가. 5년을 더 깎아서 15년을 산다 쳐도 출소하면 50대였다. 주는 새로운 인생을 살기엔 충분할 거라고 했지만 암울하기 그지없었다. 해인과 아무도 모르는 곳으로 도망가서 행복한 한때를 보내는 장면이 상상됐다. 그때 나는 주를 배신하기로 결심했던 것 같다. 되돌아보면, 망상에 빠져 말년을 허비하고 있는 미아의 기운이 전달됐던 게 아닌가 싶다. 왠지 상상을 현실로 이룰 수 있을 것 같았다. 그러자 미아에게 해인에 대한 정보를 듣는 게 무엇보다 중요해졌다. 그때 머릿속에 묘수가 스쳐지나갔다. 이 묘수를 떠올린 뒤 나야말로 타고난 첩보원이 아닌가 하는 생각도 들었다. 나는 미아의 제안을 수락했다. 한편으로는 미아에게 내 유일한 장기를 발휘하기 시작했다. 허구로 설득하기. 나는 사실 주의 정보원이라고 했다. 미아가 놀랄 틈도 주지 않고, 주에게 접근해 정보원을 자청했으며 몸에 부착한 위치 추적기를 통해 주를 유인하고 있다고 했다. 당신을 찾아 헤매다가 뒤늦게 비상연락망을 떠올렸다는 말과 오늘 헤밍웨이까지 동시에 처단할 수 있을 줄은 몰랐다는 말을 덧붙이며, 헤밍웨이와 주가 당신과 비밀공작처를 상대로 공작을 벌인 걸 진작 눈치채고 있었고, 이 모든 걸 당신에게 떳떳하다는 걸 증명하기 위해 기획한 거라고 했다. 처음에는 미심쩍은 눈길을 보내던 미아도 첨부 자료를 근거로 제시하듯 어깨에 부착한 위치 추적기를 보여주자 헤밍웨이도 같은 걸 갖고 있었다며 고개를 끄덕이기 시작했다.

상황을 반전시킬 수 있는 패는 되도록 늦게 보여야 한다.

그 뒤 나와 미아는 동시에 같은 말을 했다. 신입 교육 때 배웠던 문구였다.

기억하고 있었군요. 그래서 이제야 말한 거였군요.

미아가 희미하게 웃으며 말했다.

어떻게 잊을 수 있겠어요.

내가 화답했다. 그 뒤엔 일사천리였다. 머릿속에 파편화돼 떠다니던 거짓말이 논리적으로 재조립돼 입으로 흘러나오기 시작했다.

나조차 속아서 진실로 믿을 지경이었다. 이게 내 작품이라면 카프카처럼 죽어서라도 찬양받을 수 있을 것 같았다.

제 명예를 위해서라도 다시 한 번 당신과 함께 일하고 싶습니다.

하수처리장에 다다랐을 무렵 미아가 듣고 싶어 하는 말도 해줬다. 위치 추적기에 달린 비상 버튼을 슬쩍 누르며.

당신을 믿어도 되겠어요?

미아가 물었다. 그 광기 어린 눈으로 나를 바라보며. 현상 너머의 본질을 꿰뚫어 보는 듯한 기운이 느껴져서 오싹했다. 나는 하마터면 모든 걸 실토할 뻔했다. 당신 따위는 어떻게 되든 상관없다고. 배신자는 헤밍웨이가 아니라 바로 나라고. 지금도 당신을 속이고 있다고.

35

이번 장은 주요 사건만 요약 서술하겠다. 언급하지 않고 넘어가려고 하다가 전개상 필요한 부분이라 어쩔 수 없이 이야기하는 것이다. 기억하기도 싫고 쓰면서도 감정 소모가 심할 것 같아서 그러니 이해해주시길.

처형장에 도착한 뒤 미아는 헤밍웨이의 모든 손가락을 잘랐다. 수문이 열렸고 헤밍웨이의 절규와 비명은 들리지 않았다. 미아는 바닥에 나뒹구는 손가락들을 아득한 눈길로 바라보고 있던 헤밍웨이를 오수 속에 밀어 넣었다. 헤밍웨이는 살아난다 해도 다시는 글을 쓸 수 없을 것이다. 그때 주가 들이닥쳤고, 미아는 총상을 입었다. 미아는 고통에 신음하며 내게 쪽지를 건넸다.

20180228 22:00 60.833919, 450.369119

카프카, 이번 작전은 당신의 공이 컸어요. 이제 여긴 내가 맡을 테니 어서 해인 씨에게 가봐요. 내가 죽음과 친구인 거 알죠?

미아가 눈을 찡긋한 뒤 주에게 돌진했다. 주는 총을 연사했지만 미아의 광기를 막기엔 역부족이었다. 미아는 주의 몸을 휘감고 오수 속으로 뛰어들었다. 괴물이 입을 다물듯 수문이 닫혔다. 고요했다. 아무 일도 벌어지지 않은 것 같은 느낌이 들었다. 지난 시련에 대한 보상으로 신이 시간을 되돌린 것 같았다. 나는 혼자 서 있었다.

미아, 이제 스파이 놀이 그만해요. 제가 배신자예요. 헤밍웨이가 아니라 카프카가 배신자라고요.

내가 외쳤다. 하수처리장에 내 목소리가 울려 퍼졌다. 그때였다. 휘파람 소리가 들리기 시작했다. 캐럴이었다. 울면 안 돼. 울면 안 돼. 주변을 살폈다. 아무도 없었다. 울면 안 돼. 울면 안 돼. 산타 할아버지는 우는 아이에겐 선물을 안 주신대요. 나는 수면을 바라봤다. 수면은 잔잔했다.

36

해인에게

 현재 시각 2월 25일 19시 53분. 평창 올림픽스타디움 인근 산기슭. 폐막식이 곧 시작하려는 모양인지 불빛도 요란하고 시끌벅적하네.

 나는 이틀 전부터 여기에 차를 세워놓고 있었어. 오늘을 얼마나 기다렸는 줄 알아? 당신 계획 중 동계올림픽 폐막식이 그나마 접근이 용이하더라고. 현장에 다가갈 순 있으니까. 일정도 알 수 있고 말이야. 여태까지 일정을 알아도 갈 수 없는 곳이거나 갈 수 있어도 일정을 몰라서 항상 허탕을 쳤거든. 예나 지금이나 늦는 건 여전하네. 이런 말을 툭 던질 당신이 떠올라 가슴이 미어진다. 여기에서도 허

탕을 치면 어디로 가야 하지? 보자. 어디 어디 남았더라. 러시아대
사관? 한국은행? 서울중앙지검? 헌법재판소? 아니면 다른 계획이
생겼나? 내가 어떻게 당신 계획을 알고 있는지 궁금하지? 만나면
설명해줄게.

맞다. 탈옥, 기가 막히더라. 5개 교도소 동시 탈옥이라니. 대체 어
떻게 한 거야? 올림픽 때문에 쉬쉬하느라 단신으로만 보도하는 바
람에 자세한 내용을 알 수가 있어야지. 결국 했구나. 이제 와서 고
백하지만 사실 예전에 당신 웹하드에서 본 적이 있거든. 왜, 우리가
처음 자연주의 수련원 갈림길에서 만날 무렵에 말이야. 불쾌하다면
사과할게. 당시엔 어쩔 수 없었어. 미칠 것 같았거든.

그건 그렇고 한미연합군사훈련 방해는 재고해봐. 미국 정부의 공
개적인 적이 되면 그날로 끝이야, 끝. 타이밍이 좋지 않아. 트럼프
심기가 불편하다는 보도가 줄을 잇고 있단 말이야. 백악관 권력을
가운데 둔 비서실장과 이방카 부부의 신경전 과열. 전직 포르노 배
우 스테파니 클리포드의 소송 제기. 수입 철강 알루미늄 관세 부가
방침에 대한 전 세계적인 맹비난. 이유야 다양하게 분석되긴 하는
데 내 생각엔 그냥 타고나길 심기가 불편해 보이는 사람 같아. 그래
도 조심해서 나쁠 거 없잖아.

아, 그리고 질문. KBS에는 언제 나와? 당신 얼굴도 볼 수 있는 거
야? 볼키가 비비도 나오냐고 꼭 물어보라네. 아, 볼키. 볼키라고 정
신병원에서 봤던 친구. 왜 비비의 남자친구 말이야. 기억하지? 그
친구는 지금 옆에서 곯아떨어져 있어. 비비를 볼 생각에 밤새 뒤척

이더니 졸렸나봐. 나도 당신을 볼 생각에 뒤척였지, 뭐. 그런데 요새 불면증이 생겼나봐. 잠이 영 오질 않네. 사실 평창에 오기 전 불면증 진료를 받으러 정신과 의사한테 다녀왔어. 당신에게 우울증 판정을 내렸던 그 의사 말이야. 의사가 내게 물었어. 요새 기다리고 있는 게 있습니까? 나는 대답했어. 하나의 대상에 대해 두 가지 기대가 있습니다. 아무 일도 벌어지지 않았으면 좋겠고, 어서 벌어졌으면 좋겠습니다. 상반되는 의견인 거 알죠? 의사가 다시 물었어. 알고 있습니다. 그런데 어쩔 수 없습니다.

지금도 나는 모순된 두 가지 기대를 품고 있어. 아무 일도 벌어지지 않았으면 좋겠다. 그래서 당신이 안전했으면 좋겠다. 어서 일이 벌어져서 모든 상황이 마무리됐으면 좋겠다. 새드엔딩이 될 확률이 높겠지만. 그럼 더 이상 걱정할 필요가 없잖아. 시간이 흐르면 불면 증도 사라지겠지. 맞아, 후자는 이기적인 생각이야. 당신도 알듯이 내가 좀 이기적이잖아.

헛된 생각이란 거 나도 알아. 일이 벌어지든 말든 내가 할 수 있는 일은 없으니까. 기껏해야 롯데월드타워에서처럼 울부짖고 말겠지. 당신을 구하겠다는 생각은 버린 지 오래야. 당신이 롯데월드타워에 서 뛰어내렸을 때 느꼈던 것 같아. 그런데 솔직히 말해 아직도 당신을 설득해보겠다는 마음을 버리지 못했어. 당신이 내 입장이었어도 나를 만나서 말이라도 해보기 위해 몸부림쳤을 거야. 주온 씨에게 대강 들었겠지만, 내가 어떻게 여기까지 왔는지 그동안 내게 무슨 일이 있었는지 상세하게 듣는다면 적어도 내가 왜 이렇게 행동하는지는 이해할 수 있을 거야. 일단 만나자. 모든 걸 설명할게. 함께 극복해보자. 여기서 말할 수 있는 건 당신은 잡히면 끝장이라는 거야. 그들은 당신이 상상하는 것 이상으로 잔혹하고 끈질겨. 예전부터 당신은 나를 이상적인 사람이라고 놀리곤 했었지. 현실적으로 생각하라고 말이야. 이번에는 그 말을 그대로 되돌려주고 싶어. 용기를 주고 싶은데 비관적으로만 말해서 미안해. 하지만 이게 엄연한 현실이야. 상황은 점점 악화될 거야. 그러니까 지금이라도 모든 걸 포기하고 달아나자. 나도 알아. 무책임하다는 거. 당신 어깨에 많은 게 걸려 있고 그걸 두고 떠날 수 없다는 것도. 그래도 나 때문에 당신이 이렇게까지 됐다는 생각을 떨치기 힘들어. 내 마음 편하자고 버둥거린다고 비난해도 좋아. 해보는 데까지 해보고 싶어. 안 되면 바짓가랑이라도 잡고 울고불고해봐야 후회가 남지 않을 것 같으니까. 하다못해 총이라도 대신 맞아야 마음이 편할 것 같으니까.

도피처도 알아뒀어. 인도양에 있는 작은 섬인데, 1년 내내 따뜻한 데다가 바닷물은 하늘보다 더 하늘색이고 모두가 모두의 친구가될 수 있으며 랍스터 한 마리를 1달러에 먹을 수 있대. 이 섬을 아는 사람은 이제 나밖에 없어. 한 명 더 알고 있었는데 얼마 전에 사라졌어. 아무래도 죽은 것 같아. 딱 봐도 죽음과 친구가 될 유형은 아니거든.

이제 내가 첩보요원이라고 해도 웃지 않겠지? 당신이 저항의 방식을 택했다면 나는 순응의 방식을 택한 거야. 여기에 대해서는 당신이 뭐라고 해도 할 말이 없어. 당시 나는 이 선택이 우리 삶에 최선이라고 생각했던 것 같아. 이게 핑계가 될지는 모르겠어.

우리 삶이 급격하게 변한 걸 보니 이런 생각이 들더라. 우리는 불행을 자급자족하고 있었다고. 우리가 원하는 건 행복이었지만 마음속에는 불행이 도사리고 있었어. 꿈을 가꾸고 있는 듯 보였지만 열리는 건 갈등이라는 열매뿐이었어. 미아 모닝스타의 논리대로라면 이 세상 모두가 다 자급자족단일걸. 조심해야겠어. 미아한테 잡힐지도 모르니. 농담이야, 농담. 자급자족. 나는 이 단어를 증오해.

자, 이제 폐막식이 시작한다. 슬슬 들어가봐야겠어. 당신이 나타날까? 나타난다면 무슨 일을 저지를까? 아무 일도 벌어지지 않고, 모든 일이 벌어지길 바라. 어쩌면 나는 단지 눈으로 확인하고 싶은지도 몰라. 당신이 이 세상에 존재한다는 사실 말이야. 누가 그러더라. 당신을 담기엔 내 그릇이 작다고. 이제부터 내 그릇을 한번 키워볼 작정이야.

2018년 2월 25일
평창 올림픽스타디움에서

추신 : 첩보에 의하면 당신 주위에 CIA 정보원이 있으니 조심할 것. 주온, 수오, 비비는 아니니까 안심해.

*

　여기까지 당시 당신한테 보낸 메일이야. 메일 계정을 없앴다며 그대로 되돌아왔지 뭐야. 휴대전화도 없앤 것 같고 이제 연락할 방법이 사라졌다고 생각하니 한동안 울적하더라. 블로그에 올리기로 결심한 건 당신을 영원히 보지 못할 수도 있다는 예감 때문이야. 언제 어디서 잘못될지 모르는데 작별 인사라도 남겨야지. 여기 남기면 내가 이 세상에 없어도 당신이 이 글을 읽을 수 있으니까. 물론 당신이 잘못될 가능성도 있지만 그건 너무 슬퍼서 염두에 두고 있지 않아. 예전에 얘기했던 것처럼 다음 생에는 사람이 아니라 다른 걸로 만나자. 나무와 고양이. 벌과 튤립. 커피와 오로라. 그게 아니면, 당신 생각대로 텃밭과 작물도 괜찮고. 아참, 올림픽 폐막식 대신 러시아 대사관으로 간 건 탁월한 판단이었어. 대통령은 물론이고 이방카에 김영철까지 참석해서 경비도 삼엄했고, 무슨 일이라도 벌였으면 위험할 뻔했어.

37

내 생각은 변함없다. 언제나 미래에 대해 이야기하는 건 슬프다. 과거에 대해 이야기하는 건 아득하다. 현재에 대해 이야기하는 건 지친다. 셋 중 제일 어려운 건 현재에 대해 이야기하는 것이다. 지치는 게 죽음과 가장 밀접한 감정이기 때문이다. 그런데도 사람들은 자꾸 근황에 대해 묻는다. 이 이야기를 읽었다면 이제 내가 현재에 대해 이런 감정을 품는 이유를 짐작할 수 있을 것이다.

내 근황은 여전하다. 현재 시각 2018년 4월 24일 오전 열한 시 32분. 한국은행 강남본부 인근 주차장. 벌써 이 주차장에서 지낸 지 두 달 가까이 됐다. 앞서 말한 대로 나는 차에 서식한다. 이제 차 이름은 모두 알 것이다. 그레고르 잠자. 룸메이트는 어디 갔냐고? 볼키는 가위바위보에 져서 햄버거를 사러 갔는데 곧 올 때가 됐다.

미아가 건넨 좌표는 역삼역 인근 버거킹을 가리켰다. 맞다. 지금 볼키가 햄버거를 사러 간 데가 그 버거킹이 맞다. 2월 28일 22시. 버거킹에 들어갔을 때 어떤 사람이 말을 걸었다. 몸에 딱 맞는 진회색 정장을 차려입고 지팡이를 든 노신사였다. 일흔 정도로 보였지만 허리는 꼿꼿했고 정정했다. 당신이 카프카입니까. 그가 물었다. 나는 고개를 끄덕였다. 그는 자신이 미아의 친구라며 따라오라고 했다. 그가 안내한 게 이 주차장이다.

주차장에는 음산한 기운이 가득했다. 차가 한 대도 없었다. 볼키는 이렇게 텅 빈 주차장은 처음 본다며 불안하다고 속삭였다. 나 역시 꺼려져서 들어가길 주저했다. 절 믿으세요. 어떻게 알았는지 노신사가 우리를 안심시켰다. 나는 고개를 끄덕였다. 노신사는 5층으로 올라가라고 하며 망원경을 건넸다. 미아의 선물. 그가 말했다. 감사의 표시로 지폐를 건네자 그는 손사래를 쳤다. 미아의 친구는 곧 나의 친구죠. 그는 필요한 일이 생기면 언제든지 버거킹으로 오라고 했다. 나는 최근에 미아를 본 적 있냐고 물었다. 신사는 미아를 본 지 한 달이 지났고 그동안 연락도 없었다고 했다. 미아는 죽음과 친구니까 걱정 마시길. 그가 덧붙였다.

우리는 5층으로 올라갔다. 천지분간이 안 될 만큼 어두워서 그날 밤에는 미아의 의도를 짐작할 수 없었다. 날이 밝았을 때 나는 무릎을 쳤다. 여기에서는 한국은행 강남본부를 장애물 없이 조망할 수 있었다. 해인의 계획 중 하나였던 한국은행 강남본부 금고. 안 그래도 인근 주차장을 수소문하고 있었는데, 강남은 어딜 가나 탁 트여 있어서 고민하던 차였다. 며칠 더 지내니까 이유가 더 명확해졌다. 현금 수송 차량이 오가는 길목이 훤히 내려다보였던 것이다. 은행에서는 지형 때문인지 이 주차장이 보이지 않았는데 나는 그 사실을 볼키에게 듣고 미아의 세심함에 고개를 내둘렀다. 게다가 이 주차장은 폐쇄 건물로 등록돼 있어서 인터넷이나 내비게이션에서 검색이 되지 않았다. CCTV 사각지대이며, 주차장 뒤로는 미로 같은 좁은 골목길이 펼쳐진 걸로 봐서 퇴로도 염두에 둔 걸로 보였다. 이 주차장은 가히 안전가옥의 교본이었다. 강남이라는 복잡한 구역. 그 한가운데에 위치한 고요한 공간. 투쟁의 한가운데. 태풍의 눈은 항상 고요하죠. 미아의 목소리가 들리는 듯했다.

창문을 연다. 망원경을 눈에 댄다. 은행을 오가는 사람들이 보인다. 지금까지 74명. 미세먼지도 없고 따뜻하다. 평화롭기 그지없는 풍경. 라디오를 켠다. 뉴스가 흘러나온다. 다행히 해인이 주인공인 뉴스는 없다. 가끔 자급자족단에 대한 보도가 나오긴 했지만 기억할 만한 건 없었다. 아직까지 열아홉 번째 장미셸이니 인터폴 적색 수배니 하는 이야기도 없었다.

나는 눈을 감는다. 졸리지만 잠이 오지 않는다. 불면증은 여전하다. 어제는 정기 검진일이었다. 나는 의사에게 불면증이 여전하다고 했다. 의사가 물었다. 요새 기다리고 있는 게 있습니까? 나는 대답했다. 하나의 대상에 대해 두 가지 기대가 있습니다. 아무 일도 벌어지지 않았으면 좋겠고, 어서 벌어졌으면 좋겠습니다. 지난번과 같군요. 전처럼 상반되는 의견인 거 알죠? 의사가 다시 물었다. 알고 있습니다. 그런데 어쩔 수 없습니다. 그건 그렇고 요새 무엇을 하십니까? 글을 씁니다. 언제 씁니까? 시시때때로 씁니다. 무엇에 대해 씁니까? 저와 와이프에 대해 씁니다. 아, 해인 씨는 잘 계십니까? 우울증은 괜찮아졌습니까? 네, 극복한 것 같아요. 어쨌든 하고 싶은 걸 하고 있거든요. 잘됐네요. 이제 선생님만 나으면 되겠어요. 그런데 글을 쓰다 보면 정신이 혼탁해져서 잠이 오지 않습니다. 무의식을 끌어내는 기능을 하거든요. 그게 불면증의 원인일 수도 있겠네요. 네, 하고 싶은 말은 다 썼습니다. 내일이면 끝나요. 마무리만 하면 됩니다.

이제 이야기를 마무리할 때가 된 것 같다. 숙면을 취한 게 언제인지 모르겠다. 마지막으로 궁금한 게 있는가? 풀리지 않는 의문이 있는가? 댓글을 달길 바란다. 며칠 동안 답글이 달리지 않는다면 내 신변에 문제가 생긴 것이니 답을 기다리는 대신 눈을 감고 상상해보시길. 미아 모닝스타와 함께 그레고르 잠자를 타고 떠나는 모험을.

아, 나도 궁금한 게 있다. 언제 물어볼까 하다가 타이밍을 놓쳐서 여기까지 왔다. 여러분은 무엇을 자급자족하는가. 쥐도 새도 모르게 잡혀갈까봐 겁이 난다면 걱정 말시길. 나는 입이 무겁다. 게다가 나부터 말할 수 있다. 나는 자급자족한다. 그게 무엇인지는 이 글 곳곳에 나와 있다.

38

출판 관계자에게 몇 마디 남긴다. 블로그를 읽고 이 글을 출판하길 원한다면, 법무법인 인헌의 신수진 변호사와 상의하길 바란다. 인세가 발생한다면, 해인이 스무 살 때부터 유니세프를 통해 후원해온 쿠바 아바나대학교 법대생 마리아 델 카르멘에게 장학금으로 전달하도록 하겠다.

소설가와 자급자족의 이상

한영인

들어가며

어쩌면 헐리우드의 영화 제작자들이야말로 북미 정상회담의 향배에 어느 누구보다 촉각을 곤두세우고 있었던 사람들은 아닐까. 미국 중심의 세계 자본주의 시스템을 위협하는 실질적인 '적'의 소멸은 아무래도 첩보 액션물의 핍진성을 단박에 제약하는 결과를 낳게 될 테니 말이다. 하여 싱가포르의 호텔에서 트럼프와 김정은이 악수를 나누는 순간, LA의 어느 늙은 제작자는 한 손에 위스키 잔을 든 채 오래된 필름을 영사기에 돌려 보며 이렇게 읊조릴지도 모르겠다. "소련이 존재하는 지도를 보며 제임스 본드를 파견할 수 있었던 시대는 참으로 복되었도다." 하지만 아무리 한탄한들 그 노인은 냉전 시대에 자신을 휘감았던 코끝이 찡하도록 차디찬 공기를 결코 다시 흡입할 수 없을 것이다. 누가 뭐래도 지금은 지구온난화의 시대, 그러니까 글로벌 자본주의의 뜨거운 열기가 지구의 푸르른 육체마저 후끈 달아오르게 만들어버린 시대이니 말이다.

하지만 적이 없는 시대에도 적대의 충동은 사라지지 않는 법, 현재를 글로벌 자본주의의 전일적 지배하에 놓인 매끈한 시대로 이해해서는 곤란한 이유다. 권력을 쥔 쪽에서는 통치/통제의 근거를 새롭게 동원할 정치적 필요가 여전히 존재하며 그 반대쪽에서는 자신들의 실천을 체제의 모순을 극복하기 위한 혁명적 사건으로 의미화하고 싶어 하는 욕망을 포기하지 않는다. 만약 현재 우리가 도처에서 반체제적 급진성을 목도할 수 있다면 그것은 대개 이와 같은 충동에 빚진 결과로 봐도 좋을 것이다. 하지만 이 적대의 양상은 공산주의라는 굳건한 타자가 존재하던 과거와는 사뭇 다르다. 글로벌 자본주의가 우리 삶의 영역을 교묘하게 장악해 들어갈수록 우리가 영위하는 촘촘한 일상의 마디마디가 새로운 저항의 거점으로 떠오르기 때문이다.

미니멀리즘이라는 자본주의의 새로운 적?

오한기는 한 편의 첩보 액션물을 방불케 하는 이 소설에서 '자급자족'과 '미니멀리즘' 같은 대안적 라이프스타일을 정확히 역사적 공산주의의 텅 빈 자리에 위치시킴으로써 새로운 역사적 적대를 생성해내고자 하는 "시대착오적인 스파이" 미아 모닝스타를 등장시킨다. 자칭 CIA 한국지부 비밀공작처장인 그녀에 의해 미니멀리즘과 자급자족은 자본주의와 경쟁하는 새로운 인정투쟁의 주체로 재정위되며 이를 통해 그 종언이 준엄하게 운위되었던 역사는 비로소 리부트된다. (물론 소설에 등장하는 '새로운 역사적 적대'는 현실에서 실제로 작동하는 것이라기보다는 소설가의 자유분방한 상상이 창조해낸 '유사pseudo 적대'에 가깝다.)

이 야심찬 모험은 서른넷의 프리랜서 작가 '나'가 생활고를 이기지 못하고 넷플릭스, 구글, 애플, FBI, CIA, 나이로비 국립공원 같은 곳에 무차별적으로 이력서를 보내면서 시작된다. 장난 반 진심 반으로 벌인 일이었는데 얼마 뒤 '나'는 놀랍게도 'CIA 한국지부 비밀공작처장'이라는 미아 모닝스타(이하 미아)의 연락을 받게 되고 엉겁결에 CIA의 모니터 요원으로 발탁된다. 이후 다소간 살벌한 면접을 거친 '나'는 미아와 함께 자본주의를 위협하는 새로운 세력으로 떠오른 '자급자족단'의 동향을 감시하고 보고하고 척결하는 일에 착수하게 된다. 그런데 미아가 새롭게 지목한 자본주의의 적인 자급자족단이란 대체 무엇인가.

자급자족단. 핑계는 좋죠. 가치관의 변화라는 핑계. 후대에 깨끗한 자연을 물려준다는 핑계. 에너지 고갈과 환경보호라는 핑계. 내가 무조건 반대하려는 건 아니에요. 그런데 이들은 영악해요. 내가 두려워하는 건 이 지점이에요. 이들은 자급자족과 자본주의를 교묘하게 결합한 뒤 원하는 걸 얻어내고 있어요. (……)

　그러니까 쉽게 말하면 그들은 일종의 마케팅 홍보 전략을 사용하고 있는 거예요. 이미 그들은 우리 삶에 침범한 상태예요. 도시 농부. 태양열. 전기차. 유기농. 주말농장. 핸드메이드. 마르쉐. 대체에너지. 생태주의. 에코백. 팬시하고 쿨하게 포장된 상품들. 이 상품들은 사람들의 내면을 자극하고 그래서 생긴 틈에 자리 잡죠. (115-116쪽)

　미아에 따르면 자급자족단은 "글로벌 캐피털리즘에 역행하며 시대정신을 저해하는 반체제 조직"인데 소설 속에서 또렷한 실체를 지닌 단체로 등장하는 것은 아니다. '자급자족단'은 차라리 글로벌 자본주의의 도도한 흐름에 맞서 주체적이고 대안적인 라이프스타일을 정초하려는 자기생활운동의 느슨한 집합에 가깝다. 겉보기엔 평범한 이들이 자본주의를 위협하는 최대의 적이라는 미아의 말에 덜컥 겁이 난 '나'가 "교직과 신도시 아파트 분양권을 포기하고 제주도로 내려가 공방을 연 선배. 한 푼도 없이 세계 일주를 떠난 초등학교 동창. 요가 수련을 위해 인도로 떠난 사촌 형" 등 "자급자족과 약간이라도 관련이 있을 법한 얼굴"을 떠올리는 장면에서 잘 나타나듯 자본의 축적 논리를 비스듬하게 거스르는 사람들의 존재는 우리 사회에서도 이제 낯설지 않다.

　문제는 이 삐딱한 거스름을 반체제적 불온으로 승격시키는 편집증적 망상이다. 오한기는 이러한 망상적 주체를 통해 투쟁의 전선을 다시 주체와 세계 사이의 긴장으로 확대시킨다. 이는 첩보물의 문법을 갱신하는 대신 현재의 상황을 과거의 문법으로 재독해하는 것에 가까운데—소설의 또 다른 주인공인 미아가 "시대착오적인 스파이"로 소개되는 것은 우연이 아니다.— 이것이 바로 오한기식 첩보 액션물이 적대 없는 시대에 나름의 핍진성을 획득해내는 방식이라 할 수 있다.

미아가 지목한 여러 실천들이 진정으로 자본의 (재)생산 시스템에 균열을 내는 급진적 실천인지 아니면 자본주의를 더욱 매끄럽게 만드는 유희적 일탈에 불과한 것인지는 논란거리다. 하지만 이와 같은 대안적 라이프스타일이 현존하는 글로벌 자본주의 체제를 위협하는 실제적 위협인지의 여부를 판명하는 것이 (또는 그래서 무엇이 진정한 반자본주의적 실천인지를 따지는 것이) 이 소설의 목표로 보이지는 않는다. 차라리 흥미로운 것은 그 대안적 실천들을 집요하리만치 반체제적인 운동으로 포착해내고자 하는 미아(와 CIA)의 편집증적 시선이다.

(이미 박민규가 「고마워 과연 너구리야」나 「코리언 스텐더즈」에서 보여주었듯) 기존의 견고한 세계와 유의미한 대결의 형식을 띠지 못한 반체제적 충동은 편집증적 망상의 형태로 나타나곤 한다. 우리가 이 소설의 '망상'으로부터 이미 압도적으로 기울어진 힘의 균형을 읽어낼 수 있는 것은 바로 그 때문이다. 로봇 청소기와 사랑을 나누었다는 죄목으로 잡혀 들어온 양완규나 세 치 혀로 먹고산다며 끌려온 점쟁이 같은 이들이 자본주의 시스템을 위협하는 '자급자족단'의 일원으로 표상(혹은 망상)되는 순간 우리는 다소간의

허탈한 웃음을 지을 수밖에 없는데 이는 그 자급자족단의 활동이라는 것이 글로벌 자본주의 시스템의 근본을 위협하는 알맞은 적의 형상이 될 수 없음을 잘 알기 때문이다.(이는 나중에 데이먼 주에 의해 자급자족단이 실제 CIA의 타깃이라는 점이 밝혀진 뒤에도 마찬가지다.)

한편 '나'의 곁에는 우울증에 시달리다 대기업을 그만둔 뒤 미니멀리즘에 심취하게 된 아내 해인이 있다. 그녀에 따르면 미니멀리즘은 "빈곤한 삶에 대한 이론"이며 "동일본 대지진, 그러니까 생존주의적 시각에서 시작하여, 생태주의로 확장됐고, 생활 방식과 가치관, 태도의 영역으로 확대"된 역사를 갖는다. 쉽게 말하면 미니멀리즘이란 이런 것이다. 소유하고 싶은 욕망을 버리는 것(미아는 이를 "자본의 속성인 소유에 반하는 가치를 강조하는 사상"이라 힐난한다). 그런데 해인은 단지 자신의 물건을 버리거나 개인적인 소유욕을 조절하는 데 머물지 않고 동호회와 같은 "외부 활동"에 적극적으로 나서기 시작한다. 이후 해인은 「툼 레이더」의 '라라 크로프트' 같은 여전사가 되어 재벌 총수를 납치하거나 국립중앙박물관에 침입해서 『단원풍속도첩』을 강탈하는가 하면 한국은행을 털 계획까지 세운다. 얼핏 보면 해인에게 미니멀리즘은 나르시시즘적이고 쾌락주의적인 실천이 아니라 체제의 근본을 위협할 수 있는 급진적 "이론"이자 실천처럼 보인다.

그런데 이 역시 미니멀리즘으로 대표되는 대안적 라이프스타일 자체에 내재한 힘 때문이라기보다는 미아로 대표되는 편집증적 체제 수호론자들의 호명 때문이라는 것을 잊어서는 안 된다. 내가 그의 이름을 불러주었을 때 하나의 몸짓에 지나지 않던 것이 내게로 다가와 꽃이 되었듯 체제의 시선에 의해 불온한 세력으로 포착되고 일목요연한 보고서로 세공된 후에야 그들은 가시적인 위협으로 떠오를 수 있는 것이다. 중요한 것은 진실이 아니라 차라리 진실을 가공해내는 서술의 힘이다.

하여 이 소설에서 가장 흥미로운 지점을 꼽으라면 미아와 '나'(그러니까 카프카 요원) 사이에 이루어지는 서신 교환을 들 수 있을 것이다. '나'는 자급자족단의 동향을 보고하는 보고서를 미아에게 보내고 미아는 다시 그 보고서를 수정한다. 이 과정을 통해 지극히 실체가 모호했던 자급자족단은 구체적인 몸피와 현실의 긴급한 위험으로 거듭나게 된다. 흥미로운 것은 파편적이고 무계열적인 사건이 자유분방한 상상력과 핍진한 서술에 의해 구체적인 내러티브를 갖게 되는 이러한 장면이 흡사 소설 쓰기에 대한 유쾌한 패러디처럼 보인다는 점이다.

종언 이후의 소설 쓰기

자급자족단이나 미니멀리즘은 그래서 맥거핀MacGuffin에 불과할지도 모른다. 이쯤에서 우리는 오한기가 이제까지 쓴 대부분의 소설이 소설가로서의 자기정체성을 심문하거나 창작 과정에 대한 자기고백적 진술을 담고 있었다는 점을 떠올릴 필요가 있다. 소설가인 화자가 "1인칭 시점을 주로 채용하여 소설 창작 과정에 대한 비평적 사유나 소설을 쓰는 행위에 대한 자기 검열의 과정, 또는 작가 자신의 소설론을 피력하는 자기반영적 성찰을 서사의 주요 축으로 삼"는 것을 '소설가 소설'이라 부를 수 있다면, 현재 한국 문학에서 오한기만큼 적극적이고 끈질긴 '소설가 소설'의 발신처는 드물다.[1]

이제껏 발표된 오한기의 소설 속 화자−작가들은 모두 하나같이 빈곤하거나 무기력하다. 그들은 「햄버거들」의 '나'처럼 "소설을 쓰느라 눈덩이처럼 불어난 빚"에 허덕이고 있거나 「새해」의 '나'와 같이 "혼자 집에 틀어박혀" "허황된 상상"이나 하는 인물들이다.[2] 물론 여기에 많은 소설가 소설이 빠지곤 하는 상투적인 자기연민의 혐의가 전혀 없지는 않다. 그렇지만 우리가 여기서 주목해야 하는 것은 오한기가 그려내는 이러한 결핍과 무기력의 정서에 '근대문학의 종언' 이후 작품 활동을 시작했던 세대들이 마주하는 어떤 공통의 곤경이 어른거리고 있다는 점이다.

한편으로는 이태준에게 비현실적 질투심을 느끼기도 했다. 여러 차례 나도 소설가라는 걸 강조했지만 그녀는 죽은 작가만 작가 취급을 했다.
네 소설엔 네 이야기뿐이라 재미가 없어. 너를 만나는 것도 이렇게 지

---

1 이진, 「메타픽션의 서사전략 분석−채희윤의 『소설 쓰는 여자』를 중심으로」, 『한국 문학이론과 비평』 제56집, 2012년 9월, 402쪽.
2 이 작품들은 모두 오한기의 『의인법』(현대문학, 2015)에서 가져왔다.

루한데 말이야.

(······)

네가 이태준이라도 돼? 왜 자꾸 아무도 궁금해하지 않는 네 이야기를 쓰려고 해?[3]

'근대문학의 종언'이라 했거니와 이를 그리 거창하거나 어렵게 이해할 필요는 없다. 인용문의 표현을 빌려 말하자면 그것은 "네 이야기"가 자아의 앙상한 독백을 넘어 사회역사적 의미망과 자연스럽게 접속할 수 있었던 시대가 끝났음을 의미하는 것이다. 개인의 주관성이 사회역사적 객관성과 조응할 수 있었던 시대는 작가로서 확실히 행복한 시대였을 것이다. 하지만 그런 행복은 이미 죽은 작가들―그러니까 '근대'문학가들―에게만 허락되는 것이란 걸 오한기는 누구보다 잘 알고 있다. 그런데 문제는 이 '종언'이 문학(가)의 사회적 영향력의 감소는 물론이고 생계의 곤란마저 야기한다는 데 있다. 아니 근대문학의 황금기에도 작가들은 대개 가난했으니 그 가난을 대리 보충할 상징의 박탈이 물질적 결핍과 날것 그대로 대면해야 하는 고통을 안겨주었다고 보는 편이 정확하겠다. "우리는 소설을 쓰는 것만으로는 먹고살기 힘들어졌고 볼링공에 부딪힌 핀처럼 뿔뿔이 흩어져 삶의 아득한 곳으로 추락해버렸다."(「더 웬즈데이」)

이 소설의 화자 역시 소설가인 동시에 "빈곤이 습관이 될 만큼"

---

3 오한기, 「햄버거들」, 『의인법』, 162-163쪽.

가난한 인물이다. 그래서 '나'는 "이 글의 주제를 빈곤"이라고까지 적고 있지만 이를 물질적 빈곤만으로 독해해서는 곤란하다. 앞서 살펴봤듯 그것은 문학—글쓰기가 갖는 역능의 빈곤이며 동시에 현재의 시간을 유의미한 역사적 시간으로 의미화할 수 없는 체험의 빈곤과도 연결되어 있다. 이전 작품들에서 오한기는 이러한 '역능의 빈곤'을 어쩔 수 없는 사회적 사실로 수리하는 장면을 여럿 보여주었다. "줄기차게 야한 문장을 써내도 인터넷이나 비디오 산업을 따라잡을 수 없"는 포르노 소설 작가나(「더 웬즈데이」) "내겐 인종 갈등과 베트남전처럼 명확한 상대가 없었다"면서 자신이 쓴 시나리오의 허술함에 핑계를 대는 시나리오 작가의 경우를 통해서 말이다 (「나의 클린트 이스트우드」).

그런데 이 소설에 이르러 오한기가 이전 작품에서 보여주었던 이와 같은 현실수리적인 인식은 망상적 폭주로 변모된다. 가령 아무리 공들여도 "인터넷이나 비디오 산업"을 따라잡지 못했던 글쓰기가 여기서는 누군가의 생사여탈에 결정적인 영향력을 미치며 "인종 갈등과 베트남전"같이 누구나 고개를 끄덕일 만한 역사적 사건의 부재는 '자급자족단'이라는 새로운 '역사의 적'의 출현으로 보충되는 것이다. 그런 점에서 우리는 이 소설을 '근대문학의 종언' 이후 빈곤하고 비루한 삶을 견뎌내던 소설가가 얼떨결에 가공할 만한 글쓰기의 권능을 쥐게 되며 발생하는 어드벤처 액션물로 볼 수도 있을 것이다. 물론 이는 그리 쉬운 일이 아니다. 무엇보다 그러한 역능에 걸맞은 정교한 글쓰기를 요구받기 때문이다.

앞으로 비약을 하더라도 자연스럽게 하는 연습을 해야 할 것 같군요. 그런 안정적인 글쓰기가 체제 유지에 부합하는 겁니다. 제멋대로 날뛰는 건 비트 제너레이션 같은 철부지나 공산주의자들만 하는 거죠. 소련 문학이 왜 망했는지 유념하세요. 문득 세르게이 도블라토프라는 작가를 취조했던 게 떠오르는군요. 소련에서 도망친 미치광이 작가. 망명을 왔으면 우리 입맛에 맞는 글을 써야 될 거 아닙니까.

우동기라는 허구의 인물도 인상적이었습니다. 무엇을 참고한 건지 아니면 온전히 카프카 당신의 상상인지 궁금하군요. 다만 이 부분도 자연스러울 필요가 있겠어요. 우동기가 과도하게 극단적인 인물로 그려졌다 이겁니다. 이외에도 전체적으로 꾸며낸 티가 많이 납니다. 말도 안 돼. 누가 읽어도 이런 감탄사가 튀어나온달까요? 생각해보니 당신 자서전에도 그런 부분이 눈에 띄더군요. 아, 작위적이라고 하면 이해가 쉽겠네요.

또 하나. 객관적인 서술 방식도 문제예요. 가치 판단이 아쉽더라고요. 아직 무슨 말인지 잘 모르겠죠? 예를 들어볼게요.

① 양완규가 로봇청소기와 결혼했다.
② 양완규가 결혼 제도에 불만을 품고 불온사상을 전파하기 위해 로봇청소기와 결혼했다.

차이점이 한눈에 보이지 않나요? 맞아요. ②처럼 써야 합니다. 결혼 제도에 불만을 품었다는 데 방점을 찍어야 하죠. 결혼 제도는 체제 유지의 중심축이니까요. 국정원의 감시를 받아왔다는 것도 가미하면 좋을 것 같군요. 자연스러운 연결고리를 만들어보세요. 불만. 불온사상. 국정원. 감시. 이런 단어와 어구들이 모이고 모이면 관계 당국을 설득하는 데효과적일 겁니다. 명심하세요. 양완규를 반체제적인 인물로 표현해야 합니다. (146–147쪽)

인용문은 첫 번째 타깃인 양완규에 대해 '나'가 작성한 보고서에 대한 미아의 답변이다. 아다시피 ①과 ②는 E. M 포스터가 『소설의 이해』에서 스토리와 플롯의 차이를 설명하면서 든 유명한 예에 대한 패러디다. 거기서 포스터는 시간의 흐름에 따른 스토리와 인과관계를 통한 플롯을 대비시키며 신비를 간직한 플롯이야말로 고도의 발전이 가능한 형식이라 주장한 바 있다. '나'와 미아 사이에 서신교환이 거듭될수록 플롯은 정교해지고 그로 인해 '자급자족단'은 현실 자본주의를 위협하는 적으로서의 실체성을 획득해간다. 그런데 아이러니한 것은 '나'의 글쓰기가 핍진해지고 자연스러워질수록 사실과 허구의 경계는 되려 흐려진다는 점이다.[4]

당시 나는 진실과 허구의 경계를 아슬아슬하게 오가고 있었다. 진실

---

4 한편 안정적인 글쓰기, 곧 핍진성의 추구가 체제 유지에 부합하는 거란 미아의 말은 현실의 투명한 재현을 강조하는 사실주의의 억압적 성격에 대한 비판으로도 읽힌다. 실제로 양완규를 대상으로 삼아 수행되는 그럴듯한 플롯팅은 현실의 재현이 아니라 왜곡이며 날조에 가깝다. 오한기는 확실히 그런 점에서 사실주의적 규범의 적대자이지만 어쩌면 이는 사실주의에 국한되지 않는, 소설 쓰기 일반에 내재한 함정 같은 것일지도 모른다.

과 허구가 뒤범벅돼 진실이 허구 같았고 허구가 진실 같았다. 당연히 회의도 들었다. (250쪽)

진짜같이 만들려고 노력할수록 정교한 허구가 되어가는 곤란. 이것은 다름 아닌 소설가의 것이다. 그리고 그중에서도 특히 오한기의 것이다. 그는 마치 이 소설을 통해 이와 같은 글쓰기의 아이러니야말로 우리 시대(혹은 세대)가 맞닥뜨린 유일하게 명석판명한 인식의 조건이라고 주장하는 듯하다. 오한기가 보여주는 서술성의 아이러니는 '종언 이후'를 공기를 호흡하며 글을 쓰고 있는 동시대 소설가들이 직면한 곤경이기도 하다.

해인에 대한 보고서, 어디까지 진실이고 어디까지 거짓이죠?
너는 네가 쓴 보고서에서 그걸 구분할 수 있겠어? (277쪽)

우리는 과연 이를 얼마나 구별할 수 있을까. 이것이 오한기가 끈질기게 파고드는 '종언 이후'의 소설 쓰기가 우리에게 던지는 간단치 않은 질문이다.

나가며

오한기의 이 소설을 읽으며 우리는 소위 말하는 반체제적 급진성이라는 것이 서술적 구성물에 불과한 것이 아닌가 하는 의구심을 자연스레 갖게 된다. 다른 한편 그 서술적 구성의 주된 담당자인 소설가가 처한 현재적 곤경에 대한 작가의 오랜 탐구의 흔적을 발견할 수도 있을 것이다. 하지만 이것은 이 방대한 소설에 접근하는 수많은 경로 중 극히 일부일 뿐이다. 가령 이 소설의 형식적 특징과 플롯은 물론이고 주요 등장인물과 여러 빛나는 에피소드들에 대해서 나는 거의 언급하지 못했다. (심지어 나는 자연주의 수련원의 김대건을 이제야 이런 식으로 거론한다. 미처 거론하지 못한 헤밍웨이와 데이먼 주, 비비와 볼키 등에게 조금 미안한 마음이 든다. 그리고 그 밖의 여러 인상적인 장면들에 대한 언급 역시 다른 지면을 빌려야겠다. 이런 식으로 지면의 미니멀리즘을 거스르자니 마음 한구석이 뜨끔하다. 역시 자급자족의 길은 멀고 험하다.)

다만 이대로 지나치기 아쉬운 장면 하나만 언급하고 싶다. 그것은 소설 속에 등장하는 작은 반전에 관한 것이다. 미아의 망상인 줄로만 알았던 '자급자족단'이 CIA의 진짜 타깃이라는 것이 데이먼 주에 의해 밝혀진 이후—우리는 비슷한 반전을 오래전 장준환의 영화 「지구를 지켜라」에서 목도한 바 있다.— '나'는 데이먼 주 밑에서 일하게 된다. 시대착오적인 스파이인 미아와 달리 데이먼 주는 정확히 현재적이다. 가령 데이먼 주는 "특근비 지출을 절약해야 하기 때문에 야근이나 주말 근무는 지양하라고" 명령하거나 과중한 업무에 항의할 때는 "이번 프로젝트만 잘되면 정규직 발탁 대상으로 추천해주겠다"며 '나'를 달랜다. "인센티브"를 적절하게 활용하는 이러한 데이먼 주의 행태는 차라리 미아의 시대착오적 매카시즘보다 더욱 실재적인 공포를 우리에게 안겨준다. '나'가 끝내 미아에 대해 애틋한 마음을 거두지 못하는 건 오한기가 지닌 특유의 "반시대성" 때문일 텐데 우리는 이를 통해 그가 반反하고자 하는 우리 시대의 성격을 충분히 유추해볼 수 있을 것이다.5

아뿔싸. 이런 식이라면 이 작품에 대한 이야기는 밤을 새워도 모자랄 것이다. 그만큼 이 소설은 다채롭고 흥미로운 사유와 에피소드들로 가득 차 있다. 그러니 아쉽지만 다시 한 번 미니멀리즘의 미덕을 상기하며 이쯤에서 글을 마무리하도록 하자. 참, 정말 마지막으로 나는 독자 여러분들께 소설의 에필로그에서 오한기가 우리에게 던져준 마지막 퀴즈를 함께 풀어보길 권하고 싶다. 거기서 그는 이렇게 말했다.

나는 자급자족한다. 그게 무엇인지는 이 글 곳곳에 나와 있다. (358쪽)

힌트. 그는 이 모든 걸 만들어낸 창조자다. 그는 자급자족한다.

5 오한기의 시대착오성과 반시대성에 대한 간략한 언급은 금정연, 「해설 : 오한기에서 오한기로From Hanki to Hanki─정지돈과 함께한 화요일」, 『의인법』 참조.

2017년 겨울 눈이 내렸다.

1986년 겨울 눈이 내리는 장면을 상상했다.

1985년 겨울 눈이 내렸다고 들었다.

나는
자급자족
한다

초판 1쇄 펴낸날 2018년 6월 22일

지은이 오한기
펴낸이 김영정

펴낸곳 (주)현대문학
등록번호 제1-452호
주소 06532 서울시 서초구 신반포로 321(잠원동, 미래엔)
전화 02-2017-0280
팩스 02-516-5433
홈페이지 www.hdmh.co.kr

ISBN 978-89-7275-896-9 03810

* 책값은 뒤표지에 있습니다.
* 파본은 구입처에서 교환해 드립니다.